マリアナ・ザパタ／著
高里ひろ／訳

銀盤より愛をこめて

From Lukov with Love

JN250101

扶桑社ロマンス
1561

わたしのいちばんの友人にしていちばん善良な母に
本物のチンゴナ

銀盤より愛をこめて

登場人物

ジャスミン・サントス ——— フィギュアスケートの選手
アイヴァン・ルーコフ ——— フィギュアスケートのスター選手
ナンシー・リー ——— アイヴァンのコーチ
ジョジョ ——— ジャスミンの兄
ジェイムズ ——— ジョジョの夫
ルビー ——— ジャスミンの姉
アーロン ——— ルビーの夫
カリーナ・ルーコフ ——— アイヴァンの妹、ジャスミンの親友
ガリーナ・ペトロワ ——— ジャスミンの元コーチ

1　冬／春

2016

　五回連続で尻もちをついて、もうあがったほうがいいとわかった。

　きょうのところは。

　あしたになったら、わたしのお尻はまた二時間分の転倒に耐えられるはず。どこがいけないいんだろう。きのうからずっと、着氷がうまくいかない。

　落ちたほうのお尻にあまり体重をかけないように転がり、いらいらと息を吐きだし、天井に顔を向けた。やめとけばよかった。このドーム型施設の天井になにがあるのかを思いだした。この十三年間、ずっと見せつけられているものだ。

　バナー。たくさんのバナー。どのバナーにも、あのいけすかないやつの名前が書かれている。

　アイヴァン・ルーコフ、アイヴァン・ルーコフ、アイヴァン・ルーコフ。

　その名前に並んで別の名前も書かれている。彼の哀れなパートナーたちの名前。でも目につくのはあいつの名前だ。苗字《みょうじ》はわたしの親友と共通、でもファーストネームはサタンと韻を踏んでいる。たぶん地獄から養子にもらわれてきたのだろう。

でもそんなことより、いま問題なのはあのバナーだ。

そのうち青い五枚は、彼の全米フィギュアスケート選手権の優勝を記念したものだ。赤い二枚は世界選手権の優勝。明るい黄色の二枚は五輪の金メダル。世界選手権シングルの銀メダルを記念した銀色のバナーは、施設入り口のトロフィーケースに飾られている。

まったく。できすぎ。嫌味。やなやつ。

ほかの大会や競技会のバナーがなくてよかった。もしあったら天井全体が色の洪水で、毎日吐き気をもよおすことになったはず。

こんなにたくさんバナーがあるのに、どこにもわたしの名前はない。一枚も。どんなにがんばっても、どんなに練習しても、ゼロ。二位のことなんて、だれも憶えていない。それがアイヴァン・ルーコフなら別だけど。そしてわたしはアイヴァンではない。

羨望《せんぼう》で胸が突き刺されたように痛む。いやだ。人をねたむなんて、時間とエネルギーの無駄なのに。小さいころ、ほかの子が自分よりいい衣装を着ていたり新しいスケート靴を履いていたりしたときに、そのことを学んだ。人をねたむなんて、暇人のすることだ。自分と人をくらべていたら、なにもできない。それもわかっている。

　そんな人間にはなりたくない。とくに、あのいけすかないやつのことでなんて冗談じゃない。あいつをうらやましく思ったことはお墓までもっていくし、バナーが気に食わないなんてだれにもいわない。

　そう決めて、転がって膝《ひざ》立《だ》ちになり、いまいましいバナーを見るのをやめた。両手を氷につけて、足を引き——氷の上でバランスをとるのは身についている——やっと立ちあがった。十五分間で五回目に。左の腰骨、お尻、太ももが痛い。あしたはもっと痛むはず。

　転んでからだの脇《わき》についた氷を手で払い、呼吸を整え、全身を駆けめぐるいらだちを鎮める。自分自身に、自分のからだに、自分の状況に、自分の人生に、きょうはとくにいらいらする。朝寝過ごしたことから、ジャンプの着氷ができないこと、ダイナーのウエイトレスの仕事で二度もコーヒーをこぼしたことから、車のドアをあけたときあやうく膝頭を骨折しそうになったこと、そしてトレーニングの後半がぜんぜんうまくいかないこと……。

　すぐに忘れてしまうけど、人生という長い目で見れば、十年間ずっと跳んでいるジャンプの着氷がうまくいかなくてもどうってことはない。きょうはよくない日なんだ。きのうもだけど。そういうこともある。いつだって、いまより悪いことが起きる可能性はある。それなのに人間は、なんの不満もない状態に慣れてしまう。

基本的なことを当たり前だと思いはじめた人間は、恩知らずなばか者だと人生に思い知らされる。

きょう、わたしはトリプルサルコウの着氷を当たり前だと思っていた。何年間も跳んでいるし。うしろ向きに滑りながら内側のエッジで踏みきり、踏みきったのと反対の足の外側のエッジで着氷するジャンプで、フィギュアスケートのジャンプのなかでいちばん簡単でもないけど、それほど難しいわけでもない。いつもなら、なにも考えなくてもできる。

でもきょうときのうは、ちがった。

手の甲でまぶたをごしごしとこすり、一度深呼吸して、肩を回し、落ち着いて、家に帰ったほうがいいと自分にいい聞かせる。いつだってあしたがある。

それにもうすぐ試合があるってわけじゃないんだから。わたしの脳のなかの実際的で嫌味な部分がそうささやいた。

そのすばらしい事実を思いだすたびに、純粋な怒り……それに絶望にものすごく似たなにかで胃が締めつけられる。

そしてそのたびに、そのふたつの感情を深い、深いところに埋めて、見えないし、さわれないし、においもわからないようにする。だって無意味だから。わたしにはよくわかっている。完全に無意味だから。

だってわたしはこれっぽっちも諦《あきら》める気はない。

もう一度息を吸って、吐いて、いちばん痛むお尻をなでながら、きょうの終わりにもう一度リンクを見回した。自分よりもずっと若い女の子たちが、まだ続いているセッションで練習を続けている。思わず顔をしかめそうになる。わたしと同い年くらいの人が三人いるけど、ほかは全員、十代だ。それほどうまくはないのかもしれない――少なくとも、わたしがあのくらいの年頃だったときよりもうまくはない――けど、あの子たちの前には大きな未来が開けている。二十六歳にして年寄りだと見なされるなんて、フィギュアスケート、それに体操の世界くらいだ。

うん。もう家に帰って、ソファーに坐ってテレビを見て、こんなひどい日のことを忘れてしまおう。自分を憐れんでもなにもいいことはない。なにも。

氷上の人たちのあいだを縫って、だれにもぶつからないことだけ気にしながら、リンクの周囲の壁にたどり着いた。いつもスケートガードを置いておく場所で、プラスティックのガードを拾いあげ、白いブーツについている四ミリメートル幅のブレードにそれをかぶせてから、床に足をおろした。

胸のなかにふつふつと湧《わ》いてくる感情を無視しようとした。たぶんそれは、きょうあまりにうまくいかなかったことへのいらだちだ。でももしかしたら、ちがうかも。

いまも一日に二回〈ルーコフ・アイス・アンド・スポーツ・コンプレックス〉に通って練習しているのはいつかまた競技に出たいからで、ここで諦めたらこの十六年間を棒に振ったことになりそうだからだ。時間を無駄にしているのかもしれないなんて、ぜったいに思わない。いたずらに子供時代を諦めたなんて。夢のために恋愛とか普通の経験を犠牲にしてきたのに無駄だったなんて。その夢はすごく大きくて、それがだれかやなにかに奪われることなんて考えられなかった。

金メダルを獲ること……それがだめなら世界選手権で優勝すること……それもだめなら全米選手権で優勝すること……そういう夢が分解されて、小さな、紙吹雪の大きさになって、でもわたしはそれにしがみつき、心のどこかではわかっているけど、それは自分にとってプラスよりむしろマイナスになっているなんて。

ううん、認めない。

毎日胃が痛くて吐きそうになるのは、そんなことが原因じゃない。

わたしに必要なのはリラックスすることだ。マスターベーションでもいいかも。なにかは効くはず。

みぞおちあたりにたまるいやな気分を振りはらうように、リンクを回り、更衣室へと通じる廊下を歩きながら集まっている人々を眺めた。夕方のクラスに参加する子供たちとその親がすでにリンクの周りにたむろしている。わたしは九歳でそのクラスに通いはじめ、それから小さなグループレッスン、ガリーナコーチのプライベートレッスンへと進んだ。あのころはよかった。

だれとも目を合わさないようにうつむいたまま歩き、あちらもわたしと目を合わさないようにしている人たちとすれちがった。でもわたしのものが置いてあるほうに歩いていくと、十代の子四人がストレッチするふりをしていた。〝ふり〟といったのは、ぺちゃくちゃおしゃべりしていたらちゃんとしたストレッチなんてできないからだ。

わたしはそう教わった。

「こんにちは、ジャスミン！」そのうちのひとりが挨拶《あいさつ》した。いつもわたしに好意的に接してくる子だ。

「こんちは、ジャスミン」隣にいる子もいった。

会釈しながら、うちに帰って、自分でなにかつくるかママのつくったものを電子レンジで温めて、テレビを見るまであと何分かかるだろうと考えていた。練習がもっとうまくいっていれば、そんなことより、たとえばランニングしたり、姉さんの家に行ったりしたかもしれない……でもきょうはそれはない。

「練習がんばってね」わたしは友好的なふたりにそういって、その向かいに立っているふたりを無言で一瞥《いちべつ》した。見たことのある顔だ。もうすぐ中級スケーターのクラスが始まるはずで、この子たちはそれに参加しているのだろう。わたしがこの子たちをとくに気にする理由はなかった。

「ありがと、あなたも!」最初に挨拶してきた子がキンキン声でいってから、あわてて口を閉じ、真っ赤になった。あんな赤くなった人を見たのはほかにひとりだけだ。わたしの姉さん。

自分でも意外なことに口元に浮かんだ笑みは本物だった——あの子が〝キンキン〟——姉のあだ名——を思いださせてくれたから。わたしは更衣室のスイングドアを肩で押しあけた。そのとき、声が聞こえた。「あの人に会ってそんなにうれしそうにして、ばかみたい。たしかにシングルの選手としては優秀だったけど、いつも大事なところで失敗してたし、ペアになってからは鳴かず飛ばずじゃない」

わたしはそこで……ドアを押さえたまま立ちどまった。そしてやめておけばいいのに、耳を澄ました。

立ち聞きなんていいことないに決まってる。でもいつもしてしまう。

「メアリ・マクドナルドのほうがペアスケーターとしては上よ……」

なんですって。

深呼吸して、ジャスミン、深呼吸して。吸って、吐いて。なんていうか考えるのよ。これまでの自分の努力を考える。これまでの——

「——だからポールは今シーズン、彼女と組んだのよ」その子が決めつけた。

暴力は法律で禁じられている。でも十代の子をひっぱたくのはほんとに違法なの？

深呼吸して。考えて。感じよくするのよ。

わたしはもう大人なんだから。わかってる。大人というものは、まだ思春期も終わってないようなばかな十代のいうことに目くじら立てたりしない。でも……。

あの子はわたしのペアのキャリアという痛いところを突いてきた。ここでいう〝痛いところ〟とは、まだ血を流している生傷のことだ。メアリ・マクドナルドと〝生きたまま焼いてやりたいくそったれ野郎〟のポール？　眠れない夜にホームコメディードラマの『ゆかいなブレディー家』を数回ばかり見て、次女のジャンがだれにでも好かれる長女マーシャを嫌う理由がよくわかった。わたしでも大嫌いになったと思う。メアリ・マクドナルドも大嫌い。

「ネットにあがっているあの人の動画を見た？　ママがいってたわ。態度が悪いから勝てないんだって。審査員に嫌われてるのよ」こういった別の子は声をひそめようとしていたけど、わたしのいるところまではっきり聞こえてきた。

わたしがなにもいい返す必要はない。なにも。あれはまだ子供なんだから、と自分にいい聞かせる。あの子たちはすべてを知ってるわけじゃない。ほとんどの人がそうで、彼らがすべてを知ることはない。わたしはその事実を受けいれた。

でもそのとき、ひとりが話を続け、わたしはもう、黙ってあの子たちにでたらめをいわせてはおけないと、さとった。人間、我慢の限界ってものがあるし、そもそもきょうは、いい日じゃなかった。

「ママがいってたけど、あの人がいまでもここで練習してるのは、カリーナ・ルーコフと仲がいいからだって。でもアイヴァンとはあんまり仲が――」

思わず鼻を鳴らしそうになる。わたしとアイヴァンが〝あんまり〟仲がよくない？　そういうことになってるの？　いいでしょう。

「あの人、性格悪そう」

「ポールと別れたあと、パートナーが見つからなかったのも当然だって」

ふたたび〝P〟野郎の名前が出なければ、わたしは大人らしく黙っていたかもしれない。でももう無理。

くるっとふり向いて、戸口から顔を突きだし、四人の女の子を見た。「いまなんていったの？」ゆっくりとした口調で問いかけ、〝あんたたちみたいな雑魚《ざこ》、どうせうまくなれない〟という言葉は胸のなかにしまっておいた。わたしの言葉にさっとふりむいて固まった、挨拶しなかったふたりをじっと見た。

「え……あの……その……」ひとりが口ごもり、もうひとりはレオタードとタイツに洩《も》らしそうなほどびびっている。いい気味。

わたしはひとりあたり一分間ほど凝視して、その子たちの顔が真っ赤になるのを観察し、少し気分がよくなった……でもきょうは、だれよりも自分にたいして腹がたっているから、思ったほど気分はよくならない。わたしは眉《まゆ》を吊《つ》りあげて、リンクから更衣室へと続くトンネルのような廊下のほうに頭を傾けた。「そうだと思った。練習に遅刻するからもう行ったほうがいいわよ」

こんなに忍耐強くばかの相手をしてやるなんて、表彰ものだ。そんな選手権があったら、きっと優勝している。

ふたりはオリンピックの短距離選手並みの速さでいなくなった。感じのいいふたりは少しおびえているようだったけど、わたしに微妙なほほえみを向けて、あのふたりを追っかけていった。あとでなにをささやき合うのかなんて、どうでもいい。

あの意地悪なふたりのような女の子たちがいるから、わたしは最初からフィギュアスケーターの友だちをつくろうとは思わなかった。まったく。遠ざかる背中に向かって中指を立ててみたけど、とくにすっきりしなかった。

気分を変えないとだめだ。ほんとに。

わたしは更衣室に入ると、自分のロッカーのある棚の前に置かれたベンチに坐りこんだ。ここまで歩いてきたあいだに、腰と太ももの痛みが増している。きょうよりもひどい転倒をしてこれよりひどい痛みも経験しているし、頭ではわかっているけど、どうしても痛みに〝慣れる〟ことはできない。たびたび痛みを経験すると、それを乗りこえるのが早くなるだけだ。実際のところ、わたしは前のような練習はできていない――いっしょに練習するパートナーも、毎日何時間も見てくれるコーチもいないのだ――から、わたしのからだは、自分がどこまでできるのか忘れている。時間も、そして人生も、否応なしにどんどん進んでいくというしるしだ。

わたしは両脚を前に投げだし、ドアからいちばん遠い、部屋の奥にかたまって、おしゃべりしながら着替えてブーツを履いている十代後半の女の子たち数人の存在を無視した。その子たちはわたしのほうを見なかったし、わたしも横目でちらっと見ただけだ。ブーツの紐《ひも》をほどき、一瞬シャワーを使おうかと思ったけど、あと二十分で家に帰り、そこで着替えてちゃんとしたバスルームでシャワーを浴びたほうがいいと思い直した。右足の白いスケート靴をぬぎ、おそるおそる足首とその上五センチに巻いたベージュの包帯をはずした。

「嘘《うそ》でしょ！」部屋の向こう側で十代の子のひとりが金切り声で叫び、無視するのが難しくなった。「まさか話つくってないよね？」

「ないよ！」だれかが答え、わたしは左足のスケート靴をぬぎながら、無視しようと努めた。

「ほんとに？」キーキー声の別の子がいった。最初の子だったのかもしれないけど、わからない。別に耳を澄ましているわけじゃないから。

「ほんとよ!」

「まじ?」

「まじ!」

わたしはあきれて目を天井に向け、無視しつづけた。

「嘘!」

「ほんと!」

「嘘!」

「ほんとだってば!」

だめだ。無視しきれない。わたしもあんなにうるさかったの? あんなきゃぴきゃぴしてた?

ありえない。

「どこで聞いたの?」

ロッカーのコンビネーションキーを打ちこもうとしていたわたしは、女の子たちの歓声の大合唱についふり向き、彼女たちをにらんだ。ひとりの子はスピードでもやってるんじゃないかという感じで、歯をむき出しにし、胸の前で両手を握り合わせている。別の子はぎゅっと握り合わせた両手で口を覆っていて、震えているようだ。

この子たちどこか悪いの？

「聞いた？　彼がリーコーチといっしょに歩いてるのを見たのよ」

ああ。

なるほどね。女の子がこんなふうに話題にする人間はほかにはいない。

わたしはため息をつくのも節約して自分のロッカーに向かい、ジムバッグをおろして、ベンチの上に置いてジッパーを開き、スマホと鍵とフリップフロップと、こんな日のために入れてある〈ハーシーズ〉のミニバーを探した。ミニバーの包みを破って口のなかに詰めこんでから、スマホを取った。スクリーンのライトで未読メッセージがあるのがわかる。ロックを解除し、背後であのあほんだらのことでまだきゃぴきゃぴいって、いまにも心臓発作を起こしそうになっている子たちをちらっとふり返った。あらためて無視すると決めて、練習中に読めなかったグループチャットを読む。

ジョジョ：今夜映画に行きたい。だれかいっしょに行くか？

タリ：映画によるな。なに？

ママ：ベンとわたしがつき合うわよ

セブ：ぼくはきょうデートだ

セブ：ジェイムズはいっしょに行ってくれないのか？　まあわかるけど

ジョジョ：マーベルの新作
ジョジョ：セブ、やばい病気もらってこいよ
タリ：マーベル？　やめとく
タリ：わたしもセブがやばい病気もらってくるのに賛成
ママ：あなたたち、きょうだい仲良くできないの？
セブ：ママ以外、くそ食らえ
ルビー：いっしょに行きたいけど、アーロンの具合が悪くて
ジョジョ：ありがとう、〝キンキン〟、愛してるよ、また今度な
ジョジョ：ママ、七時半でいいかい？
ジョジョ：セブ、からだを大事にしろよ
ジョジョ：ジャス、おまえは？

女の子たちのあげる声が更衣室に響きわたり、わたしは思わず目をあげた。なんなの、まったく。アイヴァンはこの百万年間くらいずっと、週に五日はここで練習している。彼がいたってべつに騒ぐことじゃない。わたしはあんなやつを見るくらいならペンキが乾くのを見ているほうがいい。
明るいピンク色のペディキュアをほどこしたつま先をぎゅっとしてから、じっと見

つめ、小指の横にできたあざと、きのうはいた新しいタイツの縫い目のせいでできた親指の横の水膨れはあえて気にしないようにした。

「彼、ここでなにしてるんだろ?」十代の子たちの声で、できるだけ早くここから出ないと、と思いだした。きょうの分のわたしの忍耐はすでに限界だ。

わたしは電話に目を戻し、どうしようかと考えた。家に帰ってひとりで映画を観るか、いやなことは忘れて、兄と母とベン——わたしたちきょうだいがひそかにナンバーフォーと呼んでいる義父——といっしょに映画を観にいく?

混雑した映画館に行くより家にいたいけど……。

ぎゅっと手を握ってから、返事を打ちこんだ。〝行くけど、まずなにか食べないと。いったんうちに帰るね〟

そしてもうひとつ、返事を打った。〝セブ、わたしもあなたがやばい病気をもらってくるのに賛成。今度は淋病《りんびょう》ね〟

電話を太ももにはさんでバッグのポケットから車のキーと、フリップフロップを出した。それからスケート靴を、模造毛皮の裏打ちがされている特製ケースにそっとしまった。何年も前に兄のジョジョとジョジョの夫が買ってくれたケースだ。バッグの口を閉じて、フリップフロップを履いて、胸が苦しくなるようなため息とともに立ちあがった。

きょうはあまりよくなかったけど、今度はきっとよくなる。

そうならなかったら困る。

さいわい、あしたは仕事がないし、日曜日にはスケートもしない。たぶんママは朝食にパンケーキを焼いてくれるし、兄が姪《めい》っ子との面会日で、ふたりといっしょに動物園に行く約束をしている。フィギュアのせいで、これまで姪とはあまり会えなかった。いまは時間ができたから、その埋め合わせをしている。そう考えるほうが、どうして時間ができたのかを突き詰めるよりも精神衛生上いい。わたしは前向きに考えようとしている。まだそれがうまくないだけ。

「わかんない」女の子のひとりがいった。「でもいつもはシーズンが終わったら、一か月か二か月はここに来ないのに、いまは？　世界選手権が終わってからまだ一週間だよ？」

「ミンディと別れたのかも」

「どうしてそんなことするの？」

「知らない。彼女の前のパートナーたちとだって、どうして別れたの？」

リーコーチの名前が聞こえたから、女の子たちがまだおなじやつについて話しているのだとわかった。〈LC〉――〈ルーコフ・アイス・アンド・スポーツ・コンプレックス〉の略称――でこの女の子たちが騒ぐ相手は、ひとりしか残っていない。みんなの関心の的。わたし以外のみんなってことだけど。アイヴァン・ルーコフ。〝サタンの息子〟。わたしは面と向かってそう呼んでるけど。

「わたしは彼を見たっていっただけ。なにをしてるかなんて知らない」

「でも彼が用もないのに来ることはないのよ、ステイシー。頭を使いなよ」

「そんな。彼とミンディがペアを解消するの？」

「もしそうなら、だれをパートナーにするのかしら」

「だれでもありうるよ」

「あーん、わたしならお金を払ってもいいのに」

「あんたはペアのことなにも知らないでしょ、ばかね」別の子が鼻を鳴らした。わたしはとくに聞いてはいなかったけど、片方の耳から入ってきて反対の耳から出ていく会話の断片をつなぎあわせていた。

「簡単でしょ？」もうひとりの声が自信まんまんでいった。「彼のお尻は全米一だし、だれとパートナーを組んでも優勝してるのよ。わたしだってできるはずよ」

わたしはあきれて目を天に向けた。とくにお尻の部分。あのばかに、お尻が褒められているなんて知らせたらいけない。でも、女の子はアイヴァンのいちばん重要なことを見逃している。彼はフィギュアスケート界の人気者／ファンの憧れなのだ。世界スケート連盟のペアスケーティングの広告塔。スケート界全体の看板といってもいい。

だれかが「スケート界の王子」と呼んでいた。十代のころは「天才」とも。

わたしが十年以上も練習に通っているスケート場のオーナー一家の息子でもある。

わたしの唯一の親友であるカリーナの兄。

十年間以上、一度もわたしに親切な言葉をかけたことはない男。わたしにとってのアイヴァンはそういう人間だ。何年間も毎日顔を合わせて、ときどきつまらないことでつっかかってくる。彼との会話はかならず、どちらかがどちらかを侮辱して終わる。

そう。たしかに彼が、世界選手権で優勝して、シーズンが終わってまだ数日という時期に〈LC〉に来ているのは変だ。例年、休んだり旅行に行ったりしているのに。

でもわたしが気になるかどうか？　答えはノーだ。本気で彼の動向を知りたかったら、カリーナに電話して訊《き》けばいい。でもしないだけ。その必要がないから。

なぜなら近い将来、アイヴァンとわたしが大会で競いあう可能性はないから。というか、遠い将来もないかもしれない。このまま状況が変わらなければ。

それになんとなく、自分ではぜったいに認めたくないけど、人生の半分以上、ここで着替えている更衣室に立って、そうなるのではないかと感じていた。つまりわたしのキャリアはもう終わりなのかと。こんなに長いあいだ、何か月もひとりぼっちで……わたしの夢は終わったのかと。

まったくなんの成果も残せずに。

2

「ねえ聞いた?」

更衣室にいたわたしは、靴紐をぎゅっと引き、一時間はほどけないように固い結び目をつくった。ふり返らなくても、うしろのベンチに坐っている十代の子ふたりが噂《うわさ》話《ばなし》をしているのだとわかる。毎朝ここでだらだらしている子たちだ。おしゃべりしている時間があったら練習すればいいのに。

「うちのママがゆうべいってたのよ」ふたりのうち背の高いほうがいった。

わたしは立ちあがって、肩を回した。すでに一時間、ウォーミングアップとストレッチをやったところだ。いまは以前のように一日六、七時間滑っているわけじゃないけど、習慣というものはなかなか消えない。それに一時間のウォームアップをさぼったせいで肉離れを起こし、何日間も、何週間も苦しむのはごめんだった。

「彼はこれまでどのパートナーとも長続きしなくていやになったから引退を考えているのだろうって、だれかがいっていたんだって」

これには興味を引かれた。

彼。問題。引退。

ふたりがだれの話をしているのかは、訊くまでもない。アイヴァンだ。このリンクにいる若い男の子たち数人と、三年間わたしといっしょに練習していたポールをのぞけば、噂になる〝彼〟といえばアイヴァンしかいない。

「引退したら、コーチになるかも」ひとりがいった。「彼になら一日じゅう怒鳴られてもいい」

わたしはもう少しで吹きだしそうになった。アイヴァンが引退？　ありえない。二十九歳で、第一線で活躍しているのに。一週間前に世界選手権で優勝した。その数か月前にはグランプリファイナルでも銀メダルを獲っている。

でもどうしてわたしがこんなことを気にしなければいけないの？

あいつのことなんてどうでもいい。わたしには関係ない。だれだって、いつかはやめるんだから。あの顔を見る機会が減るのはうれしいくらい。

二時間しかない練習時間の始まりに、なにかに――よりによってアイヴァンのことに――気をとられたくない。わたしはおしゃべりしているふたりを置いて更衣室を出た。朝のこの時間には、いつもどおり、リンク内に六人がいた。みんな顔見知りだ。

顔見知り以上の人もいた。

ガリーナはリンク外の観客席に坐っていた。手に持っているコーヒーは濃すぎてタールのような見た目と味のはずだ。首と耳にお気に入りの赤いスカーフを巻いて、これまでわたしが百回は見たことがあるセーターに、ショールのようなものをかけていた。毎年一枚、着るものが増えていく。十四年前、集団レッスンからわたしを選びだしたとき、彼女は長袖《ながそで》のシャツ一枚とショールだけという薄着だった。

滑っている女の子のなかには十四年前はまだ生まれていなかった子もいる。

「おはよう」わたしは彼女といて憶えた片言のロシア語でいった。

「あら、ヨージック」彼女は一瞬氷に目を向けてからわたしを見た。十四年前から変わらぬ、かさかさの肌の険しい顔。「週末は、楽しかった？」

うなずきながら、兄と姪といっしょに動物園に行ったこと、そのあと兄のコンドミニアムでピザを食べたことを思いだしていた。どちらも前回を思いだせないくらい久しぶりだった。「あなたは？」いくら感謝してもしきれないくらい多くのことを教えてくれた人に訊いた。

めったに見せないえくぼができた。あまりにもよく知っている顔で、万一彼女が行方不明になっても、絵師に完璧《かんぺき》に特徴を伝える自信がある。丸顔で、薄い眉、アーモンド形の目、薄い唇、競技時代にパートナーのブレードで怪我したあごの傷痕《きずあと》、氷に強打したこめかみの傷痕。といっても行方不明になるわけないけど。誘拐者はきっと一時間もしないうちに彼女を解放するはずだ。「孫に会ってきた」

日付を思いだしてぴんときた。「誕生日だったのね」

うなずくと、ふたたびリンクに目を戻し、四年前わたしがペアに転向してから彼女が教えている選手のほうを見た。わたしは彼女と離れたくなかったけど……仕方がなかった。しばらくは彼女がさっさと新しい弟子を見つけたことを嫉妬《しっと》したけど、納得した。でも最近ふと、そのことが気になる。ほんの少しだけど。

そんなことおくびにも出さずにいった。「ついにスケートを買ってあげたの？」

元コーチは首を少しかしげつつ、何度となくわたしをにらみつけた灰色の目はリンクから離さなかった。「そうよ。中古のスケートとテレビゲーム。やっとだわ。あなたとおなじか少し遅いけど、まだだいじょうぶ」

やっと。彼が生まれたとき、まだわたしたちは師弟関係で、滑れる年になったらフィギュアをやらせると話したものだ。それは決まっていた。ガリーナの子供たちはジュニアレベルどまりだったけど、それでも。

でも彼女の孫の話で……子供のころフィギュアスケートがどんなに楽しかったかを思いだして、ホームシックのようなものに襲われた。押し潰《つぶ》されそうなプレッシャーや浮き沈みや批評を経験する前。失望の苦い味を知る前。フィギュアスケートはいつも、自分が無敵になったように感じさせてくれた。そしてなにより、すごくいい気分にさせてくれた。まるで空を飛んでいるように感じた。力強く、美しくなったように感じた。自分にとって大事なものをうまくできているように感じた。からだをねじったりひねったりしてありえない形にする、それがこんなにすばらしいことだとは、フィギュアをやるまで知らなかった。オーバルリンクを高速で回るのはとびきり気持ちよかった。そのリンクが数年後、自分の人生を変えてしまうとも知らず。

ガリーナの笑い声に、現実に戻った。

「そのうちあなたがあの子をコーチして」自分がわたしに教えたように、わたしが孫息子を教えているところを想像して、おもしろがっている。

わたしも、教わっていた十年間に何百回も後頭部をはたかれたのを思いだして、くすくす笑った。なかには彼女の厳しい愛を受けつけないという人もいるだろうけど、わたしはずっと好きだった。それで伸びた。

ガリーナ・ベトロワはけっして甘やかすことはしなかった。

コーチにならないか、という話が出たのはこれが初めてではない。ここ数か月のあいだに、パートナーを見つけられる可能性がどんどんしぼむにつれ、ガリーナはその可能性をわたしにぶつけるようになった。それもずばり。「ジャスミン、コーチやるでしょ?」

でもまだその準備ができていない。コーチになるのは諦めのように感じる。まだ。

まだだめ。

でも潮時じゃない？　心のなかの気弱な声がささやき、胃を締めつける。

わたしの気持ちを読んだかのように、ガリーナが鼻を鳴らした。「わたしも忙しいのよ。あなた、ジャンプの練習をしなさい。ごちゃごちゃ頭で考えてばかりだから、うまくいかないのよ。七年前を思いだしなさい」目はリンクを見つめている。「考えるのはやめて。することはわかってるでしょう」

ほかの選手のコーチで忙しいのに、わたしの不調に気づいていたなんて。

いつのことをいわれているのか、思いだした。そうだ。十九歳だった。シングルのキャリアで最悪の年だ。まだパートナーなんていなくて、ひとりで滑っていた。その後三シーズンは下降の一途で、ついにパートナーと滑るペアに転向したのだ。ごちゃごちゃ頭で考えてばかり、悩みすぎて、その結果……シングルからの転向が間違いだったとしても、いまさら後悔してもしかたがない。

人生は選択の連続で、わたしは間違えた。

うなずき、いまでもときにふれて思いだすあのひどいシーズンの悔しさをのみこみ、いつもよりもみじめな気持ちになった。「わたしもそう思っていたの。ジャンプを練習する。またね、ガリーナ」わたしは元コーチにいいながら、古いブレスレットにさわり、両手を振った。

ガリーナはわたしの顔をさっと見て、重々しくうなずき、リンクに目を戻して強い訛《なま》りでジャンプに入るまでが長すぎると大声でいった。

スケートガードをはずしていつもの場所に置き、氷の上に出て集中した。

わたしにはできる。

§

一時間後、わたしは三時間の練習をこなしていたころのように汗だくになって疲れはてていた。からだがなまっている。最後にいくつかコンビネーション・ジャンプを跳んだものの、あまり集中できなかった。なんとか着氷したけど、ぐらつき、ジャンプのひとつひとつに集中しながらそれを連続させるのに苦労した。

ガリーナのいうとおりだ。わたしは気が散っている。でもなんに気が散っているのかよくわからない。頭をすっきりさせて、つきまとって離れないこのもやもやを解消するといいのかも。

更衣室に戻り、自分のロッカーの扉に黄色いポストイットが貼《は》ってあるのに気づいた。一か月ほど前にも、〈ＬＣ〉の総支配人が残したおなじようなポストイットで、彼女のオフィスに呼びだされた。なにかと思ったら初心者クラスのコーチをやらないかという話だった。また、これで三度目だ。どうしてわたしが、ほとんど赤ん坊のような女の子たちのコーチに向いていると思うのか不思議だけど、興味がないと断った。
だからポストイットを取って「ジャスミン、帰る前に総支配人のオフィスに来て」というメモを読んだとき、確認のためにもう一度読んだ。総支配人の用がなんであれ、早く終わらせてもらわないと。仕事に行かないといけないし。スマホのなか、車のなか、バッグのなか、部屋の壁、冷蔵庫の扉、あらゆるところに自分のスケジュールを入れている。ものごとを整理し、準備して、時間を守るのは、わたしにとって大事なのだ。つまり仕事に遅刻しないためには、シャワーとメークを諦めないと。上司に連絡しないかぎり。
ロッカーの鍵《かぎ》をあけてスマホを取りだし、メールを打って（スペルチェック機能に感謝！）ママに送った。ママはいつも電話をそばに置いている。

わたし：〈LC〉の総支配人が話があるって。ダイナーに電話して少し遅れるけどできるだけ早く行くってマッティーに伝えてくれる?
ママ：なにをしたの?

わたしは目を天井に向けて、返事を打った。〝なにもしてない〟。

ママ：それならなぜ呼びだされたの？
ママ：またただれかの母親を〝あばずれ〟って呼んだ？
あのときのことをぜったいに忘れてくれない。みんなそうだ。
でも、総支配人からコーチの仕事に三度も誘われたことは、ママにはいってない。
わたし：わからない。小切手が不渡りになったのかも
これはジョークだった。〈LC〉の料金がいくらか、ママは正確に知っている。十年以上払っていたんだから。
わたし：きょうは、だれの母親も〝あばずれ〟とは呼んでない。そう呼びたくなる人はいるけど
すぐに返事が来るはずだけど、スマホをロッカーに戻し、あとで返事することにした。急いでシャワーを浴びて、下着、ジーンズ、シャツ、ソックス、履き心地のいい靴を記録的速さで身につけた。そこでまたスマホをチェックした。

ママ：お金が必要なの？
ママ：あの女はそう呼ばれて当然だった
ママ：最近だれかを突きとばした？

お金が必要かとママに訊かれて、たまらない気分になった。長いあいだ、毎月毎月、あれだけお金をかけてもらったのに。何シーズンも鳴かず飛ばずで。もうママにお金を出させることはしない。

わたし：お金はだいじょうぶ、ありがと。それにだれも突きとばしてない
ママ：ほんとに？
わたし：ほんと。もしやってたら憶えてるよ
ママ：そう？
わたし：イエス
ママ：突きとばしてもいいのよ。それで目が覚めるかも

思わず吹きだした。

わたし：やらないから

バッグのファスナーをしめて、鍵を手に持ち、更衣室を出てほとんど小走りに廊下を進み、建物の事務関連のオフィスがある場所に向かった。バッグのなかにある卵白のサンドイッチは運転しながら食べるしかない。オフィスのドアまで来て、確認のメールをした。

わたし：マッティーに電話しておいてくれる？
ママ：わかった
わたし：ありがとう
ママ：お金に困ったらわたしにいうのよ

一瞬喉《のど》が詰まるように感じたけど、返事はしなかった。もし困ってもぜったいにいわない。もう大人なんだから。ほんとうに困ったらストリッパーになってもいい。ママにはもう、じゅうぶんしてもらった。
ため息をのみこんで、総支配人のオフィスのドアをノックした。どんな話にせよ、十分くらいで終わってほしい。大幅に遅刻しないで済むように。マッティーはママの親友だけど、その関係に甘えたくなかった。

「入って！」という声が聞こえると同時にノブを回した。

さっさと終わらせよう、と思いながらドアをあける。

わたしはサプライズが好きじゃない。子供のころからずっと。いつでもこれからなにが起きるのか知っておきたいタイプだ。だからうちの家族はわたしにサプライズの誕生日パーティーなんてしたことはない。一度祖父にやられたときには、母に事前に教えられて、驚いたふりをするようにといわれた。ちゃんとふりをした。

部屋には総支配人がいるものだと思っていた。ジョージナという、いつもわたしに好意的な女性だ。あの人は厳格過ぎるという人もいるけど、意志が強くてだれにも妥協しない。

ところが部屋にいたのは、ジョージナではない別人だったのでぎょっとした。年齢は五十歳くらい、髪を大会のときのようにきついおだんごにまとめている。

デスクをはさんで坐っているふたり目の人物を見て、もっとびっくりした。それに総支配人はどこにもいなかった。

このふたりだけ。

アイヴァン・ルーコフと、十一年来の彼のコーチ。

話せばいつでも口論になる相手と、その十一年間でたぶん二十語くらいしかわたしと話したことがない女性。

いったいどうなってるの？　わたしはコーチを見つめ、ロッカーのメモを読み間違えたのかと思った。そんなはずはない……よね？　ゆっくり二度読んだのに。

「ジョージナに会いにきたんだけど」自分が間違えたかもしれないという不安を押し殺した。わたしは失敗するのがいやだった。たまらなく。しかもこのふたりの前でと思ったら、ますますいやになった。「彼女がどこにいるか知ってますか？」

女性はにっこりほほえんだ。わたしがなにか重要な話をじゃましたような感じではない。まして彼女がいままで基本的にわたしを無視していたことも、なかったかのようだ。すぐに緊張した。いままで彼女にほほえまれたことなんて、一度もなかった。実際、ほほえんでいるのを見たこともなかった。「入って」彼女が笑顔のままでいった。「メモを残したのはわたしよ、ジョージナではなく」

読み間違いでなかったのはいいけど、この人がどうしてわたしを呼びだしたのか、いろいろと考えてしまう。それになぜアイヴァンが、黙ってそこに坐っているのかも。まるでわたしの気持ちを察したかのように、彼女は安心させようとますますほほえんだが、逆にますます不安になる。「そこに坐って、ジャスミン」その言い方で、この人はわたしの左側にいるまぬけをコーチして二度も世界チャンピオンにしたのだと思いだした。でも彼女はわたしのコーチではないし、指図されるのは好きじゃない。それにこれまでずっとそっけなくされてきた。失礼にされたわけではなかったけど、親切にもされていない。

それも無理はない。だからといって、なかったことにはならない。

二年間、わたしはアイヴァンとおなじ大会に出ていた。わたしは負けず嫌いだし、それは彼らもおなじだ。ことさら競争相手に親切にする理由はない。でもわたしがペアに転向する前、彼女はもう少しわたしに親切にすることもできた……でもしなかった。べつにそうしてもらう必要はなかったけど、でも。

だからわたしが立ったまま眉を吊りあげても、驚くべきではない。

彼女も眉を吊りあげてわたしを見た。「お願い」愛想よくつけ足した。

わたしは彼女も、その口調も、信用しなかった。

彼女の向かいには椅子《いす》がふたつあり、そのひとつにはアイヴァンが坐っている。彼を最後に見たのは世界選手権のおこなわれるボストンに発《た》ったときだった。長い脚をまっすぐ伸ばし、両足をデスクの下に入れている。胸の前で腕を組み、引きしまった胸筋と細いウエストを目立たせてる。それに紺色のタートルネックはリンクのほかの女の子たちが大騒ぎしている彼の白い肌を引きたてている。でもわたしの注意を引いたのはそんなことではなかった。

灰色がかった青い目の焦点が、ぴったりわたしに合っている。その色の強烈さを忘れたことはないのに、いつもはっとさせられる。その目を囲むまつげの長さも。

その目をふくめてなにもかも、気に食わない。

あまりにも多くの女の子たちが彼の顔、髪、目、スケーティング、腕、脚、呼吸、使っている歯磨き粉に大騒ぎしていて、うんざりする。わたしの兄まで、アイヴァンのことを〝プリティ・ボーイ〟といってた。おまけに片足のブレードでバランスをとりながら、両腕をまっすぐ伸ばしてパートナーを持ちあげることができる広い肩も、人気だった。だれかがお尻にうっとりだといっていたのも、さっき聞いたばかりだ。もし彼に、いちばんの魅力があるとしたら、この不気味な目だろう。でもサタンには魅力なんてありえない。わたしが彼をにらむと、〝プリティ・ボーイ〟もわたしをにらみ返した。

彼はただ……見ていた。口をとじて。その手と指を、脇にはさんで。

わたし以外の女の子なら、こんなふうに凝視されたらどきどきしたかもしれない。でもわたしはこいつのグルーピーじゃないし、よく知っているから、その筋肉に気をとられることもない。あれだけトレーニングしているんだから、筋肉がついてて当たり前だ。ユニコーンでもペガサスでもない。べつになんとも思わない。

それに、何年も前に、口答えをして母親にぶん殴られていたのもこの目で見た。

「いったいどういうこと？」アイヴァンの顔をしばらくにらみつけ、それからリーコーチに目を移して、ゆっくりと訊いた。コーチは机に覆いかぶさるように前かがみになっていた。しっかりと両肘《ひじ》をつき、細く黒い眉を興味深そうにまだ吊りあげている。現役時代と変わらず美人だ。彼女が全米チャンピオンだった八〇年代のころのビデオを観たことがある。

「悪い話ではないから、ほんとうよ」コーチは慎重に答えた。彼女はアイヴァンの隣の椅子を指し示した。「坐ってくれない？」

だれかが〝坐ってくれない〟というのは悪い話のときだ。とくにアイヴァンの隣なんて。「立ってるわ」自分の声が奇妙に聞こえた。

いったいなんなの？　まさか〈LC〉から追いだされるとか？　でも、なにも悪いことはしてない。

このあいだの女の子たちが告げ口したとか？　ああもう。

「ジャスミン、二分でいいから」リーコーチがゆっくりといい、また椅子を勧めた。わけがわからないし、どんどん奇妙なことになっている。二分って？　二分ではなにもできない。歯を磨くのだって二分以上はかかる。

わたしは動かなかった。告げ口したんだ、あの小娘どもが――

わたしの考えを読んだように、リーコーチがため息をつき、一瞬アイヴァンを見てから、またこちらに目を戻した。白いシャツと紺色のスーツという装いの彼女はフィギュアスケーターのコーチというより弁護士のように見えた。気まずそうに坐り直し、背筋を伸ばす。唇を一瞬引き結んでから、切りだした。「それならずばり本題に入るわね。このまま引退するつもりなの？」

　このまま引退するつもりなの？　みんなそう思っているの？　わたしが引退すると？

　パートナーがいなくて、まるまる一シーズンを棒に振ったのはわたしが選んだことじゃないのに……まあいい。まあいいわ。血圧が危険なほど上昇したけど、とりあえずそれと、〝引退〟という言葉は無視して、彼女のいったことの要点に集中した。「どうしてそんなことを訊くの？」わたしは少しおびえながら、ゆっくりと訊いた。

　カリーナに電話しておけばよかった。

　ありがたいことに、リーコーチは遠回しな言い方はしなかった。それでさっき以上に驚かされた。なぜならまったく思いもよらないことを聞かされたから。彼女からこんなことをいわれるなんて、まったく予測していなかった。

「あなたにアイヴァンのパートナーになってほしいの」彼女はいった。なんでもないことのように。

　人生には、自分でも気づかないうちにドラッグをやっていたんだろうかと思う瞬間がある。飲みものにLSDを入れられて、知らないうちに飲んでしまったとか。痛み止めを飲んだつもりが、PCPだったとか。〈LC〉の総支配人のオフィスのなかで立っていたわたしにとって、いまこそ、その瞬間だった。目をぱちくりすることしかできなかった。

だって、いったいなんなの？

「あなたにいまの引退同然の状態から復帰する気があれば、ということだけど」彼女はまた〝引退〟という言葉を入れて続けた。やっぱり飲みものに幻覚剤を入れられたにちがいない――だってこんなこと、ありえないもの。リーコーチがこんなことをいうなんて。

ぜったいにありえない。

わたしの聞き間違えか、会話の一部を聞きそびれたんだ。だって……。

だって……。

わたしとアイヴァン？　パートナー？　ありえない。無理。

ふざけてる……のよね？

3

わたしはおびえるのが好きじゃない——ホラー映画好き以外に、おびえるのが好きな人なんている?——けど、わたしをこわがらせるものはそんなに多くない。蜘蛛《くも》、飛ぶゴキブリ、鼠《ねずみ》、暗闇《くらやみ》、ピエロ、高所、炭水化物、体重増加、死ぬこと……そんなのこわくない。蜘蛛もゴキブリも鼠も退治できるし、暗かったら電気を点ければいい。ピエロだって、よほど大柄なやつじゃなければ、習った護身術で撃退できる。高いところもへっちゃらだ。炭水化物は大好き。もし太ったとしても、体重の落とし方はわかっている。それに人間はみんな、いつかは死ぬ。どれもちっともこわくない。

わたしがおびえるのは、そういうものじゃない。

自分がだめな人間で、期待外れなのではないかという不安だ。それは簡単には消えてくれない。ずっと。それを退治する方法を、わたしはまだ知らない。

これまでの人生で心からおびえたときは、片手で数えられる。全部フィギュアスケートに関係していた。三度目に脳震盪《のうしんとう》を起こしたとき。医師がママに、スケートをやめさせるべきだといった——実際にそうなるのではないかと、こわかった。そのあとの二度の脳震盪でも、これでもうだめだといわれる、とおびえた。でもママはいわなかった。

ほかにも、口のなかが綿の味になって胃が締めつけられひっくり返り……そのときのことは必要以上に考えないようにしている。

でもそれだけだ。父さんは、わたしにはふたつの感情しかないといって笑った。〝無関心〟と、〝むかつく〟。それは的外れだけど、父さんはわたしのことをよく知らないから。

でもいま、これは麻薬がつくりだした夢などではなく、現実なのかもしれないと考えてみて、少しこわくなった。これが現実なのかという質問はしたくなかった——だって、もしそうじゃなかったら？　めちゃくちゃなジョークかなにかだったら？

こんな不安は大嫌い。

それにほんとうにこわかったのは、その答えに自分が魂を売り渡すのではないかと思ったからだ。

後悔は恐怖より悪い、ママにそういわれたことがあった。そのときはわからなかったけど、いまならわかる。

だから、自分が望む答えではないかもしれない、ほんとうは知りたくない質問をした。「なんのパートナー?」念のためにゆっくりと訊きながら、この現実のような夢のなかで、わたしと彼がいったいなんのパートナーになるのか必死に考えていた。ピクショナリー?

ずっと前から遠い(ときには近すぎる)知り合いだったその男が、あきれたようにアイスブルーの目を天井に向けた。わたしはにらみつけた。

「スケートのペアだ」〝わかりきったことを〟といわんばかりに。殴られたいらしい。

「なんだと思ったんだ? スクエアダンシング?」

「ヴァーニャ!」リーコーチがとがめるようにいい、手で自分の額を叩《たた》いた。

でも目の前のいけすかないやつをにらむのに忙しくて、彼女のことはよく見ていなかった。だめよ、ジャスミン、こんなのの相手をしないで。口を閉じておくのよ……。でもよく知っている小さな声がささやいた……少なくともこの人たちの狙《ねら》いがなにかわかるまではね。だって、こんなの本気のはずがないもの。まさか。

「なんだよ?」アイヴァンがわたしを見つめたまま訊いた。口元に小ばかにするような笑みが浮かんでいる。

「話しあったのに」彼のコーチはそういって首を振った。

その言葉で彼女のほうをふり向き、にらみつけた。「なにを話しあったの?」ゆっくりといった。なにをいわれても平気だ。いままでいろんなことをいわれてきた。

彼女はわたしをちらっと見て、椅子に坐っているあほをいらだたしげに見つめた。

「わたしが全部説明するまで、彼は黙っていることになってたのよ」

「なぜ?」

リーコーチはひどくいらついた様子で長く息を吐き、椅子に坐っている男を見ながらいった。「なぜならここはあなたをチームに誘うところで、断る理由を与えるところじゃないから」

わたしはまばたきした。

椅子にすわっているまぬけを笑ってやった。それでも彼の小ばかにするような笑みは変わらなかった。

〝ばーか〟わたしは口の動きだけでそういった。

〝肉だんご《ミートボール》〟彼が口の動きだけでいい返してきた。

わたしはいつものように、あっという間に真顔になった。

「もういいでしょ」リーコーチが短く笑っていった。わたしは椅子に坐ったサタンをにらみつけ、こんなやつにいらいらさせられた自分にも腹をたてていた。「話を戻しましょう。ジャスミン、そのだれかさんは無視して。彼はこの大事な話を台無しにするはずではなかったのよ」

リーコーチは、ほかの人なら必死と映るようなほほえみを向けてきた。「アイヴァンとわたしは、あなたに彼のパートナーになってほしい」彼女は両眉を吊りあげ、信用ならないほほえみを浮かべた。「あなたさえよければ」

アイヴァンとわたしは、あなたに彼のパートナーになってほしい。

あなたさえよければ。

リーコーチとアイヴァンが、わたしに彼のパートナーになってほしい。

わたしに。

ばかげたジョークでしょ？

一瞬、カリーナもかかわっているのかと思ったけど、思い直した。最後におしゃべりしてから一か月以上たっているし、わたしをよく知っている彼女がこんなことをするはずがない。よりによってこのルーコフとのペアなんて。

ジョーク……そうでしょ？　アイヴァンとわたし。わたしとアイヴァン。ほんの一か月前、こいつはわたしに、いったいいつになったら第二次性徴が来るんだと訊いてきた。わたしはそれに、あんたのたまが降りてくるころにねといい返した。

それはそれぞれが同時にリンクに出ようとしたことがきっかけだった。リーコーチはその会話を聞いていたはずだ。

「理解できない」わたしは完全に困惑して、ゆっくりとふたりにいった。少しいらだってもいたし、どっちを見たらいいのか、なにをしたらいいのか、まったくわからなかった。だって意味不明。まったく。

ふたりは一瞬、目を見交わして、リーコーチがこわばった声でいった。「なにが理解できないの?」

いくらでも候補がいるのに。そのほとんどはわたしよりも若く、このスポーツでは若さがもてはやされる。わたしに打診する合理的な理由はなにもない……ほかの子よりもスケートがうまいという理由以外では。少なくとも技術的には、ということだけど。技術というのはつまりジャンプとスピンが得意という点だ。でも高いジャンプや速いスピンだけではだめなときもある。演技構成であるプログラム・コンポーネンツのスコア——スケーティングスキル、トランジション、パフォーマンス、エクセキューション——も、総合点には重要なのだ。

そういうのはわたしの弱点だった。わたしの振付師のせいだという人もいた。コーチが選ぶ音楽が悪いという人も。わたしには〝心がない〟とか〝芸術性が足りない〟とか〝なにかを感じさせない〟という批判も。わたしと元パートナーには〝一体感〟がないとも。わたしが彼を信用しきっていないとも。そういうことすべてが、わたしがいままで成績がよくなかった理由なのかもしれない。

喉が詰まりそう。

わたしは苦い思いを——とりあえず——のみこみ、知っているようで知らないふたりのことを眺めた。「あなたたちはわたしに、彼の」――万が一にも間違いのないように、親指でアイヴァンのことを指差す――「パートナーになってほしい？」鼻から息を吸いこみ、血圧を抑える。「わたしに？」

リーコーチはうなずいた。ためらいなく。

「なぜ？」質問というより非難のように響いたけど、しかたがない。

アイヴァンは鼻を鳴らして坐り直し、伸ばした脚を引いてカーペットの床に足をつけた。片方の膝が揺れる。「説明してほしいのか？」

挑発したらだめ。挑発したらだめ。だめよ、ジャスミン。

そんなことしない。

「そうよ」冷ややかな口調でいったが、それでもこいつには丁寧すぎる。わたしは落ち着かない気分だった。話がうますぎるときは要注意だ。そのことはけっして忘れない。「なぜ？」ふたたび訊いた。すべて理解するまであとに引くつもりはない。

ふたりともなにもいわなかった。わたしが話しつづけていたせいかもしれない。

「若いスケーターがいくらでもいるでしょ」ともいった。だって、わたしが考えるようにこれが悪ふざけ、もしくは悪夢だとしたら、なにを失うものがある？　最低最悪の不愉快極まりない〝びっくり〟だ。

それにわたしの血圧はどうなってるの？　とつぜん気分が悪くなった。ブレスレットをさわって、ごくりと唾《つば》をのみ、ふたりのほぼ他人を見つめ、なんとか平静を保とうとした。「どうしてあなたたちがわたしに頼むかを知りたいの。わたしより五歳若い子もいるし、わたしよりペアでの経験が豊富な子もいる。わたしがなぜパートナーを見つけられないのか、わかってるでしょう」

それに続く沈黙は、ふたりがそういうことすべてをわかっているしるしだった。何年も前、わたしはひどい批判を受け、なにをしてもそれを払拭《ふっしょく》できないでいる。人々が話の全部ではなく、聞きたいことだけを何度もくり返し聞くのはわたしのせいじゃない。

彼女はやりづらい。ポールはだれかれ構わずそういっていた。もしかしたら、わたしが自分の行動をいちいち説明していたら、事態は変わっていたのかもしれない。でもわたしはしなかった。後悔もしていない。ほかの人たちになんと思われても、どうでもよかった。

それで自分がひどい目に遭うまでは。

でももう手遅れだ。わたしにできるのは自分の行動の結果を受けとめることだけ。

だからそうした。

お尻をさわってきたスピードスケートの選手を突きとばしたら、わたしが悪者になった。

あるリンクメイトの母親が、うちのママが二十歳も若い夫と再婚できるのはさぞ口でするのがうまいんだろうといったから、その母親をあばずれと呼んだら、失礼だと非難された。

わたしがやりづらいのは、勝ちたいからだ。だって、いまでも毎朝フィギュアスケートをするために起きるのに、勝ちたいと思わずにはいられない。

そうした小さなことが積み重なり、わたしの皮肉な言葉――それだけではなくわたしが口にするすべての言葉――が失礼なコメントだと受けとられるようになった。つまりそれが、わたしにとってはあいにくの真実だ。

でもわたしは自分が何者かも、なにをしているかもわかっている。後悔する気にはなれない。ほとんどの場合は。姉のようなかわいらしさや、ママのようなしたたかさをもちあわせていたら、人生は楽だったかもしれないけど、わたしはそういう人間ではないし、今後もない。

人間の本質的な部分は変わらない。自分を枉《ま》げてほかの人々を幸せにするか……そんなことはしないか、どちらかだ。

わたしには、ほかの人の評価を気にするよりほかにやることがある。

もしこれがほんとうにパートナーの誘いなら、ちゃんと状況を把握して決めたい。もう目をつぶって最善を期待するようなことはしない。とくにこの男は、わたしのシングル時代の大会のたびに、ショートとフリーのプログラムでわたしがどんなミスをしたか、逐一書きだし、敗因を思い知らせた人間だ。すっごい意地悪。

「そんなに困ってるの？」灰色がかった青い目をじっと見つめて、その男に直接訊いた。失礼だけど構わない。真実が知りたい。「だれもあなたとペアを組みたがらないの？」

　相手は氷河のような目をそらすことはなかった。長身で筋肉質のからだがぎくりとすることもなかった。普段わたしがなにか話しかけるたびにするように、顔をしかめることさえなかった。

　自分自身にも、自分の才能にも、その地位にも自信があり、おのれに力があることを承知した人間だけに可能なやり方で、アイヴァンはわたしを見極めるように、目を合わせてきた。そしておなじみの性格の悪さが顔を出す。

「それがどんなことか、身に沁《し》みてわかってるんだろ」

　この――

「ヴァーニャ」リーコーチが叫ぶようにして、頭に浮かんだことをすべて口に出す幼児に困った母親がするように、首を振った。「ごめんなさいね、ジャスミン――」

　普段なら、口の形だけで〝ぶっとばしてやるから〟というところだが、我慢した。代わりに、完璧な骨格の顔をにらみつけ、両手でその首を締めるところを想像した。

わたしがどれほど自制しているか、いってもだれも信じないだろう。

もしかしたらわたしは大人になったのかもしれない。

でもそこで、〝今度その顔に唾を吐きかけてやる〟と考え、大人というのはいい過ぎかもしれないと思った。でも口に出していったのは、「たしかによくわかってるわよ、あほんだら」だった。

リーコーチが小声でなにかいったけど、とくにとめられなかったから、わたしはつづけた。

「いっとくけどね、サタン」――彼が小鼻を膨らませるのが見えた――「わたしが知りたいのは、あんたがわたしに頼んでくるのは、ほかの人がだれも相手にしてくれないからか――でもそれはありえないし、それがわからないほどわたしが抜けていると思わないほうがいいわよ――それとも、わたしにはわからない隠された理由があるのかということよ」つまりこいつが、史上もっとも意地の悪いエイプリルフールのジョークを仕掛けているとか。もしそうだったら、今度こそ殺してやる。

リーコーチがふたたびため息をつき、わたしはそちらを見た。彼女は首を振り、これまでに見たことがないほど困り果てているように見え、わたしはひやりとした。たぶん彼女は、アイヴァンとわたしが水と油だということに、気づいたのだろう。言葉を交わさなければましだけど、それでもにらんだり、中指を立てたりはできる。彼の両親の家での晩餐《ばんさん》では、何度もそうなった。

だがわたしの吐き気が限界に達する寸前で、リーコーチは背筋を伸ばした。覚悟を決めるように一瞬天井を見て、いった。「これはここだけの話にしておいてほしいの」アイヴァンが鼻を鳴らしたが、わたしは彼女が、アイヴァンのことをサタンとかあほんだらと呼ぶなという以外の話をしようとしているのだと気づき、集中した。「わたしには話す相手なんていません」それは事実だった。秘密を守るのは得意だ。

リーコーチはあごを引いてわたしを見据え、いった。「じつは――」

あほがまた鼻を鳴らして、坐り直し、コーチの話を遮った。「ほかにだれもいないからだ」

わたしは目をぱちぱちした。

彼は続けた。「これは一年限りの――」

ちょっと待って。一年限り？ まったく、話がうま過ぎると思った。

「ミンディが……来シーズンは休む」黒髪の男は説明を続けた。三年来のパートナーのことを話すのにその口調はこわばり、少しいらだっていた。「とりあえずパートナーが必要なんだ」

もちろん、そうに決まっている。わたしは天井に目を向けて首を振り、失望の鈍い打撃を腹に感じていた。失望はいつも完璧な瞬間を狙ってあらわれる。

その存在は消えることはない。

自分が失望しなかったときを思いだせないほどだ。ほとんどは自分にたいする失望だけど。

ああもう。わかっているべきだった。そうでもなければ、彼がわたしに頼むわけがない。この先ずっとのパートナー？　もちろんそんなことはない。

一瞬でもその可能性を考えてしまったわたしは……ばかだ。わかっていたはずなのに。そんないいことは、わたしには起きるはずがないって。いままでも、これからも。

「ジャスミン」リーコーチの声は穏やかだったが、わたしはそちらを見なかった。

「これはあなたにとってすばらしいチャンスよ――」

もう帰ろう。なんでまだこんなところで時間を無駄にして、どんどん仕事に遅刻しているんだろう？　ばか、ばか、ばかなジャスミン。

「――大きな経験を得られる。現全米・世界チャンピオンと組むのよ」彼女はまだ話しつづけていたが、わたしはほとんど聞いていなかった。

もしかしたら、もうほんとに引退する潮時なのかもしれない。これは啓示なのかも。ちくしょう。

「ジャスミン」リーコーチが優しいといってもいい声で呼びかけた。「たぶん選手権で優勝できるし、それがだめでもなにかの大会で――」

わたしは彼女を見た。

リーコーチは片方の眉をあげた。その言葉でわたしの関心を引けるとわかっていたのだろう。「そのあとでパートナーを見つけるのは簡単よ。わたしも協力するし。アイヴァンだって」

アイヴァンがわたしのパートナー探しに協力するなんてありえないから、その部分は無視した。でも――その他の部分は無視できなかった。

選手権。大会。どの大会でも。

わたしはジュニアのころからシニアに至るまで、一度も優勝したことがない。

それにリーコーチがわたしのパートナー探しに協力してくれる。

でもなんといっても、選手権だ。その可能性だけでもいい。希望。

誘拐犯がお菓子をあげるからといって子供を車に乗せるのとおなじで、いまのわたしはばかな子供の役割だった。でもこのふたりがお菓子の代わりに餌《えさ》にしているのは、わたしがなによりも欲しいもの、ふたつだった。

「大変な挑戦だと感じていると思うけど、厳しい訓練を積めばうまくいくと思う」彼女はまっすぐわたしを見ていった。「いかないはずないのよ、正直にいって。アイヴァンはここ十年間、一度も不振な年はなかった」

ちょっと待って。

現実に直面して、彼女がいっていることをちゃんと考えてみた。

いまから一年足らずで選手権を優勝するってこと?

嘘でしょ。あたらしく結成したペアはたいてい一年間休みをとり、相手がどんな滑りをするか憶え、ジャンプやリフトやスローといったテクニカルエレメンツを円滑にこなせるようになるまで練習する。それでも十二か月ではまだ息が合わないこともある。ペアスケートは一体性、信頼、タイミング、相手の動きの読み、シンクロが大事だ。ふたりがひとつになりながら、なんらかの形でそれぞれの個性を保つ。

それなのに、このふたりが求めているのは、ほんの数か月でそれを完璧にし、振り付けを憶えてマスターするということだ。普通は一年かそれ以上かかることを数か月で。

ほぼ不可能。

「選手権の優勝が欲しいんだろ?」アイヴァンの問いかけは、わたしの心臓に突きたてられたナイフのようだった。

わたしは彼を見た。スラックスと厚手のセーターを着て、髪はトップを長め、サイドはフェードカットにして完璧にスタイリングされている。数世代にわたる選択によってまさに金持ちのボンボンに見える顔の骨格。わたしは喉にグレープフルーツ大のとげとげのものが詰まったように感じながら、息をのんだ。

そのために人生のほとんどを捧《ささ》げてきたものを、欲しいかって？

現役を続け、将来をつかみ、ついに家族に誇らしく思ってもらうチャンスを欲しいかって？

欲しいに決まっている。あまりに強く思い過ぎて、手が汗ばんできて、ワークパンツで拭くところを見られないように、背中に回した。

それにしても。

なによりも欲しいもののための一年間。選手権。そのためにママは破産寸前までわたしにお金をかけ、家族全員、ずっと前からわたしのためにそれを願っている。わたし自身、ずっと目指してきたのにいつも手に入らなかったもの。

一年間、このいやなやつとペアを組めば、わたしが諦めかけていたことを実現する最大のチャンスを得られる。

でも……。

現実と事実を考えないと。

わたしたちが勝つという保証はない。もしなにかの大会で勝ったとしても、そのあとわたしが自分でパートナーを見つけられる保証もない。うまくいくかどうかもわからない。いままで幸いにも怪我《けが》をくり返すということはなかったけど、怪我したことはあるし、それでシーズンが終わりになることもある。

それに、どれだけの量の訓練をしなければならないんだろう。すでにわたしが約束して取り消し不可能な計画が、あたらしい計画の妨《さまた》げになるかもしれない。

「わたしたちはこの一年を無理のない移行期にしたいと思っている。ビジネスよ。ミンディはプライベートはプライベートにしておきたがった。アイヴァンもそう」リーコーチはいわずもがなのことをいった。カリーナは〈ピクチャーグラム〉のアカウントさえもっていないし、〈フェイスブック〉は偽名でやってる。

「競技に焦点を合わせる」リーコーチは、そこに立ったまま理解しようとしてほとんど失敗しているわたしにていねいに説明した。「ジャスミン、アイヴァンと何年もおなじリンクで練習しているあなたとペアを組めば好感される。あなたは家族ぐるみの友人だし。あなたはペアで無名ではないし、いちから始めることなくこのレベルで競うに足る経験も積んでいる。わたしたちは、いまのあなたとうまくやれると思う」彼女はいったん言葉を切って、アイヴァンを見ていった。「ふたりの年齢差もちょうどいい。あなたはアイヴァンのいいパートナーになると思う」

ああ、年齢差か。二十六歳のわたしと三十前のアイヴァン。そのことは考えていなかった。たしかにいい年をしたこいつが十代とペアを組んだら変に見えるだろう。〝いまのわたし〟とうまくやれるというのはどういう意味なのか、よくわからないけど、それはあとで考えよう。こんなふうに、ふたりの注目を浴び、まるで自分が立っている世界がなくなって、また与えられたように感じていないときに。大変な練習が必要になる。うまくいく保証はない。わたしにはリンクのそとで少しずつつくってきた生活があり、それを放棄することはできない。

そういうことすべて。

でも……。

考えないと。〝まずは考える、それから言葉にする〟ともいうし。これまで何度もよく考えずに口に出して、厄介なことになったことがある。

わたしは深呼吸して、最初に思いついたことを尋ねた。「スポンサーはわたしでいいといってるの？」もしスポンサーがノーといったら、この話はみんな無駄になる。わたしのスケートのキャリアでは、スポンサーなんて片手で数えられるほどしかなかった。スケートは無料で提供されているけど、優勝して人気の出た選手の事情は知っている。アイヴァンには経済的な支援は必要ないけど、それでもスポンサーは大事だ。それにＡＳＦ――アメリカスケート連盟だって、わたしたちのペアをいやがるかもしれない。

リーコーチはすぐに肩をすくめた。「それは問題にならない。もっとひどい状況からカムバックした人はいるのよ、ジャスミン」

そんなふうにいわれたら、自分が麻薬依存者のように思えてくる。

彼女は続けた。「あなたはイメージをつくり直せばいい。それはだいじょうぶ」正しい判断をすればきっとうまくいく。わたしたちはあなたを迎えて……必要な修正さえしてもらえれば」

彼女の最後の言葉にひっかかった。

「どんな修正？」リーコーチとアイヴァンを交互に見つめながら、質問した。がらっとイメージチェンジして赤ちゃんにキスするとか、聖人になれそうな〝氷上のプリンセス〟になれとかいうことなら……無理だから。まだ若くてなにもわかっていなかったころ、そういうのになろうとしたことがあるけど、三十分しかもたなかった。ましてわたしはもう、人に好かれるためだけに行儀のいいふりするなんて歳じゃない。

リーコーチは頭をかしげた。「大したものではないわ。あとで話しましょう」

「いいえ、いま話して」

「そんなこといわれても。いま思いついたことしかいえないけど――」

「それでいいわ」

彼女は一瞬、目を横に向け、またわたしに戻した。「そうね」彼女は気まずそうだった。「もう少し笑うとか」

わたしは目をぱちぱちして彼女を見た。アイヴァンが鼻を鳴らす音も聞こえた気がする。

「写真を撮ったり、ガラに参加したり、あなたのソーシャルメディアのアカウントはもっと改善する必要があるけど、もっと活発に発信して、ときどきスケート以外の生活の写真をアップしたりするだけでもだいぶちがうのよ」

一年間しかペアを組まないのに、そんなことまでさせるつもりなの？　冗談でしょ？

そのときがつんときた。

ソーシャルメディアのリクエストに、吐き気がして、うなじがちくちくした。前はいろいろとアカウントをもっていたけど、眠れなくなって全部削除した。彼女に、いっておかないと。自分の生活をオンラインに投稿してもいいことはなにもないとわかっている。

わたしには……とくに支援が必要だというべきだ。でもいえなかった。そんなことをいって、このチャンスをふいにしたくなかった。

たぶんこれはわたしの最後のチャンスになる。

きっとだいじょうぶ。なにを投稿するか、よく注意すれば。もしまたなにかあっても、賢く対処できる。このチャンスは本物なのだから。

練習を録画しておいて、自分だけであとで復習する。前にもそうしていたことがある。頼めばママと兄姉が協力してくれるはず。集中して、コレオグラフィーの練習になったらアイヴァンに先に滑らせる。

不可能はことなどない……そうよね？　わたしは強いし、頭がよく、猛練習をおそれない。

おそれるのは失敗だけ。

だからいわなかった。

「なにも大幅に変える必要はないのよ、ジャスミン。ほんとに。あなたもチームのためにベストなことをすると、はっきりさせておきたいだけ。みんな大変になるけど、やってできないことではないわ」

優勝するためならなんでもする。ソーシャルメディアのアカウントをまたつくってもいい。嘘をついたり、ごまかしたり、盗んだりも……少しなら。

つまり、競争相手を叩きのめしたりステロイドを服用したりアイヴァンに口でしたりはしないけど、それ以外はやってもいい。もしこのチャンスが本物なら。リーコーチの表情と、ほとんど怒っているようなアイヴァンの表情で、そうなんじゃないかと思えてきた。

アイヴァンはここ二十年間でもっとも成功し勝ってきたペアスケーターだ。わたしは競技していた最後のシーズンでも、グランプリ・ファイナルに出場することさえできなかったし、全米選手権ではひどかった。ほかの大会では、五位と六位。

これはパートナーなしのわたしが望むべくもない大チャンスなのだ。

「興味ある?」リーコーチが冷静な表情と口調で訊いた。

興味? あるに決まっている。

でも無視できないこともある。

ペアスケートはパートナーを心から信じなくてはできない。女性スケーターはとくに、毎日パートナーに命を預けるようなものだ。リーコーチにもアイヴァンにもそれはわかっている。信頼がパートナーシップの土台になる。それは、相手はわたしを嫌っているけど、どうしても勝ちたいからチャンスをふいにするようなことはしないという信頼でも、ほんとうに信頼できる相手にたいする素直な信頼でもいい。

わたしは勝ちたい。勝つチャンスが欲しい。ずっと欲しかった。そのために血や涙を流し、骨を折り、脳震盪を起こし、全身の筋肉を傷《いた》めたし、友だちもつくらなかったし、学校のイベントにも一度も参加しなかったし、恋愛経験も皆無、家族も粗末にしてきた。すべてこのために。自分にとってなによりも、だれよりも大切なスケートへの愛のために。なぜならスケートはわたしに、何度転んでも立ちあがれるという自信を与えてくれたから。

一年前なら……六か月前なら……わたしはこのチャンスに飛びついただろう。

わたしはリーコーチとアイヴァンを見た。たとえこのサタンの生まれ代わりと組むとしても、このチャンスに興奮していた。それでも、心のどこかで、これはなにかのふざけた策略ではないかという心配が消えなかった。こういうことは初めてではない。世の中には自分の欲のために、だれを傷つけても平気という人間がいる。

わたしはだれかに利用されるのは耐えられない。もう二度と。

それに……わたしの生活にはスケート以外のこともある。自分で決めたり人と約束したりしたことを破りたくない。そのことも考えないと。自分ひとりで生きているわけじゃないし、やっとそのことがわかってきたところだ。

「もしこれがなにかの罠《わな》で、本命のパートナー候補の気を引くためにわたしを利用しようとしているなら」このふたりがそんなことをしないとはいい切れない。「許さない」ほんとうにそうなら、アイヴァンを殺す。それにカリーナが殺すだろう。

部屋に沈黙が落ちた。罪悪感？　わたしの考えたとおりだと認めているの？

「ちがう」リーコーチがおもむろにいった。「そんなことじゃない。罠なんかじゃないわ。わたしたちは本気であなたに加わってほしいのよ、ジャスミン」

その言葉がほんの少しうれしかったけど、それに気をとられるわけにはいかなかった。

無言で注意深く坐っているアイヴァンを見やり……彼のパートナーはなぜ一年間休むことに決めたのだろうと考えた。結婚するのか、家族が病気なのか、こいつに嫌気がさしたのか。電話番号を知っていたら、メールして訊けるのに。彼女はいつも感じがよかった。

「そんなに見つめたいなら写真を撮ってもいい」アイヴァンがつまらなそうにいって、椅子の背にもたれた。

わたしは目を天井に向け、このまぬけになにかいい返してチャンスをつぶすことは避け、リーコーチのほうを見た。

さいわい、リーコーチもアイヴァンの言葉にはあきれ顔で、わたしにいった。「答えはいますぐでなくてもいい。考えてみて、それから返事をちょうだい。時間はあまりないのよ。来シーズンの競技に参加するつもりなら、一分も無駄にはできない」

§

「どうしたんだ?」兄のジョジョが訊いた。ママのチキン・パルメザンを載せた皿を持って隣の席に坐って五分もしないうちに。こういう料理を、一年前は週に一度の〝チートミール〟として食べていたけど、いまは毎日〝チートミール〟だ。パンツが――ブラも下着やシャツも――その現実を示している。胸は一カップ大きくなった。もっとも、うちは姉もわたしも母親似の貧乳で、文字どおり最大の魅力はお尻だから。

少し大きくなった胸ともともと大きくてさらに大きくなったお尻は、競技レベルのフィギュアスケートの練習を毎日六、七時間から二時間に減らした結果だ。

そして……またそういう日々が始まるのかもしれない。

もしかしたら。

朝のミーティングから十二時間がたったが、まだ心が決まっていなかった。

もし、リーコーチとアイヴァンの申し出を受けたら、週に三度は食べているM＆Mとはバイバイしないといけない。それはいいんだけど。

いや、先走りしている。ひと晩眠って考えたら、ただの可能性のためにふたたびすべてを変えるリスクをとりたくない、という結論に達するかもしれない。すべてのプラスとマイナスを考慮しないと。仕事中も、きょう二度目の練習中も、週に一度のピラテスのレッスン中も、あの申し出のことが頭から離れなかった。

帰宅して家の車寄せに知ってる車がとまっていても、とくに驚かなかった。うちの家族はいつでも好きなときに来る。休日や祝日にかぎらず。兄ふたりと姉ふたりはとっくの昔にうちを出て、この家に住んでいるのはわたしと、ママとその夫だ。

うちに入ると、居間にママとジョジョと、彼の夫のジェイムズがいた。

「シャワーに入ってこい！」そう叫んだジョジョに、わたしは中指を突きたてて、二階の自分の部屋に駆けあがった。シャワーを浴びて着替え、そのあいだもずっと総支配人のオフィスでの話し合いのことを考えていた。

下に行くと家族は台所で、ママがつくった夕食を、各自皿にとっていた。わたしはそれぞれのほおにキスして、兄からぶちゅうっというキス、彼の夫から軽いキスを返され、ママにはお尻をぺんとはたかれた。

サタンとコーチのことはなるべく考えないようにして、チキン・パルメザンのヌードル添えを皿に盛り、テーブル代わりのアイランドキッチンを囲む席に坐った。そして三口めをゆっくりと噛《か》んでいたとき、兄に例の質問をされたのだ。

なんと答えようかと考える前に、ママがアイランドキッチンを回ってきた。手に、ボトル半分は注いだと思われる大きなワイングラスを持っている。

「まったく、ママ、いっそボトルごと持ってくればいいのに」たぶん赤ん坊のわたしを置いたときよりも優しく、そっとグラスを置くママに笑った。

ママは目を天井に向けた。「いいでしょ。長い一日だったのよ、それにこれは心臓にいいんだから」

わたしは鼻を鳴らして眉を吊りあげ、ママの着ている服に気づいた。わたしのスキニージーンズと、姉が着ていた赤いブラウス。

「ところで、グランピー。どうしたの？〈LC〉で今度はなにをしでかしたの？」

昼間、ママから呼び出しはどうなったのかというメールが来たけど、返事しなかった。申し出について家族にいうかどうか、考えることもしなかった。いつもは隠しごとなんてしない。でも……うまくいかなかったら？　期待させてしまったら？　これまで何度も家族をがっかりさせてきた。

　その思いは、喉に刺さったガラス片のようだった。

　わたしはいまでも娘のわたしよりもナンパされる母親から目を離して、自分の皿に集中し、フォークでヌードルをすくって肩をすくめた。「なんにも」その答えは早すぎで、いった瞬間にへまをしたとわかった。

　三人とも失笑し、わたしがくだらない嘘をついていると思ってたがいに目を見交わしているのが、目をあげなくてもわかった。でもうんざりしたようにいったのは兄のジョジョだった。「ジャス、おまえ嘘をつく気もないじゃないか」

　わたしは顔をしかめ、ジョジョのほうを向いて中指を立て、目頭《めがしら》をこするふりをした。

　家族のなかでわたしとおなじ浅黒い肌、黒髪、黒い目のジョジョは、わたしに舌を突きだした。三十二歳の男が。まったく。

「『なんにも』といわなければ、信じたかもしれないけど、それで嘘とわかったわ」ママが下を向いてチキンを切りきざみながらいった。「気になることがあるのに、わたしたちにいわない。そんなこと許されると思ってるの？」

家族を親友にしてしまうと、こういうことになる。カリーナと、嫌いではない人ふたりをのぞいて、わたしが心を許しているのは家族だけだ。ママはわたしには深刻な人間不信の傾向があるというけど、正直いって、人に会えば会うほど、もう会わなくていいと思ってしまう。

「だいじょうぶかい、ジャス？」ジェイムズが心配そうに尋ねた。兄よりもずっといい人で、ふたりはもう十年くらいいっしょにいる。

わたしはこれまで出会ったなかでもっともハンサムな男性を見て、うなずいた。黒っぽい髪、明るいはしばみ色の目、蜂蜜《はちみつ》のような色の肌をもつ彼は、だれでもよりどりみどりだ。文字どおり。ストレートの男性が彼のことを見ているところを、何度も見たことがある。彼がモデルになろうと決めたら、世界中の男性モデルは失業しただろう。二十四時間三百六十五日女性のわたしの姉でさえ、もしジェイムズにプロポーズされたら結婚すると前にいっていた。わたしなら彼からプロポーズされなくても結婚する。いい人で、超ハンサムで、仕事でも成功していて、堅実。わたしたち家族はみんな彼を愛している。

ジェイムズもわたしたちを愛しているけど、ジョジョほどではない。

愛は盲目というけど、ここまで盲目だなんてありえない。ジョジョとジェイムズの関係を理解しようとするのは、もうずっと前にやめた。どうしてジェイムズみたいな人が、うちの最大の愚か者と結ばれるのか、わけがわからない。兄はダンボのような耳だし、前歯のあいだにすき間がある。ママによればあまりにもかわいいから、彼は歯列矯正《きようせい》しなかったのだといってるけど。わたしは少し過蓋咬合《かがいこうごう》で、三年間ブレースをつけていた。

「だいじょうぶ。この人たちのいうことは気にしないで」わたしはジェイムズにいったが、またうわの空な口調になってしまった。だから話題を変えようとして、ここにいるべきなのに姿のないママの夫のことを訊いた。「ベンはどこ、ママ？」

「友だちと出てるわ」わたしを産んだ赤毛の女性はそういうと、目をあげてわたしのほうにフォークを向けた。「話をそらさないで。なにかあったの？」

やっぱりうまくいかなかった。

わたしはチキンをひと切れ口に入れて、ゆっくりと嚙んでのみこんでから答えた。

「だいじょうぶ。ただ……考えごとをして、そのせいで気分が沈んでるの」

兄が隣でせせら笑った。「おまえが？　気分が沈んでる？　ないね」

わたしは手を伸ばして、兄の二の腕をつねった。

「痛っ！」腕をひっこめ、かかえるようにする。

もう一度つねってやろうとしたけど、兄は肘をばたばた振って防いだ。

「ママ！　見て！」兄は情けない声をあげた。「ジェイムズ、助けて！」

「告げ口野郎」わたしは小声でささやき、さらにつねろうとした。

ジェイムズは笑って、どちらの味方もしなかった。ほんと大好き。

「ジョナサンをいじめるのはやめなさい」ママが、たぶん千度目くらいにいった。

わたしは伸びあがり、両手でおなかをガードしているジョジョの首をすばやく叩いた。兄はわたしの手を噛もうとした。「ママっ子なんだから」わたしは手をひっこめた。

兄はママに肩をもたれたときはいつもするように、頭を左右に揺らしてわたしをあざ笑った。ママはいつもジョジョの肩をもつ。このゴマすりがお気に入りなのだ。認めないけど、わたしたちきょうだいはみんな知ってる。わたしはどちらの兄も好きだけど、ママがジョジョをいちばんかわいがる理由はわかる。プルート似だということはともかく、いつも人を笑顔にするから。大きな耳が役にたっている。

「ジャス、その話し方ではぼくでもなにか変だとわかる。どうしたんだ?」ジェイムズが心から心配している顔で訊いてきたので、わたしはすごくうしろめたくなった。いってしまいたい。

でも……。

いまでも、わたしがペアのパートナーに捨てられたとき、ジョジョがくやし泣きをしたのを憶えている。きっと一生忘れられない。ママは傷ついたなんてけっして認めないけど、わたしはママをよく知っているから、その表情で気づいた。これまでの結婚がだめになるたびに、自分の人生が永遠に変わってしまうのだと悟るたびに、ママはおなじ表情をしていた。

わたしは競技の練習をやめた直後――ペアのエレメンツをひとりでは練習できないし、シングルでやれる可能性はほとんどなく――感情的に内にこもった。正確にいえば〝うつ〟だったのかもしれないけど、それは考えたくない。それが初めてでもなかった。わたしは潔く負けを認めることができない。

自分の夢が消えていくのを見るのがどれほどつらかったか……どれほどの怒り、傷心、狼狽《ろうばい》に襲われたか、わたしはだれにもいわなかった。いまでも怒り、傷心、狼狽をかかえているということも。正直にいえば、自分はもう二度と立ち直れないのではないかという不安もある。いつまでも根にもつタイプだから。うちの家族はいままで、わたしといっしょに浮き沈みを経験してきた。何度も、くり返して。

なによりも大きかったのは、わたしがリンクのそとでの新生活を築きはじめたとき、家族はずっとそばで支えてくれたということだ。たとえば自分の部屋に閉じこもっていたいのを、無理やりひっぱりだしていっしょに夕食をとらせたり、いっしょに出かけるように脅したり、これまでわたしがおろそかにしてきたことをやるように仕向けたり。わたしが自然にできるようになるまで、何度も何度も働きかけてくれた。わたしがママに、もう天文学的なコーチ料を払う必要がないといったことで、いろいろなことが可能になった。コーチもわたしを見捨てていったのだ。自分が悲しくて胸が張り裂けそうになるのはよくても、家族におなじ思いはさせたくない。もう二度と。

それにまだ自分がどうするのか、決まっていない。わたしのなかの自分勝手な部分は、やりたがっている。まったく。でもそのほかの部分は、以前の自分に戻って、家族をがっかりさせたくないと思っている。つまり、いつもいなくて、自分以外だれのことも大事にしない人間だ。

それに、もしうまくいかなかったら、自分が受けとめきれるか自信がなかった……弱虫だと思うけど。

それにこの話は相手がアイヴァンだという問題もある。

アイヴァン。ああやだ。勝ちたくてたまらないからといって、生活の大部分をよりによって彼といっしょに過ごすことになる可能性について、即答でノーとはいえなかった。あの傲慢《ごうまん》なまぬけ野郎といっしょに過ごすことについて。

どうしたらいいのか、まったくわからない。

だからとりあえず……嘘をついた。「もうすぐ生理だから」

「ああ」ジョジョはいった。十八年間、三人の姉妹といっしょのバスルームをつかっていれば、生理はめずらしいことじゃない。

　でもママは、目を狭《せば》めてわたしをじっと見た。一瞬、わたしの嘘を指摘するのかと思ったけど、思ったとおり、肩をすくめて別の話題に移り、爆弾発言を落とした。

「ルーコフがパートナーを解消したってほんとなの？」

　わたしは目をぱちぱちした。

　ママはいつでも、どういうわけか、なんでも知っている。

　最初に息をのんだのは、兄の夫のジェイムズだった。その名前を知っているくらい、彼と兄とのつきあいは長い。彼がフィギュアスケートについてなにも知らないときもあった。でも長いことこの家族の一員だったから、きっと自分では思ってもみなかったほどフィギュアスケートのことを知っている。

「パートナーを切ったのか？」ジョジョは、まるでこれが久しぶりに聞いた楽しい噂であるかのように、元気になった。

　ママは眉を吊りあげて、うなずいた。「数日前だったそうよ」

　わたしは、〝ちがう〟といってしまわないように、大きめのチキンを口に入れた。

　さいわい、ゴシップ好きのジョジョが、ママにいった。「二、三年前に組んだばかりじゃないか？」

「そうよ。彼女の前のパートナーはグランプリファイナルで二回転倒した。そのときは銅メダルだったけど、次のパートナーでは全米と世界選手権で優勝したのよ」

グランプリファイナル。全米選手権。世界選手権。フィギュアスケートでもっとも名誉ある大会三つだ。失敗してもメダルを獲得できる選手は彼しかいない。それなら、この申し出を受けるのはいい選択だと安心していいはずなのに、わたしは失敗ばかりでなにも勝てていない自分自身に腹をたてていた。

「カリーナからなにか聞いていない?」ママがわたしにいった。

わたしはチキンをもぐもぐしながらうなずき、「まだメキシコよ」といった。彼女が学校に通っていることはみんな知っている。

「メールして訊いてよ」ママがいった。

わたしは顔をしかめた。「自分でメールすればいいでしょ」

ママは挑むように鼻を鳴らしていった。「するわ」

「カリーナが彼の妹だって、つい忘れてしまう」ジェイムズがいった。「彼は近くで見てもあんなにハンサムなのかい?」

わたしは笑った。「まさか」

「そうそう」ジョジョのばかにするような口調に、そちらを見ると、ジェイムズに耳打ちするふりをして、わたしのほうを見ていった。「ジャスミンは昔、いつも彼といちゃいちゃしていたんだ。見せたかったよ」

わたしはチキンにむせながらいった。「いま、なんていった？」

「ハ！　否定しても無駄だよ。いつも帰ってくると彼の話をしていただろ」ジョジョはいった。「彼のことを好きだったんだ。ぼくたちはみんなわかってたよ」彼はジェイムズを見て、眉を吊りあげた。「わかってたんだ」

喧嘩《けんか》を売ってるの？　わたしがアイヴァンといちゃいちゃ？　アイヴァンと？

「いいえ」冷静にいった。むきになったらでたらめだといわれるからだ。「彼といちゃいちゃしたことなんてない」そしてジェイムズのために、念を押した。「一度も」

ママが信じていないような声をあげた。

わたしはママのほうを向いて、首を振った。「いいえ、ちがう。彼は見た目はいいけど、そういうふうに思ったことは一度もない。ほんの少しも。だっていやなやつだよ。妹とは友だちだけど、それだけ」

「いやなやつじゃないわ。いつも礼儀正しかった。いい子じゃない」ママは横目でわたしを見た。「それに彼のこと好きだったのはほんとでしょ」

いい子？　みんないったい、なんのクスリをやってるの？

たしかに、だれでも彼を大好きになる。ハンサムで、才能豊かなアイヴァン・ルーコフ。ウインクもする生意気なティーンエージャーとして世界をとりこにした。彼は自分の売りだし方を知っている。それは認める。でも彼を好きだったことなんてない。

一度も。「いいえ、そんなことなかった」わたしは首を振った。この人たちはどうしてそんなたわ言を信じているの？「でたらめ。ひと月に一度くらい言葉を交わすけど、いつも皮肉だし意地悪いんだから」

「そういうのは前戯だって――」兄がいいはじめたから、遮った。

わたしは鼻を鳴らして、首を振った。「ぜったいにないから――」

ジョジョが吹きだした。「それならなんで、真っ赤になってるんだよ、ジャス？」

そういって、わたしの頭の上に手を置き、ぐらぐら揺すった。

「黙ってて」兄の手を払い、いい返す言葉を十通りも考えついたけど、どれもむきになっていると思われかねないから使えないし、はずみで今朝の申し出のことをぶちまけてしまうおそれがあった。「彼のことは大嫌いだから。どうしてママとジョジョがそんなふうに思ったのか、ほんと不思議」

ママは笑った。「いいのよ、昔、彼のことを好きだったと認めても。大勢の女の子がそうだったんだから。わたしも彼のこと好きになったかもしれない、もう少し若かったら――」

ジョジョとわたしはふたりとも、げえっと喉を鳴らした。

ママがうめいた。「やめてよ！　そういう意味じゃないから」

「聞かなかったことにするよ、ママ、ぼくの安眠のために」ジョジョはそうつぶやいて、身震いした。そしてわたしを肘で小突いた。「昔は彼のことといろいろ話していたじゃないか、ジャス」

わたしはびっくりした。「十七歳ごろのことでしょ、それに彼がいやなやつだからだよ」

ママが口を開こうとしたけど、わたしは続けた。

「ううん、いやなやつだった。誓ってもいい。彼がそういうことというの聞いたことないでしょ、でもほんとなんだから。人前ではやらないだけ。カリーナは知ってる」

「彼になにかされたのかい?」ジェイムズが訊いた。少なくとも彼はわたしのいい分を信じて、事実を知ろうとしている。

ママとジョジョにとんでもないことを信じさせておくわけにはいかないから、事実を話すことにした。これから起きるかもしれない——起きるであろう——ことを考えたら、なおさらここではっきりさせておく必要がある。

だからずっといわなかったことを打ち明けた。

§

それはアイヴァン・ルーコフが、わたしが見たなかでいちばんひどい衣装を着ていた日に起きた。

わたしは十六歳、アイヴァンは二十歳になったばかりだった。彼は四歳年上なだけなのに、すでにスケート選手のキャリアでははるか先を行っていた。十七歳でシニアに転向する前に、長年のパートナーとともにジュニアの選手権で何度も優勝していた。二十歳ですでに、人々にちやほやされていた。そのときのわたしは知らなかったけど、その後の十年間、なにも変わらなかった。

そのときにはわたしはカリーナとは古い友だちだった。たがいの家に泊まったことも五回以上あった。つまりアイヴァンは、彼女の誕生日パーティーなどで何度か会ったことがある相手だった。それまで彼がわたしと話したことは一度もなかった。両親にいわれて行儀よくふるまってはいたけど。

問題のその日、リンク外の床でストレッチをしていたわたしは、氷上に出てきた彼の衣装を見て、嫌悪を隠すことはできなかったし、隠そうともしていなかった。それは〈チキータ・バナナ・レディ〉が着ていそうな衣装だった。フリフリで、黄色、赤、緑……どこかに花までついていた。ひどい黄色のパンツをはいた彼の脚は、まるで本物のバナナのように見えた。

最悪の衣装だった。わたしも、姉が手作りしてくれる少し実験的なレオタードを着ることもあった。でもその日に彼が着ていたものは、それとはまるでくらべものにならないレベルでひどかった。

アイヴァンは、当時すでに数年間ペアを組んでいたパートナーと練習しはじめた。ベサニー・なんとかという子だったけど、そのあとしばらくしてペアを解消したはず。彼女の衣装は、彼の衣装よりもずっとましだった。わたしは時間があるときに彼らのプログラムの断片を見かけたことがあったし、曲も聴いたことがあった。でも衣装を見たのはそのときが初めてだった。まるでモーツアルトに合わせてブレークダンスを踊っているかのようだった。それにわたしの考えでは、彼の衣装は、ふたりがやろうとしているプログラムの効果を損なっていた。

それでつい余計なことをいってしまった。つまり、教えてあげるのは親切なことだと思ったのだ。

わたしは深く考える前に、練習を終わってリンクから出てきて、ブレードにスケートガードをつけている彼に近づき、それまで一度も言葉を交わしたことがない相手に、こういった。「その衣装はまじでやめたほうがいいよ」

アイヴァンはまばたきもせずにわたしのほうに顔を向け、彼がわたしに向かっていった唯一の礼儀正しい言葉でいった。「もう一度いってもらえるかな？」

自分の意見は胸に秘めておくものだとわたしに叩きこんでくれなかったママと兄姉のせいにすることもできるけど、そこで〝その色はちょっと明るすぎると思う〟とか、言葉をやわらげるべきときにわたしは、「だってそれひどいもの」と、だめ押ししてしまった。

さらに念のため、「見るに耐えないくらいひどい」とつけ加えた。

それでなにもかも変わった。

二十歳のアイヴァンはまるで初めて見たかのように、目をしばたたかせてわたしを見て、背をそらした。そして低いささやき声でいった。「ぼくの衣装を心配している場合じゃないだろ」

すぐに思った。やなやつ。

でもわたしがそれを口に出す前に、彼はなめらかな額に眉を吊りあげてわたしを見た。その顔は、ときどきほかの女の子たちがわたしを見るときにする顔だった……わたしが彼女たちのようなブランドの練習着や新品のスケートをもっていないから見くだしているような。ママにはそういうものは買えなかったし、わたしの父に援助を頼むことは極力避けていた。いま考えるとそれはたぶん、父がケチだからではなく、スケートに使うといったら出さないのではないかと心配していたからだろう。わたしは滑れるなら、なにを着ててもよかった。高級練習着を買えないことなんて、なんとも思っていなかった。

でも、ブランドの練習着を着ていないわたしに不愉快な思いをさせる人はだれもいなかった。少なくとも、面と向かってなにかいわれたことはなかった。陰口はまた別の話だ。表情や目の動きは目に入るし、ささやき声も聞こえてくる。そのころ、ほかの女の子たちはわたしを嫌っていた。負けず嫌いだし、自分の思いどおりにならないと不機嫌になっていたから。

わたしは彼とおなじように背をそらし、姉がつくってくれたレオタード――無地の空色で、首と袖にラインストーンの飾りがついているやつ――のことを思い、むかついた。思ったままを口にした。「ほんとうのことをいってるだけよ。まぬけに見える」

彼のほおが、普段のピーチ色から一段、色濃くなった。赤面というほどではなかったけど、彼にとってはおなじことだったのだと、いまならわかる。アイヴァン・ルーコフはわたしのほうに背をかがめて、怒りをこめた声で、その後二年間わたしについてまわることになる警告を発した。「口の利き方に気をつけろ、ちび」そして更衣室に姿を消した。

二週間後、まるでマンボのような衣装で、アイヴァンは全米選手権のペアで初優勝した。彼の衣装はさんざん酷評されたが、どれほどけばけばしかったとしても、彼の才能をかすませるほどではなかった。当然の優勝だった。

わたしは自分がいったことを反省して、なんとかしたいと思ったけど、相談したカリーナはおもしろがってまるで助けにならなかった。

一週間後、久しぶりに〈LC〉にやってきた彼は、わざわざわたしのところにやってきていった。いったというより、通りすがりにつぶやいた。「やめたほうがいい。そんなに年をくってうまくなるはずがない」

あまりのショックで、彼が滑っていなくなる前になにもいい返せなかった。

その日は一日じゅう、彼の言葉を考えていた。その言葉の真実に傷つき、腹をたてていた。そのころは、三歳のころにスケートを始めてわたしよりうまい女の子たちと自分をくらべるのがつらかった。コーチのガリーナはわたしには生まれつきの才能があるし、練習に励めばいずれその子たち全員を追い越せるといっていたけど。

でも彼にいわれたことは、だれにもいわなかった。

一か月後、くそ野郎が練習後に、なんの理由もなくわたしのところに来て訊いた。

「そのレオタードはサイズが小さすぎるんじゃ……?」

そのときは、彼がいなくなる前に口に出していった。「やなやつ」

その後はご存じのとおり。

§

その話の聞かせてもいい部分だけ話しおえたとき、兄は頭をそらしてばかにするようにいった。「おまえほんとに、ドラマのヒロインだな」

皿にヌードル以外のものが残っていたら、投げつけていた。「なんで？」

「大げさだっていったんだ」うちでママと姉の次に大げさなジョジョがいった。「彼にひどいことをされたといってたが、いまのは〝ひどいこと〟に入らない。彼はおまえをからかっていただけだよ」首を振る。「ぼくたちは一時間でもっとひどいことをいいあってるだろ」

わたしは目をぱちぱちした。たしかに。でも家族とはちがう。家族はひどいことをいいあうと決まっている。でもわたしの友だちの兄で、リンクメイトがひどいことをいうのは……だめだ。

「そうよ、グランピー。それほどひどくなかったじゃない」ママもいった。

裏切者ども。「一度なんて、ブレードがだめになる前に痩《や》せたほうがいいっていったのよ！」

三人とも笑った。げらげら笑っている。

「あのころのおまえは太ってたよ」兄が笑いすぎで顔を真っ赤にしていった。

わたしはまたつねろうと手を伸ばしたけど、彼はよけて、ジェイムズにもたれかかり、ほとんど膝の上に坐った。

「みんな信じられない」わたしはいった。「一度なんて、演技の前に、『うまくやれよ《ブレーク・ア・レッグ》。

文字どおりに足を折ってしまえ《ブレーク・ア・レッグ》』といったのよ」

それでも、アイヴァンがくそったれだと家族を説得することはできなかった。ますます大笑いされただけだった。いちばんいい人のジェイムズさえ、笑っていた。ほんとに信じられない……。でもこれがうちの家族なのだろう。

「ずっとわたしのことをミートボールって呼んでるのよ」どれほど気にしないようにと思ってもいわれるたびに頭にくるあだ名を口にするとき、まぶたがぴくぴくするのを感じた。〝棒や石は骨を折るけど〟、言葉はわたしを傷つけることはできない。たいていは。

でも三人とも大笑いしている。

「ジャスミン、ハニー」ジェイムズが手で目を覆いながら訊いた。「ぼくが知りたいのは――きみはなんていい返すんだい？」

わたしは口を閉じて、もうなにもいわないことにしようかと思った。でもこの人たち――それにほかの兄と姉――は、わたしのことをよく知っている。ああもう、十年間のこんな歴史のあとで、どうしてアイヴァンといっしょにやれるの？　アイヴァンのコーチは、わたしがその場で申し出を断わるようなことをいわせないために、彼に黙っているように指示していた。

一週間で殴り合いの喧嘩になるかもしれない。そこまでもてば。時間の問題だ。何年間もの蓄積があるのだから。

ちゃんと考えないと。

「いろいろよ」わたしは彼にいい返してきたことをあえて考えずに、答えた。

「いろいろって？」ジェイムズが訊いた。

わたしは彼をちらっと見て小さくほほえみ、くり返した。「いろいろ」

ジェイムズは笑いだし、それがようやくおさまってからいった。「わかったよ、追及はしないでおく。だがきみたちはもう、そんなふうにいい合ってないんだろう？」

わたしは目をぱちぱちさせた。「いまでもやってる。きょうは〝サタン〟って呼んでやった」

「ジャスミン！」ママは叱《しか》りながら、笑いすぎて隣のスツールにつっぷした。

わたしはほおが痛くなるほど、にっこり笑った。でもそのとき、みんなにいっていないことに気づいた。

夜明け前に起きだして、大嫌いないけすかない男と一日に六、七時間練習する。そんなことできる？　選手権に勝つためなら？

わからなかった。

4

その夜よく眠れなかったのは、それほど驚きではなかった。

夕食後のコーヒーのせいにすることもできた。コーヒーを飲むと動けなくなるから、ふだん午後以降は飲まないようにしている。でもコーヒーのせいではなかった。

ママとリーコーチのせい、でもどちらかといえばママのせいだ。

ママが爆弾発言をしたとき、わたしは当然予想しておくべきだったのに、しなかった。いままでに一度もママをだませたことなんてないのに、どうしていまになって、だませると思ったのだろう。

兄と夫が帰ってから、ソファーのわたしの隣にやってきたママに肩を抱かれたとき、まぎれもなく、ママにはなにも隠せていないのだと気づいた。うちの家族は愛情いっぱいだ。たがいに生傷をつくったり、パンツに尻を食いこませたり、いたずらをするのを愛情いっぱいと呼べるのなら。でもうちはしょっちゅうハグやキスをする家族ではない。だれかがそれを必要としているのでもなければ。このあいだ兄をハグしたときは、刑務所に行くのか、それとも死期が近いのかと訊かれた。

だからその夜、ママがソファーでわたしを抱きよせ、膝に手を置いたとき、わたしはたいていの人がする間違いを、自分もしていたのだと気づいた。甘く見ていた。兄や姉、そのつれあいたちはわたしをよく知っている。わたしはそんなに複雑な人間じゃない。でもママほどわたしのことをわかっている人はいない。僅差《きんさ》の次点はルビーだけど、やっぱりママほどではない。ママを超える人なんているはずない。

「なにがあったのか教えて、グランピー」わたしが四歳のときにママがつけたあだ名だ。「今夜はおとなしかった」

「ママ、夕食の半分はおしゃべりしてたのに」わたしはテレビの『アンソルヴド・ミステリーズ』の再放送から目を離さずにいった。ママを見たら話してしまいそうだったから。

ママは普通サイズのワイングラスをコーヒーテーブルの上に置いてから、わたしにほとんど重なるようにして、頭と頭をくっつけた。「そうね、ジョジョとジェイムズとね。わたしにはなにもいわなかった。オフィスでなにを話したのかもいってない。娘が変なのにわたしが気づかないと思ってるの?」侮辱されたような口調だ。

ママのいうとおりだ。

「ジョジョとジェイムズの前ではなにもいわなかったけど、気づかなかったわけじゃないのよ」わたしの肩に回した腕にぎゅっと力をこめ、おそろしいことをささやいた。「わたしはなんでも知ってる」

それでついに、目の端でママを見た。この十五年間、まったく年をとっていない。まるで時間がゆっくり流れているようだ。それか、ずっと昔ジーニーに、不老不死になりたいという願いごとをかなえてもらったか。

わたしは脚を伸ばしてコーヒーテーブルの上にかかとを乗せ、鼻にしわを寄せた。「わかったわ、超能力者なのね」

ママがもっとくっついてきたので、わたしは少しふざけて身を離した。「なにを悩んでいるのか教えなさい」穏やかな声。でもこれは偽物だ。「ヴァレンタインズ・デー用のチェリーのチョコレートがけでも、口を開くつもりはなかった。わたしはもっと遠くに逃げたけど、ママは追いかけてきた。

わたしをもっと抱きよせて、いうことを聞かせようとする。「早く教えれば、早く解放されるのよ」

わたしは鼻を鳴らした。ママにかぎって、そんな簡単にいくわけがない。「自分でも信じていないよね、それ」

「いいかげんにして、いっちゃいなさいよ。どうせいつかはいうんだから」

それはそうだ。でも……。

人がいくつ失敗を背負えるかには限界がある。それにほとんど毎日、一年前に限界だったかのように感じている。

わたしはだれよりも、ママのことを守りたかった。なぜなら、子供のころから、ママがスケートのすべての費用を出してくれたから。父はスケートをお金の無駄だと思っていて、「ジャスミンはほかになにかすることはないのか？」といっていた。父が態度を軟化させたとき、ママはもう養育費は必要ないし、欲しくもないといった。そのせいで、公共料金の支払いに遅れるような時期もあったけど。いまから思うとあの時期、いったいどうやって家を維持し、さまざまな支払いをして、わたしたちに食べさせていたのか、よくわからない。

自分にもおなじことができるかどうか、自信がない。でもママは、わたしのためにやってくれた。その恩返しにわたしがしたのは、二回、二位になっただけだった。

ママはもっといい思いをしてもいい。わたしがそれを実現してあげたかった。

「ジャスミーーーン」ママはわたしの耳元でふざけていった。「いっちゃいなさい。いいたいんでしょ。だれにもいわないから。約束する」

「嘘」わたしは冷笑した。そんなの嘘っぱちだし、ママもわかっていっている。「嘘つき」

「わたしが嘘つき?」ママは白々しくいった。秘密を守るという自分の嘘を、心から信じているかのように。

打ち明けるべきだろうか? わたしがなにか隠しているのは気づかれている。

「わかったわ。でも……ひとりにしかいわない。それでいい?」

「だれ?」

ママは口ごもった。つまりいう相手の候補がそれだけたくさんいるということだ。だから選んでいる。まったく。「ベンだけ」

ママの夫。ナンバー・フォー。これ以上譲歩を引きだせそうにはないとわかっていた。ママは諦めるつもりはない。

わたしはため息をついた。いまがチャンスなのかも。「興奮しないでほしいんだけど――」

「まあ大変!」ママが叫ぶようにいったので、手遅れだとわかった。

わたしはあきれた顔をして横を向き、ママを見つめた。「だめだよ、ママ。興奮しないで。まだなにもいってない――」

「いって」まるでホラー映画でなにかに憑《つ》かれた子供のようなかすれ声で、ママがささやいた。

「もうその声を出さないって約束するなら」

ママはうめき、クモザルのように両腕でわたしにしがみついた。「いいわよ。約束する。教えて」

「それなら……」いったん言葉を切り、できるだけ穏やかに話すために、言葉を選んだ。「いいけど、興奮しないでね」

「しないっていったでしょ」ママはいったけど、自分でもそんなこと信じていない。

「呼びだされて話を――」

「それは知ってる。電話で聞いた。なんだったの？」

わたしはため息をついた。どうして自分が隠しておけると思ったのか、わからない。生まれてからいままでママに内緒にしておけたことは、五つくらいしかない。「リーコーチを憶えてる？」

ママのからだがこわばる。「うん」

「リーコーチから、来シーズン、アイヴァンのパートナーになってほしいといわれた」

沈黙。

ママはなにもいわなかった。ひと言も。こんなことは初めてかもしれない。

わたしはママの頭が乗っている肩をゆすった。まだ動かないし、なにもいわない。

「とつぜん眠っちゃうような年齢には、まだ数年あると思っていたんだけど」

「消防署の前に置いてくれればよかった」ママはわたしの肩に頭を乗せたまま、いった。それからまた、なにもいわなかった。

「どうしてなにもいわないの？」頭をかしげて、ママのつむじを見た。わたしは一六〇センチでそんなに背が高くないけど、ママはもっと小さくて、自称一五二センチだった。

「考えているのよ」ママはぼんやりといった。

「なにを考えているの？」

「いまあなたがいったこと、グランピー。平然とそんなことをいわれても、わたしは心の準備ができていなかった。〈ＬＣ〉のコーチにならないかと誘われたのかと思っていた」

思わず顔をしかめた。どうしてママがコーチの話を知ってるの？

その困惑を感じたかのように、ママは背筋を伸ばして、わたしの顔が見えるようにからだの向きを変えた。ママはオレンジがかった赤毛を長く伸ばし、色白で、ほっそりしていて、きれいで、いばり屋だけど高感度が高く、頭がよくて、愛嬌《あいきょう》があった。わたしとは正反対だ。わたしはぶすってわけじゃないけど、ママや姉さんたちのような美人じゃない。

ママはこのチャンスに、興奮も、大よろこびもしていなかった。きっと大騒ぎすると思っていたのに。

わけがわからない。

「それで?」わたしはゆっくり訊いてみた。

『タイタニック』に出ていたサファイアを思わせる目が、警戒するように細められた。わたしも目を細め返した。「なによ? なにかいってよ。興奮すると思っていたのに。どうしたの?」そのとき、ふいにある考えが頭に浮かび、息がとまりそうになった。まさかママは――

口に出せない。考えられない。考えたくない。でも考えないと。

わたしは内心の不安を無視して、もう一度まばたきをして、ママの答えにたいする覚悟を決めた。だいじょうぶ、受けとめられる――手が汗ばんできたけど、自分でも上出来だと思う落ち着いた声で、質問した。「わたしにはもう無理だと思っているの?」

ときどき、ママと自分がたがいに正直すぎるのを後悔することがある。ママは姉のスクワートには言葉をやわらげたりするし、ほかのきょうだいにも感じのいいい方をすることがあるけど、わたしにはなかった。記憶にあるかぎりは。

もしイエスといわれたら――

ママがさっと顔をあげたので、胸のなかにあった不安がすぐにやわらいだ。「お世辞を期待しないで。そんな必要はないでしょ」ママは目を天井に向けた。「もちろんできるわ。あなたはだれよりもうまいんだから。そのことを知らないふりはしないで。まったく」

自分が息をとめていたのに気づいた。

「わたしが考えていたのは」ママは強調した。「それがいい考えなのかどうか、ということよ」

うーん。

ママはわたしを見つめた。「来シーズンのパートナーにという話だというけど、それはどういうこと？」

「つまり、一シーズンだけということ」

困惑したように顔をしかめた。「なぜ一シーズンだけ？」

肩をすくめた。「知らないわ。ミンディが来シーズンはお休みするのだと聞いただけ」彼女はいつも感じがよかった。怪我ではないといいんだけど。

ママの表情は変わらなかった。「そのあとはどうなるの？」

もちろん訊くだろう。わたしはため息をのみこみ、アイヴァンと組むことの最大の恩恵を説明した。「別のパートナーを見つけるのを手伝ってくれるって」

妙にぴりぴりとした沈黙が続き、ママはいったいなにを考えているのだろうと見つめるしかできなかった。

「そのことについてカリーナとは話した?」

「ううん。一か月近く話していない」それに電話して兄のことを訊くつもりもなかった。彼女が大学に入学して忙しくなってから、あまり話さなくなっている。いまでも親友だしお互いに大事に思っているけど……疎遠になってしまうことも人生にはある。好きが減ったとかそういうことではない。

ママはふーんといい、口元をゆがめてまだなにか考えているようだった。

わたしはママをじっと見た。「やめておいたほうがいいと思うの?」

ママはわたしのほうを見て頭を傾げ、一瞬ためらった。「やめておいたほうがいいとは思わないけど、あなたが利用されないようにしたいの」

え?

「わたしは去年、もう少しで逮捕されてもおかしくなかったのよ、グランピー。もしだれかがまたあなたにふざけたことをしたら、今度は手を出さずにはいられない」

わたしは目をぱちぱちした。「二時間前は彼のことをかばっていたじゃない」

「それは彼があなたのパートナーになるって聞く前の話よ」

それで説明になるの?

今度はママが目をぱちぱちした。「わたしが知りたいのは、どうしてすぐにオーケーしなかったのかということよ」

「だって」

「だってなに？」

わたしは肩をすくめた。勝てないかもしれないという不安については、ママにいうつもりはなかった。「以前よりも長時間、マッティーのところで働いているし。ジョジョとも週に二回いっしょにジムに行くことになってる。セバスチャンともいっしょにやることがあるのよ。二週間に一度、タリにロッククライミングに行く。そういうのをみんな断るのがいやなの。兄さんたちのことが大事じゃないと思われたくない」

もうすでに家族のなかの変わり者だと思われているのに。

ママは額にしわを寄せ、用心深い表情になった。「それだけ？」

わたしはふたたび肩をすくめた。

「つまり時間的なことを心配しているの？」

わたしは息をのんだ。「約束を破りたくない。これまで何度も破ってきたから」きょうだいやママといっしょにいる時間をどれほど必要としているのか、以前は気がついていなかった。でももうわかっている。

ママは小さな悲し気なほほえみを浮かべたけど、わたしをなぐさめることはしなかった。でもそのあと彼女がいった言葉は、その表情とは正反対だった。「そういうの全部、わたしにはどうでもいいことに思えるわ、グランピー。でもいいわ、ひとつひとつつぶしていきましょう」

わたしは疑わしげにママを見た。

「マッティーにシフトの時間について話すのよ。以前あなたがそれほど働いていないときでも店は潰れなかったんだから、だいじょうぶ。兄と姉にも話をして。また練習を始めても、きょうだいといっしょに過ごすのは可能なのよ、ジャスミン。いっしょにいればなにをしてもいいんだから」

心配とうしろめたさで胃が締めつけられるように感じる。

「それぞれと週に六時間も、ううん、三時間もいっしょにいる必要はない。毎週でなくてもいいし」

わたしは歯を食いしばったが、それでうまくいくのか自信がなかった。

ママはわたしの感じていることをわかっているはずだが、かまわず続けた。「フィギュアスケート以外の生活もあってもいい。なんでも好きなことをできるし、自分でもわかっているでしょう。ただそれをなんとかすればいいだけ」

何度もおなじことをいわれている。百回？　千回？

「なにがいいたいの？」

ママは横目でわたしを見た。「わかっているでしょ。なんでもやりたいことをしていいのよ、ジャスミン。でもわたしはあなたに幸せになってほしい。ちゃんと評価されてほしい」

鼻の奥がつんとしたけど、ママの声の慎重な響きが気になった。「つまりやめておいたほうがいいということ？」

できるだけ大会を観に来て、わたしがレッスンを受けるときはかならず送り迎えがあるようにし、わたしがどんなに失敗しても応援しつづけた人が、頭をかしげて片方の肩をくいとあげた。「やるべきだと思う。でも自分を安く売ったらだめ。彼にはあなた以上のパートナーはいない。一年間だとしても。彼の申し出はあなたへの親切でもなんでもない。あなたが彼に親切にしてやるのよ。もし彼がなにかまずいことをしたら――」ママはほほえんだ。「――あの高級車になにかあっても、わたしがあなたのアリバイになる」

思わずほほえんでしまった。

ママは指先でわたしのほおにふれた。「競技が恋しいのはわかってたわ」

恋しい？　感情がこみあげてきて喉が詰まるように感じ、泣きたくなった。泣きたいと思ったのは、ほんとうに久しぶりだ。

恋しいなんてものではなかった。競技。フィギュアスケート。この一年間、あの思いがけない夜からずっと、自分の同意なしにからだの一部をもぎとられたように感じていた。毎晩、それが戻ってくるのを待っているようだった。でも戻らなかった。目にも熱いものがこみあげてくる。声がかすれてしまったとしても、わたしたちのどちらも気にしなかった。わたしはいわずもがなのことをママにいった。「恋しくてたまらなかった」

ママは美しい顔をゆがめて、両手でわたしのほおをつつんだ。「わたしはいつもの、楽しそうな、グランピーでいてほしいの」そしておもむろにいった。「だからもし彼があのくそ野郎のようなことをしたら……」ママは手で首を切るまねをした。そのほほえみはベンのつくるコーヒーのように薄かった。

わたしはほほえみ、右目の涙がひと粒、こぼれそうになっているのを感じた。さいわいそいつはなんとかもちこたえて、わたしに恥をかかせることはなかった。でも声はほとんど涙声になってしまった。「また『ゴッドファーザー』を観たの？」

ママは眉を吊りあげ、ふだんは前夫にしか向けないような不気味でおそろしいほほえみを浮かべた。「わたしはいつもなんて教えた？」

「〝能ある鷹《たか》は爪《つめ》を隠すな〟？」

あきれた顔をした。「それ以外に。この家ではすべきことをする。あなたはずっと、なんにかんしても、兄姉全員を合わせたよりも頑張り屋だった。わたしが『だめよ、ベッドでジャンプしたら』というと、あなたはシーツを首に巻いて屋根から飛びおりるような子供だった。ときどきとんでもない間違いをするけど――」

わたしは鼻をすすった。「失礼ね」

ママはわたしの手を取って続けた。「転んでもかならずすぐに立ちあがった。ほかのやり方を知らないのよ。自分の思いどおりにならないこともあるけど、わたしの娘たち、とくにあなたは、簡単に諦める人間じゃない。それになにがあったとしても、あなたはフィギュアスケートだけの人間じゃない。わかった？」

そんなふうにいわれて、わたしがなにをつけたす必要があっただろう？　なにもない。だからわたしたちは三十分間並んで坐っていた。ママが美容のための睡眠が必要だからといって引きとり、わたしは残って、話したことと話さなかったこと、すべてを考えた。

ひとつたしかなことがある。わたしは簡単に諦める人間には育てられなかった。

重大な決定をしなければ。

だからベッドに横になっても眠らず、リーコーチとアイヴァンの申し出についてすべてのプラスとマイナスを考えた。

プラスは、ふたたび競技できること。パートナーとなる相手は勝つ見込みが高いだけではなく、わたしとおなじくらい勝ちたいと思っている。この一年は、わたしが勝つ最高のチャンスなのだ。そして一年後にあたらしいパートナーを見つけられたら……。

その可能性の広がりに、背筋に震えが走った。

マイナスは、もし勝てなかったときに自分のプライドが傷つくことしか、思いつかなかった。そうしたら一年後にパートナーを見つけるのも難しくなるかもしれない。なにも残らないかも。

でも、いまの自分にはなにもない。

いまの自分のプライドってなに？　これまで失敗してきたこと？　二位にしかなれなかったこと？　パートナーに捨てられた選手として有名になったこと？

ほかにはなにも心配することはなかった。アイヴァンの動き、彼の支持の仕方、彼のブレードが氷をどのような速さでどれくらいの距離滑るか、そういうことを憶えるためにわたしがしなければいけないことも、平気だ。リフトやスローでふたりがどう動いたらいいのか見つけるまでに何度も落とされることも、心配ではなかった。スローでは男性パートナーが文字どおり女性パートナーを投げ、女性は自分で回転して着氷することになっている。また食事に気をつけるのもだいじょうぶ。チーズやチョコレートは好きだし、あざやすり傷はないほうがいいけど、そういうことすべてよりも、大事なものがある。心から愛するものが。

それに、もしかしたら今回は、ささやかな私生活と大部分の競技というバランスをうまくとれるかもしれない。人生ではなにごとにも犠牲がともなう。姪に会うときも、いっしょにうちに帰って浜に打ちあげられた鯨《くじら》のまねをするのではなく、一時間だけ顔を見ることになる。

それでなんとかする。

人はほんとうにやりたいことがあるなら、なんとかするものだ。

夜明け前に起きだして着替え、いつもの朝のルーティンを完璧にこなした。リーコーチやアイヴァンがこんなに早くリンクに来ているかどうかわからなかったけど、もし来ていたら……ふたりに話そう。

朝食を済ませ、二度目の朝食と昼食のお弁当をつくり、必要なことはすべてやったかリストを確認して、一日の荷物を持って車に乗りこんだ。カーステレオにスマホをつなげて自分のプレイリストを流し、穏やかな精神状態のままリンクへと向かった。駐車場には、八台車がとまっていて、そのうちの黒いテスラがアイヴァンのだった。ほかにだれもそんな高い車を買える人間はいない。そして金色のメルセデスはリーコーチのだ。

なかに入り、総支配人のオフィスに行ったけど、ふたりはいなかった。だから普段のルーティンをおこなうことにして、リンクサイドの、更衣室からはいちばん遠くて静かないつもの場所に行った。四十分かけてしっかりストレッチング、二十分は床上でジャンプを練習して、まだあまり滑られていない、きれいな氷を見やった。胸の上に置かれていたものがなくなったように感じた。リンクにはそういう効果がある。

朝のスケートのあとでふたりを探そう。

§

氷の上で四十五分ほど練習したところで、問題の人物ふたりがスタンドから見ているのに気づいた。

わたしを見ている。

シングル時代から唯一憶えているショートプログラムのある部分をやっているところを見られていた。SP用の二分五十秒のコレオグラフィーはわたしのお気に入りだった。わたしはプログラムを憶えるのに苦労する。だから頭で自分がやっていることを考えるより、筋肉の記憶に頼っている。つまりあらゆる動き、あらゆるシークエンスを何度も何度もくり返して憶える。頭は次の動きを忘れてしまうかもしれないけど、からだは憶えている。

わたしの元コーチのガリーナは、そのプログラムは〝ジャンプのエクストラバガンザ〟だといっていた。難しいジャンプが連続する。そのころのわたしは出し惜しみなんてしたくなかった。たしかに、そのプログラムを完璧に滑れたことは一度もなかったけど、もしできたら、魔法のようだったろう。難しすぎるし、重要な部分でいつでも完璧に滑れているわけではないとガリーナはいったが、頑固なわたしは聞く耳をもたなかった。

ママもいつも首を振りながらいうように、わたしは〝難しい方法を選んで〟足から生まれてきた。つまり逆子だった。それ以来わたしには楽なことなんてなにもない。でもそれはよかった。挑戦は、成功を期待して取り組めば、その大変さは半分になる。

だからグレーのセーターと真っ黒な――毎朝たぶん十五分くらいかけて一本一本が決まるまで完璧にスタイリングしている――髪でアイヴァンに気がつき、その隣に黒髪の女性がいるのを見たときも、わたしは滑りつづけた。からだを回転させてうしろ向きに滑り、自分にできる最難度のジャンプ、トリプルルッツを跳ぶ準備をした。トリプルルッツが難しいのは、滑走してきたのとは逆の方向にジャンプするからだ。いちばん好きなジャンプだったが、腰痛の原因にもなっていた。からだはほかの部分と逆に回転したがらない。できるだけ速い助走が必要だ。

ここ何日も着氷がうまくいってなかったけど、このときに限っては――神よ感謝します——自分でも最高の着氷ができた。フィギュアスケートはこういうものだ。筋肉の記憶がすべてで、からだになにかを憶えさせるには、千回くり返すしかない。百回では足りない。千回だ。からだが憶えれば、実際にはそんなことはないのに、楽々と跳んでいるように見える。トリプルルッツを自分のものにするために、ほかのジャンプの二倍も練習した。調子のいい日にはそこそこのトリプルアクセルも跳べたし、練習中には四回転も跳んだことがあるけど、シングル時代のわたしが全エネルギーを注ぎこんだのは3L——トリプルルッツ——だった。この美しいものをだれもわたしからとりあげることはできない。それにだれも、わたしのようにきれいには跳べない。

まだ少し時間は残っていたけど、早めにあがって話を済ませてしまおうと思った。できれば仕事には遅刻したくない。

仕事。そうだ。

ママの長年の友人であるマッティーと、シフトと勤務時間について相談する必要がある。数か月前に時間を増やすということに決めたのに、それを反故《ほご》にするのが心苦しかった。たぶん彼は理解してくれて、よろこんでくれると思う。でも自分がいいかげんな人間のように思える。それにお金が必要だ。どうにかしないと。仕事を減らすのに出費は増える。

3Lの前にやった連続ジャンプのせいでまだ心臓がどきどきしたまま、リンクの出口へと、うつむいたまま滑っていった。出口のある壁のところまでいって、ガリーナが数フィート先の壁にもたれてこちらを見ているのに気づいた。

会釈した。

ガリーナもおもむろにうなずいたが、その顔にはいままで見たこともない表情が浮かんでいた。物思いにふけっているかのような。悲しげにも見えた。

わたしはスケートガードをつけ、水のボトルを持って、ほんとうにこれが自分のやりたいことなのかと自分に問いかけた。パートナーを得てこの世界に戻る。そのパートナーはわたしとおなじくらい、ミスを受けいれない人間だ。なにかいうとかならず口喧嘩になってしまう相手。わたしの一挙手一投足を批判的な目で見る人々ばかりの世界。なにひとつ保証はない世界。一シーズンでなんとかするためには、これまで経験したことがないほど厳しい練習が必要になる。準備はできている？

訊くまでもない。

ママのいうとおりだ。後悔より悪いものはない。このチャンスをつかまなかったら、わたしはきっと後悔する。たとえそれで自分を酷使することになっても。自分が得るものが少なく、なにも結果が出なかったとしても。

アドレナリンが血管を駆けめぐり、まだ少し息を切らしたまま、わたしはスタンドのアイヴァンとリーコーチが坐っているところまで登っていった。ふたりはわたしを見ているのを隠そうともしていない。最後にもう一度、自分たちがなにを迎えることになるのか、確認しようとしているの？

手は震えていないし、膝の力が抜けるということもなかった。息が荒く、不規則なだけだった。でも胃は、慣れない緊張のためにでんぐり返りそうになっていた。

「あなたに会いにきたんだけど、よかったかしら」まだあと数メートルというところで、リーコーチが切りだした言葉に、やっぱりそうかと納得した。

わたしは一瞬アイヴァンのほうに目をやり、冷ややかなのになんとなくうぬぼれた顔を見て、すぐにリーコーチに目を戻した。口喧嘩でこの話を台無しにするわけにはいかない。

「ええ、もちろん」わたしでもおなじことをしただろう。「おはようございます」

彼女は口の端をほんの少しだけあげてほほえんだ。「おはよう」

アイヴァンは挨拶しなかった。

いいわ。もしかしたらこいつも、わたしとおなじように、できるだけ面倒を起こさずこの話をまとめるまでは口を閉じていることにしたのかもしれない。それで安心した。彼がわたしと口論しないのは、本気でわたしと組みたいということだから。

いいえ、〝組みたい〟は言葉が間違っている。〝組む必要がある〟のほうが近い。

そっちの事情はわからないけど、どうでもよかった。わたしにとって大事なのは、このチャンスだ。これを台無しにはしない。

立ったリーコーチは、わたしより一インチほど背が低い。彼女は胸の前で腕組みをして、わたしがまったく予想していなかったことをいった。「あなたのトリプルルッツは美しい。ジャンプの高さ、スピード、幅、テクニック……忘れていたわ、あれがあなたの得意技だったのを。完璧よ、ジャスミン、ほんとうに。誇りに思っていい」

彼女はにっこりほほえんだ。「アイヴァンのジャンプに似てる」

アイヴァンの部分は無視して、ほかの部分に集中した。もちろん誇らしく思っている。でもそれはいわなかった。最高の選手たちが跳ぶビデオを何度も何度も見直して、なにがすごいのか細かく分析して、自分もできるようになった。うちにはわたしがジャンプを磨くために撮影した、何度も何度も跳んでいる映像が何時間分も残っている。何日も、何時間も、おなじジャンプをくり返し撮影させられて、ママは爆発寸前になっていた。わたしが跳べるようになったら、ぜんぶ自分のおかげだといった。

「あのコンビネーションはいつやったものなの？　大会で見かけた記憶がなくて」リーコーチは考えながらいった。「ポールはあまりルッツが得意じゃなかったわね……」

そうだった。「シングル時代の古いショートプログラムなんです」

彼女は「ああ！」というふうに眉を吊りあげた。「なるほどね。今度シングルからペアに転向した事情を聞かせてね。ずっとなぜだろうと思っていたのよ」

わたしは肩をすくめて、さらりといった。「そんなにおもしろい話じゃないけど、いいですよ、今度」

リーコーチは〝今度〟という言葉にびっくりしていた。「いいの？」

わたしは彼女だけを見ていった。「質問がいくつかと、条件が二、三あるの」

「条件？」ベンチにゆったりと坐っていたアイヴァンが、気取った声でゆっくりと聞き返した。明らかに、わたしが条件を出せる立場ではないと思っている。

残念でした。

わたしは一秒間彼をにらみつけ、なにかばかなことをいってしまう前に、リーコーチに目を戻した。「大したものではないから」彼女がきのう、わたしに改善点を提案したときにいった言葉を使った。

リーコーチはアイヴァンをちらっと見て、同意した。「ここで話したほうがいい、それともオフィスがあいているか、見てきましょうか？」

周りを見なくても、ここならだれにも聞かれる心配はなかった。「ここのほうが時間の節約になるわ」

彼女は眉を吊りあげたが、うなずいた。

わたしは無意識に左手で右手のブレスレットにさわっていた。わたしにはできる。なんとかする。

アイヴァンはたしかにすばらしい選手だけど、わたしは彼とおなじくらい厳しい練習をしてきた。わたしは三歳になる前にスケートを始めたわけじゃないから、総時間では負けているかもしれないけど、できることはなんでもした。彼はわたしに親切にしているわけじゃない。対等なパートナーシップでなければ、話は白紙だ。わたしはそれ以下で引きうけるつもりはない。

「どんなこと?」リーコーチが訊いた。

わたしは手首のブレスレットを回した。わたしはなんでもできる、と自分にいい聞かせる。思いきっていった。「アイヴァンのパートナーになっても、がらっとイメージチェンジするとか、人前で赤ちゃんにキスするとかさせないでほしい」

いった。

リーコーチのほおがぴくっとしたように見えたけど、表情は平静だった。「赤ちゃんにキスも、がらりとイメージチェンジもなし。いいわ。ほかには?」

彼女とその率直さを好きになりそうだった。「一年たたないうちにわたしをお払い箱にするのはだめ」

目の端に、アイヴァンがベンチの席で身動きしているのが見えたが、彼のほうは見なかった。仲介者であり、実際的なビジネス相手である女性に集中していた。彼女はぎょっとした様子は見せなかったが、片方の眉を一瞬だけゆがめたのをわたしは見逃さなかった。

「なぜ一年未満でわたしたちが合意を破棄すると思うの？」ゆっくりと訊いた。

このときはアイヴァンを見た。それから百パーセント誤解のないように、親指で彼を指した。「なぜなら彼とわたしがうまくやれるかどうか、自信がないから」

彼はあざ笑い、口を開きかけたが、わたしは続けた。

「わたしはただ、万全を期しているだけ。わたしは自分のことがわかっているし、彼のこともわかっている。もしわたしのせいでうまくいかなかったら、わたしはなんとかしてそれを直す。約束します。でももし彼のせいだったら……」

アイヴァンはくつろいだ姿勢から、前かがみになって膝を開き、肘をついた。淡い灰青色の目の強烈な視線でわたしの肌に穴をあけようとしているみたいだった。舌先でほおのうちがわを押している。これまで何度もその顔をされているから、すぐにわかった。

殺気のこもった目でにらみつけてくる。

いいでしょう。

彼がすべて満足というふりをするほうが気味が悪い。

「あなたのせいだったら……」強調したのは、彼だって完璧ではないし、彼とコーチはなにもかもわたしのせいにはできないということをわからせるためだった。「もちろんあなたも、おなじミスはくり返さないようにするでしょう。なにか問題があったら、わたしたちふたりで解決する。このペアを成功させるために必要なことはなんでもすると、同意してほしい」

アイヴァンは、わたしが話しているあいだじゅう、あごを左右に動かしていた。口論が空気中に漂っているのが感じられる。

「わたしがいいたいのは、わたしたちそれぞれが均等に責任を負うということ。チームでなければ、わたしは遠慮する。もらわれっ子のような扱いはごめんだから。〈ジ・アイヴァン・ショー〉ではないのよ」

「〈ジ・アイヴァン・ショー〉？」彼はわたしをにらみつけたまま、聞き返した。

わたしは片方の肩をすくめ、冷笑を浮かべそうになったが、寸前で思いとどまった。わたしはリーコーチのほうを見た。「そして一年後には、ふたりでわたしにパートナーを見つけてくれると約束してほしい。わたしが見つけるのを手伝うのではなく、あなたたちが見つけて」わたしは息をのんだ。「わたしの条件はこれで全部。あなたたちの要求にはなんでも答えるつもりよ。でもこのふたつについては、議論の余地のないようにしておきたい」

一瞬、沈黙が落ちた。

ふたりともわたしを見ているのを感じた。どうしてイエスというのにこんなに時間がかかるの？　そんな無理なことは要求していないのに。そうよね？

　わたしはふたりを見て、人生で最重要と思われる質問をした。なぜなら早く終わらせたかったから。わたしは待つのが苦手だから。「この条件でいいわね？」

　また沈黙が落ち、リーコーチはアイヴァンのほうに目を向け、まるまる三十秒くらい見ていたが、なにかおもしろがっているような声を洩らした。そしてゆっくりとわたしに目を戻し、目をしばたたかせた。

　だめなんだ。わたしは落胆した。生まれて初めて吐きそうだと感じ、自分を叱りつけたくなった。

「いいだろう」アイヴァンの口から思いがけない言葉が出てきた。まったくうれしそうではないし……まだわたしをじっと見ている。顔をしかめてはいない。これが大きな決断のようにはまるで見えない。わたしにとっては大ごとなのに。

　でも彼の顔より、いまの返事のほうが大事だ。

　アイヴァンが同意した。

　やった。わたしは競技に復帰できる。

　子供のころ、休暇で訪れた海岸で兄といっしょに崖《がけ》に登り、クリフダイヴィングをすることにした。わたしは兄がひるんでやめるくらい高いところから飛びこんだ。ところが、高いところから飛べば、当然深く沈む。わたしは水を蹴《け》って水面を目指したが、水面が遠く、一瞬このまま溺《おぼ》れるのかと思った。でも水から顔を出して息を吸いこんだときに空気の味。やった、という達成感。人間はときどき、生きるのに必要なものをあって当たり前だと思ってしまう。

わたしはリーコーチとアイヴァンの顔を交互に見ながら、そのことをより深く理解した気がした……自分が生き返ったように感じる。これでいいのだと。

でも……。

考慮しなければならないことが、もうひとつあるのに気づいた。

これで話がおじゃんになるおそれもある。わたしのプライドは考えたがらないけど、考えないわけにはいかない。大人なのだから。「もうひとついいかな」息をのみ、思いきっていった。「コーチの報酬と振り付け料はいくらになるの？」

以前のようにママに援助を頼むつもりはなかった。でもアイヴァンがどれくらい振り付けに支払っているかはなんとなく知っている。一度、振付師に電話をかけ、料金をいわれてとても払えないと思ったことがある。

すでに最悪を予期して、内心身をすくませていた。リーコーチの報酬もある。これまでわたしが習ったコーチふたりの報酬は最高レベルというわけではなかったが、安くもなかった。そのキャリアでさまざまなレベルの生徒たちを同時に何人か教えていた。

アイヴァンがわたしを見て目をしばたたき、リーコーチがなにもいわなかったので、やっぱり高いのだと思った。この一年が終わって腎臓を売るまで、支払いを待ってもらうしかない。ウィッグをかぶってストリップで働いてもいい。正体がばれるような生まれつきのあざはない。

「アイヴァンがコーチの報酬と振り付け料を払うけど、旅費とコスチューム代はあなたの責任よ」ようやく、リーコーチがいった。

わたしは肩をこわばらせてアイヴァンのほうを向き、「ほんとに?」と訊いた。やめておけばよかった。

灰青色の目をゆっくりとまばたきして、いった。「払いたかったら、半分払ってもいいよ」

そんなにプライドは高くない。

だからわたしも目をぱちぱちさせて、いった。「遠慮する」

彼は背筋を伸ばして、かつてリップクリームの宣伝に出ていたその顔で、まっすぐわたしを見た。「ほんとにいいのか?」

「いいわ」

「本気で?」

この男。わたしは目を狭めた。「本気よ」

「ぼくは割り勘にしてもかまわない」口角を吊りあげ、見慣れたにやにや笑いを浮かべている。

わたしは歯を食いしばった。「遠慮するってば」

「そんなこといわずに――」

「そこまで」リーコーチが割りこみ、首を振った。「あなたたちの相手をするわたしに昇給が必要かもね」

ふたりとも彼女のほうを見た。

「わたしはだいじょうぶ。彼が悪いのよ」同時にアイヴァンもいった。「こいつのせいだろ」

リーコーチはさらに首をふり、すでにうんざりしている様子だった。「ふたりともプロフェッショナルで、ほぼ大人なんだから――」

ほぼ大人？

「やることはごまんとある、ふたりともそれはわかっているでしょう。その口喧嘩は、やめられないのなら、練習後までとっておきなさい。無駄にする時間はないのよ」彼女の口調は、子供たちのふるまいにうんざりしているときのママのとおなじだった。

わたしはなにもいわなかった。

アイヴァンはちがった。「ぼくはプロフェッショナルだ」

リーコーチはいった。「これについては話しあったでしょ」

思わずほほえみそうになったけど、その言葉を理解して冷静になった。ふたりはいったいなにを話しあったのだろう？

リーコーチはわたしを見た。「ジャスミン、それでいい？」

わたしはあたらしいコーチを見ていった。「口論は練習のあとにする。できるわ」

たぶん練習よりも大変だと思うけど、なんとかする。

「アイヴァンは？」

彼は不満そうな声でいった。「わかった」

「建設的な批判はいいのよ――お互いに」リーコーチはいった。

わたしがさっとアイヴァンのほうを見ると、彼はすでにこちらを見ていた。疑わしげに狭めた目は、わたしとおなじことを考えているのを示していた。わたしたちはたがいになにかいうことさえできない。口を開いて相手に話しかけたらなにが起きるか、ふたりとも知っているからだ。

でも……。わたしはいい人間になろうとしている。つまらないことをいって台無しにしたくない。わたしはこのためになんでもすると約束した。

このいけすかない野郎の相手をすることも。

だからうなずいた。

「いいだろう」アイヴァンもいった。

「よかった。それならほかの話に移るわね」

わたしはアイヴァンを見た。彼はすでにわたしを見ていた。

気に入らない。〝わたしを見るのはやめて〟口の形だけでいった。

〝いやだね〟彼がいい返す。

リーコーチはため息をついた。「いいわ。口の動きでなにをいっても、わたしに聞こえないから」

それからアイヴァンが口に出していった。「始める前に身体検査をしてもらう」

なに？　こいつなにをいってるの？　わたしは健康そのもの――

黙って、ジャスミン。大したことじゃない。それに〝健康そのもの〟でもないかもしれない。わたしの怪我は身体検査ではわからないけど。

「いまはいってないがあとで問題になる持病や古傷がないか確認する必要がある」彼はゆっくりと続けた。この会話全体――そしてこの状況――が多大な負担だといわんばかりの口調で。

いい返す言葉が出かかったけど、「身体検査といわれたらそういうことだってわかるわ。わたしの体重を知りたいわけじゃないでしょ」とだけいい、もっと攻撃的な言葉をこらえた。

ぶ？」

　リーコーチが、わたしが中指を突きたてる前に咳払《せきばら》いして、「やめなさい」こわばった声でいった。「集中しましょう。話しあったばかりでしょ。合意書を作成するからサインしてね、ジャスミン。それと練習は週に六日、一日に二回よ。だいじょうぶ？」

　まさかでしょ。

「体重といえば――」

　体重についてからかおうとしたあほんだらからなんとか目を離し、リーコーチを見た。「だいじょうぶ」シーズンが始まるまで六か月しかない。できるだけ練習量を確保するのは当然だ。「時間は？」ブレスレットにさわりながらいった。

　アイヴァンがベンチに坐り直し、答えた。「〈LC〉では午前四時から四時間、午後一時から三時間だ」

　まずい。

　それでは四時間しか働けないし、それもぎりぎりだ。でもぜったいにやめたくない。休みの日に勤務を入れればいいかもしれない。とにかくなんとかする。

　わたしはうなずこうとして、彼の言葉のある点にひっかかりを感じた。「〝〈LC〉では〟っていったけど。ほかの場所でも練習するの？」

　リーコーチはアイヴァンのほうを見た。その目配せが気になる。秘密とか秘密の目配せとか、大嫌い。その顔はなによと訊きたかったけど、あとにすることにした。忍耐よ。わたしは忍耐強くもなれる。本気でがんばれば。

「チームに誘う前に、あなたの強みと弱点を話しあったのは理解してくれるでしょ」

「ええ」自分の話をされてうれしいか？　ノー。でもそれは必要なことだ。わたしだって、あんなにパートナーに困っていなかったらおなじことをしただろう。

「あなたは力強いアスリートよ、ジャスミン」わたしは心に鎧《よろい》を着こんで、これから彼女が述べるダメ出しを聞く準備をした。それがコーチの仕事なのだから。コーチは生徒の悪いところをこきおろし、それを直させる。「前からあなたには驚くべき可能性があると思っていた――」

次は〝けど〟が続くはず。だれかがわたしを褒めるときには、かならず〝けど〟がついてくる。

わたしは平静な顔でいようとしたけど、思ったより大変だった。

「でも次のレベルを目指すなら、取り組めることがいくつかあるわ。とくにショーマンシップ。前にガリーナから、あなたはあまりバレエのトレーニングをしてこなかったと聞いた。バレエはすごく効果があると思う。アイヴァンが前に習っていたインストラクターと、マンツーマンのトレーニングを受けてほしいの。いくつかの悪い癖を直して――」

悪い癖？

「――いいところをさらに伸ばすために。それとは別に、アイヴァンといっしょのレッスンも受けてもらう。つねに改善の余地はある。それはわかっているでしょう」

あなたには本格的にバレエを習った経験がないから動きに優雅さが足りない、ありていにいうとそういうことだ。アイヴァンがバレエを習っているのは知っている。カリーナは十四歳でフィギュアスケートのレッスンを受けるのをやめてしまった。わたしたちはそのレッスンで友だちになった。でも彼女はずっとダンスを続けている。たしかにアイヴァンの動きには、鬼軍曹のような心をもったバレエのインストラクターから習うことでしか身につかない優雅さと上品さがある。彼にはお金があるから。習う必要があればお金を払って教えてもらえる。

ママはわたしに、週に二回、一時間のグループレッスンを受けさせるのでせいいっぱいだった。それがわたしのバレエ歴のすべてだ。そのことを弁解する気はない。それになんでもすると約束した。だからいった。「わかったわ」

「よかった。あした電話してあいている時間を訊いておくから、あなたのスケジュールと合う時間を選んで。アイヴァンは月曜日と土曜日の午前九時から十一時にレッスンを受けている。それはだいじょうぶ？」

ぜんぜん。でもなんとかすると決めた。けっきょく、仕事をやめてストリップをすることになるのかも。「だいじょうぶ」一瞬、胃が痛くなったけど、それを無視して大事なことに集中した。「一週間に一度、柔軟性をあげるためにピラテスに通ってるの。それは続けるつもり」

「いいわね。それは続けて」リーコーチはゆっくりうなずいた。

わたしは自分の考えを整理しようとした。「シーズンはどんな感じになる？」

答えたのはアイヴァンだった。「ディスカヴァリー・シリーズ、グランプリ、全米、世界。ほかは出る必要はない」

頭のなかで計算して、それは七つの大会に出場するということだとわかり、こみあげる心配をなんとか押しもどした。ディスカヴァリー・シリーズの大会はふたつか三つある。グランプリは、決勝までいけば三つだ。全米と世界はひとつずつ。

お金。お金。お金。

でも気にしない。多く出れば、それだけ勝つチャンスが増えるのだ。

負けるチャンスも。頭のなかのネガティブな声がささやいたが、追い払った。もうこういう考え方をするのはやめよう。いままで、なにもいいことはなかったし、これからもそうだ。尻込みするのは早い。

「わかったわ」不安で胸が締めつけられる。

リーコーチがいった。「じゃあこれでいいわね、あしたから始められる？」

あした？

いま起きていることに圧倒されてるせいで声がうわずってしまわないかと心配で、黙ってうなずくだけにした。きょう、上司に相談しないとだめだ。

「これだけ？　わたしのトライアウトはしなくていいの？」

「必要ないわ」リーコーチの顔はほほえんでいるわけではなかったが、よろこんでいるようだった。彼女が手を差しだし、わたしはそれを握った。「よろしくね。あしたから始めましょう。きょうじゅうにあなたの身体検査の予約を入れて、時間と場所を知らせるわ」

「ええ、あした」わたしはいった。胸に重しが載っているように感じる。わたしはバッグを肩にかけて、アイヴァンが坐っているところを見た。彼はずっと動いていない。膝に肘をついて、脚のあいだにだらりと手を垂らし、男らしいあごをこわばらせ、わたしをじっと見ている。その顔はいままでいやになるほど見てきた。

これからの一年でもっと見ることになるのだろう。

一年。まったく。

さっきリーコーチに、いがみ合いを克服して、少なくとも相手のことを我慢するといった。その約束は守るつもりだ。このチャンスを台無しにはしない。わたしはもっといい人間になれる……そう考えて、思わずほほえんでいた。

わたしは一瞬ためらってから、彼に手を差しだした。

手はそこに浮いたままだった。一秒。二秒。三秒。

アイヴァンはわたしを見つめたまま立ちあがった。わたしより、一フィート近く背が高い。そして初めてわたしの手を取った。

その目を見ながら、彼がなにを考えているのかわかった。なぜならわたしも、おなじことを考えていたから。

数年前、わたしがジャンプでひどい転倒をしたとき、アイヴァンもリンクにいた。わたしは氷の上に寝たまま、目をぱちぱちさせて天井の垂木《たるき》を見つめながら、呼吸が落ち着くのを待っていた。氷に強打した頭がずきずき痛んだ。そこになぜかこいつが滑ってきた。そしてうすら笑いを浮かべながら、わたしに手を差しだした。

わたしは頭が働いていなかった。差し伸べられた手だけを見て、その手を取ろうとした。ばかみたいに。

指先がほんの数インチまで近づいたところで、アイヴァンは手をひっこめ、ますます笑って、滑り去った。わたしを氷の上に残して。あっという間に。

いやなやつ。

だから最悪のことを予想したわたしが、その手をぎゅっと握るのに一瞬ためらったのは彼の自業自得だ。でもなにも起きなかった。彼の手はひんやりしていて、大きく、その指はわたしが思っていたより長かった。何年間もお互いのことを知っているのに、一度もふれたことがなかった。ただ一度の例外はある年の感謝祭に彼の実家に呼ばれて、彼の席がわたしの隣で、お祈りのあいだわたしの手を握っていたときだけだ。三分間、わたしたちはありったけの力で相手の手を握りつぶそうとして、しまいにカリーナがテーブルの下で兄の脚を蹴った。たぶん彼女は、わたしの指先が血の気を失っているのに気づいたんだと思う。

わたしはなにもいわなかった。なにかいったら、また口論になりそうだったから。彼もなにもいう必要を感じていないようだ。

フィギュアスケートのいいところは、なにも話さなくてもできるところだ。

わたしはありったけの力をこめて彼の手を握り返した。

5

落とされるのがどれほど痛いか、すっかり忘れていた。

「だいじょうぶ？」リーコーチの声が……どこからか聞こえた。

わたしは目をつぶったまま横たわり、歴史上のどこかでだれかがクッション入りマットの必要性に気づいたことに感謝した。たった一インチの厚みだけど、それがなかったらいままでに三倍は骨折していただろう。

それでも。

痛い。

呼吸しようとしたけど、わたしの肺はまだ、アイヴァンの手が滑って二メートルの高さから落とされ、背中から床に叩きつけられたショックから回復できていなかった。

痛い。

「だいじょうぶ」半分息を切らしながら小声でいい、空気を吸いこもうとしたけど、ほんの少ししか吸えなかった。ぜんぜん足りない。

苦しくてさらにもう一度試みたが、半分吸いこめたところで背骨が〝まだよ、ばかね〟とささやいた。むきだしのかかとをマットに引きずって膝を立て、また吸ってみた。今度は少しうまくいった。いい点を挙げると、肋骨《ろっこつ》は折れていない。もうひとつのいい点は、落とされたのがマットの上で、氷上ではなかったことだ。氷の上に落下すると、セメントの上に落ちたときとおなじくらい痛い。

ごくりと唾をのんで深呼吸を試みたら、今度こそまともに吸いこめたので、こんなのはなんでもないと自分にいい聞かせた。少なくとも深刻なことではないと。

目をあけたとたん、大きな手が見えた。床のはるか上方にわたしを掲げていた手、おぼつかなくなってわたしを落とした手が、こちらに差し伸べられている。

一瞬、その手につかまろうかと思ったけれど、この男が過去におなじふるまいをしたときのことを思いだした。首を振り、自力で上体を起こした。「だいじょうぶだってば」つぶやくようにいった拍子に、大きく顔をしかめた。

「少し休む？」リーコーチがマットのそとから声をかけるのを聞きながら、わたしはそろそろと膝立ちになって起きあがった。さらに二、三度息を吸いこむと、ごくわずかに背中が痛む。あしたには確実に悪化しているだろう。

「だいじょうぶ。もう一度やりましょう」コーチの心配を払うように手を振り、首を反らして、落下によって奪われた呼吸を取り戻そうとした。どうにか落ち着かせて、練習に戻る準備ができてから、新しいパートナーになってまだ四時間の男のほうを向いた。

四時間。

午前中は基本練習をおこなった。基本中の基本だ。昨夜よく眠れなかった理由の大半は、きたる朝に待ちかまえているもの——つまり初練習への期待のせいだったが、目覚めたときには心の準備はできていた。

朝四時にスケートリンクの横で顔を合わせたときにはすでに、左手の甲に黒のLを、右手の甲に赤のRを記していた。自分でウォーミングアップを済ませており、彼もそうだった。リーコーチはわたしたちに、並んでリンクを周回させた……何時間にもわたって。それもこれも、わたしたちのリズムを見つけるために。彼の脚はわたしのより長いけれど、ふたりともリーコーチのダメ出しに耳を傾けて口をつぐんでいれば、まずまずうまくいった。互いの顔を見ることもなかった。自分の足に集中していて……手を見なくてはならなかったのもほんの数回だった。

続いて、今度は手をつないでおなじことをするようにとのコーチの指示に従った。これを何度もくり返した。手をつないで、つながないで、ふたりのリズムが見つかるまで。小さな一歩だけれど重要なことだ。

そういうわけで、仕事に行って今後は勤務時間を短縮しなくてはならないことを上司に説明してから午後にスケートリンクへ戻ったとき、マット上でのリフト練習を始めるとリーコーチにいわれたわたしは、ようやく少し前進できるのだと大いに奮起した。

ところがそれも、キャリーリフトで彼の手元が怪しくなるまでのことだった。アイヴァンがわたしの下腹部と脚のあいだに両手を当てて支えたまま、高さ一八七センチの頭の上に両腕をまっすぐ伸ばす。わたしのほうは両脚をぴんと揃《そろ》えて背中を反らし、あごをあげるリフトだ。元パートナーと何千回とやってきた。

それなのに、落下するとどれほど痛いかを忘れていたように、どんなパートナーにも好みのホールドのやり方があることを忘れていた。聞きかじりの知識だけど。わたしの短くて悲惨なペアのキャリアにおいて、パートナーはひとりしか知らない。

もしかすると、わたしはアイヴァンの前のパートナーより重たいのかもしれない。

「どこに手を当てているかを確認させて、アイヴァン」リーコーチが呼びかけた。「それからできるだけゆっくり持ちあげて。ジャスミンの動きも確認したいから」

わたしはうなずいてアイヴァンの正面のポジションに入り、思い切って顔をあげた。体型によくフィットした、裾《すそ》を絞ったスウェットパンツと、新品にちがいない純白のTシャツを身に着け、きれいにとかした髪をいつもどおり完璧な位置で分けた姿は、これから実際に運動をするのではなく、スウェットパンツのモデル撮影をするかに見えた。

深くあごを引いたアイヴァンが、あの灰色がかった青い目でわたしを見おろし、〝いくぞ〟というようにうなずいた。ここまで、お互い相手になにもいっていない。口パクでも。

いまのところは。

わたしもあごを深く引いて、〝いいわよ〟と伝えた。いざ。彼の両手が、過去にそう多くの男性の手を許してこなかったわたしのからだの部分にあてがわれ、リフトに挑む。

頭の高さまで持ちあげられた瞬間、なにかがおかしいと気づき、どうしてだろうと考えた。

「どうかした?」わたしの心を読んだかのように、リーコーチが尋ねた。

「彼の手のひらが変なの」そう答えつつ、また床に落ちては困るので、あまり身動きしないようにした。

「ぼくはなにも変じゃない」下から聞こえたアイヴァンの声は、予想どおり、むっとして聞こえた。

わたしはあきれて目玉を回した。文句はいわないと約束したけれど、だからといって目玉を回すことまで禁じられたわけではない。向こうにこちらが見えないときは、とくに。

「よくわからないんだけど、彼の手が大きすぎて——」リーコーチに向けて説明しはじめたとき、下からあざ笑うような声が聞こえたので、またしても目玉を回してしまった。「変な感じがする」リフトは可能なかぎりの高さまであがっていて、わたしはさっき落とされたときとおなじくらいの位置にいた。おなかをへこませて歯を食いしばり、二の腕に力を入れながら、手のひらと指にかかる体重を移動させようとした。わたしならできる。

「自分のしてることはわかってる」下からぼんくらがいった。

「そのうち慣れるわ」わたしはアイヴァンの声が聞こえなかったふりをしてリーコーチにいった。

「ではおろして、もう一度」コーチがいった。

アイヴァンはそれに従い、ほんとうはもっとゆっくり丁寧にできるくせに、雑にわたしをおろした。むかつく。にらみつけたものの、向こうはリーコーチしか眼中にないのか、気づきもしなかった。

もう一度、リフトに挑戦する。

もう一度、もう一度、もう一度。

そこからの三時間をこれだけに費やした。リフトの入り方を、何度も何度も、あまり変に感じなくなるまで……わたしの腕とアイヴァンの腕が疲労で震えだすまで。肩が痛んだ。彼の肩がどうなっているのかは想像もつかない。それでもわたしたちは不平をいわず、休憩を求めもしなかった。

夕方四時が訪れるころには、そこにあるのも忘れていた腹筋が疲れ果て、あしたにはおなかに大きなあざができていることはほぼ確実だった。

「もう一度やって、きょうは終わりにしましょう」アイヴァンとわたしが練習している円形のスペースから一メートルほど離れた位置に、あぐらをかいて坐っているコーチがいった。けれどまだ、わたしを頭上にリフトしたまま歩く段階にも至っていない。持ちあげるところをくり返しているだけだ。

うつむいたまま一歩さがってからだを前に倒すと同時に、アイヴァンの両手がポジションに入った。そのままわたしを持ちあげる。疲れているにちがいないのに、これまでよりややすばやく、ややなめらかに、安定して。まるまる二十秒その姿勢を保ったのち、わたしは床におろされて、腹筋の痛みに顔をしかめたいのをこらえた。シャワーを浴びたらすぐに、バッグに入れてあるアルニカ軟膏《なんこう》を塗ろう。運動後に効果があるから、あした、死にそうにならずにすむはずだ。

「ジャスミン、今夜はおなかにアイシングをして。痛いままだと練習できなくなるから」わたしが床に両足をつけるのとほぼ同時に、リーコーチがいった。わたしはコーチのほうを見てうなずいた。「きょうはよくやったわね」

ほんとうに？　心の一部は、もっとできたはずだと訴えていた。せめて、もっと早くできたはずだと。けれど比較対象があるわけではない。あまり自分にプレッシャーをかけすぎないようにしないと。なにごとも一歩ずつだ。そうよ。小さな一歩を重ねていって、階段をのぼりきる。

「からだを休めて、アイシングをして。じゃあふたりとも、またあした」コーチがいった。経験から、アイシングが必要な部分にアイヴァンのシーズンが終わると、彼女が若いフィギュアスケーターたちに力を入れることは知っている。コーチが背を向けて去っていくさまを、わたしは見送った。

まあいいけど。

わたしだって、残っておしゃべりがしたいわけでもない。

自分に眉をあげつつ、ぬいだ靴と靴下が待っている場所へ歩きだした。だだっ広い空間は妙に静かだった。ここは〈LC〉内に用意された、だれでも自由に使える練習スペースふたつのうちのひとつだ。腰をかがめて靴下をつかみ、片足ずつ履いたとき、親指のホットピンクのネイルが欠けているのに気づいた。かがんでも涙が出なければ、今夜、塗りなおそう。ネイルが三日以上、長持ちすることはないし、この新しいトレーニングスケジュール下ではなおさら維持するのはむずかしそうだけど、ペディキュアをしているほうが好きなのだ。自分でやるより塗ってもらうほうがいいけれど、それは叶《かな》いそうにない。

少なくとも、一年間は。

からだを起こして靴を履こうとしたとき、背後から深いため息が聞こえた。

聞こえなかったふりをした。

けれど、あの深いバリトンでこういわれると、聞こえなかったふりはできなかった。

「一年後、きみに別のパートナーを見つける手助けをしてほしいなら、もっとぼくを信頼しろ」

なんですって？　靴紐をつまんでいた手をとめて肩越しにふり返ると、アイヴァンは最後に見たときとおなじ場所に立っていた。裸足《はだし》でマットの中央に。ただしいまは、両手は腰にあてられ、視線はまっすぐこちらに向けられている。「なんですって？」わたしは眉をひそめて尋ねた。

アイヴァンのあごの筋肉が引きつった。「別の、パートナーを、見つける、手助けを、してほしいなら、もっと、ぼくを、信頼しろ」えらそうにくり返した。

わたしはまばたきをした。仮に片目が引きつりはじめたとしても、わざとではない。コーチは行ってしまった。練習のあいだは、言葉遣いに気をつけるということだった。そうよね？「なんて、いったのかは、聞こえた」真似をして返した。「どういう、意味か、知りたいだけ」

「だから、きみが、ぼくを、信頼しないなら、ぜったいに、うまくいかない、という意味だ」

こいつ。

落ち着いて、ジャスミン。普通に話すの。いい人間になって。

無理。「脅す気？」

今度は向こうがまばたきをする番だった。眉をあげて、肩をすくめる番。

「たった一日で、もう手助けしないって脅すの？」あえて一語一語をゆっくりと発した。

「ぼくがいいたいのは、信頼しないならうまくいかないということ。きみだってそれはわかってるはずだ」アイヴァンがいった。

片目が引きつり、だれかさんの髪の毛をひっぱりたくて指がうずいた。「あなた、わたしを落としたのよ」

「一度な。そしてあれが最後でもない。わかってるだろう」それが彼の言い分だった。

わたしは目をしばたたいた。たしかにわかっている。そうならないとも思っていない。

けれど……。

それでも落としたのは彼だ。

アイヴァンが目をしばたたいた。「落としたのはわざとじゃない」それを心から信じたわけではないし、向こうもそれはわかっているのだろう。首を振り、あの完璧に筋の通った鼻の先にあるきれいな鼻孔を広げて、もう一度いった。「わざとじゃない」

わたしはなにもいわなかった。

「きみに怪我をさせるような真似はしない」そういって表情を固くした。「ぼくのパートナーでいるあいだは」

「わあ、すごく安心」

彼のほおが引きつった。

「信頼ならじゅうぶんしてるわ」わたしはいった。嘘つき、というささやきが喉の奥を刺す。「ただ、あなたのホールドに慣れてないだけよ」そして、何年も嫌味男呼ばわりしてきただれかを信頼するのはむずかしいだけ。

アイヴァンの舌先がほおのうちがわを押し、あの冷たいブルーの目がわたしを射すくめた。まったく、この男にまつわるすべてが、いつだって完璧でなくてはならない理由でもあるの？「きみは驚くほど嘘がへただな。気づいてるか？」アイヴァンが尋ねた。

「そっちは最低の嘘つきね」抑える前にいっていた。

アイヴァンは首を振ったが、漆黒の髪は一筋も乱れなかった。「勝つために必要なことなら、なんでもするといったよな?」

わたしはゆっくりとうなずいた。

アイヴァンが眉をあげた。「だったら、なにがいけないのか教えてやってるんだから、修正しろ」

こいつ信じられない。「まだ初日だし、なにがいけないのかわたしが教えてあげたでしょ。あなたの手の置きどころが変なのよ」

「ぼくの手の置きどころは変じゃない」

「変よ」わたしはいい張った。

「これまでだれも文句をいわなかった」

「これまでだれも文句をいう勇気がなかったんじゃない? でもわたしが慣れるようにするから。あなたのやり方は正しいんでしょうし――」

「正しいさ。廊下のショーケースに並んでるトロフィーが見たいか?」

その嫌味にわたしは息を吐きだし、手首を振った。少しうずいたからで、もう彼を殴りたくなったからではない。断じて。「毎日見とれながら出入りしてるの? 毎週日曜にはせっせと磨いてる? 軽くキスしたりしながら」

アイヴァンの口が開いて閉じた。

わたしはにっこりした。「それにも慣れるわ」

「問題は慣れるかどうかじゃない。ぼくを信頼してないだろう。伝わるんだ」

「わざと落としたりしないって信じてるわ」わたしはゆっくりといった。話の進む先が気に入らなかった。「なるべく早く解決したいんでしょう。時間を無駄にしたくないのよね」

「そのとおりだ、シャーロック」ゆっくりした口調が癇《かん》に障《さわ》った。

「ねえサタン、六時間の練習で、どうやったら信頼できるようになるの？」気がつけば噛みつくようにいっていた。

たちまち、わたしといい争っているときにしか見かけない、あの異様に楽しそうな笑みが彼の顔に浮かんだ。「やっぱりな」

「そうよ。わざと落とさないのはわかってるけど、わたしにどうしろっていうの？わたしたちは仲良しってわけじゃないんだから。自分にどういい聞かせたって、用心をおろそかにされるんじゃないかといつもひやひやしてしまうわ」

アイヴァンは眉をあげたが、腹のたつことに、仲良しってわけじゃないという部分には反論しなかった。「それでもぼくを信頼するしかないだろう。リーは一年でできると思ってるし、ぼくも、ぼくなら一年でできると思っている――」

わたしは天を仰いだ。当然この男は、一年でなんでもできるようになると思っているだろう。

　まあ、わたしも彼ならできるかもと思っているかもしれないけれど、それとこれとは別だ。わたしだって理由もなくいやな態度はとらないし、こんなふうになるのは特定のひとりにたいしてだけだ。

「――だが、まずはこれを乗り越えないと。それも早急《さっきゅう》に。きみがためらうのは、ぼくの前にいた役立たずのせいでぼくを信頼していないからだ。ぼくにどうしてほしい？　ぼくがなにをすれば、これを乗り越えられる？」

　今度はわたしが目をしばたたく番だった。これはいったいだれ？　ぼくに、どうしてほしい？　なにをいっているの？　そしてなぜポールをもちだすの？

　不意をつかれたのが顔にあらわれたのだろう、アイヴァンがため息をついた。「ぼくは暇じゃないんだが」

　あらそう。「わたしだって」〝嫌味男〟、とつけたしはしなかったけれど、心のなかで呼びはした。「わからないのよ。さっきもいったとおり、あなたがわざと落としたりしないのは頭ではわかってる。だけど頭以外の部分はそうじゃないの。一週間前なら、うしろにいる人間を信じてまっすぐ倒れるトラストフォールであなたが受けとめてくれるとはぜったいに思えなかった。それをどう修正したらいいのか、わからない」

アイヴァンはまばたきをした。「新しいパートナーはきみが最初じゃないし、これは一年だけのことだから、いっしょに解決しよう。約束してほしいか?」

「ほら、あなたはトラストフォールでもかならず受けとめたよとはいわないじゃない」

「受けとめなかったかもしれないから」

やっぱり。

「それはそれ、これはこれだ、ミートボール。わざと怪我をさせるようなことはしないという約束《ワード》がほしいか?」

もう少しで笑いそうになった。「約束? いままでわたしにぶつけてきた言葉《ワード》を忘れたの?」

アイヴァンの口元がこわばり、彫刻のように完璧な顔が険しくなった。

「ほらね」

「ぼくになにをしてほしい? 問題を修正するためになにをしたのか、きっとリーに訊かれるし、必要なことはすべてやったと答えたい。だからいってくれ」

あなたに?

ちらりと横を見てから、視線を彼に戻した。「なにか恥ずかしい話をしてよ」

一瞬の躊躇《ちゅうちょ》もなかった。「断る」

相手が彼でなければ笑っていただろう。「へえ。相手を信頼できずにいるのは、いったいだれなのかしらね」わたしは首を振った。「心配しないで。乗り越えるから。なにもかもだいじょうぶ。あなた以上に、わたしにはこれが必要なの。解決するし、なにも心配いらないわ」

そうでなくては。

「いいだろう」

わたしはふたたび下を向き、靴紐を結び終えてから立ちあがった。ああ、今夜はぜったいにアイシングが必要だ。いっそ氷風呂に浸《つ》かったほうがいいかもしれない。参ったな。氷風呂は苦手だ。

いつの間にかすっかりこわばっていた肩を回しながら、ちらりとアイヴァンを見ると、彼はすでに離れて、ムートンブーツのようなものに足を滑りこませていた。

どうでもいい。わたしは家に帰りたい。

ドアのほうへ一歩踏みだして、ためらった。わたしたちはもうパートナーだ。今後一年間。わたしはもっといい人間になれる。いい人間になる。そこで小さくふり返り、呼びかけた。「じゃあね」

悪態をつけたすこともしなかった。それだけでもよくやった。

二秒ほど待って、向こうが返事をしないのだと気づき、ドアのほうに歩きだした。

返事があろうとなかろうとどうでもいい、と自分にいい聞かせながら。いったいなにを期待していたの？　まさか友好的な態度？　この関係がどんなものか、わかっているはずだ。

はっきりいわれたではないか。一年間と。わたしたちにあるのはそれだけ。

そして向こうは、いっしょに解決できるように、なにがいけないのかについて話しあおうとするほど、このパートナーシップを強く求めている。

少なくとも、仕事上のベストな決断を下すことについては、信頼できる男だ。人間としては？　冗談じゃない。それについてはまったく不十分。だけど肝心のスケートのことについてなら。

練習のせいで伸びてしまったレギンスのウエスト部分を引きあげて、両肩を回し、思ったとおりに痛むのかを確認しようとおなかをへこませた。案の定痛かったので、コンビニエンスストアに寄って氷を二袋買うことにした。氷風呂は拷問に近いし、あれ以上に嫌いなものはほぼないけれど……痛みに悩まされるのはもっといやなはずだ。ここはひとつ覚悟を決めて、やるしかない。

それでも、考えるだけで骨が悲鳴をあげた。

背筋を駆けあがった震えのせいで情けなく感じながら、できるだけ足早に廊下を進んだ。家に着くのは早いほどいい。ママとベンといっしょに映画も観られるかも。

今朝、いっしょに滑っているわたしたちを見て目をぱちくりさせた人はいなかったけれど、それは、朝に滑る人はみんな自分のことしか頭にないからだろう。噂を始めるのは午後の人たちだ。

もしこの状況についてわたしからまだ話していなかったとしても、ママはきっとなんらかの方法で聞きつけているにちがいない。

兄姉には前もって話すつもりはなかった。みんなを怒らせて地団太踏ませるのが大好きだから。そういうときは笑えるし、わたしのことを気にしてくれているんだと感じられてうれしくなる。

歩きながらこわばった肩を回しつづけ、廊下の角を曲がったところで足をとめた。廊下の先のドアのそばに、わたしがよく知る人物と、見知ってはいるけれどそれほど知らない人物がいた。ガリーナと、わたしに取って代わった少女だ。ガリーナのボディランゲージから、いらだっているのがわかった。長年のあいだにさんざんいらだたせてきたので、見ればそれとわかる。

そして少女がほおをさすっている様子から、泣いているのがわかった。

わたしはガリーナに泣かされたことはないけれど、理解の遅い人たちを彼女が泣かせるさまは見てきた。

ふたたび歩きだしながら、バッグを持ってくればよかったと思った。そうすればへッドホンを取りだして装着し、ふたりの声が聞こえないふりもできたのに、実際は、ガリーナがロシア訛りの抑えた声で少女に語りかける端々が聞こえてしまう。期待だの、目標だの、諦めないことだの。

廊下を半分まで来たとき、ふたりがわたしのほうを向いた。

「ヨージック」元コーチがわたしをあだ名で呼んで、固くうなずいた。

「こんにちは、ガリーナ」わたしは応じ、ちらりと少女のほうを見て、うなずいた。「ラターシャ」

「こんにちは」少女がいい、息を詰めているような顔でぺこりとお辞儀をした。そうすればわたしに目を見られることはなく、理由はなんであれ、叱られて動揺しているのを悟られることもないと思ったのか。

わたしにはどうでもいいことだと知らないのだろうし、こちらから教えるつもりもなかった。

「新しいパートナーが見つかってよかったわね」ガリーナがいった。「おめでとう。だけど見つかるのは時間の問題だと思っていたわ」

これにはつまずきそうになった。

おめでとう？　時間の問題だと思っていた？　なにをいっているの？

「あなたたちのトリプルルッツはきっときれいよ」ガリーナは続けたが、わたしは知らない人を見るような目で元コーチを見つめることしかできなかった。

　そのお世辞はどこから出てきたの？　なぜ出てきたの？

「あのジャンプを何度練習したの？」ガリーナが尋ねたけれど、その質問は無意味だった。わたしがどれだけ練習したか、よく知っているのだから。その場にいたのだから。飛んだ姿がどんなふうに見えるか自分で確認できるように、ママが撮影を手伝ってくれたことも、ガリーナには話した。

　けれど、そんな質問をする理由を元コーチに尋ねる必要はなかった。いっしょにいた時間が長すぎて、ガリーナの脳がどんなふうに働き、その目的はなにか、すっかりわかるようになっていた。これは少女になんらかの教訓を与えるためだ。

「五千回？」推測しかできないので、わたしはそういって肩をすくめた。数には強くないし、しばらくすると数えるのもやめてしまった。

「練習しながら泣いた？」

　わたしが一度も泣かなかったことは知っているくせに。そんなことをいって目の前の少女をいま以上に動揺させたくはなかったものの、嘘をつきたくもなかった。だからただ首を振った。声に出していうのはあまりにも残酷に思えた。少女を動揺させるだけのことをまたガリーナに尋ねられる前に、わたしは話題を変えた。「ガリーナ、訊きたいことがあるんだけど、ちょっとふたりだけで話せる？」

わたしの元コーチは考えるように首を傾けて、また固くうなずいた。

廊下の少し先まで歩くわたしについてきたガリーナは、わたしがとまるととまった。すぐさま切りだした。「わたしについて、ナンシー・リーになにを訊かれたの？」

当然だ。ガリーナの表情は変わらなかった。わたしが質問したことに驚いた様子もなかった。わたしが質問を躊躇するタイプではないと知っているのだから。「あなたは終わったと思うか。そう訊かれたわ」

わたしはまばたきをした。

「あなたは話を聞くか。熱心に練習するか。機会があればまたあなたをコーチしたいと思うか」ガリーナは続けた。あの鋼鉄のように固い顔でじっとわたしを見つめたまま。「イエスと答えたわ。あなたにはパートナーがいて当然だと答えた。あなたには立派な肩がある。腕もある。あなたについていかなかったのはわたし。こう答えたわ、あなたはわたしが教えてきたなかで最高の――」

わたしは目をぱちくりした。

「――ただしあなたは自分の頭のなかで生きている、とね、ヨージック。自分でもわかってるでしょう。あなたは思いこみが強すぎる。それもわかってるはず。そういうすべてを彼女に話したの。ジャスミンほどチャンスを与えられるべき人はいない、といった」じっと目を見つめて締めくくった。「それからこうもいったわ。あなたとアイヴァンが話をしすぎたら、殺しあうことになるでしょう、と」

そんな……。

「いいのよお礼なんて。でもまさか後悔させないわね？」

ガリーナが……。

わたしは唾をのんだ。けれどこちらがなにか言葉を発する前に、ガリーナはこれまで何度もしてきたようにぴしゃりとわたしの後頭部をはたいて、こういった。「用事があるの。話はまた今度」

6

三日後の午後、ついにテキストメッセージが届きはじめた。午後のセッションの前のウォーミングアップを終えようとしていたときのことだ。この日は〈LC〉に着くのがいつもより遅くなったので、まっすぐトレーニングルームに向かった。ダイナーを出る前に時計を見て、ランチタイムの渋滞のひどさを思いだし、出発前に着替えておこうと判断したことについて、神をたたえながら。腰のストレッチの真っ最中に、バッグの上に置いていたスマホが鳴ってメッセージの着信を知らせた。メッセージを開いたとたん、にんまりと笑みが浮かんだ。

ジョジョ：どうなってるんだ、ジャスミン

兄がなんの話をしているのかは訊くまでもなかった。いずれこうなるのはわかっていた。うちの家族のあいだで秘密を守りつづけるのは至難の業だから。ママと、ママ以外で唯一このことを知っているベンがいままで口をつぐんでいたのは、ふたりとも賛成したからにすぎない——わたしが競技生活に復帰したことを兄姉には黙っておいて、自力で突きとめさせて怒らせたほうが楽しいという意見に。

人生の醍醐味《だいごみ》はささやかなものにある。

そういうわけで、わたしはスマホをバッグに戻し、ストレッチを続けた。返信しなければ、ますます兄が怒るだろうから。

二十分後、まだストレッチに励みながらふたたびスマホを取りだすと、驚くなかれ、さらにメッセージが届いていた。

ジョジョ：どうしていわなかった
ジョジョ：どうしておれにこんな仕打ちをするんだ
ジョジョ：ほかのみんなもグルだったのか
タリ：どうしたの？　なにをいわなかったって？
タリ：え、ジャスミン、まさか妊娠した？
セバスチャン：ジャスミンが妊娠した？
タリ：妊娠したなら許さないからね。年頃になったとき避妊について話したでしょ
ルビー：してないわよ

ルビー：どうしたの、ジョジョ？
ジョジョ：ママは知ってたのか
タリ：いいから、なんの話か教えて
ジョジョ：ジャスミンがアイヴァン・ルーコフと滑ってる
ジョジョ：それも〈ピクチャーグラム〉で知った。スケートリンクにいただれかがトレーニングルームにいるふたりの写真をアップしたんだ。ふたりはリフトを練習してた
ジョジョ：ジャスミン、いますぐ説明しないと承知しないぞ
タリ：冗談でしょ？　ほんとなの？
タリ：ジャスミン
タリ：ジャスミン
タリ：ジャスミン
ジョジョ：いまルーコフのサイトで確認してる
ルビー：ママに電話したけど出ないわね
タリ：知ってたのよ。ほかに知ってた人は？
セバスチャン：おれは知らなかった。それからジャスの名前を何度もくり返すのはやめろ。いらっとする。ジャスはスケート選手に復帰する。やったじゃないか。おめ

でとう、ジャス
ジョジョ：^-^ ほんとうに水を差すやつだなおまえ
セバスチャン：妹に新しいパートナーができたからって大騒ぎしないだけさ
ジョジョ：先におれたちにいわなかったんだぞ。世間より先にビッグニュースを知れないなら家族であることになんの意味がある？
ジョジョ：〈ピクチャーグラム〉で知ったんだぞ
セバスチャン：おまえのことが好きじゃないいんだよ。おれも、おなじ立場ならおまえにはいわない
タリ：ネットで検索してもなにも見つからない
ジョジョ：ジャスミン
タリ：ジャスミン
ジョジョ：ジャスミン
タリ：ジャスミン
タリ：全部話さないなら、きょうママのところへ行くわよ
セバスチャン：うっとうしいな。仕事終わりまでミュートするぞ
ジョジョ：白けさせるやつだな
タリ：白けるわ

ジョジョ：興ざめなやつ
タリ：ほんとに
セバスチャン：うるさいよ

ゆっくりとメッセージに目を通しながら、わたしはひとりほほえんで、両手の甲を手のひらでさすった。視線を落とさなくても、毎日書きなおしている赤のRと黒のLがきょうもそこにあるのはわかっていた。そこまで熱心に手をごしごし洗っているわけではない。完全に洗い流せるには数か月かかるだろう。どちらがどちらかわかるように、指でLのかたちを作るにとどめることも考えたけれど、めんどうなので、油性ペンの文字でいく……当面は。

メッセージを返さないと、次にスマホを開いたときにはどこまでも続く〝ジャスミン〟を目にすることになるとわかっていたので、入力しはじめた。だからといって、みんなが望む内容でなくてはならない理由はない。

わたし：アイヴァン・ルーコフってだれ？

「なにをにやにやしてるんだ、ミートボール？」

一瞬、肩がこわばったものの、こいつの言動にいちいちかっとなる価値はないと自分にいい聞かせた。少なくとも、こちらの反応が丸見えのときは。反応を見せてやるなんてもったいない。わたしは膝のそばにスマホを置いて周囲を見まわし、リーコーチが室内にいないことをたしかめた。よし。靴下を履いた両足の裏をぴったりとつけて、背筋を伸ばしたまま上体を前に倒した。なぜか隣に腰をおろしてきた彼のほうを、ちらりと見ることもしなかった。

「裸のあなたの写真を見てただけよ」手のひらで床を進みながらさらにからだを倒していき、床までたった二・五センチの距離まで額を近づけた。「笑えるものが必要だったのよね」

彼の「ふん」という声に、マットに向かってにんまりしてしまった。さいわい、向こうからは見えない。「笑えるものが必要なとき、ぼくがなにを見るか知ってるか?」

瞬時にわたしの顔から笑みが消えた。ふざけた質問には答えない。

「なんとかかって男と滑るきみのビデオだよ」アイヴァンが自分の質問に自分で答えた。むかつく。ほんの少し首を回して、隣に坐っている彼をのぞき見た。「うちにはお気に入りのビデオがあるわ。去年のロシアカップで、あなたがデススパイラルで転んだときの映像」

アイヴァンは息をのんだのをごまかそうとしたが、わたしは見逃さなかった。抑えきれずにまた笑みが浮かぶ。首を戻して、マットと笑みを分かちあった。けれど瞬時に反撃がくることは予測しておくべきだった。「自宅でライブ中継を観たんだろ?」

ふたたび首を回して、一メートルほど離れた位置に坐っている彼をにらみつけた。両脚はまっすぐ伸ばし、首はこちらに向けられていた。当然だ。この男はいつもわたしを見張って、反応をうかがっている。「そうよ。あの日は四位でなにかもらえた?」

一瞬の間もあかなかった。「四位にはなにももらえなかったよ。なんでも、きみがペアに転向すると決めてから、ずっとリボンを切らしているらしい」

わたしは彼を見た。

彼もわたしを見た。

いい人間に。いい人間に。いい人間に。

「いつだって脇役だ」アイヴァンがつぶやくようにいった。

「早く次のシーズンが始まらないかしら」わたしはひとりごとのようにいったが、多少は彼に向けた言葉でもあった。だって。

アイヴァンの口角があがって気取った笑みが浮かんだので、ほんとうに手のひらがむずむずしはじめた。「ぼくはきっと残りの日数を指折り数えることになるよ、ミートボール。ほんとに。一年後、ぼくは金を払ってでもだれかにきみを押しつけて、すっぱり縁が切れるようにする」

一瞬、醜い感情ともしかしたら痛みのようなものが胸の底からこみあげたが、すぐにもみ消した。一年。わかっている。彼もわかっている。それが契約の一部だ。いまさら驚くことではない。「一年後、わたしはあなたのヴードゥー人形を箱から取りだして、その黒い心臓にまた針を刺しはじめるわ」

アイヴァンが目が細めた。「ぼくが持ってるきみのヴードゥー人形は、いまもぼくのナイトテーブルに坐ってるよ」

「あなたの髪が抜け落ちたらいいのに」

アイヴァンはまばたきをした。「きみの――」

「あなたたち、いったいなにをしているの？」背後からリーコーチが甲高い声でいった。もう少し首をひねって見あげると、コーチはわたしたちふたりのあいだに立ってやれやれと首を振りながら、あきれ果てたような顔でこちらを見おろしていた。「数分遅れただけで、これ……」目を閉じて首を振り、ふたたび目をあける。「いいわ、わたしのことは無視しなさい。練習中に相手のことを話すなとはいったけど、トレーニングしていないときならなんでも好きなようにするといいわ」

ふたりともひと言も発さなかったが、目は合った。

わたしは口だけを動かして〝ドジ〟といった。

向こうも淡いピンク色の唇を動かして〝そっちこそドジ〟と返してきた。

またため息が聞こえたものの、今度は諦めのそれに思えた。「目は見えてるのよ。あなたたちの唇は読める。どちらのも。うまくいかせるためならなんでもやる、そうよね？」まだわたしたちを見ていたにちがいないリーコーチが、強い口調でいった。アイヴァンとわたしはにらみあったまま、つぶやくようにいった。「ええ、まあ」

§

〝なんでもやる〟は、実行するのがむずかしい言葉だ。

後悔してはいないけれど……。

白状しよう。

後悔しそうだ。

「もう一度！」

「もう一度！」

「もう一度！」

「ちがう！　もう一度！」

人生で二度と〝もう一度〟という言葉を聞けなくなるとしても、まったく問題ない。ほんとうに、まったく問題ない。厳密にはゼロではなくてもゼロに感じられる地点からやりなおすというのは、じつに不快なものだ。

おもな理由は、相手がアイヴァンだから。そのアイヴァンもおなじくらいいらついているのがわかった。

リーコーチが首を反らして天井に向かってため息をつき、ついにちがう言葉を発した。「いいでしょう、きょうはここまで。三十分前からスピードが落ちてきたし、タイミングもほんの少ししか改善しなくなったわ。これでは時間の無駄よ。がんばっても向上しない」わたしたち両方に非難の表情を向けた。なぜふたりともエネルギーが尽きたのか、理解できないとでもいうように。

わたしはもう、こういうのに慣れていない。疲労困憊《こんぱい》させられる基本の特訓を最後にやったのは、あのくず男と初めてペアを組んだ四年前だ。

遠い昔。

先週は毎晩、氷風呂に浸かったのに、まだいたるところが痛かった。脇腹、腹筋全体、肩、手首、大腿《だいたい》四頭筋、背中。

痛くないのはお尻だけで、なぜかといえば、わたしのお尻は転んで着氷させられることに慣れていないわけではないからだ。それと、お尻の片方はもう片方より、生きている神経が少ないから。以前、３Ｌ——わたしのトリプルルッツ——の練習に励んでいたころに、神経をだいぶ殺してしまった。

あのころは日に三度、背中の下半分をアイシングしていた。膝も、腰も……どこもかしこも。だから今度もそのうちまた慣れる。少なくとも、自分ではそう願っていた。女子が成年前にフィギュアスケートをやめてしまうのには理由がある。年齢を重ねるごとに身体の回復に時間がかかるようになるし、わたしの場合は二十六年間で、たいていの人がその倍の時間をかけて与える以上のダメージを与えてしまったことも、よくなかった。

コーチは指先で鼻のつけねをこすりながらため息をつき、低い声でいった。「午後練の前にいくつか確認しておきましょう。まだ時間があるから」

機嫌が悪いの？　それとも……。

「十五分後にオフィスに集合」リーコーチはそういうと、いらだった様子で息を吐きながら、向きを変えて去っていった。

やっぱり、妄想ではなかった。

わたしはきょうの練習がそこまでよくなかったとは思わない。これまでで最高だったとはいわないけれど、最悪でもなかった。日々、いろいろな点が改善されている。

アイヴァンの態度は変わっていないし、わたしの態度も同様だ。同時にリーコーチと話すとき以外は、どちらも相手と話さない。コーチから指示があったときも、わたしたちのどちらかが相手に助言したときも、口喧嘩はしていない……。

全力で抑えなくては口をつぐんでいられなかったし、賭《か》けてもいいけれど、アイヴァンのほうもおなじだけの努力をしているはずだ。

それでもわたしたちはがんばった。そうしなくてはならないから。

それと、コーチがもうふたりきりにさせなかったから。

「じゃあ」わたしはひとりごとのようにいい、痛む腰骨を手のひらでさすった。ビールマンスピンの姿勢をずっととっていたせいだ。ほとんどからだをねじ曲げるようにして、スケート靴のかかとを後頭部のほうへひっぱり、しずくのようなかたちを作る姿勢。十六のときは屁《へ》でもなかった。いまは……容易ではないし、そこがむしゃくしゃする。

アイヴァンを待つことも、ふり返って彼がいまなにをしているのか見ることもせずに、リンクの出口へ滑っていき、スケートガードを装着してから更衣室に向かった。早く着替えてミーティングを終えてしまいたい。もしかしたらいつもより早めにここを出て、店でテーブルをひとつ多く受けもてるかもしれない。自分のロッカーに向かい、アイコンが点滅しているスマホはひとまず無視して、ベビー用のシートで全身を拭《ぬぐ》った。このごろはシャワーを浴びる時間がないので、毎日これで済ませるしかないのだ。続いて服を着ると、見苦しくない程度の化粧をした。

身支度は速いほうだが、終わってみると、十分しか経っていなかった。コーチがなにを話したいのか、さっぱりわからないけれど、心配したりしない。なんであれ対処してみせる。

廊下を三つ進んで建物の右側にたどり着くと、総支配人のオフィスはすぐに見つかった。ドアをノックしてほどなく、聞き慣れたリーコーチの声が響いた。「どうぞ！」

入ってみるとリーコーチはひとりで、スマホを耳に当てていた。人差し指を立てたコーチにわたしはうなずき、壁際の椅子に腰掛けた。

「頼んだこととちがうでしょう」コーチが静かに電話口でいう。手で顔を覆い、声がさらにひそめられた。

だれかがプライバシーを欲しているときには、それとわかる。わたしはバッグをごそごそやって自分のスマホを取りだし、画面を見た。新しいメッセージが数件。あるグループのやり取りだ。〈パパ、ジョジョ、タリ＋2〉。家族グループ以外に加わっている唯一のグループチャット。めったに使われることはなく、パパが含まれていてママが含まれていないもの。見なかったことにしてあとで読もうかと思ったものの、リーコーチの声がなお静かになったので、しかたなく開いた。

最初のメッセージはパパからだった。

パパ：九月にそっちへ行く。チケットを買ったよルビー：やった！
ジョジョ：日程は？
ルビー：うちに泊まって
パパ：ありがとう
パパ：15から22日だ
ルビー：ジャスミンもここにいるといいんだけど
パパ：どこかへ行く予定でもあるのか？
ジョジョ：ジャス、新しいパートナーが見つかったんだ
パパ：やめたんじゃなかったのか？
ジョジョ：ええと……
ルビー：ジャスミンはやめないわ、パパ。わかってるでしょう。九月は大会があったりするから、調べておく

パパはわたしがやめたと思っていたのだ。

わたしは首を振って息を吐きだし、スマホの画面をオフにしてバッグに放りこんだ。ほんとうにやめたと思っていたのだ。まあ、思うだろう。三か月前、最後に父と話したとき、わたしがまだトレーニングをしていることをはっきりいうと……父はこう

尋ねた。「なぜだ？　もうパートナーがいないのに」

「だいじょうぶ？」リーコーチの声で現実に引き戻された。

もどかしさと悔しさをのみこみ、顔をあげてうなずいた。「ええ」

コーチは両眉をあげた。張りつめた顔は疲れて見えた。何年ものあいだに盗み見てきたリーコーチのどの顔よりも、疲れているように。

「わかったわ」コーチはそれだけいって、またため息をついた。〝まるでわからない〟といわんばかりのため息だった。

わたしのほうは、尋ねたくはないけれど尋ねずにはいられなかった。ためらいもあらわな声でいった。「コーチは……だいじょうぶですか？」

黒い目がはっとこちらを見あげ、一瞬脇を向いたものの、すぐにわたしに戻ってきた。小さくうなずいて、コーチは嘘をついた。「ええ」

わたしはまばたきをした。

まったく予想もしなかったことに、コーチがため息をついて、首を振った。「個人的なことよ。心配しないで」

ああ。〝心配しないで〟が意味するところなら、知っている。

心配したくないし、それについて話したくもないけれど、わたしもガキじゃない。

「よかったら聞きますよ」手首にはめたブレスレットを回しながらコーチを見つめ、

どうか話したくないといってくれますようにと心のどこかで祈った。人にアドバイスできるような人間ではないし、気詰まりな状況でかけるべき言葉も知らない。「話したければ、だけど」

コーチが鼻で笑ってほほえんだのにはすっかり驚かされた。「ジャスミン、優しいのね。でもいいの。だいじょうぶだから」

優しい？　わたしが？

コーチはまた鼻で笑い、ほほえみをほんの少し広げた。「侮辱されたような顔をしないで。心配してくれてうれしいのよ。ただ、予想していなかっただけ」慎重に言葉を選び、手で額を拭った。それから眉をあげた。「それよりあなたの話をしましょう。いい？」

しまった。

「なにも悪い話じゃないわ」リーコーチは、わたしの心を読めるかのようにつけたした。気は進まないけれど、従うしかない。

わたしはうなずいた。

コーチは笑みを消してデスクに肘をつき、軽く身を乗りだした。「まず、新しいSNSのアカウントは作った？」

まずい。もちろんそこから始まるだろう。「いえ」正直に答えた。つかの間、吐き気にも似た不快な感覚が胃のなかを満たしたが、どうにか押しつぶした。だいじょうぶ。なにも問題はない。きっと。「まだ時間がなくて。週末に作るわ」

コーチはうなずいたが、表情には迷いのようなものがあった。「ひとつ訊いてもいいかしら」

こう訊かれるのは大嫌いだけれど、ノーといえるわけでもない。

「そもそもなぜアカウントを消したの？　〈ピクチャーグラム〉のあなたのアカウントはフォローしていたのよ。フォロワーもかなり多かったはず。〈フェイスブック〉のページだって人気があったのに、両方ともおなじころに削除してしまったでしょう」そう続けたコーチの表情は油断がなかった。

見張られている。

「あれは、たしか二年近く前？　消したのは、まだポールと組んでいたときよね」まるでわたしが知らないかのようにつけたした。わざわざログインしてアカウントを削除したのがわたしではないかのように。広報係や、人生の舞台裏を紹介する専門チームなど、わたしにはいない。いるのはわたしだけで、たまに姉が加わる。

少なくとも、わたしがやめてというまでは姉が引き受けてくれていた。やめてといったのは、なにが起きているかを姉に知られたくなかったからだ。気持ちの悪いメッセージが初めて届いたときも、姉は大騒ぎした。ほかを見てしまったら、いっそう大きな騒ぎになっていただろう。たしかに家族はわたしにたいして過保護ではないけれど、守りたい気持ちは確実にもっている。ただ、わたしのほうがそれを求めていないし、必要としてもいないのだ。みんなにはほかにやるべきことがある。

過去の件についてはリーコーチにも話したくないけれど……。

この関係を、嘘つきという立場で始めてしまっていいの？

あーあ。答えはわかっている。ただそれが気に入らないだけだ。

「じつは以前トラブルが……ファンとのあいだで」わたしは切りだしたが、〝ファン〟といったときに顔をしかめずにはいられなかった。あれはむしろ〝不気味なストーカー野郎〟だ。「居心地が悪くなって、すごく気が散るようになったから、アカウントは両方とも削除したの」

コーチの眉間《みけん》にしわが寄り、わたしの話を聞くにつれてそのしわはさらに深くなっていった。

「警察には行った？」やがてコーチは眉間にしわを刻んだまま、尋ねた。

「実際に脅迫があったわけじゃないから、警察にできることもなかったの」まぬけな気分を味わいながら、正直に答えた。「すべてネット上のことだったから」ここにはほんの少し嘘が混じった。最初に警察へ行ったときはそのとおりだったけれど、その後は状況が変わった。

コーチの顔つきはぴくりとも変わらなかったが、その目に、これまでより考えにふけるような表情が宿った。「問題が起きたら話してくれるわね？」

わたしは片方の肩をすくめて、とうていほほえみたい心境ではなかったものの、どうにか笑みに近いものを浮かべた。

コーチの眉間のしわが消え、口角がわずかにあがった。「正直にいってくれてありがとう。少なくとも、もしまた妙なことが起きたらすぐに知らせて。あなたにはハラスメントを受けるんじゃなく、快適かつ安全でいてほしいの。いいわね？」

それならいっそ、わたしはSNSのアカウントなど作らないほうがいいのではないだろうか。投稿したわたしの自撮り画像でマスターベーションをする男の動画が送りつけてこられないように。

わたしは無言でうなずいて、その記憶は押しやった。

コーチは完全にわたしを信じた顔ではなかったが、それ以上深追いはしなかった。「この件についてはもう少し考えてみるけど、いまのところは〈LC〉周辺の基本的なことを投稿してみて。できたら一日に一度。ちゃんとした、いい写真をお願い。二週間ほど経ったらそれ以外のことも混ぜていって。アイヴァンと話していたんだけど――」

いつ話したの？　電話で？　ふたりがささやき交わしたりしているところは一度も

見ていない。

「――さっきのあなたの話を聞いた以上、あなたたちふたり用のアカウントを作ったほうがいいかもしれないわね」

わたしは目をぱちくりさせた。「でも……」この関係は一年限定だ。もう一度、目をしばたたいた。「どうして？」

コーチの表情を見て、頭の悪い子になった気がした。「ファンはあなたを好きになればなるほど、いっそうあなたを応援するし、より寄付も集まって、あなたの経費もカバーできるようになるかもしれないからよ、ジャスミン。仮にあなたに援助が必要だとして――」

わたしは顔をしかめた。

「――あるいは必要ないとしても」わたしの表情に気づいたのだろう、コーチはつけたした。「ほかの経費をカバーできるように、オンラインの募金ページを検討してみてはどうかしら」

そうね。さぞいい成果があがるでしょう。寄付してくれる人の名前をいまから挙げることができる。その全員がわたしの血縁。慣れているとはいえ、わたしの評判にとっていちばん必要ないのが、だれもわたしに関心がないことをさらして世間の笑いものになることだ。

断じてお断り。それならストリップか、腎臓を売ったほうがましだ。

わたしがなにもいわないでいると、コーチが続けた。「近々、ふたりいっしょにインタビューを受けるのもいい考えね。トレーニング施設にひとりかふたり、記者を呼んで、あなたたちが練習しているところを撮らせたらどうかと思ってるのよ。すてきな物語を紡ぐの。ふたりのリンクメイトがパートナーを組む。きっと話題になるわ」

わたしとアイヴァンがいっしょにインタビュー？　それはちょっと……。

「一致団結よ」コーチは続けた。「ずっと前から知っていた同士がついにひとつになって――」

わたしはむせた。

一致団結？　ずっと前から知っていた同士？　数年前、ほかのスケート選手を撮影しているはずのビデオに、偶然わたしたちが映りこんだことがあった。わたしがアイヴァンに〝くたばれ〟といった場面だ。ただしそれはアイヴァンがわたしに、きみがずっと練習しているスピンを上達させるには生まれ変わるしかないね、といったあとのことだった。けれどマイクはその部分を拾っておらず、わたしの言葉だけが記録された。わたしの運は、そんなもの。

わたしは別に、世界でいちばん知識豊富な人間ではないけれど、ばかでもない。だからコーチの声と口調になにか怪しいところがあると気づいた。勘違いではない。

わたしは目をしばたたいた。「わたしたちがつき合ってるように見せかけたいの?」

コーチは一瞬、唇をすぼめた。「いいえ。つき合っているとかではなくて――」

じゃあなに?

「むしろ……とても仲がいいというように。お互い、相手に敬意と好意をもっているような――」

勘弁して。

「きずなが強いほど、世間は――」

なんなの?

「より食いつくわ」コーチは平然とした顔で締めくくった。

彼女に向けた視線はわたしの考えをそのままに物語っていたのだろう、コーチは両眉を吊りあげたが、わたしはそのあげ方が気に入らなかった。

「あなたたちが相手を我慢ならないと思っているようには見せたくないの。いってる意味はわかる?」

わたしは椅子の上でじっとしたまま、慎重にいった。「キャッキャウフフしてほしいのね」

コーチのため息はガリーナがついていたそれによく似ていたが、いまは気にしていられなかった。「わたしがいってるのはそういうことじゃないわ。敬意と、賞賛と

――」

「彼に賞賛はいだいてない」

コーチが一瞬、ぎゅっと目を閉じたのは、忍耐力をお与えくださいと神に祈ったからにちがいない。「そういう演技はできるでしょう」

「向こうもわたしに賞賛はいだいてないわ」

「彼もそういう演技はできるはずよ。重要なことだし、アイヴァンはそれをわかってる。あなたたちがにらみ合っていては困るの。氷の上では演技をするわけで、そういう感情は今後数か月で完成する振り付けのなかにうまく取りこまれるはずよ。その点は心配してないわ。あなたたちの化学反応を引き立てるような楽曲を見つけましょう。ふたりとも、練習中はとてもうまくやってくれてるし、とても誇らしく思っている――」

殺し合わなかったことを？　まったく。わたしの人生はそんなところまで落ちてしまったの？　口をつぐんでいただけで誇らしく思われるとは。

「だけどリンクのそとでもおなじ調子でいてもらわなくては困るのよ。せめて人目があるところでは……唇を読まれるところでは」コーチはそういって、ちらりとわたしを見た。

わたしはというと、その場に坐って目をぱちくりさせていることしかできなかった。

現実的には、コーチの要求が言語道断だとか前代未聞だとかは思わない。彼女がいおうとしているのは、わたしたちが相手の喉笛に咬みついていてはだめだ、ということだ。

けれど感覚的には、なにかまったく別のことのように思えた。

まるで、あの男を愛しているふりをしろとでもいわれているような。アイヴァン・ルーコフにはいろんな感情をいだいているけれど、そのリストの上から千個までのなかに愛はない。どこにもない。

最近ずっとそうしてきたように、リーコーチはまたしてもわたしのボディランゲージと表情を読みとったらしく、ため息をついて、いらだちをにじませた小さな笑みを浮かべた。「ジャスミン、わたしは無神論者よ。奇跡は信じていない。あなたたちふたりにできないと思うことは頼んでないの」

わたしはなにもいわなかった。こんなことになると予想していなかったわたしは愚か者だ。ほんとうに。認める。公衆の面前ではいい子にしていなくてはならなくなると、なぜ思いつかなかったのだろう。

わたしは演技はうまくない。そして嘘が大嫌い。

そもそもこんな会話をしなくてはならないことが、いや。

人差し指と中指で強くこめかみを押さえ、まったくわたしらしくないことに、ゆっくりと息を吐きだした。ある質問が心のなかと唇の上で踊る。答えは聞きたくないけれど、聞かなくてはならない。「そこまでしなくちゃいけないほど、わたしの評判は悪いの？」

「あなたが世界レベルのフィギュアスケート選手だということはだれもが認めることよ、ジャスミン――」

ほら来た。

「――だけど過去にあったことでいくつか少し気になる点があって、だからできるだけ状況を改善したいの。わかるわね」

そこが腹だたしいところだ。そう、わかる。完全にわかる。わたしの評判がどれほど悪いかというと、修復するには〝フィギュアスケート界のお人形〟である彼をわたしの友だちにするしかないと人が考えるほどなのだ。彼が好きになれるなら、ほかのみんなも好きになれるはず。彼が好きになれないのなら、わたしになにかおかしいところがあるということ。

わたしにおかしいところなんてない。自分のことは自分で守る。ほかの人を守ることもある。世間から叩かれても知ったことか。それはそんなに間違ったこと？　兄のジョナサンでさえ、何年も前にわたしにこういった――おまえが男だったなら、だれもなんとも思わないのにな。黄金のハートを持った最高のヒーローみたいな存在だと思うはずだ、と。

「極端な演技は必要ないの」そういいながらも顔をしかめたコーチの様子から、仮にわたしが極端な演技をしても、だれも文句はいわないと思っているのがわかった。まあ、そうだろう。「だけどせめて仲良くして。チームになって。いいたいことがあってもお互いのあいだだけにして、世間の目が届かないところにとどめて」

なにかいおうとしたものの、ドアが開く音に遮られた。続いて漆黒の頭が戸口のすき間からのぞき、刻一刻と見慣れつつある顔が現れた。「何人かにサインをねだられてね」言い訳をしながら入ってきてドアを閉じると、とまどった様子でわたしたちを見比べた。

毎日のようにトレーニングをする施設でサインをねだられる？　リーコーチがその場にいたからこそ、わたしは口を開きもせず、コーチの言葉に集中し、彼に尋ねた。

「あなたは知ってたの？」自分の耳にも、奇妙で少しかすれた声に聞こえた。

あの鋭い青い目がリーコーチからわたしに、またコーチに移り、彼はなぜか顔をしかめてわたしにこう返した。「なにをだ？」

「わたしたちがつき合ってるふりをすること」わたしは鋭い口調で答え、リーコーチをさっと見ると、こちらもまるでわたしが誇張しているとでもいいたげに顔をしかめていた。

「つき合ってるふりをしろとはいっていないわ――」コーチが説明しかけたところで、アイヴァンが遮った。

「つき合ってるふりをしなくちゃいけないのか？」アイヴァンがその場に立ちつくし、リーコーチとわたしにすばやく視線を行き来させるさまを見れば、彼がなにも聞いていなかったのはよくわかった。しかめっ面もそれを証明している。

「わかったわよ、むしろ〝親友〟みたいなふり」自分が考えなしにすべてをぶち壊そうとしていることに、頭のどこかで気づいた。手綱を奪って、ドラマのヒロインさながらにふるまっていると。気づいていながら、どうでもいいとも思っていた。

「いえ、親友でなくてもいいの。ただの友だちでもいいわ」コーチがはっきりさせようとした。

「お互いに敬意と賞賛をいだいてる友だち、でしょう」わたしはぼやくようにいった。

アイヴァンはめずらしくなにもいわなかった。

「別になにも……キスをするとか、そういうことは必要ないの。ただ……友好的に、笑顔で接してくれればよくて、その……相手にシラミがいるとでも思っているような態度はやめてほしい」

コーチがちらりとアイヴァンを見た。その表情は……いらだち？　怒り？　「ふたりとも、相手を我慢ならないと思っている態度を続けるつもり？　親しげにふるまうのはどちらにとってもいい戦略だし、ふたりともそれはわかってるはずよ」

それはどうだろう。

わたしの頭脳はフル回転していた。アイヴァンはこれまでのパートナーとそれほど仲良くしていた？　思いだせない。ポールとわたしのあいだには多少の愛情があったけれど、ほかのペアのパートナーにはまったく及ばない。けれど少なくとも半分の期間、殺意のこもった目で彼を見たりはしなかったと思う。だけど、アイヴァンと以前のパートナーたちは？　断言はできないものの、それほど親しげだったとは思わない。かといって、その点にさほど注意を払ってきたわけでもない。なにしろ意識はつねに、この男の腹だたしい点に集中していたから。

アイヴァンが片手をあげて後頭部に当てるのを、わたしは視界の隅でとらえたものの、リーコーチが彼のほうに向けている表情を読みとるほうに忙しくて、さしあたりアイヴァンの反応は脇においた。

コーチのほおは紅潮しはじめていて……目はアイヴァンを凝視している？

「アイヴァン」コーチがゆっくりと慎重に呼びかけた。名前だけに裏のメッセージをこめて。

アイヴァンはまばたきをした。弧を描く漆黒の長いまつげが目の上におりてきて、張り詰めた息が喉と胸を出入りするのが、わたしにもわかった。

どこかおかしい、となにかがわたしに告げた。ふたりの見つめ合い方は……なんというのかわからないけれど……。

「いいよ」不意にアイヴァンがいい、ちらりとわたしを見た。まるで、彼の意に沿わないことをさせようとして、いらだたせているのがわたしであるかのような目で。

「いい？」わたしはかすれた声でいった。

不機嫌な顔でアイヴァンがうなずいた。「ああ。いいよ。やろう」

「冗談じゃ――」わたしは口を閉じてぎゅっと唇を押しつけた。考えて、考えるの、ジャスミン。ふたりには約束してしまったのだから。

「最高のアイデアだとは思わないが、やるべきだ」アイヴァンがつぶやくようにいい、またわたしのほうを見て、眉間にしわを寄せた。「たった一年できみとは縁を切れるんだし」

ぶん殴ってやろうか。

リーコーチはうめき声を洩らしたが、彼を罵倒《ばとう》したい欲求のせいで、わたしにはほとんど聞こえなかった。

アイヴァンがため息をついて首をそらし、天井を見あげた。「作り笑いならできる」彼の言葉を聞きながら、わたしは椅子の背にもたれて肘かけに肘の先をついた。

「なにもぼくと結婚しろとか、ぼくの子どもを産めとか……そういうことじゃないんだろう？　それとも、なにか聞き逃したかな」

　これにはわたしも背筋を伸ばし、彼をにらみつけずにはいられなかった。「百万ドルもらったって、あなたの子なんか産むもんですか」

　アイヴァンのほおに奇妙な変化が起きたと思うや、彼は完全な無表情になった。「産んでくれなんて頼んでない。べつに大騒ぎするようなことでもないし、ぼくはやってもかまわない」あの黒く太い眉が、ほんの一センチだけあがった。「きみは、こんなささいなこともできないのか？」この訊き方は、わざとわたしをけしかけているのだ。

　そんな挑戦状を叩きつけられても冷静になれず、思考を整えられないのだとしたら、ほかのなにになら有効なのかわからなかった。彼にできることでわたしがもっと上手にできないことなどない。四回転ジャンプは例外だけれど、それは論点が異なる。わたしより有能だと悪魔に思わせてなるものか。そこで、穏やかな落ち着いた声で説明しようとした。「できるけど、ふりはあんまり上手じゃないのよね」

　ふたりとも、なにもいわなかった。

「上手じゃないの」わたしはくり返した。

　愛情を示せ、とふたりは求めている。まあ、そこまでではないにしても、彼を我慢ならないと思っているような態度はやめろといわれている、のだと思う。

求めに応じることは、もちろんできる。ただ、自分がやりたいかどうかわからないだけだ。演技が上手だったためしはないし、実際には感じていないことを感じているふりをするなど、無意味だと思ってきた。その点でいえば、我慢ならないだれかを好きなふりをするのも。それでなくても、すでにじゅうぶんな厄介ごとをかかえている。「気休めになるか知らないが、きみはぼくのタイプじゃない」アイヴァンの言葉に、わたしはきりきりと彼のほうを向いた。「それでも、嫌いじゃないような顔できみを見ることはできる」

わたしはまばたきをした。「よかった。あなたもわたしのタイプじゃない」

アイヴァンがわたしをにらむ。

わたしもにらみ返す。

リーコーチが居心地の悪そうな声を洩らした。「どちらもどちらのタイプじゃなくてよかったわ。それで、公衆の面前ではお互いに感じよくふるまうことで同意してくれるのね？　じつは来週、あなたたちにインタビューを受けてほしいの」

わたしとにらみあったまま、アイヴァンは肩をすくめた。「いいよ。できるかどうかは彼女しだいだ」

「もちろんできるわよ」

コーチが手を叩いて、一件落着だ。「よかった。じゃあ、次の話に移りましょう。

〈スポーツネットワーク〉があなたたちのことを雑誌で取りあげたがってるの」リーコーチはいい、爪で首を掻《か》いた。不安な証拠だ。

不安とは縁のない女性が。

ちらりとアイヴァンを見ると、彼は椅子に腰掛けて腕組みをし、まったく動じていない顔をしていた……が、よく見ると片足を振っていた。

「いいわよ」わたしはまだアイヴァンを観察しながらゆっくりといった。落ち着いているように見える。

けれどわたしにはわかる。アイヴァンは落ち着いていない。

リーコーチが小さくあいまいな笑みを浮かべたのを見て、わたしは警戒した。「ふたりいっしょに」

当然だ。そこにいらっしゃるフィギュアスケート界の貴公子のほうが有名なのに、メディアがわたしひとりをとりあげたがるわけがない。コーチはまだなにか隠している。直感でわかる。

なにかしらの理由があって、先送りにしているのだ。

だからわたしは待った。無言でコーチを見つめたまま、話の続きに心の準備をした。

リーコーチの目が一瞬、アイヴァンをかすめたとき、わたしの直感は裏打ちされた。ふだんより高い声でコーチが切りだした。「特別号の企画で――」

椅子の上でまぬけが咳払いをした。

「毎年、いちばん売れる号なんだけど――」

ああ。

ああ！

どれのことをいっているのか、はっきりとわかった。

それでもわたしは口をつぐんだまま、知っていることをおくびにも出さずにいた。そうでもしないと楽しみがなくなってしまう。コーチはそわそわして、もしかしたら少し気恥ずかしく思っているかもしれないのだ。なにしろわたしを説得して、裸になってもらおうとしているのだから。あいにく、わたしがシャイではないことをコーチは知らない。そうするしかないのなら、わたしはこの場でぬいでもいい。競技に参加するようになった子どものころから人前で着替えてきたのだ。

「あなたがやってくれるなら、絶大な宣伝効果があるんだけど――」

わたしは依然としてコーチを見つめ、ぽかんとした表情を保った。

「時間はとらせないわ。午前か午後、一回で終わるようなことよ――」

これにはわたしもうなずいた。ただし、ゆっくりと。

「長くても一日。それ以上はかからない」コーチは固い笑みで締めくくった。

わたしは目をしばたたき、できるかぎり純真な顔をつくった。「特別号って？」明るい口調で尋ねた。

コーチが真っ赤になり、視線をさっとアイヴァンに向けた。

「アスリートの肉体美を特集する人体特集号だということはとっくにわかってるんだろう、ミートボール。いやがらせはやめて、さっさと先に進め」アイヴァンはふんと笑って首を振った。

またミートボール！　集中して、ジャスミン。いい人間になるんでしょう。

無表情で彼を見て、肩をすくめた。「ごめん」半分だけ気持ちをこめていった。

すぐさまコーチがしかめっ面になった。「わかってたの？」

「やけに必死で説得しようとしてるのを見て、ピンときたの」

コーチはまだ不満そうだったものの、怒っているようにも見えなかった。純粋に驚いているようだ。「それで、かまわないの？」

わたしは片方の肩をすくめた。「スケート靴姿の写真を撮られるだけでしょう？」

リーコーチはまばたきをした。「ええ」

「肝心な部分はテープで隠せるのよね？」

コーチはゆっくりとうなずいたが、その顔はまだ不安そうにゆがんでいた。

「その場にいるのは撮影スタッフだけよね？」

おなじ表情のまま、コーチがまたうなずいた。

「じゃあ、かまわないわ」わたしはさらりといった。「いい宣伝になるのはわかるもの」それに、いつかお願いされないかとひそかに願っていたのだ。才能豊かな人がひしめくスポーツ界において、大きな名誉だから。

コーチが疑うように目を細め、やがてこういった。「悪くとらないでほしいんだけど、そんなにあっさり引き受けてくれるなんて、ちょっととまどってしまうわ」

「更衣室では赤の他人の前で裸になってるし」わたしはいった。「カメラマンや撮影スタッフは、わたしのよりきれいなからだもそうでないからだもたくさん見てきてるはずよ。だれにだってお尻の割れ目と性器がある。どうして大騒ぎするのか理解できないわ。乳首やなにかを見られるわけでもなし」言葉をとめてまばたきをした。「あなたたちふたりは、撮影現場にいる必要ないのよね？」

アイヴァンがまた咳払いをし、リーコーチの顔が真っ赤になった。慌てて話すコーチの声は、世界じゅうに聞こえそうだった。「ジャスミン……写真を撮られるのはあなただけじゃないの。向こうがほしがってるのは、あなたとアイヴァンの写真なのよ」

わたしとアイヴァン。

裸の。

「引き受けてくれたらすごく助かるわ」リーコーチがつけたした。そうすれば説得できると思っているのか、さらに熱をこめた声で。「簡単な撮影よ。あなたたちのことだもの、あっという間に終わるでしょう」

「彼の前で裸になれと?」親指を立てて、椅子の上でにやついているまぬけのほうを示した。実際に見なくても、にやついているのはわかる。純粋に、わかるのだ。

コーチがうなずいた。

わたしは考えもせずにいった。「いやよ」

聞くたびに神経を逆なでするアイヴァンの笑い声が、のんびりと明るいあの声が、室内を満たした。「ついさっき、赤の他人の前で裸になってるといったじゃないか」

フリースのプルオーバーに濃紺のスウェットパンツを着たまぬけをじろりとにらんだ。「そうよ、赤の他人。毎日会わなくてもいい人たち」あざ笑うようにいった。「あなたじゃない人たち」

アイヴァンは鼻にしわを寄せた。大いに楽しんでいるのは明らかだ。「そうだな。きみはぼくを知ってる。ぼくが信頼できることも知ってる――」

わたしは笑った。「まさか」

「ぼくがなにをするっていうんだ?　きみの裸を盗撮してネットにさらすとでも?」

アイヴァンは顔をしかめた。

たしかにそのとおりだが、それでも……。「いやなの」

「こっちは、きみがぼくの裸をネットにさらしたりしないと信じてるぞ」アイヴァンがいう。それで納得するとでも思っているのだろうか。

わたしはまた彼をにらんだ。「どうしてやらなくちゃいけないの？　そんなの、だれも見たがらないわよ」

アイヴァンは天を仰ぎ、喉の奥からうんざりした声を洩らした。これなら長年のあいだに少なくとも五回は見てきた。彼が、どう返したらいいのかわからなくなったときに——つまり、わたしが勝ったときに。「なにが問題なのかわからないな」アイヴァンが戦略を変えた。「コーチは断られるんじゃないかと心配していたが、ぼくはきみなら引き受けると確信していた。なにしろいちばん売れる号だ」

それをいうか。

アイヴァンが首を横に倒して、例のすました顔でわたしを見た。「契約したはずだぞ」

ああもう。「わかってるわよ」急に不安になって、わたしは鋭い声でいった。

「やるしかない」

両手で目を覆いたかったが、こらえた。こらえるしかなかった。だけど、ああ。天井を見あげて息を吐きだした。

「いうまでもないだろうが、裸の女性なら何人も見てきた」アイヴァンの口調には、ユーモアかうぬぼれのようなものがこめられていた。

わたしは上を向いたまま首を振った。どうしてこんなことになってしまったのだろう。どうやったら抜けだせるのだろう。

ほかの女性たちに全裸を見られるのも、赤の他人に生まれたままの姿を見られるのも、まあ、かまわない。

けれど何年もからだのことでからかってきたこの男に服を着ていない姿を見られるのは、まったくの別問題だ。

これから一年、目を見て過ごさなくてはならない男。おなじだけの期間、声を聞いて過ごさなくてはならない男。

そこまで無防備な姿でそばにいたくない人を挙げるとしたら、確実に含まれるのがアイヴァンだ。彼の兵器庫にさらなる弾薬は必要ない。下着を取り去っているときにお尻の大きさについてなにかいわれたら、許せない。きっと彼のペニスを引っこ抜こうとしてしまうだろう。

それでも……。

わたしは約束してしまった。一年間のパートナー契約を有利に運ぶために必要なことなら、なんでもする。もしもそれが、小さな胸や、おへそや性器のかたちをからかわれることを意味するのなら……彼のペニスが引きちぎられるまでだ。

いまいましい。

「それで……引き受けてくれる？」リーコーチが期待をこめて尋ねた。

わたしはまだふたりを見られずにいた。現実の重みが胸を直撃していた。

「選択肢はないいんでしょう？」

「そんなに怒った顔をするな。できるだけ早く終わらせよう。服を着てるきみを持ちあげるのもひと苦労なんだ、裸のきみを持ちあげたくはないね」

天井から目をそらさないまま、わたしはすぐさま彼に中指を立てた。それから視線をおろし、意地悪な笑みを向けた。「あなたの粗品も見たくないわ」

ばかがウインクをよこした。「おっと、こいつは粗品じゃないぞ、ミートボール。一級品だ」

わたしは吐き気をもよおした。

7　春／夏

「やめてくれないか？」アイヴァンがそういうと同時に、テーブルの下でわたしの脚に脚をぶつけてきた。

「そっちこそやめてよ。わたしは自分の側にいるんだから、あなたが脚を揃えれば済むことでしょう」膝に膝をぶつけ返した。行儀よくインタビューを受けて、これからの一時間を切り抜けると自分に誓ったにもかかわらず。

それくらいできると思った。

そうするつもりだった。

彼が隣に坐ってこなければ。

リーコーチがわたしたちのために用意したこのインタビューをしくじるのはわたしではない。だれかがしくじるとしたら、隣にいるこのうすのろだ。あのミーティング以来、わたしたちはじつによくやってきた。リーコーチに、頼むからいがみ合わないようにして、険悪な表情や言葉はふたりだけのときしか使わないようにしてくれ、せめてだれの耳にも届かないときに、といわれたあのミーティングから。コーチはその後、わたしたちをふたりきりにするというおなじ過ちはまだ犯していないので、まあ、そういうわけだ。

けれどきょうは失敗が許されない。どうってことないだろうと思っていた。六十分間、もっといやなものに耐えたこともある。

ところがアイヴァンが隣に坐ってきたとたん、自信が揺らぎだした。わたしが〈LC〉のスタッフ用休憩室のベンチに腰掛けていたら、するりと入ってきたのだ。ジャーナリストだかブロガーだかの女性が来るのを待つことになっていた。アイヴァンとわたしが競技会に参加すると公式に発表する前に、その女性から質問を受けるのだ。

ただし、このパートナーシップが一年限定であることはいわない。その点についてはきのう、リーコーチから説明を受けた。そのことを知っていなくてはいけない人間はわたしたちだけ、と。

すばらしい。

脚を動かして両ももをぴったり合わせ、サタンの脚に触れないようにした。問題の女性が入ってきても口論の真っ最中ということがないように。だれもいないキッチンエリアを見まわして、二・五センチと離れていないところにいるアイヴァンの体温を無視しようとした。

そのとき、彼の太ももの膝のほうが膝にぶつかってきた。また。

「どうしてさわるのよ」ドアに視線を据えたまま、ほとんど唇を動かさずにひそひそ声でいった。彼を見てしまったら自分を抑えられる気がしなかった。

「きみがさわってきたんだろう」生意気でふざけた返事。動いたのは彼のほうなのに。まだそちらを見ずにいった。「どうして隣に坐るの?」

「坐れるからさ」

「近すぎるわ」

「もっと近くにいたこともある」

横目で彼を見た。「それはそうしなくちゃいけなかったからでしょう。あっちに坐りなさいよ。わたしから離れて」

アイヴァンはあの気味の悪い澄んだ青い目でわたしを見つめていた。「やだね」

わたしがまばたきをすると、彼もまばたきを返してきた。

どうしてくれよう。

「だったらわたしがテーブルの向こうに回るから、どいて」

「やだね」

真横を向いて、まっすぐ彼を見た。髪はきちんとうしろにとかしつけられていて、一筋の乱れもない。きょう着ているのは見覚えのあるセーターで、ほとんど白に近い淡いグレーだ。おかげで目の色が際立っている……わたしにはどうでもいいことだけど。「どいて」わたしはいった。

さっきとおなじ答えが返ってきた。

「どかないなら、無理やりどかせるわよ」

今度は首を横に振られた。

「どうしてよ?」

「並んで坐っていたほうが、仲良さそうに見えるから」

わたしは口を開いてばかじゃないのといいかけたが……また閉じた。

彼の口角がほんの少し引きつった。

わたしは鼻にしわを寄せて、またドアに目を向けた。一分が過ぎた。もしかしたら二分。

インタビュアーの女性はどこにいるの? これのために練習を短縮したのに。トレーニングはようやく前進しはじめたところだ。サイドバイサイドのジャンプに取り組んでいて……首尾は上々だった。わたしたちの動きは、とくにジャンプのときのそれはよく似ているので、修正すべき点もないくらいだった。リーコーチがよろこんでいるのがわかった。わたし自身、よろこんでいた。

アイヴァンがまた脚をぶつけてきたので、わたしはふたたび彼のほうを向いた。しかめっ面でアイヴァンがいう。「それ、やめろ。ベンチ全体が揺れる」

〝それ〟……？

あら。自分でも気づかないうちに膝を揺すっていた。動きをとめて、太ももの下に両手を突っこんだ。

そしてかかとを上下させはじめた。女性はいったいどこ？　間違いなく遅刻だ。膝の上に大きな手がおりてきた。「や、め、ろ」アイヴァンが完璧に整った声でいう。深いけれど深すぎない、完璧にカチンとくる声で。「きみが緊張する方法を知っていたとは驚きだな」

わたしはかかとを上下させるのをやめて、目の隅から彼を見、傷ひとつない肌を眺めた。あの肌に、ひとつとしてニキビがあるのを見たことはない。白ニキビだろうと黒ニキビだろうと。一度も。むかつく話。「緊張なんてしてしてないわ」

聞こえよがしに鼻で笑われて、わたしは上半身ごと彼のほうを向いた。彼はほほえんでいた。顕微鏡サイズの毛穴しかないすっきりした顔も、高いほお骨も、角ばったあごも、すべて輝いていた。競技に勝ったばかりでも、家族のそばにいるのでもないのに、ほほえんでいる。

初めて見た。

ここにいるのはいったいだれ？　その人物がまた太ももに脚をぶつけてきて、尋ねた。「だから脚を揺するのをやめないのか？」

「脚を揺するのは、ほんとうならいまごろだれかを待つんじゃなく、練習できてるからよ」われながら部分的にしか信じられない嘘だ。「それより、どうしてわたしにかまうの？　どうしてそんなにおしゃべりなの？」

白状すると、今朝起きた瞬間からからだのどこかを揺するのをやめられずにいた。このインタビューが待っていると知っていたせいだ。人と話すのは苦手ではないけれど、問題は、質問に答えなくてはいけないことと、その答えが録音されて永遠に保存され、この先ずっと批判や分析にさらされるということだ。おまけにそのインタビューのあいだは、アイヴァンの隣に坐っていなくてはならない。そしてアイヴァンは、まだインタビュアーもきていないのにもうわたしの神経を逆なでしている。

プレッシャーはゼロ。

「きみはでまかせばかりだな」アイヴァンがつぶやくように返して隣で身じろぎし、腰に腰を押しつけてきた。

わたしはまたちらりとドアを見ていった。「あなたこそでまかせだらけ」

アイヴァンは喉の奥から声を洩らした。

さらに一分が過ぎた。

もしかしたら二、三分。それでも女性はあらわれない。

時間が来たらわたしは帰る。じっと坐って待ったりしない。

「間違ったことをいってしまうんじゃないかと心配してるのなら、話はぼくが引き受ける」アイヴァンがほとんどささやくようにいった。やはりだれかに盗み聞きされたくないと思っているかのように。

この申し出にわたしは一瞬動きをとめたものの、すぐに笑った。「なにも心配してないわ」

「嘘つきだな」即座に返ってきた。

腹のたつことに、うまい返しはひとつも思い浮かばなかった。そこでこういうにとどめた。「うるさい」

アイヴァンが響かせた笑い声にわたしはふいをつかれ、おかげでこの状況全体にますます腹がたってきた。

「なにがおかしいの?」鋭い口調でいった。

けれど笑い声はなお大きくなっただけだった。「きみだよ。まったく、そんなに緊張してるきみは初めて見た。緊張できるとも思っていなかった」

わたしは太ももの下から両手を引き抜いてテーブルにのせ、指先で表面を叩きはじめた。

「リラックスしろ、ミートボール」アイヴァンは愉快きわまりないといった声でいった。

　わたしは〝ミートボール〟の部分を聞き流したけれど、顔は自然とゆがんだ。「リラックスしてるわ」また嘘をついた。

「嘘がへただとだれかにいわれたことはないか？　だまそうと思ってもないだろう」くっくっと笑いながらいう。

　わたしは天を仰ぎ、ドアに視線を固定して、両手を太ももの下に戻した。足首を上下しはじめようとしたとき、自分のからだがまた揺れだしたことに気づいた。じっと坐っているのは、思っていた以上にむずかしかった。「十時に来る予定じゃなかった？」

「ああ。いま十時六分だ。大目に見てやれ」新しいパートナーがつぶやくようにいった。

「用事があるのよ」わたしの説明は部分的にしか嘘ではなかった。「それより、コーチはどうして同席してないの？」

「その必要がないから？」アイヴァンが答えた。その口調で、わたしに愚か者の気分を味わわせようとする。

　ため息が出そうだ。

「それより、用事ってなんだ？　遊びで赤ん坊から毛布を奪うとか？」なんて楽しそうな声。ばかじゃないの。

「いいえ、サタン。それはもう卒業したわ」冷ややかに返した。

「じゃあ、歩行器を使ってる年寄りを突き飛ばすとか？」

「笑える」わたしは歯を食いしばったままいい、もう何度目になるかわからないけれど、またドアを見た。

「それで？　終わったらなにをするんだ？」

わたしはちらりと彼を見た。「どうして気にするの？」

「気にしてない」さらりと答える声を聞いて、わたしの胸のなかのなにかが縮こまった。わたしはそれを押しのけた。

「よかった。そのまま気にしないでいて」

「それでも知りたい」

またちらりと彼を見たとき、口元に嘲笑《ちょうしょう》が浮かぶのを感じた。「仕事に行かなくちゃいけないのよ、おせっかい野郎さん。これでご満足？」

面食らうことに、ぽかんとした表情が返ってきた。「働いてるのか？」

「そうよ」

「どうして？」

わたしはまばたきをした。「ものごとにはお金がかかるし、お金は木にならないから？」

「笑えるな」アイヴァンは辛辣《しんらつ》な声でいって腕組みをし、わたしをいらだたせる例のもの憂げな目で見つめた。「どこで働いてる？」

これには純粋に笑ってしまった。「そうはいかないわ」

ほほえみか、はたまた気取った笑みのようなものがアイヴァンの顔をよぎった。

「教えないつもりか？」

「教えると思う？　わたしの職場に現れて、わたしをからかえるように？」

アイヴァンは、そういうことはしないと否定しようとすらしなかった。ただわたしを見つめて、あごの筋肉をぴくりと引きつらせた。

わたしは〝おわかり？〟というように両眉をあげた。わかったのだろう、彼は反論もしなかった。代わりにあごを横に傾けて戻し、テーブルを見おろしてからまたわたしを見た。「とにかく、どうしたんだ？」アイヴァンが尋ねてさらにからだをずらしたので、わたしのからだの側面全体が――太ももから腕から肩までが――彼のからだにぴったりと寄り添うことになった。「ただのインタビューだぞ」

ただのインタビュー。そのとおり。

けれどわたしは吐き気をもよおしそう。

「ほんの少ししか笑わないから、どうしてそれほど緊張しているのか、理由をいってみろよ」アイヴァンの口ぶりは、まるでそれが気休めになるかのようだった。わたしの恐怖心を笑うけれど、ほんの少しだけ、と。まあすてき。「それで?」アイヴァンがうながした。

わたしは、あの魂を吸い取りそうな目をまっすぐ見つめて黙っていた。アイヴァンがまばたきをしたので、わたしもまばたきを返した。先ほどからの、ほほえみのような気取った笑みのような表情が消えないので、わたしはからだを横に倒し、肘のとがった部分を彼の太ももの真ん中に軽く突きたてた。警告のつもりだ。

力を加えても、アイヴァンはひるみも逃げもしなかった。それどころか太ももで押し返してきて、こちらの反応をうかがった。「あざができたら、あとできみを持ちあげるのがむずかしくなるな」そういって脅す。

「でしょうね」わたしは天を仰いだ。「嘘ばっかり。あざだらけになっても余裕でできるはずよ」

アイヴァンが笑い、わたしはまた不意をつかれた。「インタビュアーがここへ来るまでに、なにがいけないのか教えてくれ」

「なにもいけなくない」

「困ったことがあるんだろう」

「困ったことなんてない。放っておいて」

「これほど落ち着かないきみは見たことがないし、その様子がうっとうしいのかちょっとキュートなのか、わからずにいる」

聞き間違いかと見あげたが、アイヴァンの顔にはそんな言葉を発した形跡も見当たらなかった。まさかこのわたしについて、キュがつく言葉を使うわけがない。吸血鬼、ならいうかもしれないけれど、キュートなんてありえない。

「まあ、うっとうしい、だろうな」キュがつく言葉問題を残したまま、アイヴァンが続けた。「きみが答えるまで質問しつづけるぞ」

うんざりだ。〝ノー〟を答えとして受けいれられない、受けいれようとしない人というのは、いったいどうなっているのだろう。ママもなにかを求めているときに、これをやる。というより、わたしが与えたくないものを求めているときに、家族全員がおなじことをする。

「ミートボール」

「うっとうしいのはあなたよ。自覚してほしいわ」またドアのほうを見た。「それから、インタビュアーの前でミートボールと呼ばないでよね。ほかの人にまでそう呼ばれたくない」

「呼ばないさ。なにがいけないのか話してくれたら」

「あなた、頭がおかしいわ」

アイヴァンは鼻から小さく息を吐きだした。「呼ばないから。いえよ」

わたしはため息をついて天を仰いだ。いま打ち明けなかったら、きょうが終わるまで――もしくは数日にわたって――この話をされるだろう。そんなのはまっぴらだ。「マスコミが嫌い、それだけよ。人間のほとんどが嫌いなの。いつも言葉をねじ曲げて、炎上するようにしちゃうでしょう。で、みんなその嘘に食いつく。人はドラマを求めるの。耳にしたよくない話を全部信じちゃうの」

「それで?」

このろくでなしはたったいま〝それで?〟といった? なんでもないことのように? 「それで、あるときわたしが採点システムは改善の余地があると思うといったら、メディアはそれを、別の大会で優勝した人物は優勝にふさわしくないとわたしが思ってるみたいに、ねじ曲げたの。そのあと何か月もいやがらせのメールが届いたわ。別のときは、ある選手のY字スピンはとてもきれいだといったのに、いつの間にか、その選手はY字スピン以外まるでだめだといったことになってた」話しながら、そのふたつのことを思いだした。どちらのときも、何か月も悩まされた。ごく小さな一部がねじ曲げられて、わたしが思ったことやいったこととはまるでちがうものにされてしまった。そういうことをする人は大嫌いだ。ほんとうに。「ビデオについては語る必要ないわよね」

アイヴァンがいつまでも黙っているので、ちらりと横を見た。彼の太ももはいまもわたしの太ももに寄り添っているが、顔にはしかめっ面が浮かんでいた。脚を離そうかと思ったものの、考えなおした。向こうがわたしのスペースに侵入してきたのだ。これ以上、場所を譲るつもりはない。そのとき、じつに意外な質問が降ってきた。

「じゃあ、WHK杯はいかさまだと思う、とはいってないのか？」

しまった。

わたしは首を横に傾けて彼を見あげ、肩をすくめた。「それはいった」

アイヴァンはわたしを見おろして顔をしかめた。「採点システムが変わってから、いかさまはおこなわれてない」

それは知っている。わたしが子どものころ、実際にいかさまがおこなわれたあとに、採点システムは変更された。従来の〝完璧な〟六・〇を基準とする主観的なポイント制はばらばらに解体されて、より厳格な採点システムに改善されたのだ。新たなシステムでは、各エレメンツに一定のポイントが与えられ、それぞれのエレメンツがうまく演じられなかった場合はそこから減点される仕組みだ。欠点のないシステムではないが、改善はされた。

けれどわたしはあのWHK杯の採点に激怒した。激怒しているときに口から飛びだしてしまったものの責任をとれる人がいるだろうか。「あなたのパートナーは両足で着氷したし、あなたは三回転ツイストリフトのときに彼女を落としかけた。いかさまよ」ふたつ目は嘘だがほかはほんとうだ。完璧に覚えている。

アイヴァンは鼻で笑い、今度は彼のほうから全身をこちらに向けた。「いかさまじゃない。ぼくたちの基礎点はきみたちのよりはるかに高かったし、彼女はすべてジャンプの回転は足りていた」

わかっている。けれど彼のプログラムのほうがわたしと元パートナーのプログラムよりもずっとむずかしいエレメンツが入っていて、高スコアにふさわしかったと認めるくらいなら、死んだほうがましだ。おまけに……わたしたちは完璧ではなかった。ほぼ完璧ではあったけれど。わたしはたぶん、すべてのプログラムで自分が犯したすべてのミスを覚えている。それらを思いだして眠れない夜もある。ティーンエージャーだったころのプログラムまでよみがえることもある。もしあんなにうぬぼれていなかったら。もう少しうまくやれていたら……。自分の力を最大限に伸ばすことができて、ことあるごとに失敗していなかったなら、人生はどれほどちがっていただろう。

「いいわ、あれはいかさまじゃなかった」わたしは認めた。これ以上、いかさまだったといい張っていたらますますみじめになるだけだ。なにかの奇跡か、わたしはどうにか笑みを浮かべずにすんだ。「あなたの手下のだれかが審判を買収したのね。それをあなたがどう呼ぼうと、わたしには関係ない」

アイヴァンはまばたきをし、わたしもまばたきを返した。

彼の舌先がほおのうちがわに触れる。平然とした顔でアイヴァンがいった。「あの勝利は公正だった」

「あの夜、わたしは三位で、着氷はすべて成功した」

アイヴァンがまたまばたきをした。「きみは着氷すべてに成功したが、振り付けが話にならなかったし、顔も思いだせないパートナーくんがトリプルサルコウを見送ったあとのジャンプシークエンスで、きみは尻ごみした。おまけにきみはロボットみたいだったし、パートナーは最初から最後までいまにも吐きそうな顔をしていた」

一理あるけれど……。

アイヴァンがさりげなく肩をすくめたので、手の甲で叩いてやりたくなった。「曲もひどかった《サック》」

わたしにとっていま吸《サック》うといえば、息を吸いこむことにほかならなかった。「ちょっと待ってよ。あなた、なにさま？ 音楽の天才？」ぴしゃりといった。

アイヴァンは片方の肩をすくめた。「きみよりは音楽がわかる。まあ怒るなって。音楽がわかるかわからないかは生まれつきなんだ」

口をあんぐりあけたかったけれど、そんな反応を引きだせるのを知られたくなかった。

アイヴァンが続ける。「ぼくたちのプログラム用の曲をひとつでもきみに選ばせると思ってるなら、どうかしてる」

　これにはわたしもベンチの上でからだごと彼のほうを向き、〝いま、なんていった？〟という顔を見せた。身を乗りだすと、膝が彼の太ももにのったも同然になる。この時点ではもう、日に百回、いや、三百回は彼にふれていた。しかもそれが数週間続いている。香りだけでも人ごみからこの男を見つけだせるだろう。「なんですって？」

　きょう二回目になるが、あの薄いピンク色の唇が引きつった。「聞こえただろう。曲はナンシーと振付師とぼくが選ぶ。完璧なものになるはずだ」また唇がぴくっとした。「ぼくを信頼しろ」

　のけぞって笑わずにはいられなかった。「は！」

「いいんだよ、ジャスミン。いつもぼくが選んできたんだ。おそらく振り付けよりもっと重要だろうね。きみは勝ちたいんだろう？」

　勝ちたいに決まっているし、実際、彼は音楽の趣味がとてもいい。そのアレンジにはいつも驚かされてきた。だけれど、それを認める気はなかった。「Ｉ《ぼく》がっていうけど、ＴＥＡＭ《チーム》に〝Ｉ〟の字はないのよ、ご存じ？」

　いまいましいことに、彼はウインクをよこしてきた。「だけどＷＩＮ《勝利》には〝Ｉ〟の字があるし、きみも勝ちたいなら、ぼくの話に耳を傾けるべきだ」

わたしはばかにしたような声を洩らした。そして笑いたくないのに笑った。「筋の通らないことをいわないで。それから、その目のやつをやめて。ものすごくいらいらする」

申し訳なさそうな気配もなく、あの広い肩がぐっと丸まって、触れなくても極上にやわらかいとわかる美しいセーターの縫い目がひっぱられた。「ぼくには完全に筋が通る」

「それはあなたがばかだから。あなたはわたしのボスじゃないのよ。わたしたちはパートナーなの。ちなみにPARTNER《パートナー》にも〝I〟の字はないわ」

またウインクが飛んできた。「コスチュームと振り付けについては話し合ってもいいが、曲はぼくが選ぶ」

もう！

受けいれてもいいけれど、わたしはどうすればいいの？　わかった、という？　正直なところ、曲はどうでもいい。どんなものに合わせても滑れる。けれどコスチュームは……。「悪夢のチキータ・バナナ・マンボのコスチュームを覚えてる？　コスチュームを決めるなら、ぜったいに先に見せてもらうわよ。それからわたしのコスチュームに関しては、だれに作ってもらうか、もう決めてるから」

ほんの一瞬、彼のほおの筋肉が引きつったと思ったが、アイヴァンはコスチュームについてのわたしの言葉を無視していった。「全米チャンピオンと、世界チャンピオンと、五輪の金メダリストはだれだ？」

そんな質問をする神経に、わたしはのけぞった。ひと言も思いつけなかった。いや、口にするのがはばかられる罵倒のひとことをのぞいて。

けれどそれも、彼の口元にゆっくりと笑みが浮かぶまでだった。

ようやく言葉が戻ってきた。「あなたってほんとうにむかつく。ときどき顔をパンチしてやりたくなるわ。チャンピオンはだれだ、ですって？　黙りなさいよ」

彼はどうする？　どんな反応を示す？　アイヴァンは笑った。アイヴァン・ルーコフは高らかに笑った。

「審判団に渡したのはロシアンマフィアのお金でしょう」わたしは続けたが、さらに大きな笑い声が響いただけだったので、危うくほほえみを返すところだった。カリーナとわたしがもっと若かったころ、カリーナに尋ねたことがあった。あんなに大きなおうちに住めるなんて、両親はどうやってお金を稼いでいるの、と。するとカリーナは、たぶんマフィアに属しているのよ、と答えた。もちろん冗談だけれど、それでもわたしは笑ったものだ。

「負け惜しみが強いな」しばらくして彼がいった。「ぼくもそうとうだと思ってたが、きみにはかなわない」

「やめてよ」ペアでどちらかが失敗したときにパートナーを切り捨ててきたのはわたしではない。

けれどそれはいわなかった。

「セーターにしわができるたびに、愛車のテスラの運転席で泣くんでしょ」

アイヴァンが天井に向かってまた大笑いした。

「なにを笑ってるの？　おもしろいことをいったつもりはないけど」わたしはいった。

知り合って十年以上になるけれど、彼が感情を爆発させるさまを見たのは初めてだった。感情のあらわれといえば、家族といっしょにいるときに、とりわけカリーナといっしょのときに、一度か二度、ほほえむのを見たくらいだ。

けれど、それだけ。

笑い方を知っているとも思っていなかった……人の魂やなにかを奪うようなひどいことをしているとき以外は。

「楽しそうね」アイヴァンの大笑いでほとんどかき消されていたけれど、新たな声が聞こえた。

とたんにアイヴァンが笑うのをやめて、沈黙した。

ふたり同時にドアのほうを見た。案の定、戸口には片手にメッセンジャーバッグを、でいう。

もう片手にはハンドバッグをさげた女性がいた。「おじゃましてごめんなさい」笑顔
わたしはなにもいわず、アイヴァンも無言だった。

女性は笑顔のままいった。「遅れてごめんなさい」けれど説明はない。

いいのよ、とわたしがいうのを待っているのだろうけれど、ご期待に沿うつもりはない。遅刻する人には我慢ならないのだ。アイヴァンも同様らしいが、小さくうなずくのが視界の端でわかった。「こっちはいつでも始められる。ふたりとも、ほかに用事があるので長居はできない」

彼にも用事があったの？　いつから？　アイヴァンは働いていない。わたしも以前は、家にいられるなら仕事はしないと思っていたけれど、実際は、やることがなかったら正気を失っていただろう。十分とじっと坐っていられないたちなのだ。

けれど……アイヴァンにどんな用事があるというの？

女性はうなずいて、両手にバッグをさげたまま休憩室に入ってきた。「わかった。すぐに準備するわ」そういって、アイヴァンとわたしが坐っているベンチと向かいの椅子とのあいだにあるテーブルに、メッセンジャーバッグをおろした。おそらく三十代なかば、もしかしたらもう少し上。自分の両親がどちらも実年齢に見えないので、人の年齢を推しはかるのは苦手だ。「アマンダ・ムーアです」女性はまずわたしのほ

うに手を差し伸べて、いった。

「ジャスミン・サントスです」わたしはいい、握手をした。

アマンダがアイヴァンにもおなじことをすると、彼はいった。「アイヴァン・ルーコフです。お会いできて光栄です」

アマンダはわたしたちに固い笑みを投げかけてから、バッグのなかを探りはじめた。ノートパソコン、レコーダーらしき小さな黒い機器、小さな黄色のノートとペン。

「一分待って」いいながらノートパソコンを開く。

テーブルの下で脚にアイヴァンの脚が触れたものの、わたしは彼のほうを見なかった。

ほどなくアマンダはパソコンやノートの位置を整えて、またわたしたちにこわばった笑みを投げかけた。「準備完了」

隣のばかが、また脚を触れてきた。今回はわたしも彼の太ももに膝をぶつけつつ、両手は重ねてアマンダから見えない太もものあいだに挟んだ。台無しにするのはわたしではない。ぜったいに。わたしを叱る機会をコーチに与えてなるものか。

「〈アイスニュース〉にインタビューを持ちかけてくれて、ミズ・リーには感謝を伝えたけれど、おふたりにも直接お礼をいいたかったの。あなたとミンディがペアを解消したという噂が流れてきたとき、だれが代わりになるんだろうと思ったわ」アマンダはこう切りだし、語りながら視線をアイヴァンに向けた。

なるほど。彼らがアイヴァンの状況をどう思っているのか、どこまで知っているのか、わたしは知らなかった。詳細は秘密にしておきたいと考えていること以外には。好きなように突きとめて対処すればいい。わたしは競技がしたいだけ。

「それで」アマンダが続け、一瞬ノートに目を落とした。「この会話は録音したいのだけれど、ふたりともかまわないかしら」

わたしがうなずくと同時にアイヴァンがいった。「どうぞ」

アマンダはにっこりした。「ふたりは〈ルーコフ・アイスコンプレックス〉で十四年前からいっしょにトレーニングをしてきたそうね？」わたしのほうに問いかける。

「ええ」ふたり同時に答えた。アイヴァンはわたしの代わりに答えようとしているの？

アマンダはうなずいた。「そしてアイヴァン、あなたはここが建てられた二十一年前からこちらにいるのね？」

「ああ。それ以前は、生活もトレーニングもカリフォルニアだった」アイヴァンの口ぶりは、過去に何度もおなじ質問に答えてきたかのようだった。おそらくそうなのだろう。

アマンダがわたしに視線を移す。「あなたがここへ来はじめたときから知り合いだった？」

これなら答えられる。

「いいえ」くだらない質問ばかりだと思いそうになるのをこらえた。アイヴァンのほうがわたしより長く滑っていることは周知の事実ではないのだろうか。「彼のほうが早く始めていたので。出会ったのは一、二年後よ」出会ったのがここ〈LC〉ではなく彼の家だったことは、あえて知らせる必要はない。

アマンダが小さくほほえんだ。「けれどご家族とは友人だったのよね？」

わたしはまばたきをした。どうしてそれを知っているの？「ええ」

「おなじクラスだった――」間を置いて、ノートを確認する。「――カリーナ・ルーコフ、アイヴァンの妹と。あっているかしら」

わたしはうなずいた。アイヴァンとちがって、カリーナはずっと大きくなるまでフィギュアスケートの世界に送りこまれなかった。代わりにダンスを習っていた。両親がカリーナにフィギュアスケートを始めさせたのは、アイヴァンがジュニア世代で金を獲って、カリーナ自身がやってみたいといいだしたからだ。なにしろルーコフ家はすでにアイスリンクを所有していた。妹にもやらせていけないことがあるだろうか？　この話を初めてカリーナから聞いたとき、わたしは首を振ったものだ。

「それは、いつまで？」アマンダが尋ねた。

さいわいこの質問にはアイヴァンが答える気になってくれた。わたしは答えたくなかった。そもそもこの会話にカリーナを引きずりこみたくなかった。カリーナはどんなたぐいの注目もいやがるし、わたしはそれを尊重している。「妹は十四でフィギュアをやめた。ほかのことを追い求めようと決めたんだ」

彼の声が奇妙だと感じたのは、わたしの妄想だろうか。もしかしたら妹について話したくないのかもしれない。

「けれどふたりは親友だった？」アマンダがわたしに尋ねた。

わたしはまたうなずいたが、アマンダが向けた妙な表情を見逃さなかった。ひと言だけの答えやうなずくだけの回答は望んでいないのかもしれないけれど、もっといいたい気持ちにわたしがなるまでは、これ以上は与えない。

「じゃあ、このパートナー関係は十年ものといえるのね？」

わたしは凍りついた。アイヴァンを見るな。アイヴァンを見てはいけない。見るな

――

膝に膝がぶつかってきた。アイヴァンの声がおかしいと気づいたのは、彼の声を聞き慣れているせいにちがいない。たいていはえらそうで生意気なあの声が、苦しげで少し……ざらついて聞こえた。「そうともいえる」妙な声でゆっくりといった。

笑ったりしない。なかでもこのまぬけを笑ったりしない。だからわたしはただうな

ずいた。ゆっくりと、同意を示して。

アマンダ・ムーアの目がこちらに向けられてそれを見とめ、口元に小さな笑みが浮かんだ。「あの映像は見たことがあると思うの。あなたが」とわたしを指差す。「アイヴァンにあることをいう映像よ。その後、彼のファンからあなたに大きな反響があったけれど――」

その話題を持ちだすの？　すてき。知らなかった人間は調べだすにちがいない。

うんざりだ。

「――あれは、ふたりがじゃれあっていただけなのかしら？」アマンダが続けた。

わたしは身をこわばらせた。いまにも目が飛びだしそうな気がしたし、唇をぎゅっと閉じているせいで、なおさら変な顔になっているのは間違いなかった。黙っていなさい。なにもいわないの。いいから黙っていなさい。

そこでわたしはうなずいた。今回もゆっくりと。嘘のせいでからだが爆発するのではないかと思いながら。

隣にいるまぬけがまた脚に脚をぶつけてきて、先ほどのまったく彼らしくない耳障りな声でいった。「ああ。ぼくたちはしょっちゅうじゃれあうんだ」

だめ。だめ！　笑わない。否定もしない。してはいけない。

ちゃんとできるとコーチに約束した。友だちのふりができると誓った。

抜群だ」

「ジャスミンはすばらしい」アイヴァンがほとんど声を詰まらせながらいった。どういうわけか、そんなことをいっても全身を炎に包まれずにいる。「ユーモアセンスが抜群だ」

手をこぶしに握って手のひらに爪を立てなくては、なにかしてしまいそうだった。なんてへたな嘘。信じられない。わたしのことを嘘がへただと笑ったくせに。

わたしは咳払いをして顔に笑みを貼りつけた。溶けたゴムのようだと思いながら、吐きだすようにいった。「アイヴァンはすごいわ」いい終えるときに妙な声が出てしまった。そう遠くない過去に、お互いのヴードゥー人形を持っていることについて話したのを思いだしたのだ。

テーブルの下で膝に脚がぶつかってきたので、自制心を総動員して口をつぐみつづけた。アイヴァンも似たようなことを考えているにちがいない。笑うな。むせるな。冷静に。プロらしく。わたしたちはチーム。

けれど嘘は見え透いていたのだろう、アマンダは即座に眉をひそめてちらりとアイヴァンを見た。彼がいま、どんな表情を浮かべているのかは知る由もない。実際に見たら死んでしまうかもしれないからだ。アマンダが視線をこちらに向けた。「なにかおかしいことでも?」

アイヴァンが首を振るのが視界の端でわかった。「いや、なにも。ぼくたちは相手を心から尊敬し、賞賛しあっている」

勘弁して。

二秒ほど肩が震えたものの、どうにか抑えた。

尊敬と賞賛。よりによってその言葉を持ちだすとは。今度はわたしのほうからテーブルの下で脚に脚をぶつけた。

するとなにか——おそらく彼の手の甲が、やはりテーブルの下でわたしの腕を叩いた。

「それはもう、尊敬と賞賛を」わたしは絞りだすようにいい、どうにかむせるのをこらえて、うなずいた。

「ぼくは昔からジャスミンの大ファンだった」まぬけが続ける。

「わたしだって」歌うようにいってまたほほえもうとしたけれど、実際は連続殺人鬼の顔に見えただろう。「アイヴァンはすごくいい人だから」

アマンダはしばし怪訝《けげん》な顔でわたしたちを見つめていたが、この話は流すことに決めたのか、それとも信じたのか。わたしとしては、どちらでもいい。「ジャスミンのスケーティングのなにがいちばん好きかしら？」アマンダが尋ねた。

「ああ、それは……」

今回、わたしは膝を動かしもしなかった。ただアイヴァンを蹴った。すねに一発。

強烈ではないけれど、じゅうぶんな強さで。

「彼女は途方もないアスリートだ」アイヴァンがようやく答え、またわたしの腕を叩いた。

「ジャスミン、あなたはなぜアイヴァンとパートナーを組みたいと思ったの？　彼が現役の世界王者だという事実以外に」アマンダが問う。

「それ以上に必要？」肩をすくめてかわしたけれど、その質問には不快にさせられた。

「パートナーになってまだ日が浅いのは知っているけれど、もし相手になにかいいたいことがあるとしたら、つまり批評するとしたら、どんなものになるかしら？」

わたしは即座に飛びついた。アイヴァンを信用できないからだ。「この男性を批評？」絞りだすようにいいながら、警告と合図の意味で、かかとを彼のかかとにとんとんとぶつけた。「なにもないわ。ゼロ。彼のすることはなにもかも……完璧だもの」

そんなことを口にする労力で吐き気を覚えそうになった。

アマンダの顔にまぶしい笑みが浮かんだ。「すてきね」

アイヴァンのかかとが、かかとにぶつかってきた。

「あなたは、アイヴァン？　ジャスミンをどう思う？」

またかかと。

「批評？　そうだね、ジャスミンは……優しすぎる」

アマンダとわたしは同時に目をしばたたいた。「優しすぎる？」アマンダがおうむ返しにいったものの、わたしは気分を害しもしなかった。だって、まさかその路線で行くつもり？

ちらりと横目で見たとき、アイヴァンがうなずいた。「そう。優しすぎる」アマンダの口から「へえ」という声が洩れたものの、あまりに自然だったところからすると、彼女自身、予期していなかったのだろう。わたしはテーブル越しにアマンダを見て、まばたきをした。アマンダもまばたきをした。自分の口から洩れた声が信じられないといわんばかりに。

いやな女。

たしかにわたしはこの世でいちばん心が温かくて抱きしめたくなる人間ではないかもしれないけれど、優しいところはある。

ママの言葉を借りるなら、〝自分が優しくしたいときは〟。とはいえ、それをいうのはママ。わたしの愛する存在だ。わたしにはなにをいっても許される。

「前のパートナーについてはどう思う？　メアリ・マクドナルドといっしょに今シーズンの競技会に参加すると発表したことについては」藪《やぶ》から棒にアマンダが尋ねた。

わたしの〝前のパートナー〟と女狐《めぎつね》メアリ・マクドナルドの名前を出されただけで、きょうここまでのすべてが台無しになった。いともたやすく。わたしは全身がこわばるのを感じた。

そのとき、アイヴァンがわたしを蹴った。文字どおり、蹴った。

それではっと我に返り、瞬時に考えをまとめてこういった。「なにも思わないわ」

もしかしたら、幸運を祈っているとかなんとかいうべきだったのかもしれないけれど、わたしはそれほどの善人ではない。

「前のシーズン以来、彼と話していないというのはほんとう？」

彼に捨てられてすぐのころ、酔いと怒りに任せて電話をかけたある夜のことは数に入れない。向こうは電話に出なかったけれど、わたしはそれを利用した。情けないチンケな弱虫呼ばわりしたような気がするけれど、定かではない。いえるのは、口から飛びだした言葉を後悔していないということだけだ。なんであれ、あの男には当然の報い。

「ええ、話してないわ」

「彼がテキストメッセージでペアの解消を伝えたというのはほんとうかしら？」なぜか出回った噂について、アマンダは図々しくも質問した。わたしは家族以外のだれにも打ち明けていないので、出どころがわたしでないことはたしかだ。

それに真相は……彼はわたしに伝えていない。以上。わたしがこの件を知ったのは、次のシーズンはメアリとのトレーニングに費やすので欠場するとあの男が発表したときだ。それで知った。記事を読んで。予定していた一か月の休暇に入った二日後に。

なんて意気地なし。

「ジャスミンとぼくのことについて話せないか？　過去のパートナーについては話したくないと、リーコーチから伝えてあると思うんだが」不意に割って入ったアイヴァンの声は、お高くとまっていた。わたしが嫌いな声。

……その瞬間まで嫌いだった声。

アマンダがほおをピンク色に染めて、すばやくうなずいた。「ええ、もちろん」けれどもちだすなといわれていた話題をもちだしたことを謝りはしなかった。コーチたちが事前に忠告してくれていたことに、わたしは自分でも驚くほど感謝した。「シーズンに向けての期待は？」一瞬の間もなくアマンダが続けた。

「いい結果を期待してる」アイヴァンがほぼ即答した。「すばらしい結果を」

「それはどういう意味でしょう？」

彼の太ももの熱と筋肉がわたしの太ももにじかに伝わってきたけれど、わたしは逃げなかった。「今度のシーズンもこれまでのシーズンとちがう結果にはならないと思ってる、という意味さ」

アマンダの目が丸くなった。「そうなると思うの？」

アイヴァンがゆっくりうなずくのをわたしは見つめた。「そうなると知っている」

ないのだ。

「今シーズンは休まない？」

わたしたちが今シーズンかぎりだと、アマンダは知りもしない。わたしには時間が
「ああ」

「そんなに自信が？」愉快そうな笑みを浮かべてアマンダが尋ねた。アイヴァンの自信をたまらない魅力と思っているようだ。気持ち悪い。

「ああ」アイヴァンが即答した。

アマンダは〝なるほど〟といいたげに首を横に倒し、ちらりとわたしを見た。「あなたはどう思う？　そんなことは可能かしら？」

ふだんなら冗談をいうところだけれど、この女性にはすでにじゅうぶん侮辱されている。だから冗談抜きに答えた。「この競技において、アイヴァンは最高の選手のひとりだと思うわ。彼からはすでに多くを学んだし、これからも多くを学びつづけるつもりよ」

よし、なかなかいい答え。自分でも信じられそう。

「だけど学ぶ期間を駆け足で終えられると思う？」

「ええ」少なくともそう願っている。けれど迷った口調のだれかの言葉を信じる人はいない。

アマンダの目が狭まった。「過去にあなたを悩ませたメンタル面を乗り越えられると思う？」

またその話？　いいかげんにして。

いい人間になるんでしょう。あなたならできる。

わたしにはできる。ただ、やりたくないだけ。

「頼れるパートナーがいるので、ストレスも減ったと思うわ」アマンダの目を見つめてゆっくりといった。礼儀正しくない女性に、礼儀正しい女性だと思っているふりをして接する気はないと知らしめるために。

「つまり過去の問題の原因は――」

アイヴァンの手が空を切った。「ジャスミンとぼくのことに集中できるかな」まばたきをしていう。「どうか」

「わたしは別に――」

「わたしが悪いの」わたしは急いでいった。「さっきのはいうべきじゃなかった。メンタル面を乗り越えられるかどうかはわからないけど、いまは以前より自信を感じてるし、その理由の一部はアイヴァンのこれまでと記録にあると思う。彼からいい影響を受けられるよう願ってるわ」いまいましい。

アマンダは、わたしの言葉を信じていないみたいに顔をしかめた……が、手元の質問帳に目を落とした。「ありがとう。それでは話題を変えて次に進みましょう。二十の質問形式のクイズはどう?」ちらりとアイヴァンを見る。「許容範囲内なら」

わたしはまばたきをしたが、隣にいるアイヴァンは気乗りしないような声で答えた。

「いいだろう」

「きっと楽しいわよ」拷問ではないと納得させようというのか、アマンダがつけたした。

彼女が〝楽しい〟と思うことについて、わたしは別の意見をもっている気がするけれど、かまわない。質問にポールとそのパートナーがからんでいないなら、それかわたしが失敗作であることがからんでいないなら、受けいれる。わたしはうなずいた。

アマンダがにっこりした。「あなたたちはパートナーになって長くはないけれど、ずっと以前からよく知っている同士だもの、きっと楽しくなるはず」

アイヴァンが蹴ってきた。

わたしも蹴り返した。

お互い相手に我慢できるふりをするのと、〝よく知っている同士〟であるのとは、わけがちがう。

「それでは」アマンダがいい、ノートパソコンに目を落とした。

わたしはすかさずアイヴァンを見たが、向こうはすでにこちらを見ていた。

〝なによ？〟と口だけを動かして尋ねた。

うろたえるところを一度も見たことのない男性は、肩をすくめて〝さあな〟と口だけを動かして答えた。

「まずはこれから行きましょう」アマンダがいった。彼女がパソコンの画面を見つめてなにやら入力している隙《すき》に、わたしたちがこの場をどうやって切り抜けるか考えていることなど、まったく気づいていないらしい。「アイヴァンの好きな色は？」

わたしは横目でアイヴァンを見て顔をしかめた。「黒」口だけを動かして〝心のなかとおなじ〟という。

アイヴァンは天を仰いだ。

「正解？」アマンダがパソコンから顔をあげて尋ねた。

「とくに好きな色はない」アイヴァンが答えた。

「ジャスミンの好きな色は？」アマンダが尋ねた。

彼女の視線が逸れるやいなや、アイヴァンはちらりとこちらを見た。「赤」そして口だけを動かし、〝きみが食べた子どもの血の色とおなじ〟とつけたした。

笑わない。

笑わない。

隣にいる男がじつに悦に入った顔をしているいまは、とくに。まぬけ。あほんだら。

そのとき、アイヴァンがぬけぬけとウインクをしてきたので、わたしは無理やり視線をテーブル越しの女性に戻した。〇・五秒後、彼を蹴った。

「正解？」アマンダがわたしを見て尋ねた。

わたしは首を振った。「いいえ。好きな色はピンクよ」

「ピンク？」隣でアイヴァンが苦しげにいった。

わたしは目の隅で彼を見やった。「そうよ。おかしい？」

「いや……」アイヴァンはまばたきをし、さらに数回、目をしばたたいた。「きみがピンクを着てるところは見たことがないと思って」

わたしが着ている服の色に、彼が目を留めたり関心を払ったりする？　ありえない。

「着ないけど、好きな色なの」

アイヴァンの眉間にしわが寄ったものの、彼がいったのはこれだけだった。「ああ」

わたしはムッとした。「ちょっと楽しいでしょう」説明したものの、口調がやや鋭くなったかもしれない。

今度もアイヴァンは「ああ」とだけいった。

「アイヴァンの好きなジャンプは？」アマンダが続けた。

これは簡単。「トリプルルッツ」

「正解だ」隣の男性が認めた。

「ジャスミンの好きなジャンプは？」

アイヴァンは躊躇なく答えた。「簡単だ。３Ｌ」

「今後、トリプルルッツが見られると期待していいかしら？」アマンダが尋ねた。

わたしたちは目配せをし、わたしが「ええ」と答えると同時にアイヴァンも「ああ」といった。

アマンダはうなずいて画面を見た。「アイヴァンの好きな食べ物は？」

わたしは口だけを動かして〝けつの穴〟と彼にいったが、実際にはこう答えた。

「エスカルゴ」奇妙に聞こえるというそれだけの理由で。

抑えきれずにアイヴァンがむせて、脚をぶつけてきた。「ちがう」

「ちがう？」

「ちがう」アイヴァンはいい張った。「どうしてそう思った？　ちがうさ」

わたしは唇を引き結んで肩をすくめた。

「ピザだ」

わたしは隣の肉体を眺めた。セーターは厚手だけれどそこまで分厚くない。そのからだに贅肉《ぜいにく》はなく、どこもかしこも優雅で、長い腕と長い脚には硬い筋肉がついている。ピザを知っているからだではない。

「そんな目で見るな」好きな色はピンクだといったときにわたしが使ったのとおなじ

ねた。


口調で、アイヴァンがいった。

「どんなピザ？」低脂肪の、とかなんとかいうのではとなかば期待しつつわたしは尋
アイヴァンはまばたきをした。わたしの思考を読んだにちがいない。「よくある普通のペパロニピザだ」

今度はわたしが「ああ」という番だった。

それがなにを意味するか、わかったのだろう。アイヴァンは両眉をあげてみせた。

「ジャスミンの好きな食べ物は？」

隣のまぬけは即答した。「チョコレートケーキ」

どうして知っているの？

「正解？」アマンダが尋ねた。

知っているなんてどうかしているという表情で彼を見てしまわないようこらえつつ、どうにかうなずいた。カリーナの好物でもあるので、そこから類推したのだろう。

「アイヴァンがフィギュアスケート選手じゃなかったら、なにをしていたと思う？」

わたしは考えた。アイヴァンがフィギュアスケート選手ではない？　たとえ別の銀河系でも、そんな可能性は想像できなかった。ティーンエージャーのころにカリーナ
から聞いた話によると、アイヴァンは三歳でスケートを始めたという。祖父にスケー

トリンクに連れていかれて、すぐに夢中になったそうだ。スケートが彼のすべてになった。ガールフレンドさえいなかったと、カリーナから聞いたこともある。若いころに二、三人とデートしたことはあっても、真剣な交際は一度もなかったと。もっと愛するものがあったから。

わたしにはわかる。ほんとうにわかる。

わたしたちに共通点がどれほど多いか、けっして認めはしないけれど、気持ちは理解できた。わたしにもふたりほど、短期間のボーイフレンドはいたものの、どちらも真剣な交際ではなかったし、何年も前の話だ。ひとりは、十九のときに処女を捧げる相手に選んで、彼のSUVの後部座席でことに及んだ。もうひとりは野球選手で、わたしとおなじく自分のキャリアにばかり集中していた。それ以外の男性とはみんな、一度のデートで終わった。

わたしと夢のあいだに立ちはだかるものも人も、存在しない。

そして、アイヴァンが氷を支配していないというのは想像できない現実だ。なぜなら彼も、わたしとおなじだから。ただし彼のほうは邪悪だけれど。まあ、憎らしくて邪悪。

「ほかのことをやってる彼は想像できないわ」悔しいが、正直に答えた。

隣ではアイヴァン本人も、フィギュア以外のなにをしているかなど見当もつかないといいたげに肩をすくめた。

アマンダはこれを読みとったのだろう、続けて尋ねた。「ジャスミンはどう？」

アイヴァンの答えに迷いはなかった。「フィギュア一択だ」

「フィギュア一択よ」わたしもいい、プランBなど存在しないという心配を手放した。それについてはもうじゅうぶん大騒ぎした。これ以上、その現実について考える必要はない。ちらりとアイヴァンを見ると、彼はあの腹のたつ完璧な顔に悦に入った表情を浮かべてこちらを見ていた。

そして口だけを動かして〝死神〟といった。

わたしは天を仰ぎもしなかった。

「存命かどうかにかかわらず、だれにでも会えるとしたら、アイヴァンはだれを選ぶかしら？」アマンダが尋ねた。

ミルウォーキーの食人鬼という異名をもつ連続殺人犯、ジェフリー・ダーマーの名を挙げようとしたけれど、アマンダがこちらを見ていたので、代わりにこういった。

「神さま」

一瞬の間が空いて、アイヴァンがいった。「正解だ」

わたしは笑みをかみ殺した。まったく、嘘ばかり。

「ジャスミンはどう？」

ちらりと見ると、アイヴァンはじっくり考える顔をしてから答えた。「スティーブン・キング」

アマンダに正解かと尋ねられるより先に、わたしは眉をひそめて尋ねた。「どうして？」

「きみの好きな本の著者だ」

わたしはまばたきをした。

「『ミザリー』だよ」

わたしが読書をしないことは知らないはずだ。図書館でオーディオブックは借りるけれど、そこ止まり。それでも訂正はせず、ただうなずいて「ああ」とだけいった。あとで調べよう。それか、ママの夫に訊こう。彼は読書家だから。

アマンダは不思議そうな顔だったが、先を続けた。「アイヴァンが好きなのは本？　それとも雑誌？」

「雑誌ね」

「ジャスミンは？」

アイヴァンはくすりと笑った。「絵本だ」

わたしはまばたきをした。なにかどす黒い感情、弁解したい気持ちが胸のなかに芽生えた。「どうして絵本？」わたしは尋ねた。

アイヴァンがにやりとした。「きみがなにか読んでるところは見たことがないように思う。メニューだってたいていぼくの妹が読みあげてる」

その言葉でもし赤面したなら、おへそより上のすべてが赤くなっていただろう。たしかにカリーナは毎回わたしのために読みあげてくれる。いつものことなので、わたしから頼む必要さえない。それを恥ずかしいと思わないのは、カリーナの理由が同情ではなく、わたしが自分で読むより速いという事実だからだ。

けれどほかの人に気づかれているとは思わなかった。そのことでわたしを判断し、勝手な憶測をめぐらしているとは。アイヴァンが最初ではないけれど、それでも……。気に入らなかった。まったくもって。

わたしは唾をのんで視線をアマンダに戻し、硬い表情で肩をすくめた。「好きなのはオーディオブックよ」と訂正した。

「わたしも」アマンダがすばやく同意した。

恥じることはなにもない、と四歳のときから百万回もくり返してきた言葉を自分にいい聞かせた。長い道のりだった。学習障害があるのは恥ずかしいことではない。ちっとも。たいへんな努力を積み重ねて、これだけ読めるようになった……けれどそれでも時間がかかる。そこがもどかしい。読書が大好きではないのは、時間がかかりすぎるからだ。数列も大好きではない。耳と実践で学んできた。頭が鈍いわけではない。

よりによってアイヴァンがこのことを冗談にするのはいやだった。いやすぎて、その後は彼のほうを見られなかった。それからの二十分間は、可能ならひと言だけで答えていった。会話の流れもほとんどの質問への回答も、アイヴァンに任せた。アマンダはもうわたしの元パートナーについて尋ねることなく、インタビューはなごやかに進んだ。

ある時点で、アイヴァンが二度、脚をぶつけてきたけれど、わたしはやり返さなかった。そんな気分ではなかった。

時間が流れてわたしのスマホがアラーム音を発し、インタビューのために用意していた時間の終わりを告げると、アイヴァンが立ちあがり、肘に肘をぶつけてきた。わたしがやり返せるように。そこでわたしはやり返した。けれどそのときも彼のほうを見なかった。それも気に入らなかった。

「会えてよかった」アイヴァンがいい、アマンダと握手をした。

わたしはうなずいて握手をし、「ありがとう」とつぶやいた。間が抜けて聞こえたけれど、どうでもよかった。

カリーナがほかの人に話すとは思ってもいなかった……わたしが問題をかかえていることを。一度、学習障害のことをみんなに話してはどうかとママに提案されたことがあるけれど、わたしはいやだといった。同情されたくなかったから。同情なら、幼いころにたっぷりもらった。なぜアルファベットを覚えるのに人一倍の苦労をするのか、読み書きの習得がなぜ遅いのか、原因がわかったときに。自分の家族にさえ、そのことで甘やかされるのをわたしはよしとしなかった。ママがいっていたものだ、あなたはだれかに助けを求めるよりも一晩中起きているほうを選ぶ、と。

アイヴァンがベンチシートから抜けだしたので、わたしもすぐに続いた。彼はテーブルのそばで足をとめたけれど、わたしは彼を迂回《うかい》してまっすぐドアに向かい、そとに出た。すぐさま手首をつかんでブレスレットを回す。怒ることなんてなにもない。うすのろと呼ばれたわけでもなし。字が読めないといわれたわけでもなし。

彼はちょっかいを出しただけ。あなたが彼にやるのとおなじこと。それで向こうは文句をいったり泣いたりしない。落ち着いて。気にしない。もっとひどいこともいわれてきたでしょう。

そのとおり。

だったらどうしてこんなに腹がたち、もしかしたらほんの少し……傷ついているの?

「ミートーーージャスミン」聞き慣れたアイヴァンの声がうしろのほうから響いた。

わたしは足をとめなかった。予定があるからで、逃げているからではない。「仕事に行かなくちゃ」歩調をゆるめることなく、肩越しにいった。

「ちょっと待てって」

右手を掲げると、甲に記された大きな赤いRが目に入った。顔をしかめ、とにかくその手を振った。「また午後に」いうなり廊下の角を曲がって更衣室に向かった。急いで駆けこんだのは、ほんとうに仕事に行かなくてはならないからで、なんであれ、アイヴァンの口から出てくるものを避けたかったからではない。

ああ、なんて弱虫。

どうして普通に話をしないの？

さいわい、更衣室にはほかにひとりしかいなかったし、彼女とは目を合わせるだけで済んだ。自分のロッカーをあけてバッグをつかみ、仕事用の服とデオドラントと化粧品とベビー用のシートを取りだした。スマホの画面で緑色の光が点滅しているのに気づいて、手がとまった。スマホをつかんでロックを解除すると、ふたつのテキストメッセージが待っていた。

ひとつはパパからだ。

先週メッセージを送った。九月にそっちへ行く。会えるといいんだが
休憩室で感じた奇妙な感情がまた上半身を駆け抜けたものの、脇に押しやった。

〝了解〟と入力して送信を押し、そんなに短いメッセージしか送らなかったことにほんの少しやましさを覚えた。けれど画面をスクロールして、最後に父から届いたメッセージが四か月前だったことに気づいたとたん、やましさは薄れた。

続いて新着メッセージを確認すると、そちらはママからだった。

インタビューがうまくいくよう祈ってるわ。もしカメラがあるなら、もじもじしたり顔をしかめたり天を仰いだりしないのよ。悪態もつかないこと

胸の痛みが消えて顔に小さな笑みが浮かぶのを感じつつ、わたしは入力した。〝遅かった……〟。

靴下と仕事用の靴を探していると、三十秒と経たないうちにスマホが震えて、またママからメッセージが届いた。

ママ：だれの子かしら

8

「どうでもいいが、ぼくに腹をたててるのか？」

一時間にわたるストレッチのあとにリンクを一周し終えたとき、アイヴァンが近づいてきてくだらない質問をした。

わたしは彼のほうを見もしないで答えた。「いいえ」

「いいえって、怒ってないのか？」彼が尋ねる。

目の隅で、白のジップアップタイプのプルオーバーと、裾を黒いスケート靴にたくしこんだ紺色のスウェットパンツが見えた。どうしていつも外見に気を配っているような服装なの？　いやになる。こちらは色あせたレギンスに、数カ所穴が空いている色あせた長袖Tシャツという、いつもの格好だというのに。背が高くなくてよかった点のひとつは、十年以上、おなじ服が着られるということだ。

「いいえ」わたしはくり返した。

アイヴァンはつかの間、なにもいわずに、もう一周するわたしの横を滑った。今回は、先ほどのゆったりしたペースより加速させる。「いまはもう？」

どうしてつきまとうの？　きのうはわたしの顔を見なかったし、わたしのほうも、なにか問題があるような態度はとっていないはず。

そうよね？

そのとき、アイヴァンの〝どうでもいいが〟という言葉を思いだして、わたしは天を仰いだ。「そもそもあなたに腹をたててない」

「腹をたてられるようなことをしていない」

「ええ」簡潔に答えた。

一瞬の間が空いた。「怒ってなかったのか？」

わたしは怒っていた？　イエス。わたしが気にしていることについて彼は冗談をいった？　イエス。わたしがこだわっている数少ないことのひとつを知ってしまったのだとわからせることになるが、わからせてしまえば、これまで以上にいやがらせをされるようになるだけだ。

わたしたちがしているのは、そういうことだから。それもこれも、わたしのせい。と、彼のせい。ふたりで築いたこの船の上に、わたしたちの……協力関係なのかなんなのか、どう表現すればいいのかわからないけれど、とにかくこの関係は成り立っている。

「いいえ」わたしはいった。前を向いたまま、言葉を投げつける。「怒らせようとしてあなたがなにをいったとしても、わたしは気にしてないから」

アイヴァンは無言で隣からわたしを見おろした。そのまま、朝早すぎてまだだれもいないスケートリンクをもう一周した。きのうの午後はすぐに練習にとりかかった。わたしはふだん以上に彼を無視しただろうか。ノー。ただ、必要なとおりに扱った。つまり、限られた時間を最大限に活用した。

「一年だけだ」不意にアイヴァンがいった。まるでわたしが忘れているかのように。

わたしは天を仰ぎもしなかった。「最初にこの話をもちかけられたときに聞いたわよ」

「忘れないように念を押してるだけだ」あのしゃくにさわる声でつけたす。

「一日おきにいわれるのに、どうやって忘れられるっていうの」抑える前にいい放っていた。やめなくては。どうなるかは目に見えている。

アイヴァンがちらりとこちらを見た。「きょうのだれかさんは神経質だな」

わたしは天を仰いだ。「わたしが知っていて、忘れてもいないことを、しつこくいってくるからでしょう。神経質になんかなってません」

「なってるよ」

「そっちが」

「ぼくはただ、きみがあとでがっかりしないように気遣ってるだけさ」ざらついた、どこか妙な声だったので、わたしは滑るのをやめてきちんと彼を見た。

「いったいなんの話？」顔をしかめて尋ねると、アイヴァンもすぐにとまってふり返った。わたしよりこんなに背が高くなければいいのに。視線を合わせるためにぐっとあごを引かなくてはならないのを目の当たりにさせられると、なんだか腹がたつ。

「聞こえただろう」その口調に、わたしの手のひらはうずいた。

「わたしがなににがっかりするっていうの？」わたしの目はすでに飛びだしているか、さもなければ飛びだす途中だろう。

まぬけはまばたきをした。「もっと長くぼくとパートナーでいられないことに」

わたしは彼を見つめた。冗談だろうと思ったが、この男のエゴの大きさを踏まえると、頭のなかにある考えをそのまま述べているにちがいない。「お気遣いなく、ルシファー。わたしならだいじょうぶ。そこまであなたに執着したりしないから。あなたの人格って、そこまですてきじゃないのよね」

驚くことではないが、アイヴァンは純粋に気分を害した顔になった。「なあ、こんな機会が与えられたら大よろこびする人間は大勢いるんだぞ」

「そうね。こんな機会は欲しがっても、あなたが金の卵を産まないことを知ってる人間は大勢いるわ」

アイヴァンのまぶたがおりてきて、あの透明に近いブルーの目がなかば隠れた。

「金の卵？」

「そうよ。マザーグースを知らないの？」

アイヴァンは大きくまばたきをした。「絵本か？」

これにはわたしも完全に表情をなくしたが、すぐに目を狭めた。「わたしが絵本好きで、あなたの妹がわたしにメニューを読みあげてくれるとしたら、なんなの？」よせばいいのに、気がついたら口走っていた。

アイヴァンは一瞬、のけぞったようだが、すぐに目をしばたたいて首を振った。

「やっぱり怒ってたんだな。だと思った」

いまいましい。「怒ってないわよ」

アイヴァンが頭を振る。「ほんの十五秒前に怒鳴ったじゃないか」

わたしはまばたきをし、我知らずこぶしを握った。「あなたがいらいらさせるから」

「きみが絵本好きだと話したせいで？　もっとひどいことをいってもまつげ一本動かさなかったのに――」

そうだった？　もちろんそうだった。認める？　まさか。

「怒ってない」くり返しながら、落ち着けと自分にいい聞かせた。こんな口論をする意味はどこにもない。

「怒ってるよ」アイヴァンは譲らない。

わたしはこわい顔で彼を見た。「怒ってないったら」

「いや、怒ってる」アイヴァンはいい張った。わたしをますます怒らせていることに気づかずに……いや、もしかしたら気づいていて、なんとも思っていないのかもしれない。それがアイヴァンだ。どちらでもありえる。「ほんとうは怒ってるのに怒ってないと嘘をついた女性はきみが最初じゃない」

近いうちに殴ってやる。当然の報いだ。

けれど、人目がないときにしなくては。その約束を忘れてはならない。

「過去のパートナーとわたしを比べないで」歯嚙みしながらいった。

一瞬、彼の顔になにか妙なものが訪れて、すぐに消え去った。気のせいだろうか。そんなはずはない。

これ以上、くだらない話を聞かされたり、別れたガールフレンドだか過去のパートナーだか知らないけれど、ほかの女性の話をもちだされたりする前に、わたしは続けた。「あなたにどう思われようと、わたしは気にしてない。気にしてるならまったく別の話になるけど、気にしてないの。あなたになにをいわれても、それでわたしは傷ついたりしない」

今回のアイヴァンのまばたきはこれまでとちがった。もっと遅く、長かった。それでも三秒ほどで、表情はいつもどおりに戻った。「きみのことならじゅうぶん知ってる」

「あなたはなにも知らないわ」わたしはきっぱりといった。

けれどこの男はこれまでけっして負けを認めなかったし、今後もそれは変わらないだろう。しばしわたしを見つめて深く息を吸いこみ、吐きだした。「きみが思うより、ぼくはきみを知ってる」

今度はわたしが息を吸って吐く番だった。彼がどう思おうと関係ない、と自分にいい聞かせる。関係ないし、気にしない。なんのための契約か、ちゃんとわかっている。一年間。勝利の可能性。あとで固定のパートナーを見つけるチャンス。

「いいえ、あなたはなにも知らない」わたしはいい、吐きだす息が荒くならないよう、呼吸を整えた。どんなかたちであれ、彼に影響を及ぼされることがあるなどと、ぜったいに知られたくなかった。

「たった四分、ふたりきりにしただけで、もういい争い？」聞き慣れたリーコーチの声が氷の上に響いた。リンクの壁面のそばに立っていたコーチは、スケートガードをはずしてわたしたちのほうに滑ってきた。「友好的になれる日は来るの？」

アイヴァンが「ああ」というのと同時にわたしは「いいえ」と答え、険悪な顔で彼を見た。

ましょう」

リーコーチはうなだれたまままため息をついた。「いまの質問は忘れて。練習を始めましょう」

§

きょうがその日だとわかっているべきだった。わたしはそう思いながらイグニッションキーを回したが、なにも聞こえなかった。エンジンがかかろうとする音もなく、ただ、カチッといっただけ。

「なんなのよ」いいながら腕でハンドルを叩き、叫んだ。「なんなの、なんなの、なんなのよ！」

どうして？　どうしてこうならなくてはいけないの？　いまなら泣いたとしても完全に正当化されるだろう。

わたしは疲れていた。足首も手首も膝も痛かった。ツイストの練習中に、アイヴァンに氷の上に落とされたせいだ。投げあげられ、空中で少なくとも三回は回転し、おりてくるときにキャッチされるのがツイストの練習。落とされたのは三回だけだが、十回以上、落とされたようにからだが痛い。マットの上でその二倍は落とされている。

いまはただ、家に帰りたかった。土曜の午後で、夕方と夜の練習にはまだ早いから、

〈ＬＣ〉にはだれも来ていない。今夜はピラティスと、週に数回自分に課しているジョギングも休み。ちなみにジョギングにはたいてい兄がつき合ってくれるのだが、アイヴァンとのことを黙っていた件について、最近になってやっと許してくれはじめた。そういうわけで、今夜はゆっくり夕食を楽しむつもりだった。就寝時間や氷風呂や、その他のやるべきことに急かされることなく。

　ママが作るといっていたラザーニャとチョコレートケーキが食べたかった。この二日間、ママの夫のガーリックブレッドスティックを夢想していた。土曜がその日だとママから知らされていたので、チートミールは赤肉とチーズで決まりだったのだ。

　それなのに。

　立ち往生なんて。

　バッグからスマホを取りだして、だれにかけようかと考えた。保険会社のロードサイドアシスタンスは高額だからだめ。長兄なら助けてくれるだろうけれど、グループチャットで、交際中の女性と今朝から旅行だといっていた。ジョナサンは対処法をユーチューブで調べろというだろうし、ママの夫は車に関してはからっきしだ。けれどママならこういうはず。自動車整備の店を経営していて牽引車《けんいんしゃ》も持っているおじさんに電話しなさい、と。

　そういうわけで……。

連絡先一覧を探して正しい番号を見つけ、発信ボタンを押した。三回の呼出音のあとに低い声が応じた。「ベイビーガール、調子はどうだ?」

ほほえまずにはいられなかった。わたしをそんなふうに呼ぶのは、おじと祖父だけだ。「久しぶり、ジェフおじさん。元気よ。おじさんは?」

「まだ生きてるさ、スウィーティ」

「迷惑かけて悪いんだけど――」

おじはくぐもった声で笑った。「おまえが迷惑だったことはないと何度いえばわかるんだ? どうした」

「車が動かなくて」すばやく説明した。「エンジンがかからないの。カチって音がするだけ。ライトはつけっぱなしにしてない」

おじはふーむとうなった。「バッテリーの年式は?」

年式? 「ぜんぜんわからない」

おじは笑った。「おそらくバッテリーだろうが、見てみないとわからんな。端末が腐食したのかもしれないし、それなら掃除してやれるが、まずは見てみないと。ただ、きょうとあしたはオースティンなんだ。いま、どこにいる?」

「〈ルーコフ・コンプレックス〉の駐車場」わたしは答えた。

「あした、おれが戻るまでそこにとめておけるか?」

あしたは……ジョギングと、ストレッチと、一週間分の食料品の買い物だけだ。それならママの車を借りればいい。「ええ、とめられる」

「よし、じゃあそうしろ。あした駐車場で落ちあって、点検する。そのあとまずいところを教えよう。それでいいか？」

さもなくば、別のことに必要な数百ドルを牽引車の運転手に払って自宅かおじの店に運んでもらうしかないし、どのみちおじの店は閉まっている。「ばっちりよ。どうもありがとう。迷惑かけてごめんね」

「お嬢さん、さっきおれはなんていった？　おまえが迷惑だったことはないよ。じゃあ、あしたな、ハニー。夕方の早い時間になるだろうから、忙しいスケジュールをおれのためにあけておいてくれ。どのみち、おまえのママの顔を見に行くころあいだった。ずいぶん会ってないし、ときどきだれかが、ちびっ子のころのあいつは橋の下のトロールみたいだったと思いださせてやる必要があるしな」おじはそういって笑った。

わたしはほほえんだ。「そんなことができるのはおじさんだけよ。わたしなんて、顔にしわができたんじゃないといったらお尻を叩かれそうになったんだから」

おじはさらに笑った。「よし、じゃああした。きょう助けてやれなくてすまんな」

「気にしないで。またね、ジェフおじさん」

「またな、ジャスミンベイビー」おじはそういって電話を切った。

気分が軽くなってわたしも電話を切った。

そのとき思いだした。車は置いておくにしても、わたしは家に帰らなくてはいけないんだ。

やれやれ。

ドアを押しあけてそとに出ると、助手席側に回った。乗せてくれるよう頼んで、いちばんがみがみいわないのはだれだろう。助手席のドアをあけてバッグをつかみながら、ルビーかタリが最善策だろうかと考えていると、クラクションが響いた。無視してバッグをつかみとり、腰でドアを閉じたとき、またクラクションが響いたので肩越しにふり返った……そして後悔した。

流線型をした黒い車の運転席側の窓からこちらを見ているのは、よく知る顔だった。「キャンディはいかが、お嬢さん」例のまぬけが腕をドアにのせて尋ね、黒縁に黒いレンズのサングラスを、こちらも黒い髪のほうに押しあげた。

わたしはまばたきをして一歩さがり、マスタード色をしたスバルの助手席側のドアにお尻をあずけた。「あなたからは、いらない」そう答えつつ、午後のあいだじゅう、なるべく話すまいとしてきた相手を眺めた。

アイヴァンはひるみも顔をしかめもせず、ただ両眉をあげた。「送ってほしいか?」

どうして送ってほしいのを知っているの?

「きみが車に乗りこんで、ハンドルを叩きだしたのを見た」わたしの考えが読めるかのようにアイヴァンがいう。「あいにく、バッテリーコードは積んでない」

当然だ。彼の車は買って一年もたっていない。これの前はミッドナイトブルーのBMWで、そちらも乗って三年足らずだった。

「乗れよ」アイヴァンがいった。

「わたしは――」

「送ってやる。あれこれ考えるな。金もいらない」

大っ嫌い。愉快でたまらないような顔でほほえむのを見て、なおさら嫌いになった。ジョジョかタリかベンかジェイムズかルビーに電話すればいい。きっと迎えにきてくれる。きっと。たとえ、もうママの家に着いていても。

「ほんとうに、だれかが迎えにくるのを待ちたいのか？」アイヴァンが尋ねてまた眉をあげた。

痛いところをつかれた。

けれど彼の車に乗りこみたくもない……。

「早く乗れよ《ゲットインルーザー》」

これにはわたしも目をしばたたいた。「いまの、映画『ミーン・ガールズ』のセリフ――？」

「ぼくは暇じゃないんだ。ほら行くぞ。きみは長々待ちたくないし、ぼくもおなじだ」そういうと、首を倒して助手席を示した。

どうしよう。

いい合っているうちに二台の車が駐車場にとまった。それぞれから家族連れがおりてくる。見物人の前でアイヴァンといい争っていたい？　かもしれない。けれど人前ではいい子にすると約束したし、この見せかけを保つためには……。

「わかったわよ」わたしはぼやくようにいった。恩知らずに聞こえるのはわかっていながら、少ししか悪いと思わなかった。テスラのほうに一歩踏みだして立ちどまり、目を狭めて彼を見た。「殺さないって約束する？」

アイヴァンはにやりとした。「殺すならすばやく、痛みも感じないようにする、と約束しよう」

こうなったのは自分のせいだ。

「ナンバープレートの写真を撮っておくわ。わたしが行方不明になっても、この車に残されたDNAを調べられるように」

「漂白剤を持ってる」アイヴァンがすぐさま返した。

どうしてこの男は……完全なくそ野郎になろうとするの？

わたしは顔をしかめて車の後部に回り、ナンバープレートの写真を撮った。アイヴァンが実際に殺したりしないことはわかっているけれど、だれかがわたしの居場所を知っているべきだ。少なくとも、もしも姉たちがおなじ立場に立たされたなら、まさにこうするようにいう。世の中、だれも信用できない。

ナンバープレートの写真をママに送信してから車の前方に回った。なにしろ、わたしを取り戻そうと大騒ぎする人がいるとしたら、あの女性しかいない。車に乗りこんでダッフルバッグを足元に置き、シートベルトを締めた。

それからいやいやながらもアイヴァンのほうを向くと、笑みのようなものを顔に貼りつけて、ゆっくりといった。「ありがとう」一音一音が口のなかからペンチで引っこ抜かれるかのように。

「そんなにうきうきした声を出さなくても」アイヴァンがいい、ほほえんだ。「どの橋の下に住んでるんだっけ。どの道を行けばいい？」

「あなたには我慢ならないわ」

アイヴァンは笑ってサングラスを鼻梁《びりょう》におろし、前を向いた。「どちらまで？」

わたしは鼻にしわを寄せたものの、最初の道筋を伝えた。黙って見ていると、アイヴァンはまず角を曲がり、また曲がって、静かで美しい車を高速道路にのせた。わたしは窓のそとを見ては、ダッシュボードに作りつけの大きな画面を眺め、見られていないと思ったときはアイヴァンを盗み見た。彼の鼻のかたちがどれほど完璧か、その鼻がどれほどきれいに全体の骨格に収まっているか、感心しているのを気づかれるのだけは避けたかった。彼のあごについては、十八、九の少女たちが噂しているのを聞いたことがある。ほお骨から額の骨にかけては、顔全体とよくバランスがとれている。わたしにいわせるなら、彼の顔は王子かなにかのそれだ。王家の顔。

　ぜったいに認めはしないけれど。

　それに、あのきれいな顔ときれいな肌の下にいるのは悪の権化なのだから、どうでもいいことだ。

「写真を撮れよ。いつでも見られるように」とつぜん、アイヴァンがのんびりした口調でいった。

　わたしはまばたきをして目をそらそうとしたが、そのほうが格好が悪いと判断した。

「撮るわよ。百科事典に〝あほんだら〟の項目が必要だろうし、図解としてあなたの写真が使えるもの」

　アイヴァンの右手がハンドルを離れて、彼の心臓の上に当てられた。「ぐさっ」

　わたしは鼻で笑った。「やめてよ」

　あの黒いサングラスで目を隠したまま、アイヴァンがちらりとわたしを見た。「どうして？　きみの言葉でぼくが傷つかないとでも？」

「傷つくにはハートが必要よ」

アイヴァンの手はどこにも動かなかった。「痛いぞ、ジャスミン。ほんとうに。ぼくにもハートはある」

「棒きれと石ころでできていて、赤く塗られてるんじゃ、あるうちに入らないわ」

こちらから見える口角がほんの少しあがった。「材料は粘土だ、ミートボール。少しは信用しろ」

そんなつもりはなかった。ほんとうになかった。けれど笑ってしまった。わたしは顔を背けて、笑ったところを見られなければ実際には笑っていないことになるとでも思っているようなふりをした。

「なあ、がんばれば仲良くやれるんじゃないかな」しばらくしてアイヴァンが、まだ顔を背けているわたしにいった。

彼のほうを見たかった。なにしろ、人の顔には隠せないものがたくさんある。しかもこれはわたしがよく知っているはずのアイヴァンの顔だ。けれどそれでも、わたしは窓の外を見つづけた。だって、アイヴァンとわたしが友だち？　どうしてそんな話題を切りだすの？　彼の動機がわからない。「どうかしらね」正直に答えた。

ハンドルを握る彼が一瞬の間を置いていった。「妹のことは好きだろう」

「でもあなたは妹じゃない。あなたたちの性格はまるでちがうわ」ほんとうのことだ。カリーナはほとんどのときは優しいけれど、気骨があって、わたしはそこを大いに尊敬している。たいていのことは深刻に受けとめないが、とても大切にしていることに関しては別だ。カリーナとわたしはお互いを埋め合う。カリーナは温かくて気さくで、わたしは……そうではない。

アイヴァンはふうんとうなってからいった。「こんなに言い訳ばかりの人間だとは思ってなかった」

これにはわたしも彼のほうをふり返った。「言い訳なんかしてない」

アイヴァンは前方に視線を向けたままいった。「ぼくには言い訳に聞こえる」

「わたしは――」言い訳をしている？　そんな。

「きみはいつだって、自分はなんでもできるという――」

「だって、できるもの」わたしは眉をひそめた。「コーチは、お互いに感じよくふるまえといっただけでしょう。それについては……できてるわ」

アイヴァンはなにもいわなかった。わたしを励ますように、ただ肩をすくめた。どうしてそんなことをするの？

「ぼくを憎まないでくれると、ずっとやりやすくなるんだが」アイヴァンがつけたした。

わたしはしかめっ面でフロントガラスを見つめた。「憎んでなんかない」

今度はアイヴァンがちらりとわたしを見た。その表情は落ち着いているが、どこか信じられないといいたげだ。

「憎んでないったら」わたしはくり返して彼のほうを見たが、そのときにはもうアイヴァンは前方を向いていた。「どうしてそんなふうに思ったの？」

「きみがいったんじゃないか、〝大嫌い〟と」

わたしは目をしばたたいた。「だからって、本気で憎んでるという意味にはならないわ。そんなに繊細だとは知らなかった。あなたのことは好きじゃないけど、心底憎んでるわけでもない」

アイヴァンの笑みは癇に障った。「きみに憎まれても、別にどうでもいい」

これにはわたしも天を仰いだ。「〝友だちになろう、どっちでもいいけど〟」

からかうようにいって首を振った。彼の言い分はまったく筋が通らない。

「それで？」

まだこの話を続けるの？「それでって、なにが？」

「それで、イエスかノーか」

イエスかノーか？友だちになることについて？なぜ彼がわざわざやってみようとしているのかわからないのに？ほんとうはどちらでもいいみたいな態度をとっているのに？どうなっているの？現実の世界では、人はこうやって友だちになるの？わからない。わかるわけがない。いまいる友だちはみんな、会う人すべてを疑っていなかったころにできた。

アイヴァンのことは疑っている？

「わたしは……」

「やれる自信がないなら……」彼が言葉を濁し、この二か月たらずでわたしが五千回も手をのせてきた肩をすくめた。

やれる自信がないなら？

ふざけないで。

彼の顔を見つめたものの、アイヴァンは前方を向いたまま、その表情は変わらなかった。わたしは……なんだか妙な気がした。「友だちになったらどうなるの？　なにかしなくちゃいけないのか、それとも……？」

「さあ」ひとこと、思いがけない答えが返ってきた。けれど、アイヴァンにわかるわけがなかった。彼が人に囲まれているところは何百回と見てきた。ほほえんで、ハグをして、注目の的になることを楽しんでいるしそのために生まれてきたというようにふるまっているところを。

それでも数分以上、実際にだれかと会話をしているところは見たことがあっただろうか。

なかった気がする。

「考えてみるわ」気がつけば口走っていた。

アイヴァンがちらりとこちらを見て、ふだんよりハスキーな声でいった。「よし」

それで、これからどうなるのだろう。わたしはどうすればいいのだろう。理由もなくハグをするタイプではないし、いっしょにぶらぶらするとかなんとか、友だち同士がやることをする時間もない。彼を憎んでいないというのはほんとうだ。元パートナーとほか数名のことは憎んでいるけれど、アイヴァンのことは好きではないだけだ。すぐ議論をふっかけてくるし、えらそうだし、無愛想だし……。

いまのはわたし自身のことじゃない？　がっかりだ。

うまくいくとは思えない。だってわたしには数えるほどしか友だちがいないのだ。なぜなら――。

そのとき思いだした。これはアイヴァン。わたしとおなじスケジュールの人。同様に時間がない人。それとも、彼には時間があるのだろうか。いっしょにいないときにアイヴァンがなにをしているのか、わたしは知らない。

わたしたちは……友だちになれるだろうか。少なくとも、いい争わないようにすることはできる？

ほんとうに知りたいのは、彼がそれを望んでいるかどうかだ。

「一年だけよ」彼がすでに重々承知していることをいってやった。向こうがいつでも好きなときにわたしに投げかけてきたのとおなじ言葉。数時間前、まさに今朝、練習とバレエの前に彼が口にしたのとおなじ言葉。

「知ってるよ」アイヴァンがつぶやくようにいった。

「じゃあ、なんの意味があるの？」

「いいよ、もう忘れろ」アイヴァンがいって角を曲がり、ママの家がある一角へ向かう道に入った。

「この話を始めたのはあなたでしょう」わたしは返した。

「気が変わった」

「自分からいっておいて、気が変わったなんて信じられない」

「変わったんだ」

わたしはまばたきをした。向こうの〝気が変わった〟ことで、急に侮辱されたような気分になったことが不快だった。わたしは彼の友だちになりたいとも思っていない。望んだり求めたりしていないのに、こうなってみると……。

ああしろこうしろといわれるのが気に入らない。きっとそれだ。そう自分にいい聞かせていこう。これ以上、わたしの人生と時間をどうするかについて、あれこれいわれるのはごめんだ。「それは残念ね、やってみてもいいと思ったのに」いっただけでどっと汗が出た。

アイヴァンが声を洩らしてハンドルを切る。「〝いいと思った〟？」

「ええ」

アイヴァンは顔をしかめたが、こういった。「考えてみよう」

わたしはあざけるように笑い、無理やり前を見た。「考えてみ――」二階建ての家が右手に見えてきて、言葉が途切れた。私道には三台の車がとまっている。まずい。

「そこよ」わたしはいい、家を指差した。

家の前の空いているスペースにアイヴァンが車を入れるやいなや、わたしは急いでいった。「送ってくれてありがとう」片手はすでにドアハンドルを、もう片手はバッグのストラップをつかんでいた。

アイヴァンがエンジンを切るのを、耳ではなく目で認識した。

なんのつもり……？

アイヴァンがこちらを向いて眉をあげた。「トイレを貸してもらえるかな？」

9

まばたきした。

生まれてからこれまでに学んできた単語のすべてが存在するのをやめた。バターのようになめらかな革張りのシートに坐って、たいていの人の住宅より高価な車のドアハンドルに片手をかけているいまこの瞬間、完全に言葉を失ってしまった。彼の言葉を正しく聞き取った自信さえなかった。

「いまなんて？」生まれて初めて、かすれた声でいった。

ハンドルの前に坐っている男性は質問に答えもしなかった。ただ脇に手を伸ばして……運転席側のドアをあけた。そしていう。「トイレを貸してもらえるかな？」

つまり……。

家のなかに入れろというの？　そういうこと？　あまりさりげなくないやり方で、わたしの家に入りたいといっている？　わたしの家族がいる場所に？　用を足すために？

もう一度まばたきをした。舌先にのっかっていた〝ノー〟は喉の奥を埋めるほど大きく、食道に転がり落ちていった。愚かな反応だ。後悔するに決まっている反応。それでもわたしはこういった。なぜなら、いい人間になると決めたから。「まあ……どうしてもというなら」

アイヴァンは車をおりてばたんとドアを閉めた。そのあいだ、わたしは助手席に坐ったまま、たったいまなにが起きたのかと考えていた。それから彼に負けじとすばやく車をおりて、荷物をすべてひっつかむと、なるべくそっとドアを閉じた。アイヴァンはもう、玄関に続く石敷きの小道のなかほどでわたしを待っていた。両手をスウェットパンツのポケットに突っこみ、黒いフリースのプルオーバーは、黒いローカットのテニスシューズによくマッチしている。けれどなにより腹がたつのは、彼もわたしもシャワーを浴びていなくて、わたしは浴びたほうがいいように見えるのに、向こうはそう見えないことだ。

「だれがいる？」詮索《せんさく》好きが尋ねた。

横目でちらりと見ながら芝生を通って彼を迂回し、玄関に向かった。ファスナーの開いたバッグに片腕を突っこんで、鍵を探す。私道に並んだ車はすでに確認していた。キャデラックは兄の夫ジェイムズの。トヨタ4ランナーはタリの、ＧＭＣユーコンはスクワートの夫の。「ママと、ママの夫のベン、兄とその夫、姉ふたり、姉の夫のアーロンと子どもたち」

「どのお姉さん？」アイヴァンが尋ねた。

もう一度彼をじっと見てから錠に鍵を挿しつつも、十段階でいうとこれはいくつくらいの無謀な行為だろうかと考えた。わたしのことだ、おそらく三十。なにしろアイヴァンがトイレを借りに来た日。

神さま、助けて。

「赤毛のほうかな、それとも優しくて物静かなほう？」アイヴァンが尋ねた。わたしには姉の区別がつかないとでもいうのだろうか。

「アーロンはルビーの夫。ルビーは優しいほう」片言のような、ぎこちない答えになった。いったいいつの間に、姉ふたりのことを知ったのだろう。下の姉のルビーがわたしといっしょにスケートリンクへ行ったのは何年も前のことだ。ひとり目の子を身ごもって以来、行っていない。タリはいまもときどきついてきて、あれこれ批評してくれるけれど、前ほど頻繁ではなくなっている。それにふたりとも、わたしがカリーナと遊んだあとにルーコフ家まで車で迎えに来てくれたことはないはずだ。

「もうひとり、お兄さんがいるだろう？」錠から鍵を抜いてドアノブに手を伸ばしたとき、アイヴァンが尋ねた。

どうしてそれを知っているの？　カリーナが話したのだろうか。彼女はよく、セブをいいといっていた。「いちばん上の兄。セバスチャン」

アイヴァンがあごを引いて一歩前に出た。玄関ドアとわたしに近づいてきたので、わたしはドアを押しあけた。たちまちキッチンのほうから穏やかな笑い声が聞こえてきた。

脇にさがって手招きし、アイヴァンのうしろでドアを閉じた。「トイレに案内するわ」

アイヴァンは顔をしかめ、笑い声のほうに目を向けた。「先にただいまをいうべきじゃないか？」

そうだけど、したくない。

「ぼくからも挨拶をしたほうがよくないか？」

やめて。

ボーイフレンドを家に連れてきて家族に会わせたことが一度もないのには理由がある。それなのに……いま、知り合いのなかでもっとも有名な人物を、頭のおかしな家族に会わせようとしている。たとえママに挨拶をする一瞬のためだけだとしても。

過去に兄姉の元ボーイフレンドや元ガールフレンドの前でわたしがいったひどいことを思いだすと、いくら後悔してもたりない。これから、どんなに恐ろしいしっぺ返しが来ることか。

わたしも愚かではないので、みんながとっておきの上品な態度で接するとは思わない。なにしろ金メダリストが挨拶をするのだ。

というか、彼がするのはそれだけだと信じたい。息を吸いこんだとき、夕食は完成間近だと悟った。とてもいいにおい。

わたしは肩をすくめて首を横に倒し、ついてきてと彼に合図をした。リビングルームを通りかかったが、そこにはベンしかいなかった。リカーキャビネットのそばに立ち、三つのグラスにジントニックらしきものをそそいでいる。「ハーイ、ベン」わたしはソファのうしろで足をとめて呼びかけた。

ベンはこちらを向かずに手のなかのボトルの栓をした。「やあ、ジャス」ささやくようにいって肩越しにふり返り、わたしを見つけたとたん、動きがとまった。ウイスキー色の目が丸くなり、わたしから十五センチと離れていないところにいる人物を凝視した。

「どうしてささやき声？」わたしは尋ねた。

ベンは二階を指差した。「ぼくらの部屋で子どもたちが昼寝をしてる」

ああ。あとでママの部屋をのぞくことにして、ひとまず隣にいる人物に集中した。

「ベン、こちらはわたしのパートナー、アイヴァンよ。アイヴァン、こちらはママの夫のベン」ふたりを紹介した。アイヴァンがゆっくりとまばたきをしてからようやく一歩前に出ていった。「お会いできて光栄です」まるで普通の、礼儀正しい人間みたいに。

よくやる。

ベンが視線をこちらに向けて、〝どうなってるんだ、ジャスミン？〟といいたげな顔でわたしを見てから、アイヴァンが差しだした手を握った。「こちらこそ、会えてうれしいよ」言葉を切って続ける。「一杯どうかな？」

「車なので。でもありがとう」アイヴァンはさらりと答えた。

「気が変わったら教えてくれ」ベンはいい、また目を丸くしてわたしを見た。

アイヴァンがうなずくと同時に、わたしは手招きしてキッチンのほうへ歩きだした。姉の笑い声に続いてジョジョの声が聞こえた。「うるさいぞ」

キッチンの広い入り口に来てみると、兄姉とその夫たちはアイランドキッチンを囲んで坐り、その中央にあるなにかをずいぶん熱心に見つめていた。一方ママは二段式のオーブンのひとつをのぞきこんで、なかのなにかをつついている。わたしはアイヴァンをふり返って両眉をあげ、彼がついてくるものと信じてキッチンに入っていった。ジョナサンが両手を宙に放りだした直後、みかげ石の上にいくつかものが落ちる音が響いた。

「そんな！」兄が叫ぶと同時に、姉のタリがいった。「いまの失敗する？」

「兄さんがジェンガがへたなのは知ってるでしょう」わたしはいいながら、姉のものだと知っているからだの背後に近づいた。姉がふり返り、わたしはその頭のてっぺんに触れた。

「ジャスミン」姉ルビーが高い声でいい、わたしのほうに両手を伸ばしてきたものの、ためらうように途中でやめた。いつもこうだ。

わたしはため息をつきもしなかった。ただ両腕を姉に回すと、すぐさまハグが返ってきた。

「おれはしょっちゅう来てるのに、そんなふうにハグしてくれたことは一度もないよな」ジョジョがアイランドキッチンの向こう側からいう。

ルビーを抱きしめたまま、わたしは兄のほうを見ていった。「だってルビーは、わたしがシャワーを浴びてるときにバスルームに入ってきて、氷水を浴びせたことが一度もないもの」

「まだ根にもってるのか？」兄はそういってテーブルに両肘をつき、歯のあいだのすき間が見えるほど大きくにんまりした。

「先週のことよ」わたしは指摘した。「それと、その二週間前」

「おれはただ、おまえの役に立ちたくて――」いいかけたジョジョの腕を、隣に坐っていたジェイムズが肘で突いた。ジョジョが驚いて腕をさするほど強く。「なんだなんだ？」

ジェイムズがわたしのうしろを見据えたまま、もう一度、夫であるジョジョを肘で突いた。

いまがそのときだ。「車がエンコしちゃって、アイヴァンがうちまで乗せてくれたの」説明しながら全員を眺めた。オーブンの前にいるママでさえ、こちらを向いてわたしのうしろをのぞこうとした。「みんな、アイヴァンよ。アイヴァン、これがわたしの家族」

兄が悲鳴をあげ、ジェイムズはまた兄を肘で小突いた。姉のタリはまばたきをし、わたしの背中に当てられていたルビーの手はびくんとした。ママはなにもいわず、わたしの右手に坐っている姉の美しいブロンドの夫も無言だった。

「こんにちは」礼儀正しくふるまうことにしたらしいアイヴァンがいった。

応じたのはママだった。「いらっしゃい、アイヴァン」アイランドキッチンを回ってきて、エプロンで手を拭いながらいう。「また会えてうれしいわ」

アイヴァンがなにか答えたけれど、わたしには聞こえなかった。そのとき背中に当てられていたルビーの手が動き、姉が身を乗りだして耳元でささやいた。「実物はすごく背が高くてハンサムね」

わたしは姉の隣の男性を見た。すでにテーブルに視線を戻して、あちこちに散らばばった木製のブロックを集めはじめている。「ほかの男によそ見してたってイケメンに告げ口するわよ」

　姉は顔をしかめて身を引いた。「困った人ね、ジャスミン」

　わたしはにっこりして、また姉の頭のてっぺんにさわった。ルビーは兄姉のなかで最後に家を出ていった。六年前の話だが、昨日のことのように懐かしい。ゆがんだなりに、ジョナサンとはとても近い関係性だけれど、いちばん近いのはいつだってルビーだった。ママにいわせれば、それはわたしたちが正反対だからで、お互いを埋め合うからだそうだ。カリーナとわたしのように。

　右に手を伸ばし、ルビーの夫の肩を手の甲でノックして、彼の前に置かれているベビーモニターを眺めた。赤ん坊の様子を映像で見守れる、あれだ。

　ジェンガの木片を集めていた彼がこちらを見あげてにっこりした。「ジャスミン」

　わたしも小さな笑顔を返した。そうしないのはむずかしい。「アーロン」

「伝えようと思っていたんだ、きみに新しいパートナーができたとルビーから聞いたとき、すごくうれしかったと」はちみつのように甘いルイジアナ訛りでアーロンがいう。「時間の問題だと思っていたけれどね」

　わたしは笑みを大きくしてうなずき、もう一度彼の肩をノックしてありがとうと伝えた。するとアーロンは――前に雑誌の表紙で見たことがあるとわたしの兄が冗談をいいふらしていた男性は――またにっこりした。アーロンはたった五分で、姉の初めてのボーイフレンドにふさわしい男性だとわたしを説得してみせた。けれど、姉が彼を家に連れてきて家族全員に紹介したあとの、その最初の五分で、アーロンは姉にいったのだ、きみが長年かけて作ってきたコスプレ衣装をすべて見せてほしいと。それでわたしは、姉が優しくてすてきな男性を見つけたのだとわかった。それから半年後にふたりは駆け落ちし、半年と半月後にわたしたちはそれに気づいた。

ともかく、アーロンがそういう男性でなかったら、こちらの正体を悟られないほど暗い雨の夜に、ママとわたしで叩きのめしていただろう。

「よろしく」近くで兄のジョナサンの声がした。

肩越しに見ると、ジョジョはアイランドキッチンを離れてママのそばに立ち、すでにアイヴァンと握手を交わしていた。

「こちらこそ」アイヴァンが応じた。「アイヴァンだ」

ジョジョが知らないとでも？

「ジョナサンだ」兄の声はどこまでも冷静で、アイヴァンの〝美尻〟について語ったことなど一度もないといわんばかりだった。「あれは夫のジェイムズ」兄がいい、親指を立てて自分の背後のテーブルのほうを示した。ジェイムズが手を振る。

「きみはぼくが四番目に好きなフィギュアスケート選手だよ」ジェイムズがいい、わたしにウインクをよこした。

四番目？

ジョジョでさえおなじ疑問をもったらしい。「一番は？」

「ジャスミンさ」

「二番と三番は？」

「ジャスミンだよ」

枯れたハートに小さな感情の火がついた。もしわたしが投げキスをするタイプの人間だったなら、いまこそそうしていただろう。「あなたが車に轢《ひ》かれそうになったら、かならず身を挺して助けるわ」本心からいった。

ジェイムズがほほえんでまたウインクをした。「わかってるよ、ジャスミン」

ほほえみを返してからアイヴァンのほうを見ると、彼はこちらを見ていた。なにを見ているのとつっかかりそうになったが、友だちになる努力をすると約束したことを思いだして、踏みとどまった。わたしはいったいなにを考えていたのだろう。

「おれが轢かれそうになっても助けてくれるか？」ジョジョが尋ねた。

「いいえ。でもきれいな花を摘んでお葬式に持っていってあげる」

兄は顔をしかめて、べえっと舌を出した。わたしもすかさず舌を出した。兄は中指を立てて顔に持っていき、鼻先を掻いた。わたしも中指を顔に運んで眉をこすった。

「ジャスミン、やめなさい」ママがうめくようにいう。「お客さまの前で」

「だってあっちが――」わたしはジョナサンを指差していいかけたが、思いなおして首を振った。

兄の嘲笑はひどく抑えられていたものの、わたしには聞こえた。

「もうすぐ夕食よ。先にシャワーを浴びる、ジャスミン？」ママが尋ねたとき、タリがこちらに来てアイヴァンに自己紹介をした。というか、アイヴァンを抱きしめたのは自己紹介のためなのだと思う。

ふたりを眺めながらわたしはうなずいた。「そうね」

アイヴァンが姉に投げかけた笑みを、わたしは見たことがなかった……そして妙な気持ちになった。タリはママの若い版だ。美人でスリムで、あの赤毛に白い肌、そしてこの世のどんな形成外科医にも複製できない骨格の持ち主。タリといっしょに出かけて、だれかが姉に見とれたり声をかけてきたりしなかったことなど、一度もない。姉はそれに慣れきっているので、もはや気にも留めない。わたしのほうも、自分の姉がとても美しいことを気にするのはとっくの昔にやめていた。

この世にはほかより外見がいい人もいる、それだけのこと。わたしは姉ほど美しくないかもしれないけれど、姉のお尻を蹴飛ばすことはできるし、そうするといつもいい気分になれた。そしてタリこそ、わたしが死体を埋めるのを手伝ってくれるひとりだろう……もしもそういう事態になれば。

「じゃあ浴びてらっしゃい」ママがいう。「ラザニアを焦がしたくないの」

わたしはうなずいてアイヴァンのほうを見た。まだ姉と話している。「アイヴァン、トイレに案内する――」

「次のジェンガをいっしょにやらないか？」ジョナサンがアイヴァンに尋ねた。まだわたしが話しているのに。

わたしは目をしばたたいた。

その隙にアイヴァンが答えた。「ぜひ」

なんですって？

「シャワーを浴びてこいよ、そうしたら食事だ」ジョジョが続ける。

こちらをふり返ったアイヴァンは、わたしの殺意の表情を見逃さなかったにちがいない、綿菓子のようなピンクの唇にいつもの気取った笑みを浮かべた。「そうだ、シャワーを浴びてこいよ」腹だたしくも兄の真似をした。

「彼もまだシャワーを浴びてないわよ」みんなに告げた。

「ぼくはにおわない」アイヴァンがいう。

「わたしだって」

「それはどうかしら」タリがいって咳払いをした。

わたしは目をしばたたいていまのを聞き流した。自分が状況をコントロールしなくてはどうなるか、わかっていた。「アイヴァン、無理してつき合わなくていいのよ。ほかに大事な用事があるんでしょう。さあ、トイレに案内するわ」

「ジェンガがやりたいな」アイヴァンの返事はこれだった。

どうすればいい？　だめだという？　後悔する。わたしはきっと後悔する。

「トイレならおれが案内するよ」ジョジョがいった。

ばか兄貴。

「そう」わたしは口のなかでいい、ルビーに寄りかかってささやいた。「なにも悪いことが起きないよう見張ってて」ルビーは笑ってうなずいた。また姉の頭にふれてから、最後にもう一度キッチンを見渡すと、アイヴァンがジェイムズの隣に腰掛けるところだった。

そこでわたしはキッチンから逃げだした。お尻に火がついたように階段を駆けあがる途中でベンとすれちがう。人生最速のシャワーを浴びながらも、家族がアイヴァンに聞かせているだろうわたしについてのひどいあれこれを想像した。まあ、それも仕方ない。服を着て、数少ない夜のために見苦しくないよう整えた。土曜の夜はのんびり過ごして好きなものを食べることにしているのだ。

かわいそうな疲れた足にアロエベラローションをすりこんでから階段をおりていき、

キッチンでどんな話がくり広げられているのだろうと耳を澄ました。ところが困ったことに、家族はみんなひそひそ声で話しているか、まったく話していないらしく、なにも聞こえてこなかった。

少なくとも、キッチンの入り口に来るまでは。そこで初めて、みんながとても静かに笑っているのが聞こえた。

「わからないな、なにがそんなにおかしいんだ?」ルビーの夫のアーロンが尋ねるのが聞こえた。

答えたのはジョジョだ。「思春期前のあの子の写真を見たことは?」

それだけで、みんながなにを話しているのかがわかった。ばかばっかり。それでもわたしは動かなかった。

「ないよ」アーロンがいう。

だれかが鼻で笑った。きっとタリだ。「ジャスは思春期を迎えるのがすごく遅かったの。いくつだっけ、十六?」

たしかに十六だったけれど、わざわざ証言する気はない。

ママのほうは迷いもしなかった。

「赤ちゃんのころのぽっちゃり体型がなかなか抜けない子もいるでしょう?」タリがまだひそひそ声で続ける。「ジャスは思春期を迎える十六までそうだったということ」

「まさか」アーロンは否定しようとした。彼に神の祝福を。
「ほんとだって」タリがいう。「ちょっとずんぐりしてたわ」
ジョジョが鼻で笑った。「ちょっと?」
「もう、みんな意地悪ね」ルビーが割って入った。「ジャスはすごくキュートだった」
「お尻があんまり大きいから、レオタードが食いこんでしまって」ママは教えること
にしたようだ。「でもゆったりした服を着たらとわたしたちがいえばいうほど、あの
子はレオタードやユニタードを着るようになって。自分が気詰まりなのに」
いま笑ったのはアイヴァンにちがいない。「いかにも彼女らしい」
「ほんとうよ。あの子ったら、いつだって人がさせようとするのと正反対のことをし
てきたの。そういう主義なのよ。昔からね。一度だけ〝ノー〟が通じたのは、ジャス
があの映画を見てたとき……なんてタイトルだった? あの子が夢中になってたホッ
ケーの映画……」
「『飛べないアヒル』」ルビーがいった。
「そう、『飛べないアヒル』。あの子はホッケーがやりたいといったんだけれど、女子
が入れるホッケーの教室はなかったの。そこであの子をテストしてくれるようあるコ
ーチにもちかけていたら、ガレリアでの誕生パーティに招待されて。行くように説得
できたのは、ホッケー選手の多くがフィギュアスケートで技術を磨いたらしいとわた

しがいったからなのよ」

「知らなかったな」ジェイムズがいう。

「ジャスミンはあの映画を何百回も見てた。週に一度はビデオをゴミ箱に捨てようとしたんだけど、いつもママが取り返してきた」タリが不満そうにいった。

「一度、あなたが捨てるところをジャスが目撃して、けんかにならなかった？」ルビーがいう。

これにはわたしもほほえんでしまった。あの日のことはよく覚えている。わたしたちはけんかになった。たしかわたしが十歳、タリが十八歳。わたしにとっては運のいいことに、タリはものすごく小柄なので、大事な映画を捨てようとした姉をぶちのめすのはむずかしいことではなかった。

「そうよ。鼻をパンチされたわ」タリがいった。

ママが笑いだした。「ものすごく鼻血が出たのよね」

「娘が殴られた思い出でよく笑えるわね！」タリが息をのんでいったので、家族のなかで姉が二番目に大げさなことを思いだした。

「あなたは十歳の妹に顔面をパンチされた。あのとき笑わないようにするのがどれほどむずかしかったか、わかる？　あなたは自分で招いてそうなったの。わたしは忠告したし、ジャスミンも忠告したのに、あなたは耳を貸さなかった」ママはそういって高らかに笑った。ゆがんだ意味で、わたしを誇らしく思っているかのように。

　これにもほほえんでしまった。

「ひどいわ、ママ」

「お黙りなさい。アイヴァン、あなたはどう思う？　小さな女の子が姉を殴ることについて」ママが尋ねた。

　一瞬の間のあとに、アイヴァンがいった。「ジャスミンが人生で最初にパンチした人物はお姉さんじゃないだろう、と思うかな。そして最後でもないと」

　また間が空いて、タリがいった。「ええ。わたしが最初じゃない」それから鼻で笑うような音が響いた。「昔からけんか好きなおちびさんだった。託児所であの子を叩いたときは、三つくらいじゃなかった？」

「三つのときは、スカートのなかをのぞこうとした男の子を蹴ったんじゃなかったっけ」ジョジョがいう。

「両方とも――」ママがいいかけたとき、アイヴァンが笑った。

「なんです？」

「最初は、突き飛ばしてきた男の子を蹴ったから忠告されたの。そのあと、おなじ男の子にスカートのなかをのぞかれそうになって殴ったから託児所を追いだされた。あの子のためにいっておくと、最初のことがあったときにそうしろといったのはセバスチャンよ」

「そのあと、幼稚園では二度、居残りをさせられた。ある女の子に髪をひっぱられて、その子の髪を引っこ抜いた――」

ジェイムズの笑い声が聞こえた。

「今度は別の女の子におやつを盗み食いされて、目に唾を吐いてやると脅すのを先生に聞かれた」ママが続ける。「一年生のときには、男の子のズボンをひっぱりあげてお尻に食いこませて、停学にさせられた。ジャスミンがいうには、その子が別の男の子をいじめていたからやったんですって。二年生のときは、停学が二度。クラスメートにミルクをかけて――」

もうじゅうぶん。わたしはひどい子だった。だれも驚きはしないだろうけれど。

「そこまで。アイヴァンもアーロンもジェイムズも、わたしが子どものころに起こしたトラブルを全部知らなくていいわ」いいながら、ついにキッチンに入っていった。

アイヴァンとルビーのあいだに坐っていたママが、わたしに大きな笑みを投げかけた。「いいところだったのに」

「全部聞くのも悪くない」ジェイムズがいい、ウインクをよこした。

わたしはため息をついて、ルビーのうしろで立ちどまった。「五歳から十歳までの話は来週の土曜のお楽しみ」

ママがスツールを引いた。「食事にしましょう、子どもたち」そしてアイヴァンをちらりと見た。「いっしょにどう？　金メダリスト向けじゃないけれど――」肩をすくめる。「――おいしいわよ」

ママが誘うのはわかっていたはずなのに。まずいことになった。わたしがその場に立ちつくし、どうか断ってと祈らんばかりの気持ちでいると、アイヴァンはしばし考えるような顔をしてから、こちらを見て尋ねた。「きみも食べるのか？」

だったらなに？　「そうよ。今夜はわたしのチートミールなの」どうして説明するのか、自分でもわからなかった。

あの氷河のような目がわたしの顔を見つめた。「わかった」それからママにいった。「じゅうぶんあるなら残りますが、そうでなければお気遣いなく」

ママは笑った。「じゅうぶんあるわ。心配しないで」少し間を空けてから続けた。「うちはキッチンで食べるの」

アイヴァンはまばたきをした。「なるほど」

二十数年来やってきたように、皿が出されて配られていった。それから列になって、ママとタリがキッチンカウンターに並べた鍋《なべ》やフライパンから料理を取り分ける。わたしはアイヴァンがアイランドキッチンを回ってくるまで待って、わたしの前に並ばせた。

「きみが託児所のころから問題を起こしてたと知っても驚きはしなかったよ」アイヴァンが最初にささやいたのがそれだった。

わたしは天を仰いだ。「そのころからたっぷり練習してきたの」

アイヴァンは両眉をあげて、あのむかつく表情を浮かべた。「今度だれかさんに悩まされたときはそれを忘れないようにしよう」

ふん。

変わろうというのはこういうこと？ よくわからない。「そうね」彼のふくらはぎを蹴った。優しく。ほぼ。「進んでよ。おなかぺこぺこなんだから」

彼はうしろに一歩さがり、肩越しにふり向いてジェイムズとのあいだが詰まったのを確認してから、わたしを見てささやいた。「ぼくがいてもかまわない？」

かまう。ものすごく。彼がいて、どうしたらいいのかわからない。わたしたちがうまくやっていくべきだといってから一時間もたっていないアイヴァン・ルーコフといっしょにいて。

たがいにひどいことをいったり、したりしてきたのに、わたしがよく知っていると思っていたこの男は、一時間前に、ふたりはうまくやっていくべきだといった。

わたしはそれにどう反応したらいいのかわからない。わからないのがいやだった。

　でもそういうこと全部、彼にはいわなかった。まわりに詮索好きの家族がいるし、そのうちふたりは聞き耳をたてている。だから嘘をついた。「かまわないよ」

　彼は疑わしげだった。「ほんとに？」

　わたしはものすごく嘘がへただ。眉を吊りあげて、ごまかす必要はないと判断した。「関係ある？」

　彼の唇の端が吊りあがった。「ない」

　だと思った。

「きみんちの家族はおもしろい」

「そうでしょ」

「きみはうちの家族を知ってるんだから、これで公平だ」

「なんの公平よ？」

「ぼくたちが、友だちとして」

　わたしは無意識にブレスレットをさわっていた。留め具のあいだのプレートが親指に食いこむのを感じて気づいた。まわりを見て、だれもこちらを見ていないのを確認して、わたしは小声でいった。「その〝友だちになる〟というのがよくわからない」

　アイヴァンはとまどった顔をした。「わからないって？」

　彼を見ないでいった。「どういうことなのか。あなたがわたしになにを期待しているのか」

「友だちがすることだよ」

今度はわたしがとまどう番だった。わたしは正直にいった。べつに秘密ではないし、恥じているわけでもない。「それはわかったけど。知ってるでしょ、血のつながりがなくて、つきあいが長続きしている友だちはあなたの妹だけだって」それは自慢だった。わたしにはほかの人たちに割く暇はない。実際、自分の称賛すべきところのひとつだと思っていた。

アイヴァンはわたしを見て、なにもいわなかった。

わたしは肩をすくめた。

彼が目をしばたたいた。「最近、妹と話したことは？」

首を振った。「そっちは？」

「ない」彼はカウンターに向かい、肩越しにわたしにいった。「ぼくたちがパートナーだということをいってない？」

まずい。「ないわ」アイヴァンがいうと思っていた。「妹にいわなかったの？」

「いってない」

「ご両親には？」

「いまロシアにいるんだ。世界選手権以来、会っていない。母から何度か写メが来たけど、それだけだよ」

　ますますまずい。「ご両親にはいうと思ってた」

「カリーナにはきみがいうと思っていた」

「最近、前ほど話していないもの。医学部で忙しくなったから」

　アイヴァンが考えこむようにゆっくりとうなずく後頭部しか見えなかった。たぶんわたしとおなじことを考えている。案の定、彼はいった。「あいつ、ぼくたちふたりを殺すな」

　たしかに。やりかねない。

「電話していいなよ」わたしは彼に押しつけようとした。

「きみが電話していえよ」彼はわたしのほうを見ず、冷笑した。

　その背中をつつく。「自分の妹でしょ」

「自分の唯一の友だちだろ」

「ろくでなし」わたしはいった。「コインを投げて決めようよ」

　彼がわたしを見た。「やだね」

　やだねだと。

「わたしはしない」

「ぼくもしない」

「駄々っ子みたいなこといってないで、しなよ」声をひそめながら、なじった。むかつくことに、彼はせせら笑った。「駄々っ子はぼくだけじゃないだろ」わたしはは口を開き、閉じた。たしかにそうだ。

「質問！　きみたちはなんでもいいから、意見が一致することがあるのか？」アイヴァンの少し前に立ち、皿に食べものを山盛りにしているジョジョが訊いた。

やっぱり。聞き耳をたててたんだ。

「ない」わたしはいい、「ある」とアイヴァンがいった。

ジョジョがにんまりほほえみ、全部、またはほとんどを盗み聞きしていたのがはっきりした。「聞かないようにしようと思ったんだが、聞こえたよ。どちらもカリーナに電話するのに尻込みしているなら、ここからビデオ通話したらどうだい。そうしたら彼女は怒れないし、もし怒ってもふたりで同時に怒られることになる。そうだろ？」

ジョジョのいうことにも一理ある。アイヴァンもそう思ったらしく、わたしのほうを見て眉を吊りあげた。こんなそこそこ重要なことをどちらもカリーナにいわなかったせいで彼女に怒られる。そんな心配はしたくなかった。

でも……。

「ぼくはそれがいいと思ったんだ」ジョジョはわたしたちの脇をすり抜けて、キッチンアイランドの自分の席に戻った。

アイヴァンは前に進み、皿に料理を盛りはじめながらいった。「悪くない案だ」

「そうかもしれないけど、兄に聞かせないで。日記に書くし、今後五年間ずっと自慢する」

アイヴァンから、ラザーニャを切り分けるサービングナイフを渡された。わたしはそれで、おなかいっぱいになるけど、食後に十ポンドも太るほどではない量をとった。ここ数週間、食生活に気をつけている。ラザーニャのほかにガーリックブレッドをふた切れと、サラダを少し。これはチートミールだけど、野菜は必要だ。

ふり向くと、あいている席は不揃いなスツールふたつだけだった。隣り合っている。アイヴァンとわたしはそこに坐り、わたしは彼とルビーにはさまれた。彼がアイランドキッチンの真ん中に置かれていたペーパータオルに手を伸ばしたので、わたしは冷ややかに見つめた。彼は一枚破り、もう一枚破った。わたしがさあラザーニャを食べようとしたとき、白いものが膝の上に落ちた。

ペーパータオル。

「手が届かないかと思って」アイヴァンがわざわざいった。

わたしはちらっと彼を見た。両手を皿の上に浮かせたまま。

「ちびだから」

反応しないようにほおの内側を噛みながら、つぶやいた。「そういうことだと思った」でもナプキンを見ながら、彼は親切なことをしてくれたのだと自分にいい聞かせた。そんなことをする必要はなかったのに。唾は吐いてない。見ていたからわかる。どうしてとってくれたかわからないけど、「ありがとう」というしかなかった。それだけでもわたしにとっては大変な、ほとんど痛みを伴うことだった。

彼にもそれはわかったらしい。視界の端で彼がこちらにからだを向けるのが見えた。たぶんわたしが〝ありがとう〟といったのが信じられなくて、眉を吊りあげている。自分でも信じられなかった。きょうはすでに一度いったのに。自分の割り当てを使い切ってしまいそうだ。

「ところでアイヴァン、練習はどう？」わたしがまだ、いったいなにが起きているのか、自分はなにをしているのか、アイヴァンの〝友だち〟はどういう企みなのかと考えているときに、向かいの席に坐っているママが訊いた。「ジャスミンは順調だとしかいわないのよ」

ラザーニャを口に入れながら、ママに鋭い視線を送った。まったく。なにも話すことがないからそういったのに。なぜかママはそれを信じなかった。

「順調です。まだ振り付けは始めていないけど。ほかの問題点を解決しているところです。六月の第一週には振付師が決まるはずです」アイヴァンはすらすらと答えた。

ナイフとフォークをもつ手を、皿の横に置いている。

何人かがうなずいた。だからわたしはジンジャーブレッドをひと口かじり、次はだれが彼をきびしく尋問するのか見ていた。なぜならこれは尋問だった。そしてまだまだ続く。いままでずっとわたしが避けてきたことだ。彼がわたしの彼氏でなくても関係ない。わたしの人生の重要人物で、もしかしたら彼氏より重要かもしれないのだから。実際、時間の無駄ともいうべきいままでの元カレたちより、アイヴァンのほうがよっぽど重要だった。

「それはよかった」ママがいった。その妙に落ち着いた愛想のいいほほえみを見て、次にママの口から出てくる言葉は変化球だとわかった。ママの隣に坐っているベンもそのほほえみを見たか、なにかを感じたかしたようで、「やばい」とつぶやいていた。「どうしてジャスミンと一年間しかペアを組まないの？」ママは気味の悪いほど落ち着いたほほえみを浮かべて訊いた。

わたしは鼻を鳴らし、そのせいで口のなかにあったパンが気管に入りそうになり、むせてしまった。ルビーが咎《とが》めるようにいった。「ママ！」

パンが気管かどこか変なところに貼りついてとれず、わたしははげしく咳《せ》きこんだ。なにか重くて大きなものに背中を叩かれて、ようやくとれた。アイヴァンが取ってくれたペーパータオルをつかんで、そのなかにパンを吐きだし、ぜえぜえと息を切らして、また咳きこんだ。涙が出てきて、だれかが胸の前に差しだしてくれた水を反射的に受けとり、飲んで、また少し咳をして、ようやく落ち着いた。

アイヴァンの大きな手がふたたび背中を叩いた。最初のときとおなじくらい強く。

「もうだいじょうぶ」わたしは咳きこみながらいった。

彼がもう一発背中を叩いたのは驚きではなかった。

「だいじょうぶ?」隣のルビーが訊いた。

もうひと口水を飲んでうなずき、まばたきしてむせているときにこみあげた涙を追い払った。

「それで?」ママは、いかにもママらしい口調で訊いた。

「えーと――」アイヴァンがなにかいいかけたが、わたしは片手をあげて首を振った。臆病者かもしれないけど、わたしは答えを聞きたくなかった。少なくとも、自分の家族の前では。「いいの。答える必要ないから」わたしはさっとママのほうを見て、肩をすくめた。「彼の勝手よ」

ママはわたしが弱虫だと思ったときにいつもする顔をした。ふたたび正面を向いて、別ルートをとることにした。「ご両親は最近どうしているの、アイヴァン? 数か月前のクリスマス・パーティー以来お会いしていないわ」

「いまはモスクワの親戚を訪ねているけど、元気です」彼は答えた。

「お祖父さまはよくなった？　去年の秋に心臓発作を起こされたとお母さまがいってたけど」

アイヴァンの広い肩が半インチあがった。「よくなりました。でも頑固で、もう八十代なんだから会社の経営は人に任せたほうがいいといっても聞きません。ストレスの多大な状況は避けなければいけないのに――」彼はとても温かいほほえみを浮かべて、わたしはどうしたらいいのかわからなくなった。「――だれも祖父に命令できません」

向かいの席のジョジョがつぶやいた。「一家にひとりいるもんだな」ジェイムズがジョジョのほうを見て首を振り、黙っていろと合図した。

わたしは兄のコメントには反応しなかった。うちの家族にはひとりどころではないし、ジョジョもそれはわかっている。現在尋問を続けている女もそのひとりだ。

「引退したり力をぬいたりということが苦手な人もいるわね、たしかに」ママはいった。

アイヴァンはうなずいた。

「お祖父さまは、あなたをロシアに呼びたがっているんですってね」ママがいった。

わたしは使っていたナイフの動きをとめた。

アイヴァンがロシアに？　ママはそんなことといわなかった。

でも無理もない。いままでわたしたちがアイヴァンの話をする理由はなにもなかった。ママはわたしがアイヴァンを嫌っていることを知っている。彼がわたしを嫌っていることも。

でも……。

アイヴァンがロシアに？　彼はアメリカ生まれだ。昔カリーナから聞いたのは、彼女の両親がアメリカに移住したのは、お祖父さんのビジネスのせいで脅迫を受けたからだということだ。両親はまだ新婚だったが、子供たちを危険にさらしたくないと考えて、あたらしいスタートを切ることにした。ロシアでも有数の裕福な父親から遠く離れて。

カリーナは一度しかいわなかったけど、アイヴァンのお祖父さんは自分の孫が、自分の祖国を代表して金メダルを獲らなかったことにひどくがっかりしていたそうだ。お祖父さんはアイヴァンをお金で釣ってロシアに来させようとしたが、うまくいかなかった。カリーナは、もし自分だったら、きっとそのお金をもらっていたと笑った。でも彼女にはそんな話はなかった。カリーナは国の誇りとなるような才能ある運動選手ではないからだ。彼女は大きな心のもち主で、医者になりたがっている。大したことない。

「祖父は一年おきにぼくに移住するようにといってきます」アイヴァンにしてはめず

らしく、丁重な口調だった。

でもわたしにはなんとなく変に聞こえた。

アイヴァンは世界でいちばん甘やかされたり保護されたりする必要のない人間だと思うけど、自分が話したくないことを無理やり聞きだされるのがどれほどしんどいか、わたしはよく知っている。それにこの人たちはわたしの家族だ。だからあまり考えすぎる前に、みんなの関心を自分に向けさせることにした。きっと後悔するだろうけど。

「もうすぐ写真撮影があるんだ」わたしはあいまいに切りだした。すでにいいことをしようとしたのを後悔しはじめている。

ジェイムズが質問した。「ウェブサイトの、それとも新聞の?」

わたしはラザーニャをもうひと口、口に入れて、それを食べてしまうまで返事を先延ばしにした。「雑誌の」

「なんていう雑誌?」ジェイムズが訊いた。「知り合い全員に買うようにいうよ」

知り合い全員? 別にいい。恥じることはなにもない。ひとつも。「『スポーツ・ネットワーク・マガジン』よ」わたしは答えた。

次に発言したのは姉の夫だった。「ルビーがクリスマスに年間購読をプレゼントしてくれたよ」

わたしは目を閉じ、そもそもこの撮影に同意することになった事実を思いだそうとした。すなわち、だれでもお尻はあるという事実だ。べつに前かがみになって脚を大きく広げるわけじゃない。

でも……。

「そうなんだ、わたしたちが載ってるページはとばしてくれていいから」そういったのは、ダンボのようなジョジョと結婚したジェイムズは見た目に重きを置いていないから、見られてもぜんぜん気にならなかったけど、アーロンに見られるのは別だと感じたからだ。もしかしたら彼がストレートだからかもしれない。それにとびっきりのハンサムだ。さらにルビーがどう感じるかもわからなかった。

ママが独特の口調で、うたぐり深く訊いた。「それはなぜなの?」

わたしはラザーニャをまた口に入れて、のみこんでから、みんなにほんとうのことを教えた。「なぜならわたしは全裸になるから。アイヴァンも」

アイヴァンがわたしを見た。少しほほえんだように見えた。

「人体特集号に?」アーロンが尋ねた。

わたしはうなずき、ガーリックブレッドをかじった。

「すばらしいよ、ジャス」一瞬置いて、ジェイムズが大きな声でいった。「ぼくが買ってもいいかな?」

彼の隣に坐っている兄は鼻で笑った。「この変態娘にはいいに決まってる」

ほらきた。「わたしが恥ずかしがり屋じゃないからといって、変態ということにはならないわ。それにもちろんいいわ、ジェイムズ。見えるといってもお尻くらいだから……」そのはずだ。雑誌で乳首を出すはずがない。たしか。リーコーチもそういっていたような気がするけど、はっきり思いだせない。わたしはアイヴァンのほうを見て訊いた。「そうよね？」

「聞いただろ？　見えるのが尻だけだとがっかりしてるような言い草だ」ジョジョがしかめっ面でジェイムズにいった。

わたしは無視した。みんなジョジョのことはわかっている。じつはものすごく人目を気にする性格だということも。

アイヴァンはなにか冗談をいいたそうな顔をしていたが、やめておくつもりらしい。

「もっと見せたいのか？」わたしの隣のまぬけが訊いた。

わたしは目をアイヴァンをにらんだ。

「レーティングでいえばＰＧ－13くらいだと聞いてる」彼はいった。「カメラマンとスタッフだけだよ……全部見るのは」

彼も。

わたしは自分のからだを恥ずかしいとは思わない。大会の前ほど絞れていないかもしれないけど、この話を引き受けてからずっと食生活に気を使っているし、もらった遺伝子について恥じることもない。わたしはうぬぼれ屋だけど、それほどうぬぼれてはいない。

ただ、隣に坐っているまぬけがわたしの裸を見ることについては、不安がある。数週間前にリーコーチから話を聞いたときに話しあったとはいえ。

「ママ、こいつにやめろといわないのか?」ジョジョが訊いた。

「どうして、そんなことといわなきゃいけないの?」ママが片眉を吊りあげ、まるで魔術師のようにどこからともなく取りだした巨大なワイングラスからひと口飲んだ。

「なぜなら」ジョジョは肩をすくめた。「自分の娘がすっぱだかで雑誌に載り、何百万もの人に見られるからだよ」

「だから?」その反応は驚きではなかった。ママはいまでもビキニを着る。ストレッチマークも六十歳の肌も気にしない。「そのどこが問題なの?」

ジョジョの濃茶色の目がゆっくりと左右を見た。「はだかになるんだよ?」

ママが目をぱちぱちさせ、わたしは地雷というのはこんな感じかと考えた。「あなただってはだかになるでしょ?」

ジョジョはうめき、背をそらした。「数百万の人間に一発抜かせるためじゃない!」

その言葉のなにかで、はっとした。

〝数百万人〟がわたしの裸を見ることのなにが問題か、思いだした。

まずい。

まずい、まずい、どうしよう。

「妹のはだかになにか悪いところがあるといってるの?」

「そうじゃない」

「もしセバスチャンが撮影するという話だったら、わたしにおなじことをいった?」

ママはワインをごくごく飲みながら訊いたが、わたしはジョジョのいったことを考えていた。わたしのはだかを見られたくない人について。

もうやるっていったでしょ。自分にいい聞かせる。たしかにそういった。どうしよう? どこかのくそ野郎のために人生を生きるのをやめるの?

そんなことはしない。撮影はやめたいけど。

でもやめられない。わたしはあとで心配することにした。心配しているのを気づかれないほうがいい。その原因をみんなに知らせることはできないのだから。

ジョジョはため息をつき、いった。「いわない」

ママがウインクした。「それなら偽善者、性差別主義者になるのはやめなさい。人間のからだは自然がつくったものよ。ジャスミンがすることは性的に強調されるわけじゃない……そうでしょ、アイヴァン?」

アイヴァンの脚がわたしの脚にあたり、彼がいった。「そうです。芸術のためですから」

「ほら、芸術のためなのよ。ダビデ像は裸だった。ミロのヴィーナスもほぼ裸だった。わたしが若かったとき、アーティストの恋人がいたわ。彼のモデルをやったこともある。生まれたばかりの姿でよ、ジョジョ」ママはにっこり笑った。「自分の妹はアイヴァンとおなじくらいすばらしいと思うでしょう？　それとも――」

「ああもう、悪かったよ」ジョジョはあわてていい、首を振った。自分が話している相手がだれか、ようやく思いだしたかのように。「なにもいうんじゃなかった」

「あなたの妹は力強く美しい女性で、ほかの人たちができないことをしてるの。そのからだは数千時間の練習で磨きぬかれている。恥じることはなにもない。わたしたちは全員、乳首があるのよ。わたしはあなたをお乳で育てたし、そのときあなたは文句はいわなかった」

半分くらいでジョジョはするどく首を振りはじめた。頼むからもうやめてくれ、という感じで。自業自得だけど。

「悪かったよ。悪かったっていっただろ。なかったことにしてくれ……」彼はいった。

「なにも恥じるものはない――」

「ママ、悪かったってば」

アイヴァンの脚がまたわたしの脚にあたったけど、わたしはジョジョの表情に吹きださないようこらえるのに忙しかった。

ママはジョジョの訴えを無視した。「胸は自然で――」

「わかったよ、ママ。わかった。ぼくは女性を敬愛している。胸も。ただ顔の前に突きだされるのは――」

「胸は女性の、その美しさの象徴なのよ――」

ジョジョが絶句しそうになっている。「ママ、頼むよ――」

「ヴァギナと胸があるからといって女性が弱い性だと考えるのは、心の狭い、性差別的な思考であり――」

「弱くなんかない。ママたちのだれも弱くないよ、誓って――」

「わかっているの、わたしたちが――」

アイヴァンの脚がまたわたしの脚にあたった。わたしは上半身をひねって彼のほうを向いたけど、笑いださないように唇を引き結んでいた。ガラスのような灰青色の目と目があい、彼も吹きださないようにしているのがわかった。対等に扱われないことは女性にとってどれほど屈辱的なことか、ママが熱弁をふるっているのだから、なおさらだ。

「女性は、あなたの母や姉妹が夫の所有物ではない人間だと認めさせるために、行進し、結集し、攻撃されてきたのよ。ジャスミンが神さまにさずかったからだを見せびらかしたかったら、それはこの子の自由だし、わたしはとめない。あなたもとめない。だれにもとめる権利はない」

そしてフォークでジョジョを指し、目をぱちぱちさせた。「わたしはあなたにちゃんと教えたはずよ、ジョナサン・アーヴィン」

いきなりのミドルネームに、もう少しで吹きだしそうになった。

ジョジョは顔を上に向けたままでいった。「教えられた。ごめんなさい。ほんとうにごめんなさい」

ママはにやりと笑ってわたしにウインクした。「そうだと思った。この辺で売っているのは全部買い占めて、売り切れにしないと。額縁に入れて暖炉の上に飾るわ」

それはどうかと思ったけど、わたしは黙っていた。

アーロンが笑った。「売り切れにするのは簡単だよ。よく売れてる雑誌だからね」

「ね？　みんなヌードはすばらしいものだと思っている。なにも悪いことはないのよ。わたしが知らないところでみんなポルノを観ていたんだから」

これには全員がうめき声をあげた。

「もう二度とポルノっていわないで」わたしはいった。

「黙ってなさい」ママがいった。「ジャスミン・イメルダ」

わたしは口を閉じた。ママの次の標的にされて、過去にわたしがしたことをもちだされたらかなわない。でもさらに延々とママの演説が続くのを避けるために、話題を変えるチャンスに飛びついた。

「カリーナに電話して、ぶちまけちゃったら?」わたしはいきなりアイヴァンに話を振った。

アイランドキッチンの向かいでジョジョが息をのみ、うれしそうな声をあげた。いっぽうアイヴァンは、わたしがなぜ急に話題を変えたのかわかっていないような、変な顔をした。わたしのおかげで助かったと気がつかないのかもしれない。これが最初ではないけど。「いま?」

わたしはポケットからスマホを取りだし、アイランドキッチンの上に置いて電話帳でカリーナの名前を見つけて、〈通話〉ボタンをクリックした。

「なにをしてるの?」ママが訊いた。

「だれもカリーナにいってないんだ。アイヴァンとジャスがパートナーになったことを」ジョジョがいった。フォークとナイフを皿の上に置き、アイランドに肘をついて、あごの下で両手を握りあわせた。いつものジョジョの復活。

わたしはスマホをスピーカーフォンにすると、ちょうど呼び出し音が始まった。たぶんカリーナは出ないだろう。でももしかしたら出るかもしれない。わたしはもう、彼女の予定を把握していない。このあいだ話したときは、彼女からかかってきた。

「カリーナに電話！　カリーナに電話！」ジョジョが小さな声ではやしはじめ、ママが加勢した。

「電話かけなよ！」タリがいった。

「いまかけてる」わたしは小声でいって、画面を見つめた。

アイヴァンがわたしを見たけど、なにもいわなかった。

ヴォイスメールにつながる直前の呼び出し音が鳴っている……。

「もしもし？」あえぐような声が聞こえた。

アイヴァンとわたしは目を見交わした。いったいなぜ、息を切らしているの？

「ジャスミン、あなたなの？」聞き慣れたカリーナの声だ。

「そうよ。いまだいじょうぶ？」

「ランニングマシンで運動してたの。できるだけ早くとったのよ」まだ息が荒い。

「ごめん、ちょっと待って」

わたしとアイヴァンは、カリーナが兄には知らせなくてもいいほかのことをしていたのではないとわかり、ほっと目を見交わした。

「お待たせ。ごめんね、水を飲んできた。どうしたの？　そういえば自分には親友がいたんだって思いだした？」まだ息を弾ませながら、からかった。

「わたしの番号を知ってるでしょ」

舌打ちする音が聞こえた。「すごく忙しくて――」

「いいのよ。あのね、家族と夕食をとってるところなんだけど――」

「スピーカーフォンにしてるの？」

わたしは一瞬ためらった。「そうよ」

彼女も一瞬ためらった。「妊娠したの？」

向こうの席で鼻を鳴らしたタリをにらみつけた。「どうしてそんなこと思うの？」

「それ以外にどうしてわたしをスピーカーフォンにするの？」カリーナはいった。

「こんばんは、わたしのもうひとつの家族たち。会えなくてさびしい」

「ハイ、カリーナ！」タリ、ママ、ジョジョがそれぞれ呼びかけ、ルビーも挨拶した。

「ハイ！」カリーナもうれしそうにいって、それから普通の声に戻っていった。「でもジャス、ほんとのことをいって、あなた妊娠しているの？」

「してない」わたしは即答した。「もちろんそんなことないわ」

「ああ、よかった。あなたの人生がこれで終わりかと思った。ふう」

「わたしは五人子供を産んだのよ」ママが割りこんだ。

「マムはいいのよ」カリーナはいつもママをマムと呼んでいる。「でもジャスミンはちがう。それなら、どうして電話したの？　親友に、あなたが生きているのを忘れていないと伝えるため？」

わたしは目を天に向けて、アイヴァンに口の動きでいった。〝あなたの妹らしい〟

「忙しくて、あなたにいうのを忘れていたことがある」

一瞬の間があった。「なに？」

「アイヴァンも忘れていたんだって、きょうわかったの」

ふたたび間があった。「アイヴァン？　わたしの兄の、アイヴァン？」

「そうよ、よくわかったね」わたしはいった。「あのね、三月に彼のあたらしいパートナーにならないかと誘われたの」

カリーナからはなんの反応もなかった。十秒、二十秒、三十秒たっても。アイヴァンとわたしが目を合わせて一分はたったころ、彼女の爆笑が響いた。

「嘘でしょ」カリーナは電話に向かって叫んでいた。

「なぜ笑ってるんだ？」アーロンがルビーに訊いている。

ルビーは肩をすくめた。

「うっわーーー！」カリーナは笑いながら叫んでいる。

「笑うのはやめて」わたしは大声でいったけど、聞いてないだろうとわかっていた。

「あなたとアイヴァンが？」

「お兄さんもここにいるよ」わたしはいった。

「よお、リーナ」

カリーナはげらげら笑いはじめた。また。

「信じられない、い、い！」また叫んでいる。

「ぼくが考えていたよりもおもしろくなってきた」ジェイムズがいった。

ジョジョはため息をついた。「ぼくはがっかりしたよ。いい忘れていたおまえたちにカリーナが激怒すると思ってたんだ」

「わたしが知っている最高に頑固なふたりがペア？」カリーナが甲高い声でいった。

「ぎゃははは！」

「あなた変だよ」わたしはいった。

「だって！　ねえ！　だれかあなたたちの練習風景を録画してるっていって！　そうだ！　生中継してほしい！　全部観るわ！　それに出場する大会の日程を全部教えて。氷上の『ハンガーゲーム』になるに決まってる。家族全員分の最前列のチケットを買うわ！」カリーナは大よろこびで叫んだ。

わたしは目を天井に向けて、首を振った。「わたしたちは……」〝仲良くやってる？〟それはいい過ぎだ。「うまくやってる」

「十四年遅れで夢がかなったみたい」一瞬の沈黙があり、そしてまた、「あなたとアイヴァン！　あはははは！」

どうしてこれを予想していなかったのか、自分でも不思議だった。もちろんカリーナはすごく面白いと思うだろう。

二年前ならわたしもきっとそう思った。

わたしとアイヴァン。夕食。わたしのうちで。家族といっしょに。友だちになる。

それがどういうことなのかはわからないけど。

でもこれがいまのわたしたちだ。

そしてカリーナにものすごく受けている。

10

「自分がこれをやりたいかどうか、わからなくなった」一週間後、リーコーチにいった。

この一週間、こんなことをするのはばかだという理由を考えるのをやめられなかった。その理由とは、アイヴァンに裸を見られるということもあるけど、それだけではない。

友人になってみての一週間は……順調だった。そのあいだどちらも侮辱的なことを相手にいわなかった。アイヴァンがリーコーチと意見が分かれ、わたしが彼に賛成したとき、彼はほほえみさえ見せた。

うまくいっていた。ほんとに。

だからまた彼にからかわれるのがいやだった。とくに裸をからかわれるのが。写真家やそのスタッフにはどう思われても気にならない……わたしを本気でむかつかせるのは、アイヴァンだけだ。

だから撮影についてわたしがひと晩悩んだのは、緊張で落ち着かないせいではなかった。影響を心配したからだ。長期的または短期的な影響。アイヴァンとの関係でも、別のことでも。

だから……。

わたしたちはほぼだれもいない〈LC〉のリンクの端に立っていて、リーコーチはわたしを見た。一瞬で用心するような顔になり、口の端をゆがめたが、指を動かすしぐさでなにを考えているのかわかった。彼女はこわばった笑みを浮かべ、しわがれ声で訊いた。「わたしにいっておくべきことがある?」

彼女にいっておくべきこと?

からだのなかがぎゅっとねじられ、胃がほんとうに痛むような不安が全身に広がったけど、肩をすくめることしかできなかった。「やっぱりアイヴァンとはやりたくないかなと思って」わたしはいった。「服を着てリフトをするのはいいけど、裸でするのを考えれば考えるほど……わからない」少し嘘をついた。

ほんとうはわかっている。最大の理由がなにか。

三日前から、自分のピクチャーグラムのページに抱えたコメントやメッセージを削除している。まだコメントはふたつだけど、ひとつでも多すぎる。わたしを〝壊してやる〟と、〝(おまえの)ケツを引き裂いてやる〟というコメントだ。DMにはペニスの写真が二枚、それにわたしの裸足の動画をアップしてほしいというリクエスト。それで、数日前の夕食で兄がいっていた、他人がわたしの写真で一発抜くということを考えてしまった。

上品ぶるつもりはないけど、リーコーチから送られてきた、わたしとアイヴァンがバレエのレッスンをしている写真をネットにあげただけでこういうコメントやメッセージを受けとるような生活はいやだった。ペニスを見たことがないわけではない。でも見るときは自分で選んでそうしたいだけだ。もっとひどい写真や動画が送られてきたときのことを思いだしてしまう。あのときはそういう写真や動画のせいで、眠れなくなった。自分がものすごく無防備で、汚されたように感じてしまったから。

そういうことが、また始まった。わたしは眠れなくなった。どんどん眠れなくなっていた。

そういうことが頻繁になっていた。わたしはそんなもの見たくなかった。フィギュアスケートがしたいだけだ。ほかのことはどうでもいい。

でも世の中はそういうふうには働かない。

わたしの顔を見ていたリーコーチが奇妙な表情を浮かべた。「アイヴァンがなにかいったの？」

まずい。よく考えていなかった。ここはあいまいに答えるしかない。少しだけ真実を入れて。「彼はいつもなにかいうけど、そのせいじゃない」

リーコーチは目を狭めた。「わたしがいってる意味はわかっているでしょう。撮影について彼がなにかいったの？　正直にいわせてもらうと、彼がなにかいってもあなたは気にしないでしょう」

そんなにわかりやすかった？　彼女のいうとおりだった。アイヴァンの言葉はいつもは気にならない。むかつくし、殺してやりたくなるけど、それほど気にならない。でも、あの明るい灰青色の目でわたしをつねに批判的に見ているアイヴァンの前で裸になるのは、わたしにはなんのプラスもない取引のように思える。彼はほかの多くの人たちが見たことのないものを見る。そして彼はなにかというとわたしをからかう。

「アイヴァンの前で裸になりたくない。それだけ。ひとりでするならいいの。まったくの他人でもいいかもしれない。でもしょっちゅう顔を合わせる彼の前でするのは、やっぱりいやかもしれない」

リーコーチはあきらかにいらだった様子で手を顔にあげて鼻梁をつまみ、ゆっくりうなずいた。「そう。わかったわ。彼と、カメラマンに話をして、考えるから」

一瞬、考え直したことを謝ろうかと思ったけど、やめた。ほかの人はともかくアイヴァンには裸を見せたくない。これはわたしの選択で、わたしの決定で、わたしのからだなのだから。

迷惑をかけて申し訳ないと謝ることはしない。申し訳ないと思ってないのだから。でもリーコーチが首をさすりながら、なにか熱心に話しているカメラマンとアシスタントとアイヴァンが立っているあたりに滑っていくのを見て、少し悪い気がした。カメラマンらは早めにやってきて氷の上にふたつのセットをつくっていた。ひとつは灰色の、もうひとつは白い背景で、それを囲むように照明が設置されている。すごく本格的だ。

わたしは目をそらさなかった。リーコーチの口元が動き、アイヴァンが一瞬あごを突きだしてからわたしを見て、またリーコーチの話に耳を傾けていた。

一、二分後、アイヴァンが首を振り、リーコーチのいうことに耳を貸そうとせずにわたしのほうに滑ってきたとき、わたしはあまり驚かなかった。ローブの紐を結んでいるおかげで、見えるのは太もも、ふくらはぎ、胸だけだった。

「やらない」なにかいわれる前に、いった。「自分だけでやりたかったら、どうぞ。わたしも自分だけでやる。でもいっしょにはやりたくない」

最後のひと言で彼がいからせていた肩の力が抜けた。でもがっしりしたあごをこわばらせ、口を閉じて眉をしかめ、真剣な顔つきになった。

「やりたくないのよ、アイヴァン。わたしに悪いと思わせてやらせようとしても無駄よ。これが大きなことだというのはわかってる、でもあなたとはやりたくない」

明るい灰青色の目でわたしを見たまま、リンクの入口でとまり、わたしがだれかわからないようにじっと見つめた。そのままゆっくりと、ひとつひとつの音を長く発音して、訊いた。「なぜ？」

考えたくもなかった。「わたしの胸やあそこをあなたの顔の前に出したくない」いった。

彼が荒い息を吸った。「何日か前に自分は自意識過剰じゃないといっていたのに、きょうになって引きさがるのか？」彼はわたしをじっと見つめたままいった。「ひとりではやるけどぼくとはやらない？」

そういうふうにいわれると……。

「そうよ」わたしはいった。

「ぼくが理由なんだ？」

「そうよ、あなたが理由よ」友だちは嘘をつかないものだ。彼も非難はできないはず。わたしは完全に正直ではないけど、これも正直な気持ちだった。

彼は目をしばたたいた。「カメラマンは別々ではなく、ぼくたちふたりを撮りたがっている」

わたしは悪びれることなく肩をすくめた。「フォトショップもある。わたしたちの写真を合成していっしょのように見せられるでしょ」

彼はまた目をしばたたき、あごを左右に動かした。四十五キロ以上あるわたしを片手で頭上にもちあげられる大きな力強い手で、首のうしろをなでた。彼はまたあごを動かしている。呼吸はゆっくりになった。喉ぼとけが上下する。「やりたくないと思うようなことを、ぼくがなにかしたのか？」彼はゆっくりと訊いた。「きみはすぐにいい返す。友だちになるといったんじゃなかったのか」彼の目が、メーキャップアーティストが一時間もかけたメークをしたわたしの顔を見た。「いっしょに夕食をとっただろ」わたしが忘れるわけがない。彼はうちの家族といっしょにジェンガをやって、ラザーニャを食べて、ものすごく小さく切ったチョコレートケーキをのみこみ、ママの台所に三時間もいたことを。わたしは彼の三倍の大きさのケーキを食べたけど。

ペーパータオルも取ってくれた。本気でわたしが届かないと思ったのかもしれないし、そうではないかもしれない。わたしを送ってくれた。友だちになろうといった。でも考えてみれば、彼は友だちというものがよくわかっていないのだと思う。

優しくなりなさい。いい人間に。

「アイヴァン、わたしはあなたに毎日会わないといけないのよ。裸になりたくない理由として、それでじゅうぶんじゃない？」できるだけ攻撃的ではない声でいった。大人はそうするものだ。

なんなの。

彼が間髪《かんはつ》を入れずにいった。「ぼくはきみに裸を見られてもなんとも思わない」

オーケー。もっと直接的にいわなければいけないんだ。「わたしも世界じゅうの人に裸を見られてもなんとも思わないけど、あなたには見られたくないの、わかった？　それを尊重してくれない？」

「だがなぜ？」本気で困惑しているようだ。

いらだち、あるいは焦燥がこみあげてくる。彼が説明を要求するとは思っていなかった。「理由はいったでしょ」

「いや、いってない」

わたしは目をぱちぱちした。「いったわ」

「いや、いって、ない。きみの口からいってくれ。今週一週間で、きみがやりたくなくなるようなことを、ぼくがなにかしたのか？」

彼は納得しない。わたしはいやなやつになるまいと努力したのに。でも説明が欲しいというなら、説明してあげよう。「アイヴァン、わたしがおっぱいを見せたあとで、あなたに〝第二次性徴はまだか〟とからかわれたいと思う？　そんなこといわれたくない。まったく。少しも。わかった？　毎日顔を合わせるあなたにわたしの裸を見せて批判されるのがいやなの。わたしは自分に満足している。でもわたしに変えられないことをあなたに笑いものにされるのを聞きたくない。わたしの胸は小さい。それはふたりとも知ってることだけど。あなたがわたしの乳首を見て、大きすぎるとか、逆に小さすぎるとか思ったら、やっぱり笑いものにするでしょ。ストレッチマークを変だと笑ったり、わたしが重い原因はその太ももだといったりするんでしょ！」

「なんだって？」

わたしはふたたび肩をすくめ、胃がひっくり返るように感じながら、ささいな真実をつぎつぎと打ち明けた。「わたしは自分のからだが好きなの。それを嫌いにさせられたくない。わかってるけど……」首を振り、最後まではいわなかった。「わたしは自分という人間にも見た目にも不満はないし、シーズンが始まるまでにもっと痩せるつもり」

じょじょにそうなったのをわたしが気づかなかったのか、それとも一瞬にしてそうなったのかは不明だが、アイヴァンの顔が蒼白になった。次の瞬間、氷からおりて壁を回りこみ、わたしの前に立った彼は完全に打ちひしがれていた。まるでわたしにナイフで刺されたかのように。「ジャスミン」彼はゆっくりと、ほとんどささやくようにわたしの名前を呼んだ。ミートボールと呼ばないなんてめずらしい。「いいかげんにしてくれ」

わたしは彼を見た。「いいかげんにしない。あなたになにかいわれて気にするなんて、自分でもいやだけど。もうしつこくしないで。わたしはあなたと……友だちになろうと努力してるんだから」ジョークにしようとしたけど、うまくいかなかった。彼の表情をふくめてなにもかもまったく変わらなかった。

でもアイヴァンは驚いたように見えた。「ジャスミン」その声は低く、かすれていた。

「やらない」わたしはいった。「あなたがなにをいっても、なにをしても、わたしの気持ちは変わらない。だからもう氷の上に出て、自分の分をやってきて。そのあとでわたしもやるから。きっとだいじょうぶだと思うし、もしだいじょうぶじゃなかったら……それはあいにくだけど、べつに悪いとは思わない」真実のもう半分を告白したら、彼はきっとわかってくれる。間違いなく。

でもわたしはいわなかった。

でもアイヴァンは氷の上に出ていかなかった。ぴくりとも動かなかった。目をそらすこともなかった。ただわたしを見おろした。呼吸は規則正しくなり、ローブのVの襟ぐりからは胸筋のあいだのなめらかな肌が見えた。灰青色の目がわたしの顔の隅々まで見つめる。わたしはいやでたまらなかった。自分が彼のせいでやりたくないのだと、自分のBカップやお尻の形や大きさや、その他数えきれないことについてあとで彼にケチをつけられ、からかわれるのがいやだからやりたくないと認めたことも、いやでたまらなかった。わたしは完璧じゃない。ママやタリやルビーとはちがう。「ミートボール」彼はゆっくりといった。言葉を発するのに苦労している。その顔には見たこともないような表情が浮かんでいた。「ぼくがきみを笑いものにするのはちょっかいをかけているんだ」彼はいった。「わかってるだろ?」

わたしは目をそらしてうなずいた。目を天井に向けたかったけど、なんとかこらえた。「そうね、ちょっかいを出しているだけなんでしょ。わたしだって平気なときもあるけど、ときどき……」ああ、いいにくい、でもいってしまおう。「ときどきは、笑っちゃうときもある。でも裸であなたとこれはやりたくない。わたしたちは……近すぎるから」

アイヴァンが息を吐くのが、見えたというより聞こえた。彼はもう一歩わたしに近づいた。「ぼくがきみをばかにするのは、きみがうざいやつだからだ。それにすぐに反撃してくるのはきみしかいない。自分が美しいことは知ってるだろう」

わたしは冷笑して、今度は目を天井に向けた。だって、ふざけてる。ほんとに?これで彼が無理をしているのがよくわかった。「お世辞をいえばこれをやると思ってるなら、あなたはわたしのことをまったく知らないわね、ルーコフ」

「ルーコフじゃない。アイヴァンだ」彼のいい方が穏やかで、あまりにも優しかったので、わたしはばつが悪くなった。こんな彼はうれしくない。それに意外だった。

「きみはローブの下も完璧だよ」

わたしは鼻を鳴らした。まったく、彼は褒め殺しでわたしを説得しようとしている。勘弁してよ。

でも彼は続けた。「そのローブの下にあるもので、男を勃起《ぼっき》させせないものはなにもない。女も勃《た》つよ、きっと」

わたしは〝勃起〟という言葉を使った彼を横目で見て、気にしないことにした。嘘ばっかり。わたしにはわかる。彼もわかっている。リーコーチだって、聞いていたら嘘だとわかるはずだ。いったいだれと話していると思ってるの？　わたしは十年以上も前から彼のことを知ってて、ずっとつまらない悪口をいわれてきたのに？　腹がたってきた。「ちょっと黙ってくれる？　そういうの聞きたくないから、いい？」

彼の手が手首にふれたとき、わたしは奇跡的に手をひっこめなかった。「本気でいってるんだ」その口調があまりにも静かで、心がこもっているようで、わたしは居心地が悪くなった。こんなふうにだれかに話しかけられたことは一度もない。世界でいちばんいい人のジェイムズにも。「〝第二次性徴がまだ来ていない〟っていったのはただ、からかっていただけだ。頼むよ」彼はまだ、わたしがどう考えていいのかわからない声を使っている。「そんなに繊細だとは思わなかった」

わたしは目をぱちぱちさせた。「わたしはそんなに繊細じゃない」

「ジャスミン」彼はわたしの手首を痛くない程度に握りながらいった。黒髪のあたまと、メークをしているのかどうかわからないけど、完璧な顔をわたしに近づけて、訊いた。「いったいなにがあったんだ?」

「なにも」わたしはいい張った。

「嘘だ」彼はいった。「きみは自分の価値をちゃんとわかっているだろう。ここでぼくがそれを説明して、すでにでかいエゴをさらに膨らませることはしない。勘弁してくれ」そして大声でいった。「ぼくはいっしょにやりたいんだ、ひとりではなく。きみと、チームとして。ぼくたちがシーズンに入っていくのに最高のやり方だと思う」

「わたしは自分の価値をちゃんとわかっているし、大きなエゴをもっている。いいわよ。ねえ、自分の分をやってきてよ。そのあとでわたしもやるから。もうこの話はしたくない。口論する気分じゃないの」

肩に手を置かれて、わたしは意外にもびくっとした。そして彼が顔をさげ、その唇がわたしの唇のすぐ上にやってきたときは、身じろぎもできなかった。わたしたちは週に六日、七時間すごく近くにいる。たがいに身体的な境界はない。そんなものはありえないから。

でもこれは……。

どうしたらいいのか、わからなかった。だれかにこんなに近づかれるのは初めてだった。

「ほんとうの本気でいう」彼はこのうえなく力強く、決意に満ちた口調でいった。

おもわず見あげた。

彼はこれまで見せたこともないような、競技の前でもないような真剣な顔でわたしを見おろしていた。「もう二度と笑いものにしない」

わたしは顔をしかめた。

アイヴァンはわたしの手首を優しく振った。彼が握っているのはいつもブレスレットがある場所だ。はずしてロッカーに置いてきた。「服を着ていないきみをだれが笑いものにするって？　だれもきみのようなジャンプを跳ばせる脚と尻を見たことないよ、保証してもいい」

わたしは目をぱちぱちした。「どうしてわたしのお尻を見ているの？」

彼の唇の端がほんの少し吊りあがった。「なぜならそこにあるからだ。一日じゅうぼくの目の前に」

それはそうだ。わたしだってときどき彼のお尻を見ている。なぜならそこにあるから。「それなら、見ないで。友だちのお尻は見ないことになってるのよ」

彼があきれた顔で天井を見て、わたしはばつがわるくなった。「ジャスミン、そのからだ――ぼくがばかにすると思っている太ももも、尻も――これからぼくたちに優勝をもたらしてくれるんだよ。もう二度とからかわない。もう二度ときみを笑いものにしない。それにその尻が、これからぼくたちを優勝させるんだ。けっして笑いものにしない。きみのことも。いつものとおりにやればいい。氷の上に出たら、それは仕事だ。集中して、ふざけたりしない」

　わたしは息をとめて彼の顔を見つめた。「信じられない」

　一瞬の間があり、「先にぼくの裸を見る？」

　思わず吹きだしてしまった。そんなつもりはなかったのに。「見ないわよ！」

　アイヴァンはにやりと笑った。「ほんとに？　太ももにはフロリダ州のような形のあざがある。きみはなにか笑いものにするネタを見つけるかもしれないけど、その可能性は低いよ」

　わたしはまだ笑いながら、彼を見あげて首を振った。「まったく、うぬぼれてるんだから」

　彼は小さくほほえんだ。「真実だ。いくらじろじろ見てもいいし、なにかあったらいくらでも笑えばいい。だがぼくは毎日ジムでトレーニングしている。体脂肪率はたぶん……一年を通じて七パーセントくらいだ。鏡で自分を見ても恥じることはない」

　わたしはもっと笑った。アイヴァンはわたしがまったく知らない人間のようだ。

「ぼくのことを笑いものにしてもいいといったけど、正直いえばしないでほしい。人に痩せっぽちだといわれるのは心外だよ。それは事実じゃない」わたしは目をしばたたいた。

いったいだれが、この人を痩せっぽちだと思うんだろう？　〝痩せっぽち〟なところはどこにもない。何年か前に彼がトレーニングしているのを見たことがある。彼は自分の体重の二倍の重さでベンチプレスをしていた。水泳選手や短距離選手でもアイヴァンにはかなわない。

でもそんなこと本人にはいわないけど。

彼はまたわたしの手首を振った。「やろう、ミートボール。ふたりで。芸術的な尻でみんなを羨ましがらせるんだ」

友だちってこういうもの？　彼がわたしをからかいながら励まして？　わたしはい い返すけど顔はほほえんでいる？　もしそうなら……。

もしそうなら、やれるかもしれない。もしかしたら。

「大嫌い」わたしはため息をつき、彼を見あげた。わたしは素直じゃない。

そうしたらアイヴァンは、かなり強力なだめ押しをした。「それならポールのために。彼がそれを見て、きみとTSNのヌードの撮影をするチャンスがなかったことを後悔させてやるんだ」彼はまた手首をゆすった。「どんな撮影でも」

それで心が決まった。彼は意外なほどわたしのことをよくわかっている。

ろくでなし野郎のポール。

だれにもわたしの裸で一発ぬいてほしくない。でもあの野郎に思い知らせるチャンスだとしたら……その価値はある。完全に。

「それでこそぼくのミートボールだ」アイヴァンはささやくようにいい、わたしの手首から手を放して、そのまま手を握った。こういうことをこれまで千回もしてきたかのように。事実、してきたのだ。「やるだろう？　いっしょに。ぼくはきみを笑いものにしない。きみはぼくを多少は笑いものにしてもいい」

いま目の前に立っているのは、わたしのまったく知らない人だ。感じがよくて、おもしろくて、優しい。でもわたしは彼の手をぎゅっと握って、うなずいた。「ええ、いっしょにやる」これが正しいことだとわかっていた。後悔することもあるだろうけど、それは全部ではない。アイヴァンがもう第二次性徴ジョークをいわなくなるのなら、その価値はある。

「そうだと思った」彼は上機嫌にいうと、わたしの手をひっぱった。

次の瞬間、わたしたちは氷の上にいた。ローブ姿で、メークもして、準備できている。わたしたちが滑っていくと、リーコーチとカメラマンはすぐに話すのをやめた。コーチは細い眉を吊りあげて、ためらいがちに訊いた。「考え直したの？」

わたしはうなずいた。

「撮影は、あなたが安心だと思えなければしません」カメラマンは急いでいった。「わたしたちはあなたとあなたのからだに敬意しかありません。もし下着をつけたほうがよければ、角度を工夫して――」

わたしは首を振った。「だいじょうぶ」裸になりたくなかったのはアイヴァンのせいだというつもりはなかった。まして、どこかの惨めなくそったれのせいだとも。

「ほんとうに？」カメラマンは訊いた。

「ええ、ほんとうに」

彼女は肩をすくめた。「それなら、始めましょう、ふたりがよければ」

アイヴァンがわたしの手を握る手に力をこめた――さっきからずっと握ったままだ――そしてわたしにだけ聞こえる声でいった。「こんなに寒いとは思っていなかった。ぼくのからだの一部が自衛のために体内にもぐりこもうとしても、笑いものにしないでやってくれ……」

わたしは笑いをこらえながら、全身にこれでいいんだという感覚が広がるのを感じた。「ピーターを笑ったりしないわ。あなたがメアリとマギーを笑わないならね。ふたりは寒いから隠れてるんじゃない。ずっと前から隠れてるの」わたしは平然といった。

彼はうなずき、口の端をほんの少しあげた。「よし、やってしまおう」

握っていた手を放して、リンク中央に背景が設置され、撮影用アンブレラがたっている場所まで滑っていくあいだ、どちらもなにもいわなかった。リーコーチがわたしたちに近づいてきて、心配そうに訊いた。「いいの？」

アイヴァンはうなずき、わたしはいった。「いいです」

きっとすばらしい写真になるだろう。わたしのいい分を届けなければいけなかった人たちに、わたしのいい分を届けることになる。もうひとつの心配という危険をおかす価値がある。

わたしは慣れない深呼吸をして、カメラマンがカメラを構えるのを見守った。彼女がわたしたちにうなずきかけ、助手たちが所定の位置についた。「あなたたちがまずやりたいことから始めましょう。リフトか静止ポジションだと最高だけど」

うん。やっぱりアイヴァンに股を見せるのは避けられないみたい。でもわたしが定期的にワックス脱毛しているのには理由がある。

わたしたちはまったく新しいレベルでたがいを知ることになるのだ。だいじょうぶ、わたしにはできる。わたしは強く、賢く、なんでもできる。ママのいうとおりだ。

「ハンド・トゥ・ハンド・リフトでいい？」わたしのパートナー――アイヴァン――に訊きながら、ローブの紐の結び目に手をやる。

「いいよ」アイヴァンは気軽にうなずき、自分も結び目をほどこうと手をやった。

わたしに感じよくしようとしているのか、なにか企んでいるのか。わからない。でもカメラの前でおかしなことをするはずがない。あんなふうに励ましたあとではなおさらだ。

「準備ができたらいつでもどうぞ」カメラマンがいった。

照明がまぶしすぎるのはわたしの気のせい？　写真では少なくとも十ポンドは太って見える。でもこんなに明るかったら、二十ポンドくらい太って見えるかもしれない。まあいい。なんと思われても。知らない人たちに認めてもらわなくてもいいんだから。覚悟を決め、アイヴァンの前でローブをおさえたまま、訊いた。「準備はいい？」

彼は完全に集中していて、うなずいた。

パ――ティータイムだ。

ウエストの結び目をほどき、ありったけの自信と尊厳をかき集めて、だれのからだも完璧ではないと自分にいい聞かせた。アナトミー特集だからフォトショップはたぶんしてくれないと思うけど、どうでもいい。わたしの贅肉を指摘したい人にはさせておく。わたしはとびきりの美人三人に囲まれて育ち、ずっと前に自分はそのひとりではないことを受けいれている。

ローブをぬいだ。

だれもなにもいわなかったけど、わたしは乳首の上に白いテープを貼っていた。完全にトップレスなわたしの写真を掲載できるはずがないのだから、大したことではない。お尻と股間は気にしない。だれにでもあるものなのだから。

わたしにはできる。かならず。

視界の端で、アイヴァンがローブをぬいで手渡しているのが見えた。肌、もっと肌。そしてわたしのほうに手が差しだされた。

息をとめてアイヴァンのほうを向いたのは、たぶん初めてのことだった。目が合った瞬間、わたしは眉を吊りあげ、赤面しないように神に祈った。もしそうなったらひどく屈辱的だろう。

「くそっ」アイヴァンが小さくつぶやくのが聞こえ、その顔を見ると……彼は目をぎゅっとつぶっていた。

「なに?」

「なんでもない」彼が鋭くいい返した。

「なによ?」わたしは訊いた。なぜ彼は青ざめ、こちらを見ないのだろう。

「なんでもない」いつものアイヴァンのような、つまりいけすかないいい方だ。彼は首を振った。「早く片付けてしまおう」

「早く片付ける?」わたしは訊いた。「あんなに乗り気だったのに」

「ばかな考えだったと思いはじめているところだ。だから早く片付けてしまおう」彼はまだ目をつぶったままで、つぶやいた。

「なんなの」わたしは小声でいった。なぜわたしの顔も見ないのか、わけがわからない。自分にどこかおかしなところがあるような気がしてくる。

わたしは彼を見た。

そしてすぐに後悔しはじめた。

なぜならアイヴァンのからだは……。

わたしはアスリートとして――ほかの人がどう思うかにかかわらず――男性アスリートのさまざまなからだを評価できる。いままでも、ひとつひとつの形のいい小さな筋肉を定期的なワークアウトで維持しているような男性モデルのからだは、あまり好きではなかった。どんな体形でも、力強さが好きだった。ほんとうに。

でもアイヴァンの筋肉は、天才画家の作品のようだった。肩の三角筋はペンで描かれたようで、引き締まってこわばった二の腕と前腕の筋肉は力強かった。そしてしっかりした胸筋があり、平らな腹筋は八つに割れている。きめ細かい腰の筋肉、長く筋を描く太ももとふくらはぎの筋肉。

お尻が高く引き締まっているのは見る必要がなかった。

彼のペニスもちらっと見なかったといったら嘘になるけど、彼はわたしとおなじように、一部は隠すことにしたらしい。あそこは肌とおなじ色の靴下をはかされ、手入れした毛だけが見えた。

アイヴァンの全身を眺め、首を振りたくなるのをこらえた。彼は完璧な作品だ。掛け値なく。

でもそんなことを彼にいうくらいなら死んだほうがましだ。だからもう考えるのをやめないと。撮影を片付けるのだから。

「それならさっそくとりかかるわよ、あなたのたまが体内にもぐりこまないうちに」

わたしはいった。

アイヴァンはぱちっと目をあけて、しかめっ面でわたしをにらんだ。「手が滑らないといいけどな」

「わたしがバランスを崩してあなたの尻を蹴とばさないといいけど――」

「オーケー、もうおしまい！　始めてちょうだい」リーコーチが大きな声を出した。見なくても、首を振っているのがわかった。

わたしは裸で立ったまま、アイヴァンを見ていった。「さあ、ソックス。やってしまいましょう。もしかしたら表紙を飾れるかもしれない」そういいながら、嫌悪も不安も、まったく感じなかった。

11

その夜、うちに帰り、台所でママがわたしの席に料理を盛った皿を用意してわたしの帰りを待っていたとき、そこでなにか変だと気づくべきだった。何年も前から、ママはこんなふうに料理を皿に盛って出すことはなかった。もしかしたら、ルビーにはしてあげていたかもしれない。いつもママは大皿の料理を用意して、だれでも自分で好きなだけとるという形だ。〝わたしはあなたたちのメイドじゃないのよ、料理をつくってあげただけでありがたいと思いなさい〟といっている。

だからわたしは、なにか変だと気がつくべきだった。でも午前中の写真撮影で疲れきっていた。〝笑わないで〟、〝自然に〟、〝あと一分だけ、脚のその不自然な姿勢を維持して〟、〝少しそこに立ってて〟、〝腕をこういう感じに傾けて――そっちじゃなく――そのまま。アイヴァン、手をジャスミンのからだに置いて、二分間動かさないで〟

まったくもう！　彼の手は氷のように冷たかった。

アイヴァンはわたしにさわるたびに笑わなかった。わたしはあまりの冷たさに、息を吸いこまなければならなかった。彼はほんとうは笑いたかったんだと思う。

小さなテープを貼っただけのわたしの乳首は、氷の上で冷えて、いまでもまだ硬くなったままだ。あそこはもう二度と温まらないだろう。たぶんクリットは凍えて小さくなっている。アイヴァンの靴下につつまれたものを見たのは最初の一度だけだった。なぜなら氷上がものすごく寒かったからだ。そんな寒さのなかでどうなっているかで男性を判断するつもりはなかった。

それに、見るべきものはほかにあった。

その上にあるものすべてと、その下にあるものすべて。美しく鍛えられた筋肉、筋肉、また筋肉だ。撮影はそれほど難しくはなかった。彼の冷たい手でさわられるたびに、腹をパンチしてやりたくなったけど。

偶然、彼の脚のあいだに大きなたまが見えた。コスチュームを着るときにはどうしているんだろうと一瞬思った。

でもわたしには関係ないと思って、すぐに忘れた。

大事なのは、わたしたちが撮影をやりきったということだ。たがいを笑いものにして殺しあいをするということもなかった。ただ、時間がかかりすぎた。仕事を休みにしておいたからよかったけど。もっとも、これからたくさんの大会に出ることを考えれば、給料が減るのは痛かった。

午後の練習も順調だった。一度か二度、彼の上半身を見て、シャツなしの姿を思いだしたけど、すぐに考えるのをやめた。アイヴァンはなにも思わなかったにちがいない。午後の練習ちゅう、彼がわたしに直接話しかけることはなかった。朝はあんなに親切だったけど。

「おかえり、グランピー」台所に入っていったわたしにママがいった。

「ただいま」わたしはママのうしろに回り、ほおにキスした。「仕事はどうだった？」

ママはほっそりした肩をすくめ、シンクの水道の蛇口を締めて、左手でタオルを取った。「いつもどおりよ。料理が冷める前に食べなさい。車寄せにライトが入ってくるのを見て、レンジしておいたのよ」

「ありがとう」わたしはなにも気にせずに坐って、ベイクド・チキン、ジャスミン・ライス、スイートポテト、サラダをがつがつと食べはじめた。撮影と午後の練習のあいだの休憩時にランチを食べていたのに、もう百時間くらいたっているような空腹だった。アイヴァンとわたしはスローとサイド・バイ・サイド・スピンを三時間練習し、そのあとわたしは〈LC〉のジムで三時間ワークアウトした。ジムではトレッドミルで高強度インターバルトレーニングもおこなった。五分間弱のフリーで心拍数が百八十から二百にあがってもだいじょうぶにするためだ。

視界の端に、ママもアイランドキッチンの席についたのが見えた。ママとわたしは、うちにいるときはいつもいっしょにいるのが普通だ。だからそのときも、あまり深くは考えなかった。

でもそこでママが顔をあげ、お茶の入ったマグカップを口につけ、わたしの一日が台無しになった。

わたしは口をあんぐりとあけ、叫ぶようにいった。「その顔はどうしたの？」

ママは平然と目をぱちぱちさせた。

わたしは鼻に貼られたテープ、両目の周りの赤紫色のあざを見て、愕然《がくぜん》とした。それに唇も腫れている？

わたしがその顔をまじまじと観察して、いったいなにがあったのか、千ものシナリオを想像しているあいだ、ママはなにもいわなかった。「だれにやられたの？」と訊いたとき、わたしはそいつを殺してやる気でいた。

「落ち着きなさい」ママはこともなげにいった。そのひどい顔を見てわたしが取り乱す理由はなにもないかのように。

もちろんわたしは落ち着かなかった。「なにがあったの？」

ママはその青い目をわたしのほうに向けることなく、お茶を飲みながら、ひと言、ひと言、はっきりといった。「交通事故だったの。だいじょうぶだから」

交通事故に遭って、だいじょうぶだと。

わたしは目をしばたたいてママがなにごともないかのように電話を手に取り、画面でなにかを読みはじめるのを見ていた。いっぽうわたしは、そこに坐ったまま、いま聞いた言葉の意味を理解しようとしていた。交通事故は理解できる。理解できないのは、なぜママはわたしに電話して知らせなかったのかということだ。せめてメールでも。

「交通事故に遭ったの？」わたしは考えながら、ゆっくりといった。ママはこんなひどい顔になるほどの事故に遭った。そういうことだ。

いったい、どういうこと？

ママは依然としてわたしのほうを見ようとしない。「大したことなかったのよ。脳震盪を起こしたの。お医者さんがわたしの鼻を接骨してくれて。車はめちゃめちゃになったけど、相手運転手の保険で直せるはず。あっちがぶつかってきて、目撃者もいるから」ママはようやくわたしのほうを見た。目の周りがあざになっていても、五人も子供を産んだようにも、二十六歳の末っ子——わたしのことだ——がいるようにも見えない。唇を引き結び、高校生だったわたしが口答えしたときに見せたような、殺気をこめた顔でいった。「兄さんと姉さんたちにはいったらだめよ」

兄さんと姉さんたちに——

わたしはそばにあったペーパータオルを取って口を拭き、心拍と血圧が急上昇するのを感じた。そのときのわたしが、いくつかの小さな怪我をのぞいて健康そのものなのは奇跡だった。なぜならそれは、だれでもその場で心臓発作を起こして当然の事態だったからだ。相手のことを少しでも大切に思っている人間ならだれでも。そしてわたしは、ママのことをものすごく大切に思っていた。

ママはうめき声を出して、坐り直した。

「ママ」猛烈に腹をたてていたせいで、まるでわたしらしくない、甲高く上擦った声になった。まるでこれから癇癪《かんしゃく》を爆発させそうなティーンエージャーのようだ。

でもこれは癇癪じゃない。ママは大怪我をしたのに、わたしに知らせなかった。そしてほかのだれにも知らせるなといってる。

「ジャスミン、やめて」

「やめて?」わたしは腹をたてていった。練習直後よりもぴりぴりしていた。一分前には、早くシャワーを浴びて寝たいとだけ思っていた……練習のこともフィギュアスケートのことも将来のことも考えず……それがいま、キレる一歩手前だった。

なぜなら。なんなの、これは。

「やめてよ」ママはまたいって、お茶を飲んだ。交通事故と脳震盪と鼻の骨折と、兄姉にいってはいけないこと、そういうのすべてが、大騒ぎすることではないといわんばかりに。「わたしはだいじょうぶだから」わたしはそんなふざけた言葉には耳を貸さず、前のめりになって、ママをじっと見据えた。

「なぜわたしに知らせなかったの?」怒りで腹がよじれるように感じながら、十年前なら外出禁止にされたような口調で、ママには訊いた。いったいなぜ?

手が震えはじめる。

いままで手が震えたことなんて、一度もなかった。生まれてから一度も。信用していた人に裏切られたときでさえ。スケートで負けたあとでも。勝ったあとでも。ママはあきれたように目を天井に向けて、また電話に集中した。わたしの相手はしないといわんばかりに。そういうやり方はこれが初めてではない。「ジャスミン」ママは少し力をこめていった。「落ち着きなさい」

落ち着け。落ち着けっていうの?

わたしは口を開きかけたけど、ママの青い目に見とがめられた。「だい、じょうぶ、だから。どこかのまぬけが高速道路の出口で前方不注意をおかし、わたしの車に追突した。玉突きでわたしの車が前の車にぶつかった」ママは説明した。「大騒ぎする価値もないことよ。あなたが腹をたてる必要もない。わたしはだいじょうぶ。もし可能なら、とくにあなたにはいわないでおきたかった。ベンはもう知ってる。兄さんや姉さんまで心配させる必要はないのよ」ママは鼻を鳴らした。「わたしのことで大騒ぎしないの。もっとほかに集中すべきことがあるでしょ」

ママがわたしに大騒ぎしてほしくないのは、わたしにはもっとほかに集中すべきことがあるから。

わたしは両手を顔にあげて、指の腹でこめかみを押さえ、落ち着きなさい、と自分にいい聞かせた。ストレス軽減のために学んだリラクゼーション・テクニックを総動員した……けど、だめだった。まったく。

「わたしのことで気を散らしてほしくないの」ママがいった。

耳がガンガン鳴りはじめたような気がした。「救急車で病院に運ばれたの?」

ママは渋々認めた。「そうよ」

こめかみを指でぐっと押す。

「もう、手をおろして、お尻に食いこんだパンツを直しなさい」ママはジョークにしようとした。「だいじょうぶなんだから」

耳がガンガン鳴りはじめている。

わたしはいつもよりも低く、かすれた、まったくわたしらしくない声でいいながら、ママの顔を見ることができなかった。「電話してくれればよかったのに。もしわたしが事故に遭ったら――」

「あなたもわたしに電話しないでしょ」ママはいった。

「わたしは――」オーケー、たしかにそうかもしれない。でもだからといって、わたしの腹だちはおさまらなかった。ますます頭にきた。手がぶるぶる震えて、あまりにも腹だたしくて、叫びだしそうだった。「そういうことじゃないでしょ!」

ママはため息をついた。「きょうは大事な日だったでしょ。じゃまをしたくなかったのよ」

ママが、わたしの、じゃまをしたくなかった。

わたしは手をおろして、天井に顔を向けた。もしいまママを見たら、きっとすごい顔になってしまうから。

「軽い脳震盪と骨にひびが入っただけよ、グランピー。それに怒鳴るのはやめて」わたしの血圧はまったくさがらなかった。「今年があなたにとって大事な年なのは知ってる。それを生かしてほしい。わたしの心配なんてしなくていいのよ」

わたしはその最後の言葉を頭のなかで再生し、爆発しそうになった。吐き気が胃から喉までこみあげてくる。

わたしは大げさだとは思わない。なんといっても、わたしのママのことなんだから。何度転んでもそのたびに起きあがればいいと教えてくれた。わたしが知っているなかでもっとも強い女性。強くて、賢くて、美人で、タフで、誠実で、勤勉で……。

喉がひりひりする。何年も前に、病院で胸にしこりが見つかったといって、ママはわたしたちを震えあがらせた。さいわい、なんでもなかったけど。兄も姉も全員泣いていた。でもわたしは腹をたてた。そしておびえた。ママのために、そして身勝手だけど自分のために、恐怖した。ママがいなくなったらどうすればいいのか、と。

最悪なことに、わたしはその騒動のあいだじゅう、つんけんしていた。そんなふうに腹をたてて、どうにかすればそれを防げたかのようにママを責めたのは、自分が十代の子供だったから――ママはわたしの人生の錨《いかり》だったから――だと思っていた。でもいま……また腹をたてているけど、それはママにたいしてではなかった。

少しは腹をたてていたけど、それはわたしに知らせなかったから、わたしのじゃまをしたくないといったからだ。わたしはこぶしを握り締めた。もう少し爪が長かったら、血が出ていただろう。

「ベンが病院に来てくれた」ママはいった。「あなたにとってこのチャンスがどれほど大切なことか、わたしにはわかる。三か月前に事故に遭っていたら、きっとすぐに電話していたわ。でもジャスミン、いまはまた忙しくなったんだから。それに集中してほしいの」

集中してほしい？　三か月前なら電話したけど、いまはしないの？

わたしは天井を見あげてこぶしを開き、手の指を伸ばした。言葉が見つからなかった。〝あなたにとってこれがどれほど大切なことか、わたしにはわかる〟。

喉だけでなく胸も痛くなってきた。

ママのためならなんでもするのに、わかってないの？　わたしはママを愛しているし、尊敬しているし、世界でもっともすばらしい人間だと思っている。わたしが三歳のときにパパが出ていって、ひとりで五人の子供たちを育てたのはすごいと思っている。ベンの前に三回結婚して、別れのたびに傷つき、でも希望を捨てず、くたびれた女性にならなかったことも。

わたしのことを、自分は無敵だと思えるように育ててくれたことにも感謝している。それなのに、わたしにとってママよりも大事なことがあると思うなんて。

「心配しなくていいのよ」ママはなにげない調子でいった。「だいじょうぶ。もうすぐベンとハワイに行くけど、写真は撮らせないわ。そうしたらまた行く口実になるでしょ」

それでもわたしはぜんぜん気が楽にならなかった。

わたしのせいだ。全部わたしのせい。ママがこういうふうに考えたのは、わたしが何千回も、フィギュアスケートは自分を特別だと感じさせてくれる、わたしに目的を与えてくれる、自分にも得意なことがあったと思わせてくれる、フィギュアスケートはわたしに人生を与えて、わたしを幸せに、強くしてくれるといったからにちがいない。

でもほんとうは、そういうことの土台に、ママと家族全員が与えてくれたことがあった。そういうふうにスケートに打ちこめたのは、家族が、ママがいたからだ。ママはわかっていると思っていた。

それとも、わたしはほんとうに身勝手で、こういうことをわかったのはごく最近なのかもしれない。

胸がひどく痛み、喉が詰まって息ものめなくなりながら、心から愛している人の顔を見つめた。「ママ」それしかいえなかった。

そのときママの電話の呼び出し音が鳴った。わたしになにもいわず、電話に出た。

「ベイビーガール」ママがそういって、相手はルビーだとわかった。

話はそこで終わりだった。うちのママはそういうところははっきりしている。

それに、話を続けたら、最後はママの予想どおり、わたしがわめいて終わることになったかもしれない。

たったいまわたしに交通事故のことを知らせたかのようにママがなにごともなかったかのように、笑顔で姉と話しているのを見ながら、わたしの喉につまったものは倍に膨れあがった。つまり、ママは自分が娘にとってそこまで大切だとは思っていない。

わたしはそんなに冷血に見えるのだろうか？

右の目に涙によく似たものがこみあげてきて、指先で目頭を押さえたけれど、胸と喉の痛みがひどくてそれどころではなかった。

わたしはそこに坐ったまま、ママを見ながら、わたしのことをどんな人間だと思っているのだろうと考えていた。わたしのことを愛しているのは知っている。わたしが幸せになってほしいと思っていることも。わたしの長所も短所も知っている。

でも……。

わたしがそんな身勝手な人間だと思っているのだろうか？

食欲がなくなった。同時に疲れもふっとんだ。

「ああ、ルビー、そんなことしなくていいのに……」ママはいいながら席を立ち、わたしに笑いかけて、台所を出ていった。たぶん、居間に。

怒りが血管を駆けめぐる。わたしの前にはほとんど手をつけていない皿があり、隣からママの笑い声がかすかに聞こえる。ママはだいじょうぶ、それがいちばんのはずだった。

でも……。

ママはほんとうに、わたしにとってフィギュアスケートのほうが母親よりも大事だと思っているのだろうか。

わたしはスケートを愛している。もちろん。滑れなかったら息ができない。自分が何者かもわからなくなってしまう。これから自分がどんな人間になるのかも。

でもママがいなくなっても、息ができない。もしどちらかを選ぶことになったら、くらべるまでもない。決まっている。

わたしがひどい娘だからだ。ひどい人間だから。素直な気持ちを、ちゃんとママに伝えるべきだった。皮肉ばかりいわないで、愛してるというべきだった。ポールに捨てられたことに傷つき、ママや兄姉が不機嫌でつっけんどんなわたしを現実の世界に引きもどしてくれたことへの感謝が足りなかった。

みんなの望みは、わたしが幸せになることだった。わたしが勝ちたがったから、勝つことを望んでいた。いつでも。

それなのにわたしはみんなに、なにもしていない。どんなにがんばっても、みんなの誇りになる成績をあげられなかった。なにひとつ返せていない。失敗したり、考えすぎたり、こだわりが強くてあつかいづらかったり。全部わたしのせいだ。

全身が緊張して、息ができず、窒息しそうだった。

神さま。

このままここで平気なふりをすることはできなかった。夕食を食べてのんびりするつもりだったけど、もうそんなことしていられない。不可能だ。

わたしはなんてくそ野郎だったのだろう。

すべて自分のせいだ。もしわたしがもっといい人間で、もっと優れたアスリートだったら、こんなことにはならなかっただろう。でもこれだ。

椅子を引いて、まっすぐ玄関ドアに向かおうとしたけど、その前に残した食べ物にラップをかけて冷蔵庫にしまった。

それからキーをつかみ、そとに出た。口のなかに罪悪感とやけのような味がして落ち着かない……ひどい気分だった。

自分がどこに行くのかわからなかった。

自分がなにをしたいのかも。

でもなにかしないと、この……からだのなかのもやもやがどんどん膨れあがっていくばかりだ。

わたしの親友でもあるママに、わたしにはフィギュアスケートのほうが大事だと思わせてしまっていたなんて。

わたしの大事な人たちは、みんなそんなふうに思っているのだろうか？

フィギュアスケートはわたしを幸せにしてくれる。でも、わたしを大事に思い、最悪のときにもわたしを支え、心配し、愛してくれるママや兄姉がいなかったら、その価値はない。わたしがそう思ってもらえる人間でなければ。

運転しながら、喉と目がひりひりして、口のなかが乾いた。気がつくと、〈LC〉

の駐車場に車をとめていた。そこで初めて、自分がどこにいるのか気づいた。

もちろんここに来るだろう。

家族のほかにわたしにあるのはスケートだけなのだから。こんなこと、ルビーやタリヤジョジョやセブには話せない。話して慰められたり、だいじょうぶだといわれたら、ますます落ちこむ。

だいじょうぶじゃない。

わたしのためになされた犠牲を、価値あるものにしなければ。

そしてこれが、わたしの知っている唯一の方法だった。

すぐに車をおりて、正面玄関をくぐり、更衣室を目指した。バッグは家に置いてきてしまったけど、ロッカーには予備としてひとつ前のスケート靴を入れてある。好きな練習着も着ていなかったけど、どうしてもスケートをしなければならなかった。わたしがほかのことよりも優先させてきたこと……からだはぼろぼろになり、家族に〝自分たちは二の次だ〟と思わせてきたことだ。

更衣室にはほとんど人がいなかった。わたしより少し年下の女の子ふたりがおしゃべりしていたけど、無視して自分のロッカーのコンビネーションキーを打ちこみ、扉をあけた。靴をぬいで、いつも置いてある予備の靴下、そしてスケート靴を履いた。

一瞬、いつもブーツの上縁で肌が擦りむけないように巻いている包帯をつけなくて、あとで後悔するかもしれないと思ったけど、無視した。

エネルギーを発散させなければならなかった。頭をすっきりさせることが必要だった。なんとかしないと。なぜならなんとかできなかったら……どうなるのかわからない。たぶんいまより最悪の気分になるのだろう。それが可能なら。

ふだんこの時間には来ないわたしにとまどった目を向けてくる女の子たちに構わず、リンクに急いだ。さいわい、午後八時の氷上には五人しか人がいなかった。子供たちはすでに帰宅して眠っているだろうし、十代の子たちも、そろそろ帰るころだろう。

でもそんなことはどうでもよかった。

ブレードが氷にふれた瞬間、わたしは滑りだし、壁のすぐそば、ほんの数ミリメートルのところを滑りはじめた。どんどんスピードをあげる。このもやもやを吐きだす必要があった。速く、もっと速く。スケートがなぜそんなに大事なのか、思いだす必要があった。

いったい何周、スピードスケートのような速さで回ったのか、わからなかった。それにいったいいつ、ジャンプを始めたのかもわからなかった。ジャンプをするためのウォームアップもしていない。きょうはすでに厳しい練習をこなし、そのあとなにも食べていない。トリプルサルコウを跳んだ――このジャンプはエッジジャンプと呼ばれて、うしろ向きのままトウを突かずにインサイドエッジで踏みきり、反対の足のアウトサイドエッジで着氷する。トリプルループはよろけてしまい、ちゃんと着氷できるまで何度も何度もくり返した。疲れ果てているのにそれからトリプルルッツを跳ぼうとして、尻もちをついた。何度やっても転んで、頭のどこかではお尻が痛いとわかっていたのに、わたしは知らんふりをした。

なんとしても着氷する。

お尻がじんじんする。転倒のたびについていた手首も痛くなってきた。足首の上の肌が擦りむけている。

うまくいかなかった。何度も何度も転んだ。

転ぶたびに、ますます自分に腹がたってきた。

ちくしょう。なにもかもちくしょう。自分も。

ひどく転んで頭を氷にかすめ、ようやく横たわったまま目をつぶった。息を切らし、最悪の気分で、わたしのなかで怒りが燃え広がり、全身で感じた。こぶしをぎゅっと握りしめ、あごが痛くなるほど歯を食いしばった。

泣かない。泣かない。ぜったいに泣かない。

わたしは家族を愛してる。フィギュアスケートを愛してる。

それなのにどちらを愛するのもうまくできない。

「立てよ、ミートボール」

こんなに速く目をあけたことはなかった。

目をあけると、見慣れた顔が、黒い眉を吊りあげて、わたしを見おろしていた。まばたきすると、顔とわたしのあいだに手もあらわれて、指を小刻みに動かしていた。わたしがなにもいわず、動かないでいると、眉はますます吊りあがった。

ここでいったいなにをしているの？

「行こう」アイヴァンはいい、わたしがきょうもさんざん見た顔によくわからない表情を浮かべた。

わたしは立たなかった。

アイヴァンは目をしばたたいた。

わたしもおなじことをした。息をのむと、喉が燃えるようだった。

アイヴァンはため息をつき、ポケットのなかに手を入れて、ふたたび手を差し伸べた。親指と人差し指で、ハーシーズのキスチョコをはさんでいる。ふたたび眉を吊りあげ、チョコを持った指を小さく振った。どうして彼がチョコレートを持ち歩いているのか、わけがわからない。

でもわたしはそれを受けとった。そのあいだじゅう、彼と目を合わせたままで。手際よく包みをはがし、口のなかに放りこんだ。たった三秒で、甘さが喉の痛みをやわらげた。ほんの少しだけど、大ちがいだ。

「もう立つ気になった？」アイヴァンはわたしがチョコレートを口に入れて数秒後にまた訊いた。

わたしはチョコレートをほっぺたの内側に押しやり、首を振った。なんといっていいのかわからなかったし、舌を覆うちょっとしたうれしい慰めを短縮したくなかった。少なくともまだ。こめかみがずきずきする。

アイヴァンはわたしに目をぱちぱちと二回しばたたいた。

わたしはなにもいわなかった。チョコレートがまだ口のなかで融けていたから。

「病気になっても知らないぞ」一分ほどして、彼はまたいった。胸の前で腕組みをして、わたしを見ている。なにかを期待しているみたいに。

それでも、わたしはなにもいわなかった。チョコレートをなめ、そろそろひりひりしはじめた背中の冷えを無視しつづけた。

「ジャスミン、氷から起きろ」

わたしは唇をなめて彼を見た。

アイヴァンはため息をついて天を仰いだ。たぶん自分の名前の書かれた垂れ幕を見て、どうして自分の人生は、ここまで落ちてしまったのかと思っているのだろう。夜、こんなところでわたしといっしょにいるなんて。

ああもう。だれもがわたしのことを身勝手なくずだと思っているの？　彼も？

頭のずきずきがひどくなったとき、彼がため息をついた。

「三秒で起きあがるか、ぼくにリンクから引きずりだされるかだ」まだ天井に顔を向けたまま、彼はいった。たぶん目もつぶったままで。

わたしは目をしばたたいた。「やってみれば」

でも頭のどこかで、彼が引きずりだすといったら、ほんとに引きずりだす気だとわかっていた。

アイヴァンは灰青色の目を細めてわたしを見つめ、注意深い口調でいった。「わかった。引きずりだす」ほおにごくうっすらとひげの生えた古典的な顔の表情のなにかがわたしを不安にさせた。信用できない。以前のわたしたちの関係のように。「だからあと二秒で立つんだ」

〝さもなければ〟という言葉が宙吊りになっていた。

背中の冷えはどんどんひどくなり、背中とお尻が痛くなってきたし、正直にいえば、立ちたかった。もしひとりだったら、立ちあがっていた。更衣室に向かっていたかもしれない。

でもいまは、たとえ凍傷になっても、彼に立てといわれて立つ気はぜったいになかった。

アイヴァンはそれを察したらしく、氷河のような色の目がますます細くなった。

そして数をかぞえはじめた。

「二秒」なんの知らせもなくいった。

わたしは動かなかった。

「一秒」

やっぱり動かなかった。知るか。どうでもいい。

彼は深い深いため息をつき、首を振っていった。「最後のチャンスだ」

わたしは彼をにらんだ。

彼はにらみ返して、肩をすくめた。「自業自得だ。憶えておくんだな」

こいつわたしを氷から引きずりだすつもり？　いったい――

アイヴァンはからだをふたつに折って、わたしを見つめたまま、片腕をわたしの頭のほうに差しだし――わたしは横を向き、もし彼が髪をひっぱったら、咬《か》みついてやろうとした――手のひらを肩の下に差しいれた。もう一本の腕を膝の裏に入れ、目にも留まらぬ速さで、わたしを肩にかつぎあげた。この男が女性を持ちあげることで名声を確立してきたのを忘れていた。わたしはお尻をつきだし、頭と腕は彼の背中に吊られた。

こいつ。

いい人間になりなさい。いい人間に。彼のたまをパンチしてはだめ。少なくともいまはまだ。

「アイヴァン」わたしは落ち着いた声でいいながら、彼はわたしをつかまえるためにスケート靴を履いたのだと気づいた。彼は壁に向かって滑っていた。「アイヴァン、いますぐおろして。さもないと、顔に蹴りを入れて、悪いとも思わないわよ」

「ミートボール」彼もおなじように落ち着いた声でいった。「やってみろよ」くそ野郎はわたしの言葉をそのまま投げかけると同時に、腕でわたしのふくらはぎを押さえつけ、わたしが脅しを実行できないようにした。

「アイヴァン」わたしはふたたび落ち着いた声でいった。心のどこかで、自分が叫んだり彼に咬みつくような人間ならよかったのに、と思っていた。でもわたしは約束した。公の場所では行儀よくすると。だから変わらず落ち着いた声で続けた。「ひどいわよ、いますぐおろさなかったら」

　彼の返事は、小さな声で「ノー」だった。

「アイヴァン」

「ノー」彼は氷からおりて、なにかをつかみ、歩いた。どこへ向かっているのか、わたしには見えなかった。彼もスケートガードをつけていないのは見えた。

「いまはあなたとふざける気はないから」わたしは頭にきていった。

「ぼくもだ」彼もいった。「チャンスはやった。何度か。だがきみは聞く耳をもたず、楽なやり方を選ばなかった。自分が頑固なせいなのにぼくに怒るな」

わたしはこぶしを握り締め、もし届いたら彼のお尻に咬みついてやろうかと思った。彼の自業自得だ。

「いったいどうしたのか知らないが、ぼくはわざわざ車を運転してきたんだ。だから甘やかされたガキのようにふるまうのはやめろ」彼はわたしをかかえ直して、息をついた。「まったく、重いな」

「ファッキュー」わたしはむっとしていった。

「こっちこそファッキューだ」彼はすぐにいい返したが、怒っていたりいらだっているようには聞こえなかった。わたしは心配になった。

「おろして」

「ノー」

「顔を蹴るわよ」

「ぼくが出血したら、練習を休まなければならなくなる。それはしたくないだろう」

彼のいうとおりだ。

「シーズンが終わったら、叩きのめしてやるから」わたしは怒りをこめていった。一度背をそらしたのは、血が頭に集中して鼻が痛くなってきたからだ。

「どうぞ」彼はいった。

「わたしが目立ちたくないと思っていてよかったわね」うなるようにいった。

「そうだね」という彼の返事でますます頭にきた。アイヴァンは廊下を曲がった。

どこに向かってるの？

「そもそも、どうしてここにいるの？」わたしは訊いた。

アイヴァンはなにもいわなかった。廊下を歩きつづけ、わたしが来たこともないところでまた角を曲がった。

「アイヴァン」

無言。

彼に怪我をさせたいとは思わない……練習が遅れるから……脚をばたばたさせるのはだめだ。お尻に咬みつくのはあまりにも個人的すぎる。だからわたしは彼のお尻に手を伸ばし、そこで彼がはいているスウェットパンツは練習のときにはいていたのとはちがうと気づいた。そこで思いっきりお尻をつねった。

彼はまったく反応しなかった。

だからもう一度やってみた。

やはり無反応だった。

いったいどんなサイボーグなの？　もしわたしの兄がおなじことをされたら、まるで撃たれたように大騒ぎする。

彼は左に曲がってとまった。ドアの前に立ち、ドアノブの上の数字キーに打ちこんでいる。いったいここはどこなの？

「この部屋はなに？」わたしは訊いた。

彼は〝エンター〟のボタンを押して答えた。「ぼくの部屋だ」

ぼくの部屋？

アイヴァンはあいた手でドアノブをつかんで押しあけ、一歩なかに入って、照明のスイッチを押したようだ。なぜならその後すぐに部屋全体が明るくなったから。部屋は四十平方メートルほどあり、壁沿いに簡易キッチンがあり、中央にソファーと小さなコーヒーテーブルが置かれていた。吊りさげられているわたしからは見えない反対側になにがあるかは知らない。

「いつから自分の――痛い！　なにするの！」右のお尻に鋭い痛みを感じて叫んだ。

「つねったの？」わたしはじんじん痛む箇所に手を当てようとした。

「ぼくをつねったお返しだ」彼はまたつねり、わたしは怪我をさせたくないというのを忘れて脚を蹴りだした。「これは注意していないことへのお仕置きだ」彼はわたしを肩にかついだまま、そういった。

「注意していない？」わたしはお尻をなでながら大声でいった。あしたにはあざになるだろう。「まだ痛いのよ、アイヴァン」

「自分だってぼくをつねっただろう。ぼくはされたことしか返していない」彼のいうとおりだ。それでも。「きみがちゃんと注意していたら、ぼくは転ぶときに右の尻から落ちら落ちると知っているはずだ。きみは左の尻から落ちるだろ」

ああ。

また彼のいうとおりだった。たしかに何度も転んだせいで、わたしの左のお尻はほとんど感覚がなくなっていた。

彼がそれをわかっていて、わざと痛いほうをつねったのが気に食わない。

「おあいこだ」彼はそういって腰をおとし、背をかがめてわたしをお尻から落とした。まるでじゃがいもの袋をおろすかのように無造作に。

わたしは彼をにらみつけた。

彼が眉を吊りあげる。「ぼくが機嫌がよくてきみはついていた」そしてわたしの前に膝をつき、わたしの右足のスケート靴に手をやった。足をひっこめようとしたが、彼はわたしが二重結びにしている靴紐の結び目をほどきはじめた。

なにをしているのかと訊きたかったけど……わたしは痛むお尻でそこに坐り、彼が片方の靴の紐をほどいて靴をぬがせ、もう片方もおなじことをするのを見ていた。彼はなにもいわず、わたしもなにもいわなかった。そして彼は坐って、自分のスケート靴をぬいで、わたしの靴の隣に置いた。アイヴァンは立ちあがったときにわたしをちらっと見て、奥の壁の端から端まで占めているキッチンのほうに行った。

わたしは坐ったままでお尻をなでながら、いったいどういうことなのか怪訝に思い、膝立ちになって、いままで存在することも知らなかった部屋を見回した。この部屋はいつからあったの？　ほかの人も知っているの？

でもわたしが彼に訊いたのは、頭のなかで跳ねまわっているもっとも重要な問いだった。「ここでなにをしているの？」

彼は造り付けの戸棚に組みこまれた小型冷蔵庫のようなもののなかに手を入れ、なにかを探していた。「きみの様子を見にきた」

えっ？

アイヴァンはわたしのほうを見て、手にアーモンドミルクのカートンを持って立ちあがり、冷蔵庫の扉を蹴ってしめた。「ガリーナがリーに電話して、リーがぼくに電話した」彼はまるでわたしの心を読んだかのように、説明した。

ガリーナ？　いったいどこにいたの？　なぜ彼女がリーに電話を？　いくつもの疑問がわいてきたが、わたしは話に集中した。

「来る必要なかったのに」いってしまってから、自分がとんでもなくいやなやつに聞こえると気づいて思わず顔をしかめ、後悔した。ほんの少しだけ。

わたしのパートナーはなにもいわず、戸棚をあけて次々とものを出している。

わたしは片手で鼻梁をつまんだ。もう片方の手は彼がつねったところをなでていた。

「どうしてガリーナが電話したのかわからない。なにも問題なかったのに」

彼は声をあげて笑った。

「なに？」

わたしに背を向けたままで、彼はいった。「〝なにも問題なかった〟か。いいよ、ジャスミン、自分にそういってれば」

わたしは背筋を伸ばし、自分にいい聞かせた。いい人間になるのよ。「だいじょうぶだったのに」

もしかしたら、だいじょうぶではなかったかも。

アイヴァンは首を振り、棚から取りだしたものでなにかしていた。「何時間もワークアウトしたあとでまた練習しに戻ってきて、なにかに憑かれたようにジャンプの練習をして何度も転んでは起きあがり、だいじょうぶだった？」彼がいい返した。

「そうよ」嘘をついた。

彼が鼻を鳴らす。「きみはぼくの知り合いのなかで最高にへたな嘘つきだ」

「いったいなんの話かわからないわ」わたしは立ちあがろうとした。

アイヴァンはため息をつき、なにかの扉をあけしめすると、電子音がした。

「わたしはだいじょうぶよ」わたしはお尻をなでながらそういって、目の端で部屋を見回した。

彼はふり向いてカウンターに寄りかかり、いらだっているように眉を吊りあげた。心からいらだたしく思っている。「なにがあったんだ」彼は訊いた。

わたしは目をそらした。右手の壁沿いには服をかけるラックがあり、なんとなく見たことのあるコスチュームがいくつもかかっていた。

「ジャスミン」

わたしはその声のいらだちに気づかないふりをして、淡い灰色で塗られた部屋の観察を続けた。部屋はきちんと整理整頓《せいとん》されて清潔だった。意外でもなかった。アイヴァンはなにごとにも几帳面《きちょうめん》だ。服、髪型、技術、車。片付いていて当然だ。なにもいわなかった。わたしはきれい好きではないし、時間に正確でもない。

「ジャスミン、なにがあったのか話してくれ」

わたしは彼のコスチュームに注目し、リンクに来たときにガリーナやリーコーチがいるかどうか確認しなかった自分を叱った。駐車場の車もよく見なかった。初心者のミスだ。

「なんでもいい。この生活がどんなものか、ぼくが知っているのはわかってるだろう」彼はわたしが予想もしていなかったことをいった。その言葉はわたしの心の奥に届いた。

そのとおりだった。ほかのだれよりも、彼は知っている。わたしよりもよく知っているだろう。より長くやっているのだから。

でも彼は自分のやりたいことをやって、それを続けてきた。

わたしはそうできなかった。

〈LC〉の各所に飾られた垂れ幕に彼の名前があり、わたしのがないのには理由がある。

電子レンジが鳴り、わたしは打ちのめされた気分で……悲しかった。あまりにも悲しくて息ができないほどに。彼は片方の腰をカウンターにつけて立ち、片手でカップを持ち、もう片方の手でスプーンを持ってカップの中身をかきまぜていた。じっとわたしを見ていた。なにかを待っているかのように。

わたしはなんでもいい争うと思われているのが悲しかった。

いい人間になるのよ。何事も遅すぎるということはない。

わたしは一瞬唇を引き結び、自分の怒り、悲しみ、失望を抑制しようとした。そしてなんとか、弱々しい、奇妙な声でいった。「あなたが自分の部屋をもってるなんて知らなかった」息をのんだ。「いいわね」

自分が思っているように嘘っぽく聞こえただろうか？

彼の顔はまるで変わらなかった。その口調も。「ここにはだれも入れてない」

「へえ」わたしの声は力なかった。

彼はわたしを見つめたまま、かき回した。「ここはぼくの静かな場所だ」

わたしは驚いて彼を見た。

「以前は会議室と備品のクロゼットだったが、数年前に改装した。ファンが施設に侵入してぼくがシャワーを浴びている更衣室に入りこんだときに」

ええ？

「ぼくの写真を撮ったんだ。ジョージナは」――総支配人だ――「警察を呼ばなければならなかった」肩をすくめたあとも、彼はわたしを見ていた。「時間の問題だった。そのころ、疲れすぎて家に帰れず、ここに泊まることもあった」彼はまたわたしを驚かせた。「もういまはしていない」

それはどうして。

アイヴァンはなにもいわず、マグとスプーンを持ったまま、わたしのほうにやってきた。わたしもなにもいわなかった。

彼がわたしの目の前に、パーソナルスペースを気にする人なら近すぎると思うほどそばに立ったときも、わたしはなにもいわなかった。

彼はため息もしかめっ面もなく、わたしにマグを差しだした。普段のわたしなら毒が入っているのかと訊くところだけど、そういう気分ではなかった。いまは。

それで自分が、ほんとうにどうかしているのだと気づいた。

マグのなかには茶色の液体が入っていて、わたしはにおいをかいだ。そしてアイヴァンの顔をちらっと見た。

彼は眉を吊りあげ、さらに差しだした。「袋入りのやつだよ」彼は小さな声で説明した。「マシュマロはない、もし入れるほうが好みでも」

彼が……。

嘘でしょ。

「アーモンドココナッツミルクでつくった。乳製品は太るだろう」彼はマグをわたしの前に差しだしたまま、説明を続けた。

わたしにココアをつくってくれた。

アイヴァンがわたしにココアを。彼はマシュマロはないといったけど、わたしにとってマシュマロ入りのココアは特別な日の贅沢だ。

どうして彼はわたしがココアを好きだと知っているのか——それに袋入りのココアをもっていたのか——わからなかった。

兄姉をのぞけばわたしにとって最大の友人かつ敵であるアイヴァン・ルーコフが、ココアをつくってくれた。

ふいに、理由はわからないけど、自分が地球最悪の役立たずに思えた。それが駱駝《らくだ》の背を砕く最後の麦藁《むぎわら》だった。

目の奥がつんとして、喉がからからになった。

彼はリーコーチにいわれてやってきた。

ハーシーズのキスチョコをくれた。

彼の部屋に連れてきた。

ココアをつくってくれた。

わたしは両手でマグをつつみ、彼から受けとって、マグと彼を交互に見つめた。彼が手をおろし、わたしはマグを口にもっていって、ひと口飲んだ。ますます目がひりひりしてくる。牛乳でつくったものほど甘くはなかったけど、それでもすごくおいしかった。

彼はそこに立ったまま、わたしを見ていた。

わたしは……恥ずかしかった。彼のこの小さな親切を受けとって、自分が恥ずかしくなった。立場が逆だったら、わたしはこんな親切なことはしなかったかもしれないと思ったら、ますます最悪の気分におちいった。喉が締めつけられ、まるで大きなグレープフルーツをのみこんだような感じだった。

「なにがあった？」彼は忍耐強い口調で訊いた。

わたしは目をそらし、また彼を見て、唇を引き結んだ。あなたは役立たずよ、ジャスミン。頭のどこかで声がして、ますます目がひりひりする。

彼にいいたくなかった。ほんとうに。なにも教えたくなかった。

あなたはくそ野郎ね、その声がいった。身勝手なくそ野郎。

わたしはからだの向きを変えてココアを飲んだ。温かい飲みものが喉の緊張をほぐしてくれる。わたしはかすれた声でいった。「いままで、うしろめたく思ったことはある？　これを優先させることについて」――彼は〝これ〟がなんだか知っている。すべてだ。

アイヴァンは考えているような声を出し、答えた。「ときどき」

ときどき。一度もないよりもいい。

きみはフィギュアスケート以外、だれも、なにも大事じゃないんだ。わたしの元パートナーは、わたしを捨てる一週間前にそういっていた。その前の夜、全米選手権の一週間前に風邪を引いたかもしれないとメールしてきた彼に、わたしがひどい態度をとったから。きみはほんとうに冷たいともいわれた。

でもわたしは冷たいんじゃない。ただ勝ちたいだけだ。そのためならなんでもすると、ずっと自分にいい聞かせている。二流の選手にはなりたくない。わたしは具合が悪くても、ぐっとこらえて練習に来る。それがいけないことなの？

自分の人生を捧げ、それで一番になりたいと思うものを愛することの、なにがそんなにいけないの？　練習なしでうまくなる人なんてだれもいない。まだ十代だったわたしに本気で腹をたてたガリーナにいわれたことがある。〝生まれつきの才能だけではそこそこにしかなれないのよ、ヨージック〟。彼女は間違っていなかった。

わたしは愚かな選択をしてしまった。なにもかもを真っ黒に塗るような、ほんとうに愚かな選択だ。

「きみは？」アイヴァンが、なにもいわないわたしに訊いた。

まずい。

わたしは温かいココアを飲んで、味わい、嘘をつこうと用意した……。でもいやになった。だからほんとうのことを答えた。「思わなかった。ずっと。でもいまは……」いまは思う。

一瞬の間。そして、「一シーズン休んで、ほかのことをやり始めたから？」

一シーズン休む。それは体裁のいいいい方だ。

「それがきっかけだったと思う」わたしはいった。「たぶんそれで、以前よりものごとをよく理解できるようになった。自分がどれほど機会を失ってきたかも」

「たとえば？」彼は優しく訊いた。わたしは思わず笑った。

「なにもかも。高校も。プロムも」恋愛も。「わたしが姉の大学の卒業式に行ったのは、ママに強制されたからだった。その日が練習の日で、わたしは練習を休みたくなかったからよ。それで大騒ぎした」くそ野郎のふるまいだ。「自分がどんなに取り憑かれていたか、忘れていた」

彼がそっと息を吐いた。「きみだけじゃない。みんなこのスポーツに取り憑かれている」アイヴァンがいった。「ぼくは人生すべてを諦めた」

わたしは肩をすくめて息をのみ、彼のほうを向かなかった。彼のいうとおりだ。考えてみればわかったことだが、真実をのみこむのが楽になるわけではなかった。

わたしは取り憑かれていた。十年以上、家族をないがしろにしてきた。フィギュアスケートほど大事なものも、大事な人もなかった……少なくとも外側では。わたしはフィギュアスケートを失いそうになるまで、家族をそこにいて当たり前の存在とみなしていた。優勝するチャンス以外に大事なものなんてなかった。世間に認められて、家族に誇らしいと思ってもらえる、すべての努力を価値あるものにするチャンスだ。

でもおもに、わたしがやってきたことはすべて、自分のためだった。少なくとも最初はそうだった。自分のため、スケートが感じさせてくれる自分のためだ。優れていて、タフで、力強い自分。才能がある、特別な自分。わたしがもたないもの、不得意なものすべてを補って余りあった。

十代後半になるまでは。その後はどんどんうまくいかなくなり、わたしは自分の最大の敵になった。自分のもっとも批判的なジャッジに。自分を妨害した唯一の人間に。

わたしは手首のブレスレットを回して、指の腹を刻まれた文字に押しつけた。

「ホームスクーリングでほかの人たちのように学校に行けないのを後悔したこともある」アイヴァンがほとんどおずおずという感じでいった。「ほかの子供たちと遊べるのは、夏に祖父を訪ねたときだけだった。長いあいだ友だちはパートナーしかいなかった。だがそのころでも、それは本物の友情ではなかった。プロムについて知っていることはすべてテレビから学んだ。昔はリアリティショウを観て、どうやって人と会話するのか研究したよ」

なにかが目の奥を刺激して、わたしは人差し指の先でそれを払おうとした。指が濡れていたけど、わたしはおびえたり怒ったりしなかった。自分が弱虫だとも感じなかった。

みじめだった。

最悪の気分だった。

「だれでも、ジャスミン、成功する運動選手はだれでも、多くのものを諦めている。より多くのものを諦めなくてはならない人間もいる。それを理解してうしろめたく思った人間はきみが初めてではないし、最後でもない」彼は冷静な落ち着いた声でいった。「なにかを犠牲にして時間をつくらないかぎり、上達するものなんてなにもない」

わたしは中指も目にあてて、やはり濡れているのを感じた。口を開きかけたけど、喉が詰まっていたからまた閉じた。アイヴァンの前で泣いたりしない。ぜったいに。もう一度口を開いて、いった。「わたし――」声がうわずっている。わたしは唇と目を閉じて、もう一度話しだした。「成功した人はそうよ、アイヴァン。成功すればそれは価値あるものになる。でもそうでなければ、ちがうわ」

そしてわたしがそうでないことは、どちらもわかっていた。だれでも知っている。わたしはまったく成功していない。

目の端に水分がもっとこみあげてきて、拭うのにはすべての指を使わないといけなかった。

なにもかも無駄だった。一年前、ポールが離れていったとき、わたしは自分にそういい聞かせた。心が引き裂かれるようだった。

そしてまたおなじことが起きている。

なにもかも無駄だった。そしてわたしはもう、犠牲にしてきたすべてのものを正当化することができない。

思わず鼻をすすり、恥ずかしくなった。でも、どうしてもとめられなかった。脳がいくらやめなさいと命じても。わたしはこんな弱くない。もっと強いはず。

この部屋から出ていきたかった。もうこんな話はしたくなかった。でももし出ていったら、アイヴァンから逃げだしたように映るだろう。映るではなく、実際に逃げるのだ。わたしは逃げるような人間じゃない。けっして。

見えないように目をそらすのは逃げることとはちがうかもしれないけど、けっきょくはおなじことだ。

それにわたしはパパとはちがう。

「わたしは一度も優勝したことがない」わたしはいった。自分の声が弱々しく響いているのは自覚していた。でもどうすればいいの？　隠す？　そのプライドはいったいなに？　自分の母が事故に遭って病院に運ばれたのに、わたしのじゃまをしたくないと感じさせてしまうこと？　あなたは役立たずよ、ジャスミン。わたしにはプライドにしがみつく理由なんてなにもない。なにひとつ。それにアイヴァンだって、知らないわけがない。わたしが負け犬だということを。ほんとうはわたしが、どれほど最低な負け犬かということを。わたしと一年間しかペアを組まないのは、きっとそれが理由にちがいない。わたしとずっといっしょにいたいはずがないでしょ？　生まれつきの才能だけではそこそこにしかなれない。わたしはその典型だ。期待はずれの選手、期待はずれの娘、期待はずれの妹、期待はずれの友だちの典型。

心が痛い。あまりにも痛くて、口から出てくる言葉をとめられなかった。割れてぎざぎざにとがったガラス片のような。「なんのためだったの？　二位のため？　六位のため？」わたしは首を振った。苦いものがこみあげてきてなにもかも、なにもかもを覆いつくした。わたしのプライド、才能、愛情、なにもかも。「そんなものにはなんの価値もないと感じる」わたしには価値がなかった、そういうこと？

しばらくなにも返事がなかった。でも大きな手がふたつ、わたしの肩をつつみこんだ。

わたしの人生は全部無駄だった。果たされなかった夢も約束も、すべて無駄だった。肩に置かれた手に力がこもり、わたしはその手をはずそうとしたけど、できなかった。もっと強く肩をつつみこまれた。

「やめろ」アイヴァンの命令は荒々しく響いた。同時に、わたしは彼のからだの熱と大きさを背中で感じた。

「わたしは負け犬なのよ、アイヴァン」吐き捨てるようにいって一歩前に出ようとしたけど、置かれた手のせいで少しも動けなかった。「負け犬。人生のあまりにも多くのものとわたしを愛してくれる家族との時間を諦めたのに、なんにもならなかった」

わたしは失敗した。なにもかも。なにひとつうまくできなかった。

胸が痛い。もしわたしが大げさな人間だったら、真っぷたつに割れそうだというだろう。

「ジャスミン――」彼は口を開いたけど、わたしは首を振り、その手を振り払おうとした。

喉が焼けるようだ。目も。そして……わたしは特大のくそ野郎だ。負け犬。

そしてそれはすべて、自分のせいだった。

自分でも理解できない理由で話しつづけたわたしの声は、とても自分のものには聞こえなかった。「わたしは家族に、彼らがわたしにとって大事ではないと思わせてしまった。なんのために？」わたしのなかに怒りと、なんに分類していいのかよくわからない感情がこみあげてきて、声がしわがれた。「いたずらによ！　わたしは二十六歳よ。大学にも行かなかった。銀行預金は二百ドルしかない。いまだに実家暮らしをしている。ウエイトレス以外に仕事にできそうな技能もない。全米選手権も、世界選手権も、オリンピックも優勝していない。ママはこんな無駄のために破産しそうになった。家族は何千ドルもかけて観戦に来てくれたのに、わたしは二位、三位、四位、六位にしかなれなかった。わたしにはなにもない。わたしは何者でもない――」

わたしは死ぬのだろうか？

心が張り裂けるというのはこういう感じなのだろうか。もしそうなら、いままで一度もだれかを愛したことがなくてよかった。だってこんなにつらい。ああ。

口のなかが乾き喉がひりひりするけど、奇跡的に、わたしは泣きわめいてはいなかった。でもそうしたかった。心のなかではそうしていた。ぼろぼろになって。役立たずの、価値のない、つまらないもののように感じて。

世界じゅうの才能をもてるのに、なにもしようとしない。何年も前にパパがわたしにいった言葉だ。フルタイムでフィギュアスケートに打ちこむのではなく、大学に行くようにと説得しようとしていた。

あまりにも胸が痛むので、目をぎゅっとつぶって、息をとめた。もし呼吸しようとしても、できるかどうかわからなかった。小さく鼻をすった音が、かろうじて聞こえた。

「こっちにおいで」耳元でそっとささやく声がして、肩を抱く手に力がこもった。

「ノー」といったわたしの言葉は、かすれていた。

「ハグさせてくれ」彼の声がもっと近くで聞こえて、からだも近くに感じた。

わたしのなかで恥ずかしさが燃えあがり、前に出ようとしたけど、肩に置かれた手にしっかりとつかまえられて動けなかった。

「さあ」彼はわたしを無視して、いった。

わたしは目をぎゅっとつぶって、考えずにいった。「わたしはハグなんて欲しくないのよ、アイヴァン。わかった?」

なぜ? なぜわたしは自分にこんなことをしてしまうのだろう? なぜほかの人にもしてしまうの? 彼はただ親切にしようとしているだけなのに――

「それはあいにくだ」アイヴァンはいって、肩に置いた手を滑るように鎖骨の下に移動させて、わたしの前で腕を交差させ、うしろに引き寄せた。よろけたわたしの背中が彼の胸にあたった。

そして彼はわたしをハグした。あまりにぎゅっとハグされて息ができなかった。それに自己嫌悪になった。自分が偽善者なことに。もっと愛想よくできないことに。いつも最悪を予想することに。いやなところがあまりにたくさんありすぎて、全部数えたら生きていけないと思う。

わたしに回された腕に力がこもり、わたしの背骨が彼のからだにぴったりつつみこまれた。

「きみは最高のスケート選手だ」アイヴァンが耳元に口を寄せてささやいている。「ほんとうに。もっとも運動神経がいい。もっとも強く、タフで、勤勉で――」

そんなこと聞きたくなかった。わたしは前かがみになって彼から離れようとしたけど、無理だった。「そんなのなんの意味もないって知ってるでしょ、アイヴァン。勝たないと意味がないのよ」

「ジャスミン――」

わたしはうつむき、目をぎゅっとつぶった。ますます目がひりひりしている。「あなたはわかってない。わかるはずないでしょ？　負けたことがないんだから。だれでもあなたが最高だとわかっている。だれでもあなたを愛してる」わたしはしわがれ声で吐きだすようにいった。〝だれもそんなふうにわたしを愛さないし、愛してくれた人たちをわたしは失望させてしまった〟という言葉はいえなかった。

ほおに熱いものを感じると同時に、巻きついた腕がわたしをつつみこんだ。アイヴァンはわたしの耳に唇をつけてささやいた。「きみは勝つ。ぼくたちは勝つ──」

わたしは息が詰まった。

「──それにもし勝たなくても、きみは負け犬なんかじゃないから、そんなことをいうのはやめろ。きみのお母さんは無駄だなんて思っていない。きみの試合を観戦しているところを見たことがある。前に。氷の上に立つきみを見て、限界があると思う人間はだれもいない」彼はいった。

わたしは目を閉じ、喉をこみあげてくる嗚咽《おえつ》をこらえ、死にそうだと感じていた。

「アイヴァン……」

「〝アイヴァン〟じゃない。ぼくたちは勝つんだ」彼がわたしの耳にささやきかける。「きみが負け犬だなんていうたわ言も、やめろ。ぼくだって勝つばかりじゃない。だれもそんな人間はいないよ。負けるのは楽しくないが、そんなことをいうのはものごとを途中で諦める人間だけだ。そういう人間は諦めて、予想を現実にしてしまう。諦めたら、そこで負け犬になる。きみは諦めるのか？　ここまでやってきて？　骨折や転倒を乗り越えてきて、いまになってやめるのか?」

わたしはなにもいわなかった。

「諦めるのか、ミートボール?」彼はわたしを揺すっていった。

またなにもいわなかった。

「金メダルを獲ってすぐにやめる女子選手は、そのあとで負けるのをおそれているんだ。だれも二位のことなんて憶えてないときみはいうけど、一度勝っただけでやめてしまった選手のことも、だれも憶えていないよ。ぼくが知っている女子選手、ぼくが知っているジャスミンは、そんなくだらないことをおそれない。彼女は諦めない。人々がずっと憶えているのは彼女のことだ。何度も何度も競技に出る。勝ってもまた次も勝とうとする。ぼくが知っているのはそういう子だ。ぼくがパートナーになったのは。ぼくが最高のスケーターだと思っている子だ――あとでもう一度いってと頼んでもだめだからな。一度しかいわない。きみがしたことはなんでも価値がある。わかったか?」

わかったか?

「放して」しわがれ声でいった。「お願い」わたしが〝お願い〟というなんて。いったいどうなってるの。

彼は放さなかった。もちろんそうだろう。「わかったか?」

わたしはうなずき、口を開かなかった。からだのなかが燃えあがり、融けてしまいそうだ。

アイヴァンのため息が耳元で聞こえた。彼はあらためてぎゅっとハグした。ハグなんてされたくなかったのに、いまはここから出たくない。「ジャスミン、きみは負け犬じゃない」彼のあごがわたしの耳にあたってちくちくした。「何年前も、先週も、きょうも、明日も、ありえない。勝つことがすべてじゃないんだよ」

わたしは本気で鼻を鳴らした。彼がそういうのは、そう思うのは簡単だ。

アイヴァンはわたしがなにを考えているのか察して、いった。「ぼくの人生の最悪の時期のいくつかは、大きな勝利の直後だった。きみの家族はきみを愛している。みんなきみに幸せになってほしいと思っている」

「わかってる」わたしはささやいた。弱々しい声がいやでたまらないけど、しかたなかった。

みじめだった。ポールに去られたときよりも。

「きみとぼくでみんなに報いるんだ。わかったか？」

喉から嗚咽が洩れそうになったけど、なんとか押しこめた。このチャンスを台無しにするリスクをおかさないように、深いところに埋めてしまった。なぜならもうたくさんだったから。もう限界を超えていた。

わたしはみじめだった。

「きみの家で夕食をよばれたとき、きみのお母さんは、〝事故に見せかけることも可能よ〟といった」わたしはぎょっとした。「ぼくが帰るとき、きみの兄さんの夫に、きみは本物の妹のようなものだから、ぼくが自分の妹に向けるのとおなじ敬意をもってきみを扱ってほしいといわれた。それに姉さんは、自分の夫は十年以上軍にいたとほのめかした。脅しだったんだと思う。

それにきみの兄さんも姉さんも、きみは死体を埋める穴を掘ったことがあるといっていた」アイヴァンは、優しい声でまとめた。「みんな誇らしく思っているんだ。ほんとうだよ、ジャスミン」

わたしは目をしばたたいた。そしてもう少ししばたたいた。なにか温かいものが……わたしのなかを焼け焦がしたものにとって代わろうとしている。たくさんではないけど、胸の重しを軽くして、もしかしたら、またいつか、息ができるときが来るのではないかと思わせるにはじゅうぶんだった。もしかしたら一年後。二年後かもしれない。でもそれがわたしの家族だから。

アイヴァンの次の言葉は、わたしをゆっくりすり減らしていた感情をまたいくらかとり除いてくれた。

「みんなわかっているよ、ジャスミン」彼はいった。「みんなあんなにきみのことを愛しているのに、どうして自分はなにもしていないと思えるんだ？　みんなきみをすごいと思っている。きみがどんなに夕フか、どんなに打たれ強いか、自慢しているんだ。きみが通りすぎるたびに、すごくうれしそうになる女の子たちもいるよ。毎日リンクにあらわれ、自分にまっすぐに、だれにも――ぼくにも――自分を枉《ま》げさせない。そういうきみが、あの女の子たちの人生に影響を与えているんだ。きみがどんなのを負け犬だと思っているのかは知らないが、ぼくの考えでは、そういう人間にその言葉はあてはまらない」

わたしは頭をさげ、唇を嚙んだ。なにも言葉が見つからず、わたしの頭ではなにもかも一度に処理できなかった。

そして彼はとどめを刺した。

「きみとぼくでやるんだ、ミートボール。きみが望むならふたりで勝つ。わかったか？」

12

「今日はここまで」スロージャンプで着氷した場所から一メートルほど離れたところで、リーコーチがいった。

鼻から息を吸い、口から吐き出して呼吸を整えようとしながら、わたしはうなずいた。たっぷり練習したせいで汗びっしょり、両手に書いた「右」と「左」の文字も消えかかっている。もう時間だ。疲れていたし、アイヴァンもだろう。最後のスローで渾身《こんしん》の力をふりしぼっていたのが感じとれた。

ゆうべよく眠れなかったのも災いしていた。朝のダイナーの仕事も忙しくて、休憩をとる暇もなかったし。ゆうべは家でもそとでもがんばりすぎ。わたしのからだはいつものように丁重に扱ってもらえなかったことに腹をたてていた。

自分の選択――したいこととすべきこと――を考えずにいられなかったし、それに……自分に正直になるなら、思いがけないアイヴァンの優しさについても、考えずにはいられなかった。わたしが落ち着きを取り戻し、ゆっくりと着氷するまでたっぷり十分間は、わたしを抱いていてくれたのだ。

わたしが動転している理由を尋ねたりはしなかった。なだめたりもしなかった。ココアを飲むまでそっとしておいてくれて、飲み終わるとカップをとりあげ、洗って流しの脇に置いておいた。そのあとだれもいない更衣室まで付き添い、わたしが荷物をまとめるのを待って……。

それから家までついてきてくれた。

わたしたちはほとんど口をきかなかった。

翌日わたしが恥ずかしがるだろうとアイヴァンが思っているんなら、そうじゃないと知ってさぞ驚くだろう。

彼がわたしを見るたび、その懸念が顔にあらわれていた。あのクリスタルのように澄んだブルーの目は、ふたりが向き合って滑るたびにわたしの顔の上をさまよった。

ほんの千分の一秒だけ目が合ったとき、わたしは目をそらしそうになった。

でもしなかった。あえてしなかったのだ。

だって、そんなことをしたら、あんなふうに泣きそうになっているところを見られて恥じていることを打ち明けるも同然だもの。そんなのまっぴら。フィギュアスケートをやっていて学んだ最高の教訓は、転んだらすぐ立ちあがって何ごともなかったようにふるまうことだった。ことを大きくするのもしないのも自分しだい。立ちあがって笑顔を見せ、顔をしゃんとあげていれば、尊厳は保てる。

そして、わたしはこの手でなんとか尊厳を取り戻そうと懸命だった。

せめて残っている分だけでも。

わたしたちは友だちどうしだ。そして友だちはお互いみっともないところを見せることもある。少なくともわたしはそう思っている。

「リラックスして、少し休みなさい、ジャスミン」リーコーチはわたしの方へ滑ってくると、気づかわし気な表情でじっと見つめてきた。

ゆうべガリーナが彼女に電話したというのを忘れていた。やっとのことでうなずく。

ほかにどうしろと?

「またあしたね」そういい終えるとわたしの肩に指先で触れ、すぐに去っていった。

腰に手を当てたまま、わたしは息を整えながらリンクを見回し、グループレッスンが始まるまで氷を独り占めしようと粘っている連中が、ほかに六人いることをたしかめた。すぐに、ガリーナが、いつもふたりきりのときに坐っていた場所で、リンクの壁の上に腕を組み、あごをのせているのが目に留まった。目は、数メートル先で流れるような腕の動きを練習しているティーンエージャーたちに注がれている。

「きみんとこのディナーに誘われてるっけ?」アイヴァンの問いかけが背後から聞こえた。

わたしはまばたきし、肩越しにふり返った。練習を始めたときは深緑色のフリースのプルオーバーを着ていたが、一時間ほどまえにぬいで、いまはぴったりした黒のスウェットパンツと明るいグレーの長袖シャツという格好だ。胸から腹筋にかけて黒っぽいしみがついている。わたしはよく眠れなかったが、彼の方は目の下にクマひとつないのを見ると、おなじ悩みはなかったらしい。いつもどおり晴れやかでさっぱりした顔だ。

幸せなやつ。

鼻から息を吸い、私は口をぎゅっと閉じて、もう少しで肩をすくめそうになるのをこらえ、うなずいてみせた。そのくらいしてやらなきゃ。それだけのことはしてくれたんだから。「ほかに予定がないんなら」愛想よく穏やかな声を出すよう気をつけた。

アイヴァンはうなずいた。「あまり遅くまでじゃなければ」

遅い時間にどんな予定が？

「じゃあきみの家までついていくよ」まったくいつもと変わらない調子……皮肉は抜きで。「いかれた運転をしないでもらえれば、ありがたいな」

また始まった。

「制限速度は守ってる」

あの濃い黒いまつげがひらひらする。「二十キロオーバーで？」

しかめっ面をしてやった。「切符を切られたことはないもの」

「ふうん」

わたしは天を仰ぎ、彼をにらみつけないように何とかこらえた。「玄関で待ってるわ、おぼっちゃま」

唇の端がぴくっとした……が何もいわずにあごを引き締める。

そして目をぱちくりさせてみせた。

わたしもすぐさまお返ししてやった。

また唇がぴくっ。

「やなやつ」こらえる間もなく口に出してしまった。

「きみの方こそ」そう返し、彼はうしろ向きに滑っていった。「十分後に」

わたしは鼻にしわを寄せ、アイヴァンに続いて壁の切れ目から氷を降りた。目の端で生徒の家族たちが入ってきてスタンドへ向かうのをとらえながら、スケートガードをつけ、アイヴァンがそれを見つめているのを感じた。

でもいい合いはせずリンクを出て更衣室へと向かう。玄関に着くのが後になるのはいやだったから。アイヴァンを待たせるよりも待つ方がいい。出る前にママにメールして、彼が来ることを知らせたほうがいいかも。

アイヴァン専用の部屋へ続くひとつ目の角を、わたしはまっすぐ行った。更衣室のすぐそとにふたり、ティーンエージャーの女の子が立っている。いつもわたしに愛想よくしてくれる子たちだ。いまもやっぱり、わたしがドアのそばまで行くと、はにかみながらにっこりした。

「ハイ、ジャスミン」ひとりがいい、もうひとりも甲高い声でいった。「ハイ」

ゆうべのアイヴァンの言葉を思いだし、ふたりの前を過ぎるときにちょっと笑ってみせた。「ハイ」ドアを押し開けようと手をかけ……そして間をおいてからいった。「練習、がんばって」

「ありがとう!」活発な方の子が叫ぶようにいうのを聞きながら、更衣室に入った。

土曜の夜はいつもだが、更衣室は十三歳から十八歳までの女の子たちでいっぱいだ。話し声が大きすぎてこっちは耳が痛くなる。自分のロッカーへ向かいながら、顔だけで名前は知らない女の子たちを横目で眺め、背を向けた。さっさとロッカーをあけてスケート靴をぬぎ、かばんを取りだして靴をケースに入れてからスマホを取りだし、つま先をぐるぐるやって痛む足首を回しながら、スマホのロックをはずした。

ママの名前を履歴から見つけて、できるだけ急いで、スペルミスに注意しながらメッセージを打った。

「ルーコフを夕食に連れてく」そう送ってからだれもいないベンチの隣にスマホをほうる。

靴下をぬいでテーピングを外していると、スマホが震えたので手に取った。画面には「オッケー。(^_-)」だけ。

ウインクマークは無視しよう。スマホを閉じてから、かがんでフリップフロップを探してかばんをガサゴソしていると、シャットアウトしていた女の子たちの声が不意に聞こえてきた。「……手足が大きいと」

「なんでそれがほんとだってわかるの？　手足が大きくたってもっこりしてない男もいるじゃない」

いったいこの子たちったら、なんでタマの話？

「たとえば？」

「えーと……」話しながら声をひそめたが、それでわたしに聞こえないとでも思っているんだろうか。ばかな子。「アイヴァン・ルーコフ。コスチュームの下になにもないみたいに見える。いってることわかる？」

なんだってアイヴァンの名前を？　それにホルモン全開のこの子たち、アイヴァンの股間を見つめていたっていうの？　彼、わたしの前で九九・九九パーセント裸でいることもあったけど、ほんのちらっと見えただけでもちゃんとガードしてるってわかったわよ。

それにもっこりしていないことにはなんの意味もない。男の人はたいてい、テーピングで押さえつけている。前にポールに訊いてみたことがあるけど、彼は真っ赤になって口ごもりながら笑い、質問をはぐらかした。衣服の下にペニスがあるってわたしが知らないとでもいうように。ばかがもうひとり。

「あの人、手も足も大きいじゃない」ほかの子がやはりひそひそ声を出そうとしたが、こっちの方がもっとへたくそだ。

「だけど、だれもあれ見たことないでしょ?」ちびの子がそういってくすくす笑った。

わたしはベンチの上でできる限りすばやく向き直り、できる限り言葉を選んだ。

「もうやめなさい。男の人たちがあなたたちの……その、持ちものについて陰でなにかいっていたらどう思う?」

たちまち全員がぴたりと話をやめ、真っ赤になった。そんなに赤くなれるのはルビーくらいだと思っていたのに。

ひとりずつじっくり見てやった後で首を振り、また前を向いた。みんなしんとしちゃってるけど、陰口を叩かれたってかまやしない。だって、そんなことしたらどうなる? アイヴァンの股間のことを話してたってばれるだけじゃない?

フリップフロップをつっかけて、もう一度足首をぐるぐるして足の甲を伸ばしたあと、鍵と財布をぱっと取って立ちあがり、かがんでダッフルバッグの持ち手をつかんだ。部屋の向こう側で、まるで大事な子犬を蹴とばされたとでもいうようにこっちを見ている女の子たちが視界に入ったが、気にも留めなかった。ロッカーに鍵をかけてドアの方へ歩いていき、必要以上に力をこめてぐいっとひっぱった。

まったく、ティーンエージャーときたら。自分があのくらいの歳のとき、だれかの股間の話なんてしたっけ？　十七くらいだったらありかも。でも十四くらいでしょ？　ありえない。

「——でぶがみっともないよ。そのレオタード姿」

今度はこれだ。

子供ってやつは。

ドアの向こうにいたのは十三歳か十四歳くらいの子たちだった。うちふたりは、何週間か前にわたしにひどい口をきいてきたいけすかない子たちだ。

そして、その前にいるのは、いつも挨拶してくれるふたり。ほんの五分くらい前にわたしに笑いかけてきたかわいいおちゃめな子たちが、いまは壁に背を向けて、どんよりした目に涙をため、いけすかないふたりを見つめている。

こんちくしょう。

どうしてわたしばっかりこんな目に？

わたしは通り過ぎようとした。もう少しで。意地悪な連中にはうんざりだったし、かかわって面倒に巻きこまれるのはごめんだった。

でも……。

わたしのお気に入りのうち、活発な方の子は目に涙を浮かべているし、いけすかない連中の口からはみっともないでぶって言葉も飛びだしていたし、そんなの見過ごせない。

だから立ちどまって感じのいいふたりの方と目を合わせ、眉を上げてみせた。「だいじょうぶ?」

活発な方がまばたきして涙らしきものを振りはらったのを見て、わたしの中になじみのない感情が湧き起こった。目を細めて意地悪な子たちを眺めると、ふたりはわたしが更衣室にいるのも知らずにいじめを始めてしまったおかげで、のっぴきならない羽目に陥ってしまったと後悔している様子だ。

いい子ちゃんたちのどちらもだいじょうぶとはいわず、わたしは、ますます強くなる背筋の感覚の正体がわかった。この子たちを守りたい。わたしはいじめが嫌い。我慢ならないのだ。

「いじめられてるの?」ゆっくり、おだやかに、いい子ちゃんたちをじっと見つめながら訊いた。

「何もしてないわ」いけすかない子がいい返す。

わたしはひとにらみしていった。「あんたに聞いてない」そして、目に涙をためてる子をふり返ってもう一度訊いた。「いじめられてるの？」

一瞬間があって、ふたりともこっくりした。背筋の感覚は強くなるばかり。

ほおの内側を嚙んでから訊ねた。「だいじょうぶ？」

小さくうなずく様子に胸が痛む。

だが、その気持ちのおかげでかろうじて、とっておきのこわい顔をいじめっ子たちに向ける前に、ゆっくり、落ち着いて、と自分にいい聞かせることができた。一度ならずジョジョに、ホラー映画のようだといわれたほほえみをほおに貼りつけて。「いい？　今度またこの子たちを――ほかの子もだけど――いじめてるのを見つけたら、ここでレッスンを受けるって決めたことを後悔させてやるからね。わかった？」

どちらからも何の反応もない。背筋の疼きがまた激しくなる。もっと高尚な人なら、ここでためになる言葉でもかけてやるんだろうが、あいにくわたしはそういう人間じゃない。

感じのいい方の子たちに注意を向けた。「またいじめられたらわたしにいうのよ、いい？　何とかしてあげるから。明日でも、一か月先でも、一年先でも構わない。遠慮しないで。わたしがここにいる間は、あなたたちの面倒はみるから。だれだって、あんな言葉を浴びせられることはない」

わたしは知っていた。いやというほど経験してきたから。わたしへの反応は、ふたつのぽかんとした顔だったが、驚いたせいなのかなんなのか、ふたりが急いで、激しくうなずくまでわからなかった。

だいじょうぶよというしるしにふたりにほほえみかけた。守ってやれた。みんながひどいやつってわけじゃない。でもいやな人間に会うと、ついそのことを忘れてしまう。よく知っているはずなのに。

でもすぐいじめっ子たちの方を向いたときは笑顔を引っこめて、にらみつけてやった。「で、あんたたちだけど、今度こんなまねしてるのを見たら、わたしがどつきを食らわして――」

「ジャスミン！」聞きなれた男の声が近くで聞こえた。いや、それほど近くじゃない。目をあげると案の定アイヴァンが、廊下の向こうで、片手を壁について立っている。遠目ではっきりわからなかったが、体形と背の高さはまさしく彼だ。それにあの声、あれはどこにいても聞き分けられる。

「行こう、腹ペコだよ」なぜわざわざそんなこと？　でもすぐわかった。

わたしの言葉が聞こえたんだ。だから、このいじめっ子たちをわたしが罵るのをとめようと大声で呼んだんだ。罵るのはたしかに得策じゃなかったかも。でもまあ、なんだっていい。それだけのことをしたんだから。

「意地悪はなしよ」いじめっ子たちに指を突きつけてから、いい子たちに念押しした。

「いじめられたらいって」

ふたりがうなずくのを見て、いじめっ子たちをにらんでからアイヴァンの方へ歩いていった。まだそこに立ったままわたしを待ち受けていたが、肩を震わせているのが数メートル先からわかった。近づいた瞬間、笑っているんだとわかった。白く輝くそろった歯並びを見せながら、彼は訊いた。「今日はいたいけな子供たちをいじめる日?」

わたしはやれやれといった表情で彼の前に立ち、顔を見あげた。「あれは悪党よ。いたいけな子供なんかじゃない」

例の目がわたしをとらえ、なおもにやにやしながら彼はいった。「ぼくが知りたいのは……」

わたしは目をぱちくりさせた。なに?

「〝どつき〟ってのがなんで、それはおいしいのかってこと」

笑うつもりじゃなかったし、ぜったい笑いたくなかった。

でもだめ、こらえられない。

わたしは大きくほおを緩め、頭に浮かんだ唯一の言葉を口にした。「あなたってばかね」

§

一時間後、わたしはママと住んでいる家の階段を降りながら、濡れた髪が着替えたばかりのタンクドレスを湿らせないようねじった。毎日髪を洗うのは嫌いだ——髪の方でも、ぱさぱさ具合からすると嫌いらしい——けど、一日二回の練習でかく汗の量は半端じゃなく、二十四時間も洗わずにいればベタベタになってしまうだろう。最近では、コンディショナーを二週間で使い切っていた。

階段を降りきると、台所で話し声がした。三十分前に家に着いたとき、ドライブウェイにはジョナサンとアーロンの車がとまっていた。姉と兄が何をしに来たのか尋ねなかったが、何日か前にふらっと夕食に立ち寄ったふたりに会ったばかりだ。

ママのあざの横と腫れあがった鼻にキスするかしないかのうちに、ジョジョが大げさな口調でジャス、なんでママの事故のこと、おれたちに電話しなかったんだよといってよこした。もう少しでママの意に背いて、いわないでと頼まれたからよ、といい返すところだった……けど、告げ口はよくない。だから、ゆうべはものすごく疲れてて、兄さんのことまで気が回らなかったのといった。狙いどおり納得してもらえたので、五分後にはシャワーを浴びに上へ行ったのだが、そのときアイヴァンが、ゆうべ何があったのか、母さんの顔がどうしたのか、いろいろ考えあわせてあれこれ想像しているみたいな視線を向けてきたのがわかった。

でも……気にならなかった。

リビングを抜けて台所の方へ足を向けると、声ははっきり大きくなった。姉さんとママが笑っている……それに、アイヴァンのくすくす笑う声も混じっているような気がする。廊下での女の子たちとの一件を思いだしてつい笑ってしまったが、すぐに笑みを消した。

「……テーピングですっかり留めちゃうってこと？」ジョジョの問いが耳に入った。

ああ、また。

「ジョナサン」彼の夫がたしなめた。「聞いてなんになる？」

「いや、ただ知りたくて。今週号の例の雑誌のこと調べててさ。写真にはたまの影も形も見えないんだけど、撮った角度からするとそれはありえないんだよ。袋がどれだけぴったりか知らないけど、たまがまったく見えないなんて、物理的に不可能なんだ。いってることとわかるかな？」

解剖学についてのあの写真の話だ。もちろん、口火を切ったのはジョジョだろう。

「その雑誌、買った方がいいわね。そんな写真が載って――」ママがいおうとしたとたん、ルビーとジョジョが泣き叫ぶような声で「やめて！」「聞きたくない！」といった。

「神経質ね、ふたりとも」ママはつぶやいたが、それ以上は続けなかった。「わたしには目がある。あなたたちにもある。人間の肉体はすばらしいものよ、そうじゃない、アイヴァン？」

アイヴァンは一瞬のためらいもなく答えた。「そのとおりです」

「グランピーはきれいだったでしょ」

今度は答える前に少し間が空いた。「グランピーって？　ジャスミンのことですか？」

「そうよ」

一瞬、みんなが黙りこんだが、すぐにジョジョが口を出した。「ちっちゃいころ、ジャスミンは白雪姫が嫌いでね」

「なぜ？」

ママが代わって答えた。「それはね、えっと……なんて呼んでたかしら、白雪姫のこと？　男を利用するぐうたら娘、だっけ？」

ジョジョが爆笑したので私も思わず笑ってしまった。「あれを観るたびに怒ってたよね。憶えてる？　テレビの前に坐って悪口いってたの。大嫌いなくせに、くり返し何度も観てた」

ルビーも笑った。「歩き回りながら、白雪姫はそれほど美人じゃない、もし美人でももう少ししっかりしてなきゃねって。自分でも何いってるかわかってなかったんでしょうけど。でもママ、あの子はママがいったことを憶えてたのね」

今度はママが笑いだした。「それであの子をグランピーって呼ぶことにしたの。こびとの中で一人だけ頭がいいっていってたから。だって自分が怒るのは当然だと、ちゃんとわかってるんだもんって。一日じゅう炭鉱で働いたあげく、なにもしようとしないお嬢さんの世話をさせられるんだから、ですって」ママの笑い声が高くなった。「まったくあの子ったら。あんなふうになったのはあんたたちのせいよ。みんなの影響を受けたの。アイヴァン、みんなが悪いのよ」

また少し沈黙がおり、「あの子はわたしのアイドルよ」とルビーの声がした。その後に低い笑い声が聞こえたが、これはアーロンにちがいない。

「私の大事な娘」ママもいった。

鼻がつんとして、目の奥がちょっとチクチクしはじめた。

ううん、「ちょっと」じゃないか。

しばらく目をぱちぱちしてみんなの笑い声を聞いているうちに気持ちが落ち着き、優しく温かい感情が胸にこみあげてきた。少しずつ、ゆっくりと。おかげで気分が……よくなった。ゆうべ、アイヴァンに親切にされた後よりずっとよくなった。

何度か深呼吸とまばたきをくり返し、いつもの状態に戻るまで待ってから、わたしは台所へ入っていった。ママの夫のベン以外は全員アイランドのまわりに集まっている。ベンはといえば、なにかを忙しそうにかき回しているが、それがコンロにかけた絶品のチリの鍋だってこと、わたしは知っていた。アイヴァンと姉さんの間にひとつ、アーロンとジョナサンの間にもうひとつ空席がある。

アイヴァンの隣に坐った。

そして、なぜそんなことをしたのか深く考えるつもりはないけど、近くにある太ももに片手をこっそり滑らせ、ぎゅっとつかんだ。つねったんじゃない。強くもなく弱くもなく、ちょうどいい感じ。友だち同士でよくするように。

「ジャス」ルビーが口を開いた。「前に子供たちを見てくれるっていったこと、憶えてる？　あの言葉、いまも有効？」

「忘れてないよ」

「ほんとに？　だって――」

姉さんとあの子たちのためならそれくらいの時間はつくれる。「だいじょうぶ」

「おれたちが見てもいいよ」ジョジョが甲高い声で割りこんできた。

わたしはジョジョを一瞥した。「だめ。ベビーシッターしたかったらほかの甥と姪を探すのね」

ジョジョは天井を仰ぎ、スクワートをふり返った。「おれはいつでもあの子たちを見てやるよ、ルビー。なにもそこの『ローズマリーの赤ちゃん』を乗り移らせなくたってさ」

「ねえ、本気でこのシュレックの出来そこないみたいなのに、ベニーのお昼寝の付き添いをさせたいの？」

「おれの身長は並みだよ」ジョジョは不満げだ。

「そうでしょうとも、こわがり屋さん」わたしはいい返し、今度は心からの笑みを見せた。「いずれにせよ、外見がシュレックみたいだってことは否定しないんだ。ということは……」

ジョジョが額を掻くまねをする。中指を立てて。

「ふたりとも、やめなさい」とうとうため息まじりにママがいった。

「あんたはシュレックになんて、ぜんっぜん似てないわよ、ジョジョ」ルビーも横からいう。「どっちかっていうと、ドンキーね」

ジョジョはちらっとルビーをにらみ、その目をわたしに向けていった。「もとはといえばおまえのせいだ」

「ママでしょ」

兄さんはわたしの隣にいるアイヴァンをまっすぐ見て、また中指を額にあて――もちろんわたしへのメッセージだ——こういった。「アイヴァン、もし今度こいつのリフトに失敗して落とすようなことがあっても、おれたちみんな、きみを責めたりしないよ。ほんとだ」

太ももの片側がわたしの膝に触れ、すぐにわたしがよく知っている手のひらも触れてきた。「よく覚えておくよ。世界選手権後のエキシビションあたりかも」わたしのパートナーの提案がこれだ。

まったく、腹もたたなかった。

13

「いっしょに来なくてもいいのよ」アイヴァンの車を降りながら、心のどこかで、その日ずっと気になっていた妙な喉のひりつきを意識していた。水のボトルを車に置いてきてしまい、練習中に取りにいけなかったせいだと思う。

アイヴァンはむっとし、神に誓ってもいいがあきれた顔をしてみせた。「行くっていっただろ」

「わかってる、なによえらそうに。気が変わったならいって。あとは姉さんか義兄《にい》さんが送ってくれるから、帰りたければ気にしないで」姉の家の前の敷石に立ち、運転席からおりてこっちへ回ってくる彼を待ちながらそういってみた。

アイヴァンは肩をすくめ、黒髪の頭を振った。「気は変わってない。ほんの……どれくらいっていった？　三時間？」

「四時間」わたしは訂正した。

こっちに近づきながらしばし考えているようだったが、なんらかの結論に達したふうに首を振った。「きみに四時間耐えたことを思えば、子供ふたりくらい、大したことじゃない」

大したことじゃないなんて、さては、これまで子守をしたことがないわね。でもそれはいわないでおこう。幼児と赤ん坊にどう対処するか、見ものだから。「わかった。言っとくけど、忠告はしたからね」

アイヴァンは左右対称の完璧な顔をしかめ、玄関の前で立ちどまった。「もっと信用してくれよ。たかが子守だ。ロケット工学じゃあるまいし」

肘で彼をつつき、すぐにドアをノックした。

彼もすぐさま肘でやり返してきた。

なぜこんなことになっちゃったの？

始まりはわたしのポンコツ車だ。またもや。おじに電話したけど出ないし、レッカー車を呼ぶ余裕なんかない。飛行機代とホテル代のために節約しなくちゃならないし、食費、保険料、実家に住む家賃代わりに負担している電気代、毎月なんやかんやで出ていく出費もある。だれに電話して拾ってもらおうか考えている最中に、上品な黒い車から、耳をつんざくようなブ――――ッというクラクションが鳴り響き、ぎょっとして飛びあがった。たっぷり十秒くらいは鳴り渡っていたと思う。クラクションが鳴りやむと、運転席の窓がおり、ガラスの上からよく知った顔がこっちをじっと見た。

「また車のトラブルか?」運転席に座ったアイヴァンの目はサングラスに隠れて見えない。

わたしはため息をついてうなずいた。

「新しいのがいるな」

彼をにらんでやった。「そうね。さっそく買いにいくわ」

しかめっ面で返される。「乗れよ」

「うちに帰るんじゃないのよ」

黒いサングラスがまともにわたしの方を向き、あごがぴくっとした。「へえ? お熱いデートか?」

「ちがうわよ、あほらしい。今夜は子守」

彼の表情がたちまち変わったが、深く考えなかった。

「姉さんのところで」そうつけ加えて、一週間前に目の前で姉さんと交わしたやり取りを思いださせた。

アイヴァンはサングラスを指先でちょっとあげた。「じゃあ乗って」

「ママの家より遠いのよ」

「どれくらい?」彼はゆっくり聞いた。

だいたいの場所を告げると、彼は難しい顔になった。

「子守は何時間？」

「四時間くらい」声にはとまどいがにじんでいたにちがいない。だって、なんで子守の時間を気にするの？

　すると、彼は思案気な顔でいった。「わかった。一秒待って」スマホを手に取ったんだろう。自分の膝のあたりを見つめながらこういったから。「もう一秒」

　だれにメール？　なんて打ってるの？

　と思う間もなく彼は目をあげていった。「オーケー。四時間程度のことなら、そこまで送っていって、そのあとで家まで送るよ」

　待って。そのあとって？

「また迎えにきてくれるってこと？」聞きながら眉を寄せていた。

　彼は口をゆがめたが、その顔を見るとわたしはいつもかっとなる。わたしを間抜け扱いするときの表情だから。「いや。ぼくの家からは町の反対側なんだよ、おりこうさん。きみといっしょに子守をする、それから家まで送る。四時間だけなら。その後は家に帰らないと」

　なんのために家に？　だれかを待たせてるとか？　だれか……恋人でもいるの？

「乗らないのか？」

　わたしには関係ないことだ。ぜんぜん。

そう、なんの関係もない。

喉のつかえが苦しくなった気がするが、深く考えないことにしよう。「向こうで降ろしてくれるだけでもいいのよ。帰りは送ってもらうから」

彼の目を見なくても、やれやれという表情を浮かべているのはわかる。「黙って乗るんだ。乗せていってやるけど、遅くなったら無理だから」

恋人だ、やっぱり。

「あなたがあっちに残る必要は――」いいかけたところで遮られた。

「乗れよ、ミートボール」それはほとんど命令で、窓も閉じかけている。

そのしかめっ面を見て、あとで彼になんの予定があるか、わたしにはなんの関係もないんだということを思いだし、わたしは乗りこんだ。そのあと彼の運転で姉の家へ来る途中も、彼の運転が遅すぎるのか、わたしの運転が速すぎるのかというくだらないことでいいあい、舗装された歩道に降り立った後も口喧嘩は尾を引いていた。

「いらっしゃい!」玄関の中から声が聞こえたと思う間もなくドアが開き、姉さんが大きくほほえみながら立っていた。「ジャス」ほんの一瞬だけためらってから、姉さんは一歩踏み出し、わたしのからだに腕を回した。

からだを離し、アイヴァンの方へ合図してみせるのと同時に、姉さんが彼に目を向けた。「あのちびっこギャングたちの世話をするのに、助っ人を連れてきたの」

さっとほおを染めて、姉さんは深くうなずき、わたしとアイヴァンを交互に見つめた。「こんにちは、アイヴァン」

アイヴァンは優しくほほえんだ。手を差しだそうとすると姉さんもおなじしぐさをしたので、その手をそっと握った。「またお会いできてよかった、スクワート」彼女に向けた魅力的なほほえみに、わたしはなんだか落ち着かない気分になった。「そう呼んでもいいですか?」

姉さんは目でうなずき、わたしもおなじようにした。でも、姉の反応はアイヴァンがハンサムだからとかそういう理由じゃないのはわかっている。義兄さんは、アイヴァンとはまったくちがうタイプだが、おなじくらいかっこよくてセクシーだ。それに姉さんは夫に夢中だし。

はにかみ屋なだけ。

それに家族以外はだれも姉さんをスクワートとは呼ばない。知っている限り、アーロンでさえも。

「いいわ」ほとんどささやくような声でそういい、姉さんはわたしをさっと見てからアイヴァンに目を移した。「あなたは家族同然だもの、でしょ?」

家族同然? アイヴァンが肘でつついてきたので、ひとまずそのことは脇に置いて、わたしもすぐやり返した。

「入って」ルビーはそういって一歩さがった。「出かける支度はできてるの。食事をして、その後ちょっと……えっと、買い物をするだけなの」賭けてもいい。買い物ってマンガ本だ。でもアイヴァンがいる前では認めないだろうとわかっていた。「長くはならないわ」

わたしは肩をすくめてなかへ入った。去年、義兄がワシントンでの四年間の軍隊生活を終えてヒューストンに戻ってからというもの、この家には数えきれないほど何度も来ていた。「いいのよ。ゆっくりしてきて。わたしの方は帰って寝るだけなんだから」

「やあ、ジャスミン」すてきな声が廊下からしたかと思うと、背の高いブロンドの男性がわたしたちの方へ歩いてきた。

「ハイ、アーロン」わたしは落ち着かない気持ちでいった。「アイヴァンは憶えてるわね」

ブロンドで筋肉もりもりの彼は、軍隊に入っていなかったら間違いなくジゴロとして華々しい成功を収めていただろう。彼が手を差しだしたので、わたしはその手のひらをぴしゃっとはたいた。次にアイヴァンに手を差しだし、ふたりは握手した。「また会えてうれしいよ」義兄はいい、一歩下がって姉と並んだ。「子守を引き受けてくれてありがとう」

わたしは肩をすくめただけだが、アイヴァンが答えた。「よろこんで」

「早く帰れるように、もう出かけようか」アーロンはそういって身を乗りだし、姉さんのこめかみにキスした。

ルビーはうなずいた。「なにがどこにあるかはわかってるわよね。ふたりは上。おなかはいっぱいよ。ベニーはわたしたちのベッドで眠ってる。動かすと起きちゃうかもしれないから。まだトイレトレーニングの途中で……」

わたしは手を振った。「心配ご無用。ちゃんとできるから」そして立っているアイヴァンをちらっと見て、おむつを替えている姿を思い浮かべようとした……でもそんな姿、まったく想像できない。「ふたりともできるから」

たぶん。少なくともわたしはできる。

アーロンがもう一度ルビーのこめかみにキスし、ふたりはそとに出てから鍵をかけた。鍵がかかるかかからないかのうちに、二階から泣き声がした。

「仕事にかかるわよ」わたしはそういって階段へ向かった。

アイヴァンはうなずき、わたしに続いて二階にあがった。大きな寝室が四部屋もある郊外のすてきな家だ。

姉さんの子供たちはおなじ部屋を使っていた。向かい合わせに二台のベビーベッドが置かれ、ひとつは白く、もうひとつは木目調だ。まっすぐ白い方へ行くと、小さなからだがうつ伏せでもがいていた。ジェシーの泣き声はあまりに大きすぎて、胸に抱きあげながら、思わずたじろぐほどだった。すごく小さくて……すごくうるさい。

ジェシーを揺らしながら「よしよし」とささやき、この子の好きなやり方で少し上下に揺すってみる。ふとふり向くとアイヴァンが入口のところに立ってばかみたいににやついていた。わたしはとまどった。「なに?」

ジェシーは泣きつづけている。

「いとも軽々と抱きあげるんだな」そういいながら、彼の目はわたしから赤ん坊へと移り、また戻ってきた。まるで奇跡だといわんばかりだ。

「ジェシーは赤ちゃんだもの。手榴弾じゃあるまいし」そういって、なおもよしよしとささやきながら、お気に入りの姪っ子をなだめようと揺すりあげた。早くも功を奏しはじめている。怒ったようなかわらしい顔を見てほほえんだ。

「子供好きだとは知らなかったよ」アイヴァンはつぶやいてわたしのそばに立ち、わたしの腕の中の赤ん坊をのぞきこんだ。

彼に見られていないとわかっていたので、わたしはジェスにほほえみかけ、顔をくしゃっとしてみせた。「子供は好きよ」

「ほんとに?」といわれても驚きはまったくない。

また少し赤ちゃんを揺すっているうちに泣き声はしだいにおさまって、くすんくすんという声に変わった。やった。赤ちゃんをなだめさせたら天下一品のジャスミンだ。「ええ、ほんとよ」わたしは軽い調子でそっといった。「子供が好き。大人が嫌いなだけ」

「きみが大人が嫌いだって？　信じられないな」アイヴァンはふふんといって、顔をこっちに向けてにやっとし、すぐに赤ん坊に注意を戻した。指でジェシーのほおに優しくふれたが、その様子からすると、小さな人間に近づいてさわるのはこれがほぼ初めてだろう。

「うるさい」

彼がそっと息を吐くのが聞こえた。「なんて柔らかくて小さいんだ。この大きさって普通なの？」

私はジェシーの小さな顔を見つめた。つむったまぶたの下には、ママとおなじ色合いのキラキラした青い目が隠れているのだ。「生まれたときは三一〇〇グラムだったのよ。姉さんがあんなに小柄なことを考えればずいぶん大きいわ」わたしは教えてやった。「ベニーも大柄な方だから、父親似なんでしょうね」ジェシーが赤ん坊らしいむずがるような声をあげはじめたので、わたしはそのおでこにキスしようと身をかがめた。「子供は無垢《むく》だもの。優しくて正直で。かわいいし。大人よりも善悪をよくわかってる。好きにならないわけがある？」

「子供はうるさい」

横目で彼をちらっと見て、喉のつかえをとろうと咳払いをした。「あなたの方がうるさいわ」

わたしをじっと見つめながらすぐ彼はいった。「癇癪を起こすこともある」

天井を見あげてやった。「自己紹介だと思っとく」

アイヴァンは忍び笑いをした。「泣きわめくし」

彼にしかめっ面をしてやると、真っ白な歯を見せてにやりとした。

「やめとけ。ぼくは泣いたことは一度もない」彼はささやくようにいう。

「めそめそする……泣きわめく……おなじことよ」

「嘘だ」

わたしは首を振ってジェシーを見おろした。わたしの大切な姪。「わたしは赤ん坊が好き。とりわけこの子たちがね。わたしの赤ちゃんたち」わたしは小さくいって抱いた腕を少し伸ばした。ジェシーがふがふがいいだしたので、抱きなおしておむつのにおいをたしかめた。だいじょうぶ。

「このふたりだけ？」アイヴァンがとつぜん聞いてきた。

「ううん、いちばん上の兄のところにもうひとり、姪がいるわ。もうティーンエージャー」

「仲がいいの?」

わたしはまたジェシーに目をやり、もうひとりの姪とうまくいかなかったいきさつを思い返していた。彼女の人生にはあまりかかわらなかった。彼女の大好きな叔母はわたしではない。そうなったのはわたしのせいだ。「いまはまあまあ。でも、仲良しってほどでもないかな。あの子が生まれたときは、わたし、とても若かったし、年がいってから……じゅうぶんに時間を割いてやれなかったから。わかる? ほんの赤ちゃんだったのに、次会ったときにはもうそうじゃない。そう気づいたときには遅かったのよ」

もちろん、もう遅かった、という言葉は彼に通じていた。なぜかはわからない。でも通じていた。

「ああ、わかるよ」彼はいった。「この生活の一部だ」目の端で、彼の視線を感じた。「こだわらないほうがいい。無駄なことだってわかってるんだろ?」

わたしは肩をすくめた。「ずいぶん簡単にいうけど、そうはいかないでしょ。あの子がなついているのはいちばん上の姉にだってこと、気にしちゃいけないんだろうけど、でも気にかかる」なぜか彼に打ち明け話をしていた。「諦めが悪いのね、きっとそういうことだと思う」

なにかが肩に触れ、見るとアイヴァンの手だった。「諦めはたしかに悪い」

ちょっとほほえんでみせたが、それほど笑いたい気分じゃなかった。

「きみはこの子の一番になるよ」といって、彼はジェシーのほおにまた触れた。

「そうなるよう努力する」わたしは答えた。「それが目標なの。一度でいいから、だれかの一番になるのが」

ゆっくりこちらを見る様子に身構えた。彼がささやく。「それ、どういうことなんだ？」

わたしはまた肩をすくめ、他のどこでもない、わたしの中から生まれた重苦しい感情を押しやろうとした。わたしはやり直したい。もっといい人間になりたい。「大した意味はないの。ただ家族のだれかに一番って思ってもらいたいから、それならまだ生まれたてのジェシーがいいかなと」

表情から彼の考えが読みとれるかと思ったが、できなかった。「どういうことかまだわからないんだけど。説明して」

やれやれ。「いった通りよ。ママの一番は兄のジョジョ。パパのお気に入りは姉のルビー」

「え？」

わたしは肩をすくめた。「だれにでもお気に入りがいる。どんな親だってそうよ。ルビーがいちばん好きなのは姉のタリ。タリのお気に入りはルビー、セバスチャンとジョジョはルビーが大好き。そういうこと」

アイヴァンが顔をしかめたというつもりはない——だってそうじゃないもの——少なくとも、九九・九九パーセントの人間が気づくようなしかめ方じゃない。でもそこが肝心。わたしは残りの〇・一パーセントだから。意図したというよりは反射的な、ちょっとしたあごの痙攣《けいれん》だった。ほんの一瞬さっとよぎっただけの、ほとんど気のせいかと思うくらいの筋肉の動き。

でもたしかにわたしは見た。

「なによ?」おなじ表情をしようとしながら訊いた。

気づかれたと知っても驚いた様子も見せないのは、いかにもアイヴァンらしいが、ごまかそうとしたり嘘をついたりもしなかった。「きみの一番は?」ゆっくりと尋ねる灰青色の目は鋭い。

わたしは腕に抱いた赤ん坊を見つめ、そのちっちゃな顔に笑いかけた。「この子たちよ」

アイヴァンが大きく息を吸いこみ、次の質問を投げかけたときの声もぎこちないのに気づいた。「でも、きみの家族のなかでは、ミートボール? いまいる家族の中で、だれがお気に入りなんだ?」

考えるまでもない。一秒たりとも。けっして。彼を見て答える必要もない。「全員」

オウム返しの言葉には、不信の気持ちはまったく表れていなかった。「全員」赤ちゃんのおでこにキスしながらいった。「そうよ。全員。一番は決められない」少し間が空き、彼が尋ねた。「なぜ？」

不意に胸を刺されたように感じ、もう少しで息がとまるところだった。

もう少しで。

でもその代わりに感じたのは胸の痛みだった。ほんの少しの、でもたしかな痛み。めったにないことでも関係ない。いつだっておなじように感じる。

だから毎日、ほぼ一日じゅういっしょに過ごすこの男を決して見ないようにして答えた。「みんなおなじくらい愛してるから」

だが、こいつはそんなんじゃ諦めない。「なぜ？」

「なぜ、ってなによ？　そうだからよ」答えながらも、まるで腕の中のちっちゃな顔を初めて見るかのように見つめて、彼の目をあいかわらず避けつづけた。

アスリートというものは、諦めるということ、受け流すということの言葉の意味を知らない。そういう考えにはなじみのない人たち。だから、わたし自身を含めて知っているなかでもっとも諦めの悪いこの男が、明らかに自分のこだわる話題を見逃すなんて、ありえなかった。

こっちがぜったいに答えたくない質問をしつこく聞きつづけてくるのも、驚くにはあたらない。

「でもなぜなんだ、ジャスミン?」そういって、言葉の意味がちゃんと伝わるよう少し間を置いた。「なぜ全員をおなじように愛してる?」

嘘が嫌いで困るのは、嘘をつくはめになったときに、それがどんな嘘でもけっきょくはものすごく心が痛むとわかっていることだ。だからほんとうのことをいった。「みんなそれぞれいいところと悪いところがあるからよ。そのことでみんなを責めるつもりはない」わたしは気が進まなかった――ほんとうにいやだった――が、必要に迫られて説明した。ほんとのことをいってなにが悪い? わたしがすごく悲しい気持ちになる以外に?

先を続ける前にアイヴァンを見あげた。困っていると思われたくなかったから。実際より大ごとにしたくなかったから。じゃないと、必要以上に深刻にとられてしまうだろうし、それはぜったいにいやだ。だからいった。「みんなのありのままを好きだって知ってほしいの。わたしがだれかを他の人より好きだと思って、悲しい思いをしてほしくない」

とうとういってしまった。出てしまった言葉はひっこめられない。

その言葉はアイヴァンとわたしの間の空中を、ぐるぐるぐるぐる、ずっと漂っていた。

彼は黙っている。

あまりに長いこと、あの青い目でわたしを見つめながらじっと動かずにいるので、落ち着きを失いそうになった。でもどんなことがあってもこいつの前でだけはそうなっちゃだめ。友人であろうとなかろうと。彼はもう最悪のわたしを見ている。そのうえに、だれの一番でもないことでわたしがどんな気持ちかなんて、知られなくてけっこう。

だから代わりに目を天井に向けた。「もうほかのことを話さない？　じゅうぶんわたしを困らせたんだから」

「いやだ」って、こいつ、なにいってるの？

わたしはその言葉を無視した。

運よくそのとき、服をくしゃくしゃにした、ふっくらかわいい顔のベニーがよちよちと部屋に入ってきていった。「おなかすいたよう、ジャジー」

わたしは、これ以上考えたくないことを話さずにすむこのチャンスを逃すまいと、すぐ飛びついた。「わかった、ベニー」そしてアイヴァンを見て訊いた。「赤ちゃんがいい？　それとも三歳児の方？」

彼が急に警戒心むき出しの顔になったので、わたしはほくそ笑んだ。

「どっちか選ばなきゃだめか？」

「なんのためにあなたを連れてきたと思ってるの。もちろんよ」

アイヴァンはまばたきしてから、まだ寝ぼけた顔でドアのそばに立っているベニーから、ジェシーの寝顔へと視線を移した。「どっちも赤ん坊じゃないか」ですって。さも目新しいことみたいに。

今度は私が目をぱちぱちさせる番だ。

アイヴァンは赤い唇を噛み、そこに突っ立っている小さな男の子の方を見やった。わたしたちがパパとママではないって、半分わかっていないんじゃないかしら。アイヴァンは心を決めたようだ。「赤ん坊にする」

わたしは驚きを顔に出さないようにした。きっとジェシーではなくベニーを選ぶと思ったのに。「いいわ。はい」そういって彼の前へ進み出て腕を突き出した。

その顔を見たら吹きだしそうになった。

「赤ん坊を抱っこしたことはないんだ」彼はつぶやいたが、全身緊張のかたまりだ。

「できるって」

その言葉で彼はこっちをちらっと見て、わたしの腕の格好をまねた。「もちろんできるさ」

わたしはくすくす笑い、つられて彼も笑った。彼の腕に赤ちゃんを移すのはすごく簡単だった。天賦《てんぷ》の才があるんだろう。曲げた肘をジェシーの頭の下に滑りこませ、抱きとって自分のからだに寄せた。

「すごく軽いな」腕の中にジェシーが収まると彼はそういった。

「まだ生後数か月だもの」いいながら、わたしはもうベニーの方にかがみこんでいた。

アイヴァンは笑った。「それはあんまり意味ないな。きみもまだ幼いけど、ものすごく重い」

「なによ、うるさいな。それほど重くないわ」わたしは甥に手を伸ばしながら、ふり返って肩越しに彼を見た。

「重いよ。これまでのパートナーでいちばんだ」

「全身筋肉だから」

「そういうふうに呼ぶことにしたんだっけ」

ベニーがまだ顔をこすりながらわたしの方へ来たので笑いかけてやった。「まあね、ティンカーベル、あなたも軽いとはいえないじゃない」そういい放ち、大好きな三歳児のからだに手を回して抱きあげた。

アイヴァンは低く笑い、さっきわたしがしたのとおなじように、赤ちゃんを抱きあげて顔に近づけた。「そうはいえないな。全身筋肉だから」

§

「どうしてみんな子守にあんなに不平をいうのかわからないよ。簡単じゃないか」ジェシーがさもおなかが空いたというようにちゅうちゅう吸っている哺乳瓶《ほにゅうびん》を持ちながら、アイヴァンがいった。

認めるのはいやだったが、たしかにこの子ってばアイヴァンといるととても扱いやすい。こんなことこれまでなかったのに。

二度目に、今度はアイヴァンの腕の中でジェシーが泣きだしたとき、彼はちょっとびくっとして眉を寄せ、パニックに襲われた表情になったが、どうすればいいか教えてあげる前にハミングしながら独特のやり方でジェシーを揺すりはじめた。彼の口からよしよし、という言葉が出ると、世にも奇妙な感じがする。時間を計っていたわけでも何でもないが、おそらく一分も経たないくらいで子猫のような泣き声はむにゃむにゃという声に変わり、その一分後にはぴたりとやんでいた。天才と呼んでもいいくらいだったが、いい気にさせる必要はない。もうすでに、じゅうぶんすぎるほど自信に満ちているんだから。

その後も驚くことが続いた。

それからジェシーが長く泣くことはなかったので、そろそろおむつを替えた方がいいかもというと、彼はただ「わかった」とだけ答えた。そして、わたしがやるからべニーを見ててといったら、「できるよ。どうすればいいか教えて」といい、その通りにした。彼はおむつを替え、二度、げえっというふりをしただけだった。

アイヴァンはものすごく忍耐強い。ぜんぜん疲れを知らない。文句もいわない。

驚くことではないはずだ。もちろんそうに決まってる。何週間も忍耐強く、疲れ知らずで文句をいわない彼を見てきたじゃない。フィギュアスケートから得た能力だ。でも、わたしは思っていたほど彼を知らなかったのかもと、考えずにいられなかった。

「前にひと晩この子たちと過ごしたことがあるの。簡単だっていうならそれをやってからにして。姉さんがゾンビみたいにならないのが不思議なくらい」ベニーの横に座って、お城を作るためのブロックを渡しながらそういった。

「何度も起こされる？」

「そうよ、とくにこのくらい小さいときは。ルビーとアーロンはほんと、すごく我慢強いわ。いい親ね」

「ぼくもいいパパになれる」アイヴァンは小声でいった。

あなたはこれと思ったことは何でもうまくやれるんでしょといってやることもできたが、黙っていた。

「子供を欲しいと思う?」とつぜんの質問。

ベニーに次のブロックを渡す。「ずっと先にね、もしかしたら」

「ずっと……どのくらい先?」

それを聞いて、肩越しにアイヴァンをふり返った。全神経をジェシーに集中させていて、彼女に笑いかけているにちがいない。ふん。「三十代前半とか? わからない。いなくてもかまわないし。あんまり考えたことないの。すぐに欲しくないってこと以外は。いってる意味わかる?」

「フィギュアのため?」

「ほかに何があるっていうの? いまだってじゅうぶん時間がとれないのよ。練習しながら子供をもつなんて想像もできない。そのためには、子供のパパはお金持ちで家にいる人でないとだめね」

アイヴァンは私の姪に向かって鼻にしわを寄せた。「子供がいるスケーターは、知ってるだけでも十人はいるよ」

まったく。わたしは、もうひとつブロックをちょうだいと手を出してきたベニーの脇腹をつついた。ベニーは歯を見せて笑ってくれた。「不可能だといってるんじゃないわ。いますぐそうするつもりはないだけ。いい加減なことも後悔もしたくないの。子供ができたら、その子を優先させたい。自分が一番じゃないと思わせたくないのよ」

なぜならわたしはその気持ちをよく知っているから。

彼はただ「ふうん」といっただけだった。

ある考えが浮かんで胃が痛くなった。「なぜ？　近いうちに子供を作る計画でも？」

「ないよ」彼はすぐに答えた。「でもこの子は好きだな。それからこっちの子も。もしかしたら考えてみるべきかも」

わたしは眉を寄せた。胃のねじれる感覚はますます強くなる。

彼はまだしゃべり続けている。「ごく小さいうちから練習を始められる……コーチもしてやれる……うん」

鼻にしわを寄せるのはわたしの番だ。「ふたりの子供と三時間過ごした後で、まだ子供が欲しいっていうの？」

アイヴァンはにやにやしながらわたしを見おろしている。「ふさわしい人とだよ。だれかれ構わず子供を作ってぼくの血を薄めるつもりはない」

このばかにはあきれる。胃にずしりと居坐る奇妙な感覚をなおも無視しながらいった。「とんでもない、あなたは完璧とはいえない人と子供を作るわよ。きっとね」

「へえ？」彼は鼻で笑い、赤ん坊を見おろしてまたわたしに目を戻し、笑いをうかべたが、気に入らない笑みだ。「背が低くて、意地悪でやぶにらみの小さな目をして、口は大きく骨太で、態度がよくない子供が生まれるかな」
わたしはまばたきした。「宇宙人にでもさらわれちゃえばいいのに」
アイヴァンが笑い、その声に私のほおも緩んだ。「そうしたら寂しくなるよ」
肩をすくめながらわたしはこれだけいった。「だいじょうぶ。いつかまた会えると
わかってるから――」
彼がにっこりした。
「地獄で」
その言葉で彼の顔から笑みが消えた。「ぼくは善良な人間だ。みんなに好かれてる」
「それはあなたを知らないからよ。知っていたら、とっくの昔に痛い目にあわされて
たでしょうね」
「そうかもな」彼がいい返したので、笑いをこらえきれなかった。
わたしたちになにか変化が起きていた。
そしてわたしはそれが嫌いじゃなかった。ほんの少しも。

14

「どうしたんだよ？」シットスピンを終えて五秒後にアイヴァンがいらだっていった。

その一秒前にわたしがよろけて途中で抜け、尻もちをついたシットスピンだ。これまで六回連続でバランスを崩している。いつもならバリエーションを変えて何度でも続けられる。フライング・シットスピン、デスドロップ、ひねりを入れたもの……。

なんの問題にもならない。

からだが燃えるように熱く、あごから膝までのすべての筋肉が痛み、頭がいまにも爆発しそうに痛くなければ。

そのうえ、まるで紙やすりをのみこんだように喉が痛い。ただ立っているだけでいっぱいいっぱいだった。

最悪。

完全に最低最悪。午前中、ずっというチャンスはあったのに。きのうは夜中に目が覚めた――そんなこと、いままで一度もなかったのに。頭がずきずきして、喉がひりひりして眠っていられなかった。

でもわたしはアイヴァンにもリーコーチにも、そのことをいわなかった。振り付けの練習を始めるまで、あと一日しかないのに、わたしが具合が悪くなっている時間はない。アイヴァンといっしょにルビーの子供たちのベビーシットをした日から、少しずつ兆候はあった。喉に違和感を感じ、それが強くなった。次の日は頭がふわふわした感じがした。そして疲れやすくなった。ついに全身があちこち痛みはじめ、ボン！　熱が出た。全部の症状が最悪になった。

ああ。

あおむけに寝て、うめいた。頭がずきずきする。こんなにバランスが悪くなったのはいつ以来だろう？　初めて？

「二日酔いなのか？」アイヴァンが訊く声がした。

わたしは首を振り、すぐに後悔した。強烈な吐き気が襲ってきた。「やだ」

「夜更かしでもしたんだろう？」氷を滑るブレードの静かな音で彼が近づいてくるのがわかった。「疲れをとってから練習に来いよ」

からだを起こして膝をつき、片手をひらひらさせた。「夜更かしなんてするか、ばーか」

鼻息を荒くした彼の黒いブーツが視界に入ってきた。「そっちこそ――」わたしの二の腕をつかもうと手が伸びてきた。ぼんやりしていたわたしは、彼にさわられる前に逃げられなかった。彼は肘のすぐ上をつかみ、すぐに放した。

あまりにも熱かったので、一時間前にタンクトップの上に着ていたセーターをぬいでいたから、腕はむき出しになっていた。

アイヴァンの手が手首をつかみ、またすぐに放した。

「ジャスミン、なんだこれは？」彼は低い声でいい、両手でわたしのほおをさわろうとした。わたしは動けず、両手両膝をついた姿勢で待つしかなかった。もし氷の上に丸くなることができたら、そうしていた。アイヴァンはわたしのほおをつつみ、さらに手を額にあてて、ロシア語ですごく独創的な罵り言葉を吐いた。ほかの日だったらわたしも感心したと思う。「すごく熱くなってる」

冷たい手の感触が気持ちよくて、わたしはうめき声をあげ、ささやいた。「ほんとに？」

アイヴァンはわたしの生意気なコメントを無視してうなじに手をあて、またわたしのうめき声を獲得した。すごく気持ちいい。氷の上に寝てみようかな。

「熱があるの？」リーコーチの声がかすかに聞こえるなか、わたしはからだを低くして、肘をつき、次に肘を広げて氷の上にうつぶせに、大の字になった。ほおと、腕と手のひらを氷につけた。

ものすごく冷たいけど、ものすごく気持ちよかった。

アイヴァンがリーコーチになにかいっているけど、その声はどんどん小さくなる。「一分待って」できるだけ大きな声でいった。唇にあたる氷の冷たさに、本気でなめてしまおうかと思った。

でもしない。ものすごくきたないブレードで滑っている人もいるのを忘れるほど、病気ではない。

だれかが〝頑固〟というのが聞こえた。

わたしは顔を反対側に向け、ほおにあたる冷たさにため息をついた。すごく昼寝したい。いま。ここで。

「だいじょうぶだから、五分だけ待って」わたしはぼんやりとつぶやいた。首のうしろで両手を組もうとしたけど、それもできないくらい疲れている。

「オーケー、ジャスミン、転がってみて」たぶんリーコーチだと思う女性の声が、頭の上のどこかでしている。

「できない」

三分。三分だけ目をつぶって……。

ため息。だれかの手がわたしの肩をひっぱった。わたしは抵抗しなかった。協力もしなかった。でもわたしはされるがままにあおむけになり、天井の照明の明るさにますます頭が痛くなり、目をつぶった。うめいてしまわないように、歯を食いしばる。

「二分でいいから」わたしはささやき、唇をなめた。

「二分でいいわけないだろう」アイヴァンがいい返し、なにかがわたしの肩をもちあげ、脇の下をとおり、同時に膝の下にもおなじことが起きた。

「一分でいい。お願い。立つから待ってて」からだが持ちあげられるのを感じた。見えたわけではない。目はつぶったままだったから。まぶしくて目があけられない。

「スタッフルームに体温計があるわ」リーコーチがいった。「とってくる」

やだ。アイヴァンがわたしを運んでいる。

「おろして。だいじょうぶだから」かすれ声でいいながら、腕と背骨に戦慄《せんりつ》が走り、がたがたからだが震えて、だいじょうぶとは感じなかった。

「だめだ」アイヴァンはそれしかいわなかった。

「だいじょうぶよ。練習の続きを……」頭痛がひどくなって、吐き気をもよおし、目をぎゅっとつぶった。「だめ、アイヴァン、おろして。吐きそう」

「吐くなよ」彼の胸についたわたしの脇で感じられる動きから、わたしを運んで滑っているようだ。

「吐く」

「だめだ」

「あなたにかけたくない」胃のなかで酸が渦巻き、もう少しでえずいてしまいそうだった。

「それでも、おろすつもりはない。のみこめよ、ミートボール」わたしのママとおなじくらいの気遣い。つまりゼロ。

あたまが痛い。「ほんとに吐く――」

「だめだ。こらえろ」この男――わたしのパートナー――はそういって、滑るのではなく歩きはじめた。

「吐いたらすっきりするかも」わたしは小声でいった。病気になってる場合じゃないのに。わたしたちには時間がない。「吐かせて。そうしたら練習に戻れる。タイレノールをのんで――」

「きょうの練習は中止だ」アイヴァンがむかつくえらそうな声でいった。「あしたも」

それを聞いて彼にもたせていた頭をあげようとしたけど、それもできなかった。だめだ。どうしよう。「練習しないと」

「しない」

わたしは息をのみ、乾いた唇をなめた。「わたしたち、休んでなんかいられない」

「いや、休む」

「アイヴァン」

「ジャスミン」

「アイヴァン」わたしはうなった。こんなくだらない話をするつもりはない。

「もう練習はしない。だからいうな」

一日しかないのに。振り付けはあしたから始まる予定だった。わたしはからだを丸めようとしたけど、腹筋が休暇中で……できなかった。どうしよう。

アイヴァンはため息をついた。「もうすぐおろすから。動くのはやめろ」彼はなんでもないかのように、呼吸ひとつ乱さず、両手でわたしをかかえて歩いた。

いうとおりにしたのは、くらくらするし、疲れているから。彼の肩と首のあいだのカーブに頭をもたせたのも。彼の首に両手を巻きつける必要はなかった。彼がわたしを落とすことはありえない。こんなの彼にはなんでもない。

「お母さんは仕事?」アイヴァンが訊いた。

「ううん、休暇でベンとハワイに行ってる」わたしは弱々しい声で答え、こんなに急に具合が悪くなるなんてと思っていた。全身に震えが走り、これまででいちばん激しく震えた。ああ。「ごめんなさい、アイヴァン」

「なんに?」彼はわたしを見おろしていった。その息がほおにあたる。

額をアイヴァンの冷たい首に押しつけながら、自分も息を吐き、彼の眉間のしわは無視した。わたしが震えていると気づいたらしい。「具合が悪くなって。わたしのせいよ。いままで一度も具合悪くなったことなんてないのに」また肩から背骨まではげしい震えが伝った。

「いいんだ」

「よくない。わたしたち休んでなんていられない。なにか薬をのんだり、少し寝たりすれば、夕方には練習できるかもしれない」わたしの言葉はどんどんゆっくりに伸びに伸びになった。「夜遅くなってもいいから」

首の動きで、かぶりをふっているのがわかった。「だめだ」

「ごめんなさい」わたしはいった。「ほんとうにごめんなさい」

アイヴァンはなにもいわなかった。だいじょうぶだともいわなかった。黙ってろともいわなかった。わたしは疲れてなにも話せなかった。

彼は〈ルーコフ・コンプレックス〉の自分の部屋に入り、そっと――優しく――わたしをソファーにおろした。熱いのと寒いのでからだが震え、数秒前よりも背中の痛みがひどくなった。両手で顔をおおい、うめきをこらえた。

死ぬってこういう感じなんだ。ぜったいそう。

「死ぬわけないだろ、あほ」アイヴァンがそういった。すぐにからだになにかがかかり、冷たく湿ったものが額にあてられた。

嘘みたい。

アイヴァンがわたしに毛布をかけ、濡れタオルを額に載せてくれた。

「ありがとう」寝たままそういい、彼がなにをしているのか理解しないといけないのに、気分が悪くてそれどころではなかった。あとで。あとで、彼がしてくれたことに感謝する。でもいまは、頭が爆発しそう。

アイヴァンはなにもいわなかった。でもそのあと、数秒後だったか、数分後だったかはわからないけど、足元で動きがあった。少しして片方のスケート靴がぬげて、もう片方もはずれた。気をつけてとはいわなかった。なにもいわなかった。

そして彼がいった。「上体を起こせよ、ミートボール」

どうやら、そのあだ名を遠慮するほどにはかわいそうだと思っていない。

わたしはいうとおりにした。少なくともしようとした。でもからだがちゃんと動かない。休みとか、睡眠とかが必要だ。それに胃のなかのものを全部吐くこと。タイレノール。冷水風呂、そして温かい風呂。そういうことすべて、順不同でいいから。

彼は息を吐くような音を出し、手をわたしのうなじの下に入れて頭を持ちあげた。

そしてソファーに坐った。

わたしの頭は彼の太ももの上におろされた。

「飲むんだ」彼が命令し、なめらかで固いものが下唇にふれた。

目をあけると彼がグラスをわたしの口にあてていた。わたしはよろよろと手を伸ばし、グラスを受けとった。太ももに頭を載せるのはまあいいとしても、グラスを口につけて水を飲ませてもらうのはちょっと。ひと口、もうひと口飲むと、ひりひりしている喉がそのたびに締まった。

「これも飲むんだ」そういって、薬が二錠載った手を差しだした。

わたしはその、美しい、ばかみたいな顔を見つめた。

彼は目を天井に向けた。「砒素《ひそ》じゃない」

わたしはまだ彼を見ていた。

「世界選手権までは毒を盛ったりしない、だろ?」普段のやなやつぶりにくらべたら、切れ味がいまひとつだ。

〝オーケー〟のつもりで両方の目をとじ、口をあけて、舌の上に錠剤を載せてもらい、痛みをこらえてごくごくと水で飲みくだした。アイヴァンの太ももに頭をおろし、目を閉じた。「ありがとう」

「ああ」という声が聞こえた。たぶん指がわたしの髪にふれて、頭をなでている。そっと、優しく……でもやがて髪をひっぱりだした。

「痛いじゃない」片目をあけると、彼はわたしの上にかがみこんでいて、いらただしげな顔でまた髪をひっぱった。

「なんだよこれ?」彼はもっと髪をひっぱりだした。

もう一度やられてびくっとした。「スクランチ？」

彼はまたひっぱったけど、髪はあまりほどけなかった。百本くらいだ。「きついな」

「なにいってるの」わたしはしわがれ声でいったけど、彼に聞こえたかどうかはわからない。

彼はバンドをはずし、勝ち誇ったようにそれを高くあげた。「こんなの使ってて、どうして頭痛にならないんだ？」まるで初めて見た珍奇なものを見るような目で、黒いゴムを見た。

何年間も女性とパートナーを組んできて、どうして一度もスクランチを見たことがないの？　いいや。あとで考えよう。「ときどきなる」わたしは小声でいった。「選択の余地はないのよ」

アイヴァンはその説明に顔をしかめ、手をおろし、また手をあげたとき、ゴムバンドはなくなっていた。わたしはふたたび目をつぶって、彼の指がわたしの髪を梳《と》かすように顔から払い、彼の膝の上に流した。気持ちよさに、思わずため息を洩らした。うつらうつらしていたらしい。次に目が覚めたのは、なにかに唇をつつかれたときだ。目をあけると、まだ頭をアイヴァンの膝に載せていて、彼の大きな手が体温計をわたしの顔に突きつけていた。わたしは口をあけ、青い体温計をくわえた。

「医者に見せないと」アイヴァンがリーコーチの坐っているあたりを見ていった。コーチは心配そうな顔でコーヒーテーブルに坐っていた。入ってきたのに気づかなかった。

わたしはようやくアイヴァンの言葉を理解した。医者。

「そうね」リーコーチがポケットから電話を出そうとする。「ドクター・デンに電話して、シモンズには日時を変更してもらう」

アイヴァンが厳しい目つきでわたしを見おろした。「ごめんなさいっていうなよ」そしてわたしがなにかいう前に、リーコーチにいった。「緊急だっていってくれ。空きがありしだい、ぼくが連れていくから。シモンズには予定をあけておくようにと伝えてくれ。その分は払うからと」

彼女はうなずき、さっそく電話をかけはじめた。

わたしは首を振り、体温計がピーっとなるのを待った。リーコーチはもう電話している。体温は三十九・八度。すばらしい。

「医者はいらない」わたしはふたりにいった。アイヴァンはわたしの手から体温計を取った。

灰青色の目がさっとわたしを見て、また体温計に戻った。

「アイヴァン、医者はいらない」

「医者に行くんだ」彼は体温計の表示を見て顔をこわばらせ、リーコーチにいった。

「熱が四十度近くあるといってくれ」

わたしは彼を見あげていった。熱いのと寒いので毛布を蹴とばしたいし、首まで引きあげたかった。「医者はいらない」息をのみ、一瞬目をとじる。「お願い」

アイヴァンはわたしの長い髪をなで、見おろした。「よくなりたくないのか？」

顔をしかめようとしたのにうまくいかない。「なりたくない。最悪の気分で練習できなくてなにもかも台無しにしたい」

彼が眉を吊りあげる。「忘れろ。薬が必要なら早く飲んだほうが早く効く」一瞬口をとじて、つけ足した。「振り付けを始められる。元気になったら」

こいつ。わたしの操作の仕方をわかっている。

「きょう休めば、あしたは――」

「休みにする」彼は目をしばたたいた。「どうして医者をいやがるんだ、注射がこわいのか――」

わたしはうめいて首を振ったが、その動きで吐き気が戻ってきた。「注射なんてこわくない。どうしてそんなことを？　自分がこわいんでしょ」

リーコーチはずっと電話で話していた。

「医者に行くんだ」

わたしは目をつぶってほんとうのことをいった。どうせいつかは知られてしまうんだから。「健康保険に入ってない。いまは診察料を払えない。ほんとにだいじょうぶだから。一日だけ休ませて。すぐによくなる。わたしは免疫が強いから」

アイヴァンの唇が動いた。目をしばたたく。目をあげ、またさげて、首を振り、大きな声でいった。「頑固もたいがいに……」

「やめて」わたしは小声でいった。

アイヴァンが怒った声でいった。「そっちこそやめろ。診療代と薬代はぼくが払う。ばかなことを」

わたしは口をとじて息をのみ、彼の言葉の選択に刺すような痛みを感じた。「ばかじゃない。ほかになんといってもいいけど、ばかはやめて」

彼は無視した。「きみはばかだ。これから病院に行く。プライドに治療のじゃまをさせるな」

ひどい気分で反論できなかった。くやしいけど、彼のいうことにも一理ある。だから目をとじて、いった。「いいわ。でもあとで返すから」ぐっとのみこむ。「一年かかるかもしれない」

アイヴァンは小声でなにか悪態のようなものをつぶやいたが、その手でわたしの髪をそっと梳かした。まるでわたしを傷つけたくないと思っているかのように、優しく。

「正午に診てくれるって」リーコーチがいった。「熱をさげないと。鎮痛剤は飲ませた？」

「ああ」膝にわたしの頭を載せている男がいった。

ふたりは声をひそめてもう少し話していたが、わたしはアイヴァンがこのまま髪を梳かしてくれるならお金を払ってもいいと思っていた。そのときほおを叩かれた。

「うん？」

「立つんだ」アイヴァンが小声でいった。「シャワーをあびる」

立つ？「遠慮しとく」

一瞬の間があり、「訊いてない。立てよ」

「立ちたくない」わたしは弱々しい声でいった。

「わかった」簡単に認めた。「運んでいく」

「遠慮しとく」

彼の手が頭をなで、額の上のタオルをそっと持ちあげ、優しく額をなでた。わたしがよく知る、いままでこんなに優しかったことなど一度もない手だ。彼が静かな声でいった。「立ちたくないのはわかる。気持ち悪いのも。だが立つんだ、ヘッジホッグ。からだを冷やさないと」

わたしはうめき、はりねずみ《ヘッジホッグ》というあだ名を無視した。

アイヴァンはため息をついたが、まだ髪をなでている。「さあ。立ってくれよ」

「やだ」

笑い声と、なでる動き。「病気になったら駄々っ子になるとは思わなかった」おもしろがっているようだったが、わからない。

「そうよ」わたしはいった。いつもママにおなじことをいわれている。わたしはあまり病気したことはない。べつに構ってほしくてそうなるわけではない……ママはそういうけど。でもママはわたしのちょっとした風邪や咳よりからだの弱い姉のことを心配していたし、わたしはそれでよかった。

「自分で立つか？」アイヴァンが額に手をあてていった。

「やだ」わたしは横向きになり、ほおを彼の太ももに、鼻を彼の腰にあてた。股のすぐそばだけど、仮に彼のものが出ていても気にならなかっただろう。

「自分で立たない？」

「やだってば」

一瞬の間があり、明らかにおもしろがっているように彼がいった。「どうしてもそういうのなら」

どうしてもいう。またからだがはげしく震えて、背骨が痛んだ。悪いシーズンのあとか、本物の病気でしかありえない痛みだ。立てるわけがない。

でもアイヴァンには別の考えがあった。

わたしの下からぬけだし、二本の腕でさっきとおなじ肩甲骨の下と膝下を支えた。それからわたしを抱きあげて、しっかりした足取りで歩きはじめた。

わたしは反対しなかった。

あとで、彼の重荷を軽くしようとつとめなかったことを恥じるかもしれないけど、そのときはまるで長時間ドライブで寝てしまった子供が運ばれるように、彼の肩に頭をもたせて、からだの力をぬいていた。もちろん歩くこともできた。でも歩きたくなかった。アイヴァンが運んでくれるのだから。

温かく硬いからだの感触で、少し気分がよくなってきた。

彼は、わたしが知らなかったドアをあけた。そこはバスルームだった。シャワー室とシンクとトイレだけで飾り気はない。アイヴァンがしゃがんでゆっくりわたしを立たせた。頭がくらくらする。

「冷たいシャワーを浴びる」彼は肩に回した腕でわたしを支えながらいった。

「うう」わたしは目をとじた。彼のいうとおりだ。高熱がどれほど危険か、わたしは知っていた。これ以上脳細胞を減らしたくない。ふたたびからだがぞくっと震え、アイヴァンはわたしから手を放して回りこみ、シャワーのハンドルをあげた。

「さあ」彼が促す。

腕をあげようとしたけど、からだから一インチ動いただけで、また元に戻ってしまった。こんなに消耗したのは記憶になかった。

　息をのみ、目をあけて思った。いいわ、服を着たままで浴びる。着替えはバッグに入っている。リーコーチかアイヴァンにもってきてもらえばいい。わたしはよろよろと前に出た。目を狭めているのは天井の照明がまぶしすぎるからだ。

　でも靴下をはいたままでシャワー室に入る前に、アイヴァンに通せんぼされた。

「なにをしてる?」

「シャワー室に入るんだけど?」

「まだ服を着たままだ」

「ぬぐ元気がないの」わたしはかすれ声でいった。

　彼はあきれたように天井に目を向けた。「手伝ってやる」

「オーケー」なにも考えずにいった。なにしろ彼は毎日わたしのからだじゅうをさわっているし、裸も、半裸も、肌にぴったりしたコスチューム姿も見たことがある。いまさら恥ずかしいとは思わない。

　アイヴァンは一瞬ためらい……小さくほほえんだ。わたしの前に立ち、奇妙なほほえみを浮かべたまま、タンクトップの裾をつかんだ。どちらも考えすぎる前に、いっきに引きあげ、頭をくぐらせた。

　フィギュアスケートでは胸が小さいとブラをしない人もいるけど、わたしはいつもスポーツブラをつけている。サポートが好きだから。それに逆さになったときに胸が動かないほうがいいから。とはいえ、そもそも動くほどないけど。

アイヴァンは驚いたとしても、顔には出さなかった。

でもわたしはほとんど目をあけていられなかったから、見逃したのかも。

彼は手をさげてタイツのバンドをつかみ、片膝をついて、足首までぬがした。アイヴァンは片手でわたしの足を持ちあげ、反対の手で靴下とわたしが朝つけたテーピングをとり、親指で土踏まずをなでて、足をおろした。反対の足でもそれをくり返したが、つま先をじっと見ていた。もしわたしに元気が残っていたら、ピンクのペディキュアを塗った指先を丸めていただろう。彼が見あげてほほえみ、わたしは思わずうろたえたけど、深く考えることはしなかった。胃がひっくり返ったけど、なんとか朝食を吐かずにこらえた。

アイヴァンはわたしのかかとをぎゅっと握って、手を放した。「さあ、どうぞ」

§

なにか――だれか――が額にぶつかったとき、わたしはぐっすり眠っていた。
そのなにか――だれか――がさらに三回ぶつかった。リズムがあると気づいて、わたしは目をあけた。

だれかがわたしの額を叩いている。

そのだれかはアイヴァンだった。

わたしの上にかがみ、こぶしを顔に近づけている。にやにや笑いながら。

「起きるんだ、『アウトブレイク』のモンキー。タイレノールを飲む時間だよ」

わたしは目をぱちぱちした。彼の向こうの天井を見あげ、いったいなにが起きているのか思いだそうとした。そのとき、わたしの頭がまだ痛いと訴えた。まだ痛い。からだがぞくっとして、熱があったのも思いだした。たぶんまだあるのだろう。

病気になった。医師はウィルス性感冒だといっていた。アイヴァンがわたしを車で連れていって、帰りに薬局にも寄った。わたしが車のなかで震えているあいだに彼がタイレノールを買った。それから送ってきてくれた。だれもいない家に。なぜならママとベンは旅行中で、ビーチやいろいろと楽しんでいるはずだから。

わたしは自分の部屋のベッドのなかで、額をボンゴドラムのように使われ、やっている人間はあきらかにそれを楽しんでいる。

「いま何時？」わたしは訊きながら、ヘッドボードのほうにずりあがろうとして、自分の声ががらがらなのに気づいた。さっきよりひどくなっている。

「タイレノールを飲む時間だ」彼はわたしを叩いているこぶしを振った。

わたしはうめき、横向きになって眠りに戻ろうとしたけど、彼に肩をつかまれてもとに戻された。

「二錠飲んだら、また眠れるぞ」

「やだ」

氷河のような色の目でこちらを見て、その表情はわたしが初めて見るほど楽しそうだった。でもその声は、とくに楽しくなさそうだった。「薬を飲むんだ、ジャスミン」

わたしは目をつぶり、背中と肩の痛みに思わず声を洩らした。「やだ」

彼は肩を落としてため息をついた。「飲めよ。まだ熱があるんだから」命令。

「喉が痛いの」わたしは言い訳した。

彼はため息をつき、ふたたびこぶしを振った。「子供用タイレノールなんて買わない。これをのむんだ」

わたしは片目をつぶり、いった。「飲みたくない」

そのとき、アイヴァンが一瞬、たしかにほほえんだ。すぐに消えて普段の、わたしにいうことを聞かせようとするえらそうな顔になったけど。「のまないと」

わたしは片目で彼を見た。

「やだ？」

「やだ」わたしは小さな声でいった。

彼のあごがぴくりとして、その目が細くなる。「病気になると困ったちゃんになるって、きみのお母さんがいっていた」

ママならそういうだろう。病気になるとわたしは情けないやつになる。それは事実だ。だから言葉と喉を無駄使いするのはやめておいた。

思ったのは……いったいいつ、わたしのママと話したのか、ということだ。

でもすぐに、どうでもいいと思った。

「お母さんが上司に電話しておくといっていた」彼がいった。「さあ飲んで」

「やだ」

「もしこのゲームをやりたいんだったら、やってもいい」彼がさらりといったので、自分は失敗したのかもしれないと心配になった。「けっきょくは飲むんだから」

わたしは唾をのみ、その痛みで顔をしかめた。

彼が目をしばたたき、わたしは緊張した。そして彼の次の言葉で、わたしの心配が間違っていなかったのがわかった。彼は低い声でいった。「自分で飲むか、ぼくに飲まされるかだ」

もう。

「やなやつ」わたしはつぶやいた。

アイヴァンは満面の笑みを浮かべた。わたしたちのどちらも、彼の言葉がはったりなどではないとわかっているのが明らかになったことへの、満面の笑みだった。「じゃあもう飲む？」

わたしは口を開き、鳥のヒナのようになりながら、できるだけ憎々しげな表情をうかべながら、アイヴァンがわたしの口のなかに錠剤を落とすのを見つめた。そのあと水の入ったグラスも渡された。少しずつ三口水を飲んで薬を飲みくだし、グラスを彼に返した。ベッド端に坐っていた彼はそれをナイトスタンドの上に置き、わたしのほうを見た。

「気分はよくなった？」

「少し」わたしは小さな声で答えた。頭痛も少しましになったし、熱もまだあるけど、少しはさがったはず。そうでないと困る。できるだけ早く治さないといけない。それは忘れていなかった。

アイヴァンはかすかにほほえみ、指の背でそっと、すごく優しく、わたしの額にふれた。「熱は多少さがった。一時間前に測ったときは三十八・八度になっていた」

一時間前に測った？　ぜんぜん気がつかなかった。

アイヴァンは手を返し、冷たい指先でほおにさわった。「おでこにまた濡れタオルを載せる？」

「いらない」わたしはいって、「ありがとう」とつけ足した。

またアイヴァンは小さくほほえんだ。「なにか欲しいものは?」

「具合がよくなること」

「あしたにはよくなるよ」

「よくならないと」

彼は明るい灰青色の目を天井に向けた。「そんなことはない。でもよくなる」彼はいった。「そういえば、下にスープがある」

思わず顔をしかめていた。「あなたがつくったの?」

「ぼくがきみを毒殺しようとしているような目はやめろ。もしそうしたかったら、とっくにしている」指先でわたしの額をなでる。「きみの兄さんの旦那さんがもってきてくれた」

わたしは優しくてすばらしいジェイムズのことを考えて、にっこりわらった。「彼のスープは最高なの」

「たしかにいいにおいだった。きみに会いたがっていたが、眠ってたんだ」

わたしは掛布団をひっぱりあげた。わたしの筋肉はその動きにさえ文句をいった。

「彼は最高よ」

アイヴァンが目をぱちぱちした。「だれかのことを最高だと思うのか?」

「そうよ」わたしはいった。「ママも。姉さんのルビーも。もうひとりの姉のタリも、彼女のことで悩んでなければ」わたしはそのことを考えて、息をのんだ。「リーもかなりいい線いってる。兄たちも。アーロンもすばらしいの。彼もリストに載る」

アイヴァンはなにかつぶやき、ベッドの端に深く腰掛け直した。わたしは彼がなにをしているのだろうと思いながら、場所をあけるためにからだをずらした。彼は手を、布団の下でわたしの肘があるあたりに置いて、まったくらしくないことに、ためらいがちに訊いた。「お父さんは？」

パパのことをいわれても腹がたたない、あるいはがっかりしないくらい、わたしは具合が悪かった。それはかなりのものだ。わたしはほんとうのことをいった。「わたしにはちがうわ」

そういうと同時に、アイヴァンがさっとわたしを見た。

でも彼は、どうしてなのかとは訊かず、わたしは心からほっとした。彼はわたしがいちばんこの話をしたくない相手だ。一番でなくても、トップスリーには入る。トップフォー入りは確実だ。

「そのリストにほかにだれかいる？」微妙な沈黙のあと、パパのことを考えていたわたしに、アイヴァンが訊いた。

「だれも」

アイヴァンが何気ないまなざしを向けてきた。「ぼくは五輪で金メダルを二個獲った」

「そうなんだ」わたしは皮肉をこめてつぶやき、彼がさらに深く腰掛け、その脇がわたしの正面にやってきた。

「そうだ」彼はおなじくらい皮肉にいった。「ひとつじゃない。ふたつだ。それに世界選手権も何度か優勝した」

「それがどうしたの？」しわがれ声でいった。水を飲まないと。彼はうしろ向きにずれてきて、わたしがしているように、ヘッドボードに背中をもたせた。

アイヴァンは脚を宙に浮かせて、片足ずつ高そうな黒い革のブーツをぬぎ、床に落とした。「ぼくのことを最高だと思う人間もいる」

「だれ？」わたしは弱々しく鼻を鳴らした。彼は両脚をベッドの上に乗せて、足首のところで交差した。紫とピンクの縞々《しましま》の靴下が見えた。

両目でわたしを見られるくらいからだをこちらに向けて、あごをTシャツの胸にくっつけた。「大勢の人間が」

わたしは息をのみ、その瞬間に後悔した。喉が痛んだ。「そうね……あなたもいいとこいってると思う」

黒い眉が吊りあがった。「ほんとに？」

「ほんとに。あなたのスケーティングはかなりいい。それにきょうはすごく親切。きのうか。日にちがわからなくなってる」わたしはつぶやいた。「あなたもリストに載せてもいい。それであなたが照れてくれるなら」

「そんなに期待するな」

わたしは笑って、痛みに顔をしかめ、横にある長いからだを眺めた。胸の上で手を組んでいる。わたしの最悪の状態のときに髪を梳かしてくれた指だ。思わず、またあんなふうにふれてほしくなり、彼のほうに寄っていって、布団のなかの腰と脚を彼にくっつけていった。唾をのみ、心のどこかでわたしがくっつきたがっても彼はからかったりしないと思いながら、思いきって頭を傾け、彼の肩に乗せた。わたしたちはこの二か月間、これよりもずっと近かった。どうってことはない、と自分にいい聞かせた。特別な意味はなにもない、と。そういうことにしておくことにした。くそポールには一度もこんなことをしたことなかったけど。

「あなたは最高」わたしは弱々しくいった。「ペアスケートでは」

頭になにか乗ったのは、彼が頭かほっぺたを乗せたのだろう。「はっきりさせてくれてありがたいよ」

わたしはまた笑った。痛かったけど、その価値はあった。「あなたはこれまでのところ、いい友だちだけど、わたしの比較対象はあなたの妹だけだから」

「ふむ」彼はため息をつき、横で身じろぎして、驚いたことに、腕をわたしの肩に回した。文句をいう気はないけど。温かくて重たくて、心地よかった。すっぽりつつまれているよう。安心できる。すごくいい。「そうだな」

「カリーナはよく服を貸してくれた。わたしより二十センチも背が高くなる前は。でも彼女はあなたみたいにわたしを持ちあげられない」

彼は穏やかに笑ってうなずいた。「たしかにそうだ、ミートボール。それにぼくのほうが見た目もいい」

思わず鼻を鳴らし、すぐに後悔した。「うざいやつ」

「いつもそういう」

わたしは彼の肩に顔をつけたままほほえみ、彼の息の音で、おなじようにほほえんでいるのがわかった。「ずっと付き添ってる必要はないよ」

「わかってる。きみのお母さんがいってた。自分が帰るまで、兄さんや姉さんがきみの面倒を見るって」

思わず顔をしかめた。「タリがわたしの部屋にソーダクラッカーとゲータレードを投げこんでいくのを、面倒見るっていうの？　ひとりのほうがいい」

「ゲータレードもソーダクラッカーもだめだ。ぜったいに」彼がいった。「糖分とからっぽの炭水化物はとるな」

アイヴァンは口に入るものすべての栄養素をきびしく判断する。

「ますます放っておけなくなった。ぼくが帰ったらそんなことが起きるなら」

わたしは冷笑した。

「もう少しいられるけど、あとでうちに帰らないといけないんだ。一時間くらいは」

頭のどこかに、彼はなにかするために帰らなきゃいけないという事実を記憶した。いっしょにジェシーとベニーのベビーシッターをやったときもそうだった。ママのつくった夕食を食べたときも。でもなんの用なのか、訊くことはしなかった。すごく疲れていたから。

「もう帰っていいよ」

「いや、まだ五時だよ、ミートボール。まだ何時間もある。だいじょうぶ」

彼は肩に回していた腕をさげ、手で肩をつつんで、上腕をさするように上下した。

「もう黙って、眠ったほうがいい」

眠る？　すごくいい考えに聞こえた。すばらしい。

わたしは目を閉じて、彼が毎日つけているコロンの香りを吸いこみ、吐きだしながらいった。「いままでのパートナーにもこういうことをしたの？　それとも一年限りのパートナーにだけ？」

ほおの下で彼のからだがこわばるのを感じた。彼はからだをこわばらせたまま答えた。「おしゃべりはやめてもう寝ろ、な？」

わたしは手を少し動かして、腹筋と呼ばれる硬い板の上に置いた。これまで彼がセーターをぬいだり、手を上にあげるストレッチをしたり、おなかをかいたりするときに百回くらいちらっと見たことがあるけど……さわったことはなかった。かすめる以上のことは一度もなかった。見た目のとおり、硬かった。

「ほんとうに、ついてなくていいから」疲労でまぶたが重たくなりながら、彼が帰ろうと思えば帰れるようにそういった。

アイヴァンはため息をつき、わたしはそれを、彼のからだの震えで感じた。「ぼく以上にきちんときみの面倒を見られる人間はいない」たしかにそうかも。わたしが早くよくなることは、彼にとってもいいことだ。ふたりにとって。

みぞおちにあるのは失望かもしれないけど、わたしは無視した。彼はここにいて、ほかの人がしないことをしてくれてる。

「眠る前に聞くけど、テレビのリモコンはどこだ？」

わたしは手を背中に回して、ナイトスタンドからリモコンを取り、彼の腹の上に落とした。

そして眠りに落ちた。

§

なにか温かいものが唇にふれた。そして「飲むんだ、ベイビー」という声も、たしかに聞こえた。

全部飲んだ。それがなんであれ。

§

わたしは目を覚まし、自分の頭がなにか硬いものの上に乗っているのに気づいた。少し目をあけると、わたしのあたまは彼の膝の上で、両腕を膝の上に広げていた。テレビが静かな音でついていて、さっきまでかけていた掛布団はベッドの足元に蹴りとばされていた。

汗をかいていた。からだが熱い。でもまた眠ってしまった。

§

「ジャスミン」聞き慣れた声がわたしの耳元でささやいた。髪を、腕をなでられる。「ぼくはうちに帰らないといけない」

気分が悪かった。わたしはなんとか、「オーケー」とつぶやいた。

アイヴァンの手がわたしの髪、腕、手首をなで、そこにとまった。「きみの電話はすぐそこに置いてある。なにか必要ならすぐに電話しろ、いいな?」

「うん」わたしがそれだけいうと、彼の手が手首から離れた。

「また朝来るよ」温かくて湿ったものがそっとわたしの額にふれたけど、ほんの一瞬だったので、わたしの思い過ごしだったのかもしれない。

「ありがとう」一瞬だけ頭がはっきりしてつぶやいた。喉はがらがらだった。

「左右のナイトスタンドどちらにも水を置いてある。のむんだぞ」

またなにかが額にふれるのを感じ、わたしはつぶやいた。「オーケー、バーニャ」

それから寝返りを打ち、眠りのなかに戻った。

15

額をつつかれて目が覚めた。続いて、「起きろ、起きろ」という声がしてうっすら目をあけると、顔の前でデコピンしようと構えている指が目に入った。でも、わたしがあごの下までひっぱりあげていたシーツを押しやったのは、喉のひりつきと頭の鈍い痛みのせいだった。掛布団はどこへいってしまったんだろう。

ベッドに半分腰をおろしていたのは、こざっぱりとした身なりのアイヴァンで、着ている青いTシャツのおかげでカラーコンタクトを入れてるみたいだった。

「なんの用？」わたしはうめき、肩甲骨がヘッドボードにおさまるようベッドの上のほうへずりあがった。

彼は不作法ぎりぎりのわたしの言葉を聞き流し、ほほえんだ。「服を着ろ。シャワーを浴びて、しばらくこの部屋を出るんだ」

彼をじっと見つめながら大きくあくびをし、喉の痛みにたじろいだ。そして、ゆうべナイトスタンドに置いておいてくれたほとんど空っぽのグラスに手を伸ばす。ぬるくなった残りの水を少しずつ飲み、彼のほうを見て尋ねた。「そのためにわたしを起こさなきゃならなかったの？　シャワーを浴びろというために？」

「それと、この家から連れだすためだ」

でも、家から出たくはない。ベッドからさえも。ましてやシャワーなんてとんでもない。

彼の指先がすばやくわたしの顔に近づいたので、額をつつかれる前によける間もなかった。「行動開始だ。レイシーは忍耐強いとはいえないから」

「レイシーって？」

「すぐ会わせる。急いで。その間にもう一杯水を持ってくる」アイヴァンは立ちあがって顔をしかめた。「歯も磨け」

そういわれてちらっと、大きく息を吐いてやろうかと思ったが、そんな気力もなかった……それに、これまでのところ、ずいぶん親切にしてもらっている。少なくともきのうから、わざわざわたしの世話をしてくれている。

いまだけは、病気の息を吹きかけないようにしよう。彼がどんなにいやなやつでも。でも疑問は残る……レイシーってだれ？　なぜその人に会う必要があるの？　よりによって病気のときに。口を開いて文句をいおうとしたそのとき、頭がずきんと痛み、からだがまだウィルスと戦っていることを思いだした。最後に病気になってから数か月、いや数年は経っているから忘れていた。

シーツを払いのけてベッドの端から足をだらんとおろすあいだも、からだじゅうが「やめろ！」と声をあげていた。痛みには慣れているけど、病気で倒れるのはまた別だ。目玉からつま先まであらゆる場所が痛み、少しの動きにもぎしぎしいっているようで、ゆっくり立ちあがるときもうめき声が洩れるのを抑えられなかった。

アイヴァンが「ふん」というような声を出したのはたぶん、わたしの顔を見たか、動きがぎこちないのに気づいたからだけど、それ以上なにもいわなかった。

ちょっと動いただけでぐったりだ。「なにもする気になれない」

「なにかさせようっていうんじゃない」という答えが返ってきた。「休む必要があることは伝えたはずだ」

わたしは彼のジーンズをにらんだ。「じゃあ……どこへ行くの？」

彼の表情からはなにも読みとれない。「悪いところじゃない」

わたしは目をぱちぱちさせた。

「信用して――」彼は顔をしかめた。「なんでもない。いいから着替えて」

それ以上口答えも質問もしなかったことからも、わたしがどれだけ疲れ果て、ひどい気分だったかわかるというものだ。脚を引きずって簞笥《たんす》のところまで行き、ショーツとブラをひっぱりだし、それだけでくたくたになった。横目でアイヴァンを見ると、まだベッドに坐って……こっちを見ているのがわかった。わたしがため息をついたら、また眉を吊りあげてみせる。

「十分で戻る」ほとんど泣き声になりながら、のそのそとドアのほうへ向かった。

「なにかあったら大声で呼べよ」一瞬間があき、続けて「ほぼ裸のきみを二回見てる。大したことじゃない」

気力があればやつを締めあげているところだったが、無理だった。中指を突き立ててやってもよかったが、それもできない。なんとかドアの裏側のフックからバスローブをひっつかむのでせいいっぱいだ。ハアハア息を切らしながら、ルビーがまだ家にいたころいっしょに使っていた廊下の向こうのバスルームへと向かった。シャワーを浴びるのにもいつもより時間がかかったが、それは脚がピリピリして剃るだけでやっとだったから。ローションを塗ったりする気力もなかった。やっとの思いでショーツといちばん楽なブラをつけた。

バスローブを羽織ってベルトを締めようとしたが、腕がいうことを聞かない。だからウエストのところで合わせただけで、からだを引きずるように自分の部屋に戻った。もう一度自分に問いかけながら。レイシー、い、い、いっていったいだれよ？　そして、いったいどこへ行くというの？

部屋に入って二歩も行かないうちにアイヴァンがベッドの端のナイトスタンドのす

ぐそばに腰掛けて……ナイトスタンドのいちばん上の抽斗《ひきだし》が開いていて……アイヴァンが白い紙の束をつかんでいるのが見えた。彼が見るはずのない、そこにあることを知るはずもない紙の束を。そのとき、ああ、アイヴァンがぱっと顔をあげ、ありえない顔色になっているのが見えた。

そして彼はキレた。

「いったいこれはなんなんだ?」ものすごく怒った顔で、ものすごい勢いで手に持った紙を振り回されて、わたしは気分が悪くなった。

ほんの一瞬だけ。それでもたしかに気分が悪い。

肺から吐きだしたことさえ気づかなかった息を深く吸いこみ、せいぜい軽蔑《けいべつ》した声を出してやった。「人のものをあさるなんてどういうこと?」

すぐにやり返してこないのは、それだけ彼が怒っているという証拠だ。

わたしのミスだ。こいつが詮索好きなのは知っていた。わたしもおなじだから。でもまったく! あの紙は何年もだれにも見つからずにあそこにあったのに。

アイヴァンはわたしの問いを無視し、紙をきつく握りしめたので、一部はくしゃくしゃに丸まった。「だれが……だれなんだ……?」彼は詰まりながらいった。どれほど怒りが激しいかというもうひとつの証拠。アイヴァンは言葉に詰まったことなどない。口ごもることも。それに、首まで赤くなってる。

また紙束を振り回す。「だれがこんなことを？」

わたしは息をのんだ。

「だれがこんなものをきみに送りつけたんだ？」

「アイヴァン――」

彼は首を振り、紙束を持ったままの手をこぶしに丸めて太ももに押しつけた。怒りに顔をゆがめている。あまりの怒りに、たまらない気持ちになった。

「〝アイヴァン〟じゃない。これはどうしたんだよ？」

まずい。まずい。超まずい。

なにも知らないふりをして、抽斗のなかに隠した紙がジョークだといいはることさえ、考えられなかった。わたしはアイヴァンを知りすぎていた。彼は納得いくまで、けっしてこの件をおしまいにしないとわかっていた。

それに、彼のことを責められない。

もしわたしが、どこかの男の裸体に彼の顔がテープで貼られ、ハートマークを添えて、陰部に矢印で「いく」とか「いい」とかいうセリフがついている写真のプリントアウトを見せられたら、かなり心配になる。

ああもう、どうしたらいいの。

「ジャスミン」また彼のボルテージがあがり始め、顔や首の赤みは耳の先まで達している。まったく、こんなに怒った彼を見るのは初めてだ。氷上にいるときとか、コンペでなにかまずいことが起きたときを別にすれば、これほどかっとなれる人だというのも知らなかった。

わたしはため息をこらえ、隠し場所が安全だと思いこんでいたこと、下着の抽斗……それか、もっと見つけにくいところに突っこんでおかなかったことを心から悔やんだ。捨ててしまうこともできたが、わたしだって間抜けじゃない。なにかあったときのために証拠が要る。

手のひらを下に向けてまあまあという仕草をしながら、できる限り穏やかな声を出そうとしたが、思ったほどではなかったようだ。「落ち着いて」

そう、これは大失敗だった。彼はあの憎たらしい紙をまた振り回した。「落ち着いてられるか！」

ああ、もう。

「きみはストーカーに狙われてるんだぞ、ジャスミン！」また大声。ママとベンが留守でよかった。

わたしはたじろぎ、言葉を選んだ。「脅されたわけじゃないし……」

アイヴァンは頭をのけぞらせ、なんと表現すればいいかわからない音を立てた。うなり声？「なんだって？」

わたしはついにキレた。「わたしにわめくのはやめてよ！」

視線で人が殺せるなら、わたしは間違いなく死んでいただろう。「わめいてやるさ、きみがこんなことになってるかぎり。なぜ黙ってた？」

まったくもう。この件にかかわる気分じゃない。いつだっていやだけど、ぜったいにいまはだめ。「黙ってたのは、あなたに関係ないからよ！」

「パートナーなんだから関係あるに決まってるだろ！」

「ないわよ！」

「いや、ある！」

「ないったら！ あなたとペアを組む前からだもの」

ほら、やらかしちゃった。いつものとおり、考えるより早く言葉が飛びだした。アイヴァンの顔は文字どおりトマトみたいに真っ赤になった。あんまり赤くなったものだから、からだが心配になったほど。「こんなことを黙っているなんて」その声は急に低くなった。彼はわたしを見つめた。大きく目をむいて。「ふざけるな」

「お願いだからやめて、いい？ そんな気分じゃない」

アイヴァンは首を振ってこぶしを持ちあげ、きれいに整えられたベッドの上にくしゃくしゃの紙を投げた。「そんな気分であろうがなかろうが知ったことか」彼はそういい放ち、わたしが口を開こうとすると、これまで聞いたこともない声音でいった。

「どのくらい前からなんだ?」

あきれた顔で肩をすくめてやった。自分のあほさ加減に腹がたったから。よくわかってるはずだったのに。まったく。最悪のケースを想定しとくべきだった。とりわけこの容赦ない頑固者については。「三年くらい」わたしはつぶやくようにいった。あまり腹がたっていたので、喉の痛みも忘れるほどだ。

彼はあの青い目をつむり、口を開くと同時に首を振った。「三年」とぼそっとくり返した。「こんなメールをいくつくらい受け取った?」

「いいたくない」

氷のような青い目が片方開き、わたしをまともに射る。「あいにくだね。いくつだ?」

今度はわたしがうめき、いらいらして頭をそらす番だ。「わからない――」口をはさまれそうになったのでその前にいった。「ちがう、これはほんと。わからないの。最初のころは捨てていたから。たぶん……二十回くらい? そんなもんかな?」三十回近いと思うが、それをいうつもりはなかった。

彼の息遣いが荒くなったので、そっちを見たくもなかったが、わたしは弱虫じゃない。とくにこの状況では。「家族は知ってるのか?」探るような静かな声。

嘘をついてもいい? だめだ。こいつはわたしの口調を知りすぎている。「最初に来たいくつかは」きしるような声でいった。

「どういう意味だ?」なおも片目でこっちを見つめながら問いただしてくる。

「ソーシャルメディアのページを閉鎖したら、来なくなったのよ」説明しながら、こんな説明したくないのにと思っていた。「その前に受け取ったのについては知ってる」もう片方の目がぱちっと開き、アイヴァンはわたしを見つめた。「いまでも来ているのか?」

わたしは目をそらして肩をすくめた。腹がたってたまらない。「知らない。メールはあけてないから」

そう、あけてなかった。悩まされるのがいやだったから。自分の状況を思い悩みたくなかったから。

だから、無視する作戦に出ようと決めたのだ。でもここでそれをいうつもりはない。それに、受け取ったコメントや個人メッセージのことをもちだすつもりもなかった。そのときアイヴァンのあごが引き締まり、こう尋ねられた。「ピクチャーグラムとフェイスブックは?　そこにも来てるのか?」

わたしのばか。

顔にぜんぶ出ていたにちがいない。彼が頭をのけぞらして首を左右に振り、大きく息をついた様子からすると。

「そんなに——」

「スマホはどこだ？」

わたしは目をぱちくりさせた。「なぜ？」

「送られてきたものを見る」

「あなたに関係——」

身を乗りだし、今度は彼のほうがわたしに向かって目をぱちくりさせてみせた。

「そこまで」とゆっくりいう。「スマホを見せろ。なにもないんなら、見せたっていいだろ？」

痛いところを突いてくるの、ほんといやなやつ。

「見せろよ」アイヴァンは、初めて聞く口調でくり返した。

こんちくしょう。こいつがぜったい引き下がらないのは疑いない。うう。「あっちのナイトスタンドの上」わたしは自分にむかっ腹をたてながらぼそっといった。「じゃあ代わりにあなたのも見せてよ」なぜそんな言葉が口から飛び出したのかわからないが、ともかく出てしまった。

もう一度、刺すような視線をわたしに向け、彼は立ちあがって自分のスマホをわたしに放り、ベッドの上に腹ばいになった。「ロックは外してある」怒った声で教えてくれた。

見えないとわかっていたけど、おなじ表情をお見舞いしてやった。「わたしのパスワードは――」

「知ってる。打つところを見たことがあるから」そうつぶやいて、もう一方のナイトスタンドに手を伸ばす。

「むかつくストーカーね」

もう一度〝殺してやる〟という顔つきでにらんでやったが口は閉じたまま、ベッドの端に坐りなおし、画面をスクロールし始めた。

手に彼のスマホを持ったまま、わたしの目は彼に向けられていた。額に二度しわが寄り、左手を後頭部に当てている。だんだん息遣いが荒くなる。

くそっ。

「このくそ野郎はいったいなんだ？」吐き捨てるようにいって次を見る。

「ペニスの写真とか、くそ野郎からのメッセージとか……こいつ自分のをしごいてるんだぞ」

「動画は見てないのよ。もういい？」黙らせたくてそういった。

彼はわたしを見ていった。「ああ、もういい」

ピンク色の唇が開き、また閉じた。アイヴァンは唾をとばしていった。ほんとの唾だ。その顔はますます赤みを増している。「荷物をまとめろ。今夜はここにいちゃだめだ」

今度はわたしが口ごもった。「え？」

「今夜はここにいちゃだめだ。自分で荷物をまとめるかぼくがやるか、すぐ決めろ」

「荷物なんてまとめないし、いっしょにも行かない。わたしはここにいる」

彼はまばたきした。とてもゆっくり。その動きは異常者めいてちょっと不気味だ。『羊たちの沈黙』で、あのフェイスマスクをかぶったハンニバルを思いださせる。あれを観たあと、ルビーは何か月もうなされていたっけ。わたしは翌年のハロウィンで、セバスチャンにねだって似たようなマスクを買ってもらった。

「ひとりでここにいちゃいけない」アイヴァンはいいはり、わたしの頭から思い出を弾き飛ばした。「ぼくといっしょに来るか、どっちかの兄さんの家に行くかだ。きみが決めろ。どのみち、ぼくのところで過ごす手はずになってたんだから」

「親分風をふかすのはやめてくれる？　そんな――」

彼はわたしを遮った。「ぼくといっしょに来るか、さもなければすぐにきみの兄さんに電話して、お母さんが戻るまでここにいてはいけない理由をばらす」

今度は、わたしの口はあんぐりあいたままだった。ママが戻るまで？　二週間もある。だからアイヴァンにそのとおりいってやった。

こいつなにをしてるの？　肩をすくめてる。肩と腕が着ているTシャツの下でこわばる。「決めろ、ジャス。ぼくか兄さんか」

どんな冗談よ。「いやよ！」

「だめだ！」彼も怒鳴り返した。

なんてことになったんだろう。「いや！」

彼はあいかわらず不気味な目をこっちに向け、息をしているとしてもその素振りも見せず肩をすくめた。「上等だ」

そしてわたしのスマホを取りあげた。なにをしているのかわかったときには遅すぎて奪い返せなかった。でもとにかく彼に飛びついた。

「アイヴァン！」わたしは叫び、背伸びしたが、頭の上にスマホを掲げた彼のほうが背が高くて手が届かない。

「三秒やる、この頑固者。三秒経ったらきみの兄さんにかける。ぼくのたまを蹴ったら、きょうだい全員にかけてやる」

彼ならやるだろう。ぜったいやる。

ばか、ばか、ばか、こんちくしょう。

歯ぎしりしながらわたしは叫びたいのと唾を吐きたいのをこらえた。「わかった。わかった、わかったわよ」

「どうする？」ぴしゃっという口調はわたしより怒ってるように聞こえる。わたしに考える余裕があれば。

でもそんなのない。

中指を突き立ててやりたいのをこらえ、うめくようにいった。「あほんだら。あなたと行くわよ」どんなことがあったって、兄さんたちの所に行くなんてとんでもない。だからよけいに腹がたった。「ほんとひどい」

彼は怒ってふんといった。「そうさ、ひどい目にあわせてやる。せいぜいがんばって支度するんだな。そうする理由は山ほどあるし、荷造りが必要だ。きみにはほんとに腹がたつ。顔も見たくない」

ここで彼とやりあうこともできた。いや、やってみることもできた。でもこの数か月で学んだことがあるとすれば、それはアイヴァンが前言を撤回するような人間じゃないってことだ。それにもうひとつその間に学んだことは、彼がわたしにやると脅しつけたことに逆らったら、後悔する羽目になるってこと。

それに、彼にとって幸運なことに――わたしには不運だが――ジョナサンとジェイムズの家で過ごしたときは二回とも、壁が薄いのを思い知らされた。そして明らかに、ジェイムズの持ちものは巨大だ。

だから、もうごめんだった。兄さんとジェイムズは大好きだけど、世の中には知らない方がいいこともある。知る必要がまったくないことが。

セバスチャンについていえば、あのメールのことを知ったら話は永遠に終わらない。アイヴァンを相手にするのも問題だが、ジョジョはタリとセブに電話するだろうし、そうしたらわたしは、秘密にしていたことを三人になじられ、うるさくつきまとわれるだろう。

まっぴらごめん。

まだ害が少ない方を選ぼう……アイヴァンはふたりの兄さんを合わせたよりたちが悪いかもしれないが、ふたりの兄さんとタリを合わせたよりはましだ。

ああもう。

「こんなのほんとにあほらしい」わたしはぼやいた。

わたしのパートナーは肩をすくめたが、どこからどうみても、まったく悪びれた様子はない。「あほなのは、だれにもこのことを打ち明けなかったきみだ。荷造りにかかれ。ミートボール」

わたしはささやいた。「やなやつ」じゅうぶん聞こえる大きさで。

聞こえたとしても——聞こえたにちがいないが——顔には出さなかった。きっとどうでもいいんだろう。まったく。こんなふうにわたしを扱うなんて。

ベッドのすぐ横に立ったままの男に背を向けて、わたしはクローゼットをあけてバッグを取ろうとした。つま先立って手を伸ばしたが届かない。アイヴァンにはもう目を向けずに、わたしは部屋を出て廊下の物入れに行って踏み台を取りだした。

だが部屋に戻ると、取ろうとしていたバッグはもうベッドの上に置かれていた。

アイヴァンはまたマットレスの上にすわり、壁の一点を見つめて硬い表情をしていた。あごの線が見たこともないほどくっきり浮きでている。

いいだろう。口を利きたくないんなら、それでもこっちは構わない。わたしだってこんなやつと話したくないから。

そもそも病気のときにぜったいひとりでいたいと思ってたわけじゃない――そんなにばかじゃない――でもあんなにえらそうにする必要ある？

どちらもひと言も発しないまま、わたしはむやみになんでもかんでもつかんでバッグに詰めたが、仕事の制服も入れておいた。念のためだ。だって練習する時間があるなら、仕事も休むわけにいかないもの。服と化粧品をつかんでバッグに全部詰めこむのに、十分とかからなかった。それからもうひと組み服を出してさっと身に着け、フリップフロップに足を突っこんだ。

「いいよ」わたしはぼそりといって、ベッドの横から動かない男のほうを見た。

彼は立ちあがったが、こっちを見ないまま、まるでわたしなんて目に入らないようにさっさと部屋を出た。

くそったれ。

後に続いて灯りを消しながら、いらいらとため息をつく。気まずい沈黙のまま、アイヴァンは廊下をすたすたと歩いていき、わたしはアラームをセットして玄関に鍵をかけた。まったく、ナイトスタンドにあんなものを入れとくなんて、間抜けにもほどがある。それに、いったいなんでこいつは、わたしのものをかき回さなきゃならないわけ？

ちくしょう。

い、い、い、ちくしょう。

また頭がずきずきしてきて、吐き気も襲ってきた。ちょっと立ちどまって調子を整え、ため息をつきながらアイヴァンの車を探した。アイヴァンはそこにいる。

でも車のほうは？

アイヴァンは白のミニバンの脇に立っている。

わたしはまばたきした。

「来るのか、それともまた初めから蒸し返しか？」すごく感じの悪い、人を見下したいい方。

ぐったりしていて中指を立てる気にもなれなかったが、伝わればいいと思った。

「車はどこ？」

彼は手で横を指した。ミニバンのほうを。眉を吊りあげながら。

わたしはもう一度まばたきした。

彼が指した手はそのまま動かない。

「真面目にいってるんだけど」

「ぼくもだ。これはぼくのだ。乗れよ」

これ……これが……彼の？

ミニバンに文句をつける気はない。ルーブスとわたし以外のみんなが家を出る前までは、ママも持ってたことがある。でも……アイヴァンが？　アイヴァンがミニバンを？

子供がいるわけはない。ルビーの赤ちゃんの世話をどうやってすればいいかわからないと、はっきりいっていた。彼の両親は昔から知っているが、どちらもミニバンを持ってはいない。

ということは……。

「早く」

わたしはまばたきしたが動かなかった。「これなに？」とゆっくり聞く。

彼はあきれた顔でドアをあけた。「車だ」

「だれの？」

乗りこみながら彼は答えた。「ぼくの」

「なぜ?」

ドアをあけたまま、彼は答えた。「燃費がよくて、車高が低くて、広いからだよ」

無邪気なほほえみがちらっとよぎったが、わたしに腹をたてていることを思いだしたように、それはすぐに消えた。「それにホンダ製だし。乗れ」

腹をたてているのを忘れたのは彼だけじゃない。「あなたの……?」

「ぼくのだ」彼は続けた。「乗れよ。いまは話したい気分じゃない」そう命じて、ドアをぴしゃっと閉めた。

なんでこいつが不機嫌にならなきゃいけないわけ? ふんだ。

バンは軽くブーンというエンジン音を立て、まばたきする間もなく運転席の窓がおりてアイヴァンがくり返した。「早く」

わたしは鼻にしわを寄せて憎たらしそうな顔をしてみせ、初めて見る宇宙船のようにホンダをためつすがめつした。彼がいい返せないようなことをいってやろうと口を開いたとき、ミニバンの後部座席の窓のなかに動くものが見え、次に茶色い頭がひょっこり横に……アイヴァンの肩に乗るのが見えた。ふたつの大きな目がわたしにウインクし、またもや言葉を失ってしまう。

アイヴァンは肩に乗った頭を見ようともせずに指を振って早くしろと合図した。

「ストリーキングに行こうといってるわけじゃないし、きみの死体をどこかで捨てるつもりもない。少なくともいまは。ラッセルだって待つのは飽き飽きしてる。ここで三十分もきみを待ってたんだ」

わたしは口を開き、いったん閉じてまた開いた。「犬を飼ってるの？」

彼はうなずき、その動きに合わせて犬の頭も揺れる。「ラッセルだ。頼むよ。あんまり機嫌がよくないんだ」

こいつ、いったい何者？　どんな人間なの？　アイヴァンが犬を飼ってるばかりか、こんなミニバンも持ってるなんて。テスラに乗ってる姿しか見たことないのに。こんなファミリーっぽい……車。

服に犬の毛がついてるのも見たことない。

ついてたかな？

「一日じゅうぶらぶらしてるわけにいかないんだ。きみを無理やり乗せて、誘拐と思われて警察に通報される前に、乗ってくれ」彼はクラッチを外してサングラスをかけ、いらいらした様子でいった。「いますぐ乗るんなら、いつか許してやることを考えてもいい」

アイヴァンのいっていることが通じたみたいに、犬が彼のほおをなめ、またこっちに目を向けた。金色がかったハシバミ色の目だ。

そのとき、バンの中のどこか別の場所で、甲高いキャンという声がし、アイヴァンが上半身を反対側にねじって後部座席をのぞいていった。「まだだよ、レイシー。このことはもう話し合っただろ」そして、吠える気満々の態勢でいる小さい犬だかなんだか知らないが、そんな生き物と会話などしていない、とでもいうふうに、前に向き直って眉を吊りあげてみせた。「ドラマのヒロイン。準備はいいか?」

準備。

できてる?

ミニバンに彼と、二匹の犬と乗る準備。飼ってることも知らなかった二匹と。そのうち一匹とは、子どもに話しかけるみたいに話してる。二匹とも人間の名前だし。レイシー。そういえば彼、レイシーのことをなにかいってたっけ。このバンに乗りこみたくなるようなことを、こいつにいわれたのか定かじゃない。そのころには精も根も尽き果てていて、怒りもどこかをさまよっているような気になっていたから。

「四つまで数えたら、きみのショーツをひっぱって引きずりこむからな」アイヴァンが大声を出した。

わたしは鼻にしわを寄せ、ちゃんと決心がついたのか自分でもわからないまま、こういった。「やれるもんならやってみて、だけどノーパンだからね」そしてすぐ丸っこいボンネットを回りこんで助手席のドアをあけた。まず感じたのは冷たいエアコンの風だ。肘掛けつきの座面に腰を落ち着け、次に感じたのは、いまさっきアイヴァンの肩の上にあった茶色い鼻先が、いまわたしがすわっている背もたれの上あたりをさまよっているということ。

犬の目はやっぱりハシバミ色だ。ほら。見たところ……わたしにすごく興味があるみたい。

「ハイ」わたしは小声でいったが、それはおもにアイヴァンと大声でやりあって喉が痛かったからだ。

「かみつきはしない。でもよだれは垂らす」ご親切にどうも。「なでたかったらなでてもいい」

五センチほどの距離から犬はまだわたしを見つめている。だけどアイヴァンがいったとおり、ちっとも攻撃的じゃない。なでてもらいたがってるみたい。ぱた、ぱた、ぱた、というしっぽの動きからすると。

だからなでてみた。こぶしを作った手を伸ばしてにおいをかがせ、だいじょうぶそうだったので手を開いて頭のてっぺんを優しくなで、それもオーケーだったので耳のあたりのすごく柔らかい毛に手を伸ばした。

そうしたら手をなめられた。

思わず笑みがこぼれる。頭はずきずき、喉はひりひりするうえ、のっぴきならない羽目に陥って気分は最悪だったけど。

アイヴァンはそれ以上なにもいわずに、わたしが犬に向かって特大の間抜け顔でずっとほほえんでいるのを見ていたが、とうとうこういった。穏やかな、静かな声だ。

「シートベルトを締めろ。きみのために切符を切られるのはごめんだ」

わたしはこの犬、ラッセルをもう一度見て耳をひっぱり、深く坐りなおしてベルトをつけた。金属のはまるカチャリという音と同時に、呼応するようなキャン、という声が再びバンのなかに響き、アイヴァンがこれ見よがしにうめき声を出しながらギアをドライブにいれた。

「レイシー、頼むから、いまはやめてくれ」肩越しにいう。

もう車は発進していたが、ふり返って二列目の座席をのぞきこむと、またラッセルと目が合った。からだをずらすと、鳴き声を立てた乗客がよく見えた。ラッセルのほうは座席と席の間の溝に立っていたが、二列目の席の隅っこにちょこんとはまり込んでいるのは……ハーネスをシートベルトの金具にしっかり留められたちっちゃな短毛の白い犬で、ぴんと立った耳としし鼻をしている。

「これ……？」わたしはゆっくりいいかけた。これはきっと夢だ。夢じゃないなら、わたしはアイヴァンをぜんぜん知らなかったことになる。なにひとつ。わたしが知ってると思っていたこととはぜんぜんちがったのだとわかり、自分の気持ちがつかめない。「フレンチブルドッグ?」

車はすでに走りだし、いちばん近くのフリーウェイに向かっていた。アイヴァンはバックミラーに目を向けたままうなずいた。「そうだ。うしろにいる歌姫がレイシー。反省タイムだ。家においで来るべきだったんだが、ラス以外のだれとも車にいられなくてね。今日はラスのドライブデーだから」

いま、この犬が反省タイムっていった?

なにそれ。

問いかける言葉も見つからない。週に六日間練習を共にしてきたこの男の裏の生活、裏の人格に混乱していた。でもなんとか訊いてみた。「なぜ反省タイム?」ほとんどささやくような声で。

「けさ、ぼくに生意気な口をきいて、自分の妹たちをいじめたから。ドッグフードを盗んだり、ベッドにおしっこをひっかけたりして。機嫌が悪かったからだけど」その口調は、世間ではそんなこと日常茶飯事だとでもいうようだ。

なんといえばいいんだろう。犬が生意気な口をきいて、妹をいじめてドッグフードを盗み食いしようとして仕返しにおしっこをひっかけた。それだけのこと。だからわたしはなにもいわなかった。だって、ほかにどうすればいいの?

この男のこと、わかっていなかった。なにもわかっていなかったし、そう思うとひどい気分だった。いままで以上に。

どうして犬を飼ってるってわからなかったんだろう？　それも、聞いた限りではこの二匹だけじゃない。だってレイシーに妹がいるっていわなかった？

ったく。アイヴァンのこと、まったくわかってなかった。

でもだれも知らないのかもしれない。更衣室にいた女の子たちだって、かわいい白のフレンチブルのことを知ってれば、その話題を出さないわけがない。彼のファンも、知ってればプログラムが終わった後で犬のおもちゃをリンクに投げ入れるはずじゃない？

だれも知らないんだ。知るはずがない。

でもこれが彼だ。

高いけれど同時に静かな柔らかいうなり声がしたので、肩越しにふり返ると、二列目の席にいる白いかたまりが見えた。わたしのほうを見てもいない。じつをいえばアイヴァンの席のうしろをじっと見ているようだ。でもわからないのは、ピンク色のハーネスを胸のあたりにつけて、シートベルトまでしていることだ。そのうえ、もっと明るいピンク色の首輪をつけていて、それにラインストーンがついているのも見て取れる。というか、たぶんラインストーンだろうものが。

今度はわたしがアイヴァンのほうを見た。わからないままにしておく手はないもの。

「このちっちゃいワンちゃんはシートベルトをしてる」まるでそれをつけたのが彼じゃないみたいないいい方。

アイヴァンは心もちあごを引いただけで、あいかわらず前方に注意を向けたままだ。「車に乗るとあっちこっち動きすぎるから。おとなしくしているってことができないんだ」そういってわたしをちらっと見る。「ぼくの知ってるだれかさんとおなじで」

その言葉は聞き流すことにして、また犬のほうを見た。まだアイヴァンの席に向かってうなっている。緊張感とドラマティックな雰囲気が感じ取れた。

ふーん。

「それに、事故があったときに窓ガラスを突き破って放り出されずにすむだろ」わたしが犬のほうをこっそり見ていることに気づかない素振りで、彼は続けた。「ラスは、ぼくが運転していないときだけ立ちあがるんだ」アイヴァンはこともなげに話している。「いい子だ」

その言葉でラスのほうを見た。茶色のラブラドールだと思うが、定かではない。シートの間に寝そべり、前足に頭を載せている。しっぽをぱたぱたさせて。

「きみの家には犬の気配がなかったけど」アイヴァンがとつぜんいった。

わたしは窓のそとに目を戻した。「ないわ。ママがアレルギーだから」そして、そのつもりじゃなかったのに思わずつけくわえた。「姉さんは前に飼ってた」

「どっちのお姉さん？　赤毛のほう？　ルビー？」

ふたたび彼に目を向けた。「ルビーよ」と答える。「アーロンの犬なの。数年前に亡くなった」わたしは泣いたけど、そのことはだれにもいっていない。

アイヴァンはゆっくりうなずいたが、それがすべてを物語っていた。「ルビーとは歳が近いのか？」あいかわらず鼻持ちならない口調だ。

「近くない」一目瞭然じゃない？「ルビーはわたしより五歳上」

彼は顔をこっちに向けて、「まさかだろ」という表情をした。「そんなに？」

「そうよ」

「五歳も上なんだ」しんから驚いた様子だ。

「なんでそんないい方するの？」

「いや、ただ……」彼はちょっと顔をしかめ、運転しながら首を振った。「なんでもない」そしてわたしを見てまた首を振る。

いいたいことはわかる。ママやほかのみんなにも、いつもいわれることだ。姿かたちだけなら、ベビーフェイスのルビーより若く見える。でもわたしには年寄りの不機嫌なおばあちゃんという雰囲気があるんだそうだ。「いいたいことはわかるわ」

顔をゆがめているところを見ると、まだ受けいれられないようだ。「そんなに年が離れてるのか」

太ももの下に手を滑りこませながら、わたしはため息をこらえて頭をシートにもたせた。「そうよ。ルビーは長いこと心臓の調子が悪くて。わたしたちみんなで過保護にしすぎたの」

「それは知らなかった。ルビーはかわいいな」急にそういわれ、わたしの頭は『エクソシスト』みたいな動きをした。間違いなくすばやくぐるっとふり向いて彼をにらんだ。

「わたしの姉に色目を使わないで。結婚してるんだから」

アイヴァンはくすくす笑った。「わかってるよ。旦那さんとは何度会ったたっけ？ただかわいいっていっただけで、デートに誘うとかそんなつもりはない」

「あたりまえ。あなたにはもったいない」彼を見つめたままぴしゃりといった。

それを聞いて彼は「は！」といった。

「そうよ」わたしはゆっくりいい、笑われまいとした。

「いいか、世間には、ぼくが自分にはもったいないと思う人間がたくさんいる」なんか……感じ悪いいい方。

わたしはあきれて座席に沈みこみ、胸の前で腕を組んだ。「かもね。でも姉さんには釣り合わない。だからうぬぼれはひっこめて」

「もしぼくがきみの姉さんにそんなふうな関心を寄せてたとしても——寄せてないけ

ど、ぼくがいったのはただかわいいってことだけで、世の中にはかわいい女性なんて山ほど——」

「姉さんが一番よ。ふたりとも。ほかの女の人とくらべないで」

アイヴァンは忍び笑いをした。「はいはい、わかったよ。ぼくがいいたかったのは、もしきみの姉さんたちに興味があっても——ないよ、いっておくけど——ぼくとはデートさせないっていうのか？」

あんまり考えてみたくない思いが押し寄せ、胃のあたりが落ち着かなかったが、それは無視した。「もちろん」

彼が冷笑し、かなり侮辱されたと感じている様子に、思わず笑みを浮かべた。「本気で？」

「もちろん」強調しておく。

「どうして？」

「どの理由から始めてほしい？」

ちょっと間があった。「ぼくは掘り出しものだ」

「すぐに埋めるべきね」

彼がうめいたので、こらえきれずにそっちを盗み見た。「ぼくとデートしたい女性はどっさりいる。ピクチャーグラムで週に何通メッセージを受け取ると思う？」

「自分がどんなにばかなのかわかっていないようなティーンエージャーは数に入らない。それに、視力が悪くなった年配女性もね」

明らかに、わたしの出した条件は無視するつもりらしい、こう続けたからだ。「ぼくは金持ちだ」

「だから？」

「見た目も悪くない」

「あなたの目から見ればね」

アイヴァンはふんといったが、唇の端がちょっとあがってほほえみらしきものがよぎったのをわたしは見逃さなかった。「五輪の金メダルをふたつ獲ってる」

「ちょっ」という声を出してわたしはお尻を浮かせ、上体ごとアイヴァンのほうに向き直った。「そのうちひとつはチームの金でしょ、それに、あのなんとかっていう選手は二十個も獲ってたし」

彼は一瞬、口をあけてなにかいおうとしたが、すぐに閉じて肩をすくめた。わたしを半日間は乗せていられそうな肩。すらりと引き締まっている力強い肩。この肩にどれほど力があるのか、だれも正当には評価していない。わたしは羽のように軽いとはいえない。体格のわりに重いが、それは全部筋肉だからだ。ほかの小柄な女性とくらべたら確実に重いけど、彼はいつも、こともなげに軽々と持ちあげてくれる。

彼は頭をかしげ、ハンドルを握りしめた。そして前を見たままにやりと笑った。

「きみのいうことにも一理ある」そう認めたが、あまりうれしそうではない。「で、きみはいくつ獲ったんだっけ?」

次に起きたのは予想もしていないことだったが、現実だった。

彼が口にしたたわごとに、まるで小学生どうしのようなわめきあい合戦になった。

「わあわあわあわあ」

ふたりの「わあわあわあわあ」が思いがけずあまりぴったりハモりすぎていたので、三秒後にはふたりとも吹きだしてしまった。頭は「やめて」と叫んでいたし、背中はずきずきしたが、笑わずにいられない。

わたしの泣き所と知っていながら、金メダルを獲ったことがないのをズバリ指摘するなんて、なんてひどいやつ。でもアイヴァンはそういうやつだ。

それに、わたしが逆の立場でもおなじことをいいかねない。

だから笑ってしまった。それに彼のほうも笑ってる。

そしてなおも「くそったれ」といいながら笑い転げた。頭が痛くてあちこちボロボロだったけど、それでも笑っていた。「くそくらえ」

「きみこそ」彼はクックッといいながら、満面の笑みを浮かべた。

「黙って」そういい返して首を振った。「あなたってほんとむかつく」

「そのむかつきは永遠だね」

「やめてよ」

「遠慮する」

こらえきれずにまた笑うとアイヴァンもおなじように笑ったが、薄いピンクの唇の笑みを残したまま、わたしのほうを二度盗み見ているのに気づいた。またやった。ほらまた。

「なに見てるの？」ちらちら見られている理由がわからず訊いた。気に入らない。

顔に貼りついた笑みは消さずに彼は答えた。「きみ」

「どうして？」毎日見てるじゃない。

「だって」

わたしの顔になにか問題でも？「だってなによ？」

「きみが笑うなんてめずらしい」

笑いのかけらがまだ顔に残っていたとしても、わたしはそれをきれいに拭い去った。

「笑うわよ」

「数回しか見たことがないけど」

むっとしないようにしたけど、うまくいかなかった。よりによってこいつにいわれるなんて。「おもしろいことがなければ笑わない。でも家族といっしょのときはしょっちゅう笑ってる。カリーナといるときだって百万回も笑った。くだらないジョークとか間抜けなことをいわれても面白いと思ってるふりをするのがいやなだけ。嘘が嫌いなの」自分が一生懸命弁解しているように聞こえるのは、気のせいだろうか？

嘘アイヴァンはまだほほえみながらいった。「きみは、ぼくが知るなかでいちばん嘘がない人間だよ、ミートボール。いやほんとに。きみの笑い方が気に入った。いくらか不気味だけどね」

わたしは目をぱちくりさせた。「不気味？」

「ヒー、ヒー、ヒーって笑うだろ、異常者みたいな感じ」

わたしの背中はこわばった。まだ熱があるからじゃない。「どんな笑い声ならいいわけ？　ヒッヒッヒ、とか？」

彼はまだにやにやしている。「いや、きみのヒー、ヒー、ヒーっはすごくきみらしい。だから二度とそんな笑い方はするな。それこそ恐ろしいから。今夜は悪い夢を見そうだ。まったく、さっきの声はなにかに取り憑かれた人形かなにかみたいだった。そういうのが暗い隅で、ぼくが眠りにつくのを待ってるような気がする」

思わずまた吹きだしてしまった。頭は痛かったけど。

それから彼が肩越しにこっちをちらっと見てきれいにその表情を消したので、すべてがおじゃんになった。「ところで、ぼくはまだ腹がたってるから。忘れたと思うなよ」

もちろん忘れてた。

こっちが腹をたてていたことも、彼が卑劣なまねをしたことも忘れてた。でもせっかく思いださせてもらったから、顔をそむけて口を閉じた。そして窓ガラスにおでこをつけてどれだけ頭にきてたか考えているうちに、そうするつもりはなかったのに、ぐっすり眠りこんでいた。

§

夕食後、わたしたちは並んで坐っていた。それまでに交わした言葉は、〝食事ができた〟だけだった。

車のなかで眠っていたわたしが、彼の――わたしが想像していたのとはまったくちがう――家に着いて起こされたときも、十語くらいしか話してこなかった。なにより、そのあいだ一度もジョークをとばさなかった。こちらもそんな気分ではなかったから、べつによかったんだけど。

それにわたしはその農場風の平屋をまじまじと見るのに忙しかった。深い青色の壁に白い鎧戸《よろいど》が映えている。てっきり彼は、すごいプール付きのコミュニティーセンターがあって警備員が常駐しているような住宅街に建つ、ロフトスタイルで地中海風の家に住んでいるんだと思っていたのに。ちがった。敷地は広々とした芝地になっていて、遠くに林が見えた。何エーカーもありそうだ。見渡すかぎりほかの家はなく、人の声もまったく聞こえなかった。

「ドアをあけても、びっくりするなよ」アイヴァンは不機嫌そうにつぶやいた。腹をたてているのか、いらだっているのか、彼のことだからたぶんその両方だろう。それなのに、人はわたしの態度が悪いというんだから。

いったいなんにびっくりするのか、とは訊かなかった。彼はバンからおりて助手席に回りこみ、スライドドアが自動であくと「おいで、ラス」といい、「レイシー、いい子にな」とつぶやいた。小さな白い犬はシートベルトをはずされると、車から飛びだし、一目散に家の玄関へ駆けていった。

わたしも車をおり、バッグの重さに思わずうめき声をあげそうになりながら、家の前まで運んだ。アイヴァンに手を貸してほしいと頼まなかったのを後悔した。そんな気分ではなさそうだったけど、もしかしたら持ってくれたかも。

車が三台入るガレージ付きの家と、青々とした広い庭。

美しい家だった。

彼にはいわないけど。とくにこんなときには。

「びっくりするなよ」アイヴァンがくり返し、鍵をあける音がしたとき、わたしは玄関ドアに背を向けていた。

とんでもない騒ぎになった。

五匹の動物——犬三匹、豚一匹、大きなうさぎ一匹——が、まるで脱獄したような勢いで家から飛びだしてきた。二匹の犬はいっしょにつながれていて、もう一匹は脚が三本しかなかったけどものすごい速さで走ってきた。しっぽをちぎれんばかりに振りながら、ラスと小さなレディのレイシーと合流して、わたしに群がってきた。興奮して、わたしのまわりをぐるぐる回ったり、においをかいだり、わたしがそこにいるのが信じられないようだった。

小さなピンク色のぶたに足を踏まれて……いいがたい気持ちが湧いてきた。うさぎはどうなったのかはわからなかったけど、視界いっぱいに興奮した顔としっぽが押し合いへし合いしている。

そのまま二時間、五匹の犬と一匹のぶたといっしょにそとで遊んだなんて、自分でも驚きだった。その十秒前には最低の気分だったのに、動物たちがわれ先にとわたしの脚や手に顔を押しつけてきて、そんな気分はどこかにいってしまった。

だから二時間後、家から出てきたアイヴァンがうちに入るようにといったとき、わたしには文句はなかった。彼は依然として不機嫌だということに気づいたので、なおさらだった。

むっつりした顔で、さっきのうさぎを胸に抱いている。

田舎風の台所に入っていく彼が不機嫌なままでも、文句はなかった。

アイヴァンは冷蔵庫に貼ったホワイトボードに、昼食と夕食のメニューを書いていた。きょうは土曜日で、彼が鶏の胸肉を取りだし、ボードには「鶏肉、ジャスミンライス、ビーツ」と書いてあるから、それをつくるのだろう。シェフかなにかを雇っていると思っていたのに、わたしはまったく彼のことを知らなかったみたい。だからわたしはあちこち探して食器棚にあったジャスミンライスを見つけ――カウンターの上にハーシーのキスチョコがたくさん入ったガラス容器を横目に――ちょうどいい大きさの鍋を探しだした。そのあいだずっと、彼はわたしを無視していた。それからわたしたちは料理を始めた。ビーツはどうするのかわからなかったので、料理を彼に任せた。そもそもわたしは料理上手ではないし、一生、塩とコショウで味付けした肉、ライスクッカーで炊《た》ける穀物、蒸したか焼いたかした野菜だけでも生きていける。

わたしがジャスミンライスを一カップ半ずつ測ってそれぞれの皿に盛りつけていたとき――アイヴァンはホワイトボードに、すべての食べものの量を書いていた――アイヴァンの電話が鳴った。彼はわたしの脇をかすめてカウンターの上に置いてあった電話を取り、すぐに出た。「もしもし」

　測りおわったわたしは、彼が電話の相手に話すのを聞いていた。「ああ、彼女はだいじょうぶ……よくなってはいるがまだ病気だ……」〝彼女〟はわたしのことだろう。問題は、電話の相手はだれかということだ。「あした？……それはどうかな……それならいい……わかった。そうする。じゃああした……ぼくも愛してるよ、バイ」

　彼の電話の相手はわたしには関係ない、そう自分にいい聞かせた。

　でももし彼が電話をそのへんに放置して、パスワードがわかったら、きっと見てしまうだろう。

　あしたわたしたちがどこに行くのか、なにをするのか、アイヴァンはなにもいわなかったし、わたしから訊くつもりはなかった。アイヴァンがライスの載った皿に料理を盛りつけ、わたしたちはそれを食べた。

　アイヴァンがココナッツオイルで炒《いた》めたライムチキンの最後のひと口をわたしが食べおわったとき、彼は皿を押しやり、二時間前とまったくおなじくらい不機嫌な顔でわたしに向き直った。肩がこわばっている。

　わたしは最悪を予想して、彼に視線を投げた。

　彼の口から出たのは、まったくわたしが予想していなかった言葉だった。

「ＳＮＳのアカウントを削除してほしい」

「え？」

彼はくり返した。「アカウントを削除するんだ。あんなメールが来るのに多少のフォロワーのためにSNSなんてやる価値はない」

いったいなにが起きているの？「アイヴァン」わたしは困惑していった。「あんなメールがまだ来ているのかどうか知らないし、DMやコメントは――」

「チームのアカウントを削除してもいい。リーはわかってくれる」彼の言葉はどんどん怒りを帯びてきた。

「リーコーチは知ってる。具体的にではないけど。数か月前に話したから」

アイヴァンの瑠璃《るり》色のまなざしはまるでレーザー光線をふくんでいるかのように、わたしを居心地悪くさせた。「なんだって？」

「わたしがあなたのパートナーを引きうけたとき、彼女と話をした。あまり詳しい話はしなくて、なぜわたしが過去にアカウントを削除したのか、その理由を話した」

「ちょっと待て……」

わたしは無視して続けた。「またなにかあったら彼女に報告するようにといわれていたけど、わたしはしなかった。メールを読むのをやめただけ」

彼はまばたきした。「きみはリーにいった。でもぼくにはいわなかった」なぜ彼の言葉はまるでロボットがしゃべっているように聞こえるのだろう？

「そう。あなたに知らせる必要があると思わなかったから」

ほら、アイヴァンはまた不機嫌になった。「ぼくに知らせる必要があると思わなかった?」

「そう。そのころは話もしていない間柄だったし。意味がないと思った。あなたが気にするとも思わなかったし」わたしは肩をすくめた。べつに悪いとは思わなかった。

「ぼくが気にすると思わなかった?」彼はひとり言のようにつぶやき、殺気のこもった目つきでわたしをにらみつづけている。

「いまはちがうよ。友だちだし。パートナーだもの。落ち着いてよ。だいじょうぶだから。攻撃的なメッセージや脅迫を受けたことはないし。いつも……写真とかああいう動画だった。もう来ていないかもしれないし」

わたしが話している途中で、アイヴァンは顔を天井に向けた。わたしのほうを見ないままいった言葉は、まるで金属がこすれ合うような音に聞こえた。「TSNの撮影をいやがったのはこれが原因だったのか?」

いいたくなかったけど、正直にいった。「そう。それも理由のひとつだった。あなたに笑いものにされたくないといったのも、ほんとうだったけど」

彼は高い天井にむき出しになっている梁《はり》を見ながら、喉を鳴らしてうなった。ため息をつき、首を振る。

わたしもため息をついた。「もうやめて。だいじょうぶだから。自分のしていることはわかっている」

彼はあきれた顔になった。「ああ、頑固に弁解しつづけてるんだろ。それにだいじょうぶじゃない」

わたしは冷笑した。

彼ににらみつけられた。

まあ、彼のいうことにも一理あるのかもしれない。「いい？　わたしはだれにも心配かけたくないの。みんな自分のストレスがあるんだから、わたしの心配までする必要はない。わたしは……自分の生活は変えないし、着たいものを着るし、どこかのくそ野郎のせいでそれを変えたりしない。いままでこんなに悩まされたことさえ、いやになってるんだから」

彼はにらみつづけている。

「助けてほしかったら、そういうから」

彼は鋭い声で笑った。嘘の笑いだ。わたしのいったのが何重ものたわ言だとわかっている。「たとえ腎臓移植が必要になっても、きみはだれにも助けを求めないよ、ジャスミン」彼は首を振り、口元をゆがめた。「ぼくがきみのことを知らないと思ってるのか？」

しまった。

「きみは頑固だ。あまりにも頑固だから、ぼくは怒りでおかしくなりそうだ。何回きみの首を締めたくなったか知ってるか?」彼は明らかにいらいらして首を振った。

わたしはまばたきした。「わたしが首を絞めたくなった回数の半分くらいでしょ」

彼はわたしのジョークに乗ってこなかった。「ぼくたちの関係は、結婚よりも大事なものだ」

わたしは天を仰ぎ、〝結婚〟という言葉を流した。

「それは事実だし、きみもわかってる。きみが健康でいてくれないと困るし、集中できないのも困る」

不安が胃にこみあげてきた。「わかってるわよ、アイヴァン。わたしがいなければ競技に出られない。ちゃんとわかってるから。あなたに迷惑をかけるつもりはない。病気になって振り付けが始められなくなったのはわざとじゃないのよ。わたしが悪いと思っているのは知ってるでしょ」

彼の目つきはいっそう……。

「きみはぼくの友だちだろ。パートナーだけじゃない。そういうたわ言はやめろ」

激しいけんまくに気圧《けお》され、彼の顔が激怒でこわばるのを見つめた。

「ぼくがきみの安全を気にするのはきみが大事だからだ。ぼくがパートナーを自分の家に連れてくると思うか？　自分の生活に入れると思うか？　パートナーの家族とつきあうと思うか？　そんなことはしないし、これまでもしたことがない。十代のときに、当時のパートナーに、うちの両親がジュニアの大会でお金で優勝を買ったといういいがかりをつけられ、脅迫されて痛い目に遭った。だからいまでは契約書をつくり、プロフェッショナルな関係に限定している。最初のパートナーにぼくと両親を脅迫されたときのような、不愉快な思いはもう二度としたくない。だがきみは……」

そんな……知らなかった。

彼のジュニア時代のパートナーをどついてやりたくなったけど、それはあとで考えよう。

「きみは、ぼくにとって、大事な、人間だ。ぼくのせいできみになにかあったら、自分を許せない」声がどんどん大きくなる。「きみのことは、ぼくの妹が転んだときに助け起こしていた小さなころから知ってる。きみは妹にぼくのことを質問しなかった。きみは妹への態度を変えることもなかった。ほかの子供たちのように、苗字のせいできみとカリーナはただうまがあったんだ。きみがしてくれたことは妹から聞いたよ。妹は、だれのこともこわがらないジャスミン・サントスの話を家族全員にしたんだ。ジャスミンはユニコーンが嫌いでペガサスが好きなんだって、ペガサスは空を飛べるからって。

ぼくは何年も前からきみをパートナーにしたいと思っていたんだ、まったく。カリーナから、きみがペアへの転向を考えていると聞いて、ぼくになにかいってくるだろうと思っていた。通りがかりのジョークという形でも。ぼくを負かしてやるからとか、なんとか。そうしたらよく話しあおうと思っていた。だがきみはなにもいわなかった。気づいたら、きみにはパートナーがいた。きみの半分もうまくないまぬけだ」

わたしはまた、架空のドラッグをキメているのだろうか？

「憶えてるか？　そのあと半年、ぼくがきみにいっさい話しかけなかったのを」彼はわたしをじっと見据えて訊いた。

わたしはうなずいた。話しかけてくるようになったら、いきなりひどい悪罵ばかりで、それがその後二年間も続いた。自分でもよく耳から出血せず、彼の車を傷つけないですんだと思う。

「きみは十三年間もぼくの人生にいるんだぞ。それなのに、きみを大事に思っていないなんてどうして思える？　ぼくたちが悪口をいいあっているのはそれを楽しんでいるからだ。そんなふうにいいあえる相手はほかにはいない」

わたしは……彼のいうとおりだ。いつも彼のいうことに腹をたててきたけど、そのレベルで話せる相手は彼だけだった。何年間も、彼にはめちゃくちゃいらいらさせられた。

でも……。

わたしは口をあけたけど、言葉が出てこなかった。

わたしを──

彼は──

つまり──

彼の手が、テーブルの上のわたしの手を取った。手にまったく力が入らなかった……あまりにもショックで。びっくりして。青天のへきれきだった。「頑固で、口が悪くて、気難しいきみになにも起きてほしくない。ぼくのパートナーでも、そうでなくても。わかったか？」

これは、いったい、どういうこと？

「だが今回のことをそのままにするつもりはない。きみには安全でいてほしい。幸せになってほしい。だがきみの秘密主義とかたわ言は許さない。だからそれに慣れるんだな。お母さんの事故についてだって話してくれればよかったんだ。DMやコメントのことについても教えてくれればよかった。今回にしても具合が悪いといってくれればよかったんだ、ジャスミン。だがそういうのはもう終わりだ。これからはなんでも話すこと。

安全。幸せ。いいな？」

わたしの隠しごとを許さない。

わたしはなにもいわなかった。アイヴァンはそれを同意と受けとめたらしい。わたしの手を放して背筋を伸ばし、よくわからない表情を浮かべて会話を終わりにした。

「話は済んだから、ぼくは犬の散歩に行く。いっしょに来るか？　もし途中で疲れて歩けなくなったら、引きずってきてやるよ」

16

「やめといたほうがいいと思う」

テスラの運転席のアイヴァンは肩をすくめ、わたしにたいして朝からふたつめの言葉を発した。「だれにもうつらない。感染期間はもう過ぎたよ」

そういうなら、まあいいか。

きのうは一日じゅう、彼がわたしの荷物を運びこんだ客間で、寝たり起きたりして過ごした。ここに着いたばかりでペットに気をとられていたので、自分が荷物を地面に置き去りにしていたことにも気づいていなかった。

夕食後、ふたりで長距離の犬の散歩に出かけた。彼は市の中心から四十分の場所に百三エーカーの土地を所有していて、できるだけ毎日、犬——そしてぶた——の散歩をしている。一日に二回、彼がわたしと練習しているときに、エリーという女性がやってきて、動物たちに餌をやり、薬をのませて、しばらくそとを走らせている。

そんなこと、まったく知らなかった。

どうしてこんなにたくさんの動物を飼うことになったのか、訊いてみたかったけど、正直いって、ゆうべの話以来、わたしは彼とどんな顔をして話したらいいのか、よくわからなかった。わたしにあんなふうにいった人は、いままでだれもいなかった。ママ以外は、ということでは。

彼はわたしに安全で幸せでいてほしいといった。それはパートナーかどうかとは関係ないとも。

それならなにに関係があるの？　知りたい。でも訊くのがこわかった。彼の答えでいままでわたしたちが築きあげたものが壊れてしまったらと思うと。

真実を知らなくてもいい。

だから、少なくとも一マイルは歩いた散歩のあとで、わたしは黙って彼について居間に入り、彼の向かいのソファーに坐って、ラスと八歳で三本脚のハスキー犬、クイーン・ヴィクトリアに囲まれた。膝の上に一匹、脇に一匹。クイーン・ヴィクトリアはわたしにすごくなついている。十分後、わたしは意識を失い、数時間後、アイヴァンに額をはじかれて目を覚まし、半分眠ったまま、うなじに手を置かれて客間に連行された。

それでも、布団にもぐりこみ、あごの下までアイヴァンが布団をあげてくれたことや、わたしの額に手を置いて、それから電気を消して出ていったことは憶えていた。

次の日の朝は寝坊して、十二時近くまで起きなかった。それだけ具合が悪かったということだ。アイヴァンはいなかったけど、冷蔵庫にメモがあり、〈LC〉に行って午後一時ごろに帰ると書かれていた。それに、もし女性が家に入ってきても心配しないように、彼女はペットの散歩係／シッターのエリーで、普段は朝七時に来るとも書かれていた。わたしは眠っていて起きなかった。

せっかくひとりなのだから、彼の家のなかをこそこそかぎまわり、アイヴァンについてさらに驚くようなことを知った。

うさぎには五つの寝室のうちのひとつが与えられていて、専用の広々したすてきな遊び場とハウスがあった。正直いってわたしの部屋よりもいい部屋だ。

彼の主寝室には大きな犬用ベッドが四つと小さめのベッドがひとつあり、間違いなくテンピュールマットレスの特注品が敷かれている。ラスといっしょにベッドに坐ってみた。ちなみにラスはクイーン・ヴィクトリアといっしょに、わたしが眠る部屋の前で寝ていた。犬たちのベッドもわたしの自宅のベッドよりも気持ちよかった。

アイヴァンはナイトスタンドのひとつに潤滑油のチューブを置いていた。胃が不安で鈍く脈打ったけど、わたしは見なかったことにした。

彼の家は整理整頓されていた。

バスルームには化粧品はなにもなかった。つまりあの完璧な肌は生まれつきなのだろう――まったく頭にくる。でも抽斗のひとつにオーガニックの整髪料の小さな容器が入っていた。

どこにもコンドームはなかった。

でもトロフィー、盾、金メダルふたつが保管されている部屋はあった。

デスクトップコンピュータがあったけど、パスワードは破れなかった。

飾ってある写真は家族といっしょの一枚と、ペットのスナップ写真と、家族の写真だった。わたしもそのうちの二枚に写っていた。

すごく興味深い。

わたしが唯一驚かなかったのは、白いフレンチブルドッグのレイシーは、九十九パーセントの確率でわたしを好きじゃないという事実だった。目が合うたびにわたしをじっとにらみつけてくる。わたしはレイシーを気に入った。わたしをどう思ったらいいのかわからないということは、彼女が賢いということだ。

アイヴァンが帰宅するまでに、彼の家全体の偵察を終えていた。抽斗や戸棚をあけてなかをのぞいたけど、悪いとは思わなかった。彼はわたしをよく知っている。当然、わたしがそうするのは予想しているはずだ。

家のなかを動きまわっているうちに熱がぶり返してきて、わたしは客間に戻り、昼寝した。そのあいだにアイヴァンは犬――とぶた――を散歩に連れていった。なにか濡れたものが顔にさわって目が覚めたのは、午後六時のことだった。胸の上にピンクのぶたが乗っていて、アイヴァンはベッドの脇に立ち、わたしを見おろしていた。あの大きなうさぎを腕に抱いて。

「なに?」わたしはしわがれ声でいいながら、小さなぶたをなでた。

灰青色の目でわたしを見つめたまま、彼はいった。「眠ってるときは一見かわいく見えるな」

わたしはまばたきした。

「〝一見〟だよ」

ぶたをなでながら、用心深いまなざしでアイヴァンを見た。彼もうさぎをなでている。「なんでそこに立ってわたしを見てるのよ、変態」

アイヴァンはぶたを見ながらいった。「起こしにきたんだ。うちの親の家に晩餐《ばんさん》に行く。着替えろ」

「あまり気分がよくない」

「食べるだけだ。一時間坐ってるだけでいい。母さんがきみのことを心配している」

まずい。

「みんなにうつしたくない」これはほんとうだった。ルーコフ一家は昔からずっとわたしによくしてくれている。心から。彼らは裕福で——ありていにいえばお金持ちで

──歴史のどこかでロシアの皇族と姻戚《いんせき》関係にあった血筋だと、カリーナはいっていた。でもわたしが会ったことのある人のなかでもとびきり親切で、礼儀正しい人たちだ。

それにわたしの〈ＬＣ〉の料金を大幅に割引してくれている。九割引きくらい。この十年間でわたしが負担したのは、コーチの報酬と振り付け料だけだった。

「だいじょうぶだって」アイヴァンがいった。当たり前のようにうさぎを抱いて、そこに立っている。「父の日なんだ。父に会いたい」

父の日？

「知らなかったのか？」アイヴァンはわたしの心を読んでいった。

この一か月ほどあまりに忙しくてまったくテレビを観ていない……「知らなかった」

彼は眉をひそめた。「先に自分のお父さんに会いにいく？」

わたしは迷わず首を振った。その動きにもまだ力が入らなかった。

「いいのか？」

「いいの」わたしが連絡しようとしまいと、父は気にしない。たぶん気がつかない。

でも……。

いい人間になるんでしょ。

だから連絡するべきかもしれない。メールくらいは送れる。

わたしは彼の娘だと思いださせる。父にとっては期待はずれの娘だとしても……。「車のなかでメールする」わたしは肩をすくめながらアイヴァンにそういった。たぶん父は義理の子供たちと楽しんでいるだろう。一瞬、奇妙な感情がからだのなかで渦巻いたけど、押しやった。遠くに。「兄とアーロンにも送る」

「行くだろ？」

ミスター・ルーコフのためなら。まだ具合は悪いけど。アイヴァンは一時間といった。一時間ならなんとかなる。

彼は一瞬間をおいてうなずき、わたしと、わたしの首元にやってきたぶたを見て、ほほえんだ。「きみといっしょにシャワーを浴びるかもしれない」

こぶたはわたしに鼻を押しつけて柔らかく二回鼻を鳴らし、わたしはちょっと心がうずいた。「ほんとに？」

彼がうなずいたのは見えなかったけど、「ああ」というつぶやきは聞こえた。

「いいの？」

目をあげると、彼はまだわたしを見ていた。「いいよ」

エネルギーが半分吸いとられてしまった気分だし、頭痛は続いていたけど、わたしはからだを起こし、シャーロットをベッドに置いて、脚をおろして立ちあがった。

「もしまだ頭痛がするなら、ベッドの横のテーブルに鎮痛薬を置いてある」アイヴァンがいった。

うなずき、薬を口に入れてベッド脇に残っていた水でのみくだした。そのとき彼が水を置いておいてくれたのだと気づいた。

わたしはアイヴァンを見た。さっきいた場所、つまりわたしから二フィートのところにうさぎを抱いて立っている。いままででいちばん素直にいえた。「ありがとう」

彼は驚かなかった……ただわたしを見た。大きなうさぎを抱きながら。

シャワーを浴び、三分かけて着替えて、水をもう一杯飲んだあと、車ですぐの彼の実家に到着した。すでに眠くなっていた。

ルーコフ邸はヒューストン南部にある二エーカーほどのゲーティッド・コミュニティのなかにあり、家と家とはあいだをあけて建てられていた。広さは五百平方メートル以上、タイル屋根で漆喰仕上げの壁の建物で、十代のころカリーナとわたしがよく遊んだ広いプール付きだ。

アイヴァンは建物の裏につながるカーブした車寄せを進み、四台の車をとめられるガレージのすぐそとにとめた。わたしは疲れたため息をついて車をおり、昔よく使った裏口へと向かった。アイヴァンが鍵でドアをあけ、わたしは彼の装いを観察した。ボタンダウンシャツをぴったりしたグレーのパンツにたくしこんでいる。パンツはオーダーメイドだろう。彼の筋肉の発達したお尻を収めるにはストレッチ素材でないと既製品では無理だ。それにブーツのようにも見える黒い革靴。わたしは自分のピタTとレギンスを見おろし、内心で身をすくめた。ルーコフ家の人々にはもっとひどい恰《かっ》好《こう》を見られたこともある。みんなわたしが具合悪いのを知っている。それにあたらしい彼氏の家族に会うわけではないのだから。

もっともそんな経験は一度もないけれど。ペアに転向する前に何人かデートしてみたことがあった。でもどの男も二度目のデートでいやなやつだと判明した。ひとりだけ二、三か月もった人がいたけど、いまとなっては顔も思いだせない。

「おーい」アイヴァンは裏口のドアから台所に入ってすぐに声をあげた。

わたしはドアをしめ、一瞬ぐったりとドアにもたれた。台所は変わっていなかった……一年くらい前と。カリーナの誕生日のお祝いにきたのは、くそったれポールがわたしを捨てた直後のことだった。そのあとカリーナは医学部に入学するために家を出た。

「居間にいるわ！」ミセス・ルーコフの声がした。

アイヴァンはふり向いてわたしを見て、顔をしかめた。「だいじょうぶか？」

うなずいたけど、それだけでもしんどかった。

彼はそれを見て顔をしかめた。「うちにいるべきだったな」

「だいじょうぶ」わたしはいって、ドアからからだを起こした。

その言葉を真に受けたようには見えなかったが、近づくわたしに、彼はなにもいわなかった。

代わりに手を差しだしてきた。わたしはなにも考えずにその手を取り、彼の脇にもたれかかった。慣れているから、ということもできた。彼のすぐそばに立つことに慣れているから。でも必要以上に自然に感じられた。

「そんなに気分が悪いのか？」彼は優しく訊いて、わたしの体重を文句もいわずに受けとめた。

わたしは彼の肩に顔を押しつけて首を振った。「疲れてるだけ」

彼が手に力をこめた。「もっと水を飲む？」

「平気だってば」

彼は「ふーむ」といい、「どこが痛むんだ？」と訊いた。

わたしは息をのみ、目を閉じた。「どこもかしこも」

アイヴァンは躊躇なくいった。「ハグしてほしい？　このあいだはそれでよくなった」

わたしはうなずいた。

アイヴァンは無言でわたしのほうを向き、筋肉質の長い腕をわたしに回し、自分に引き寄せた。わたしの顔は彼の胸筋のあいだにはさまれたスペースにはまった。思わずため息を洩らす。彼は片手をわたしの背中にあて、上下になでてから、上のほうにやり、左右の肩甲骨をなでた。円を描くように回して、まるで魔法のように痛みを消した。

「気持ちいい」わたしはささやき、彼に近づこうとした。

病気のせいで抱きしめてほしくなっていた。相手がアイヴァンならなおいい。彼は大きくて完全につつみこんでくれるし、変に愛情や接触に潔癖ではないから、変に意識しすぎない。

その手がわたしのうなじをマッサージしてこりをほぐしていく。わたしは低い声を洩らした。

アイヴァンはわたしのつむじに小さく笑った。「そんなに気持ちいい?」

「すごく」わたしはささやき、ほぼ全体重を彼に預けた。「このまま寝ちゃいそう」

「帰ったらまた背中のマッサージをしてやる」彼はいった。

「約束?」

彼がまた笑う。「約束する。だがぼくが病気になったら、恩返しするんだぞ」

「いいわ。うーん」

「約束?」彼はおもしろがっているような静かな声で訊いた。

「約束する」

わたしは彼の胸にため息をつき、いつもつけているコロンの甘い香りを吸いこんだ。

「まあ、かわいそうに、ジャスミン」聞き慣れた声が近くで聞こえた。

わたしは固まった。自分がどこにいるかを思いだし、ミセス・ルーコフにどう思われるかと焦って一歩さがろうとしたけど、わたしに回された腕がきつく締まった。そのせいで、まるでいちゃいちゃしているところを見つかったかのように、飛びのくことはできなかった。アイヴァンはわたしをハグして、背中をマッサージしていただけだ。大したことじゃない。このあいだ、アイヴァンの目の前で真っ裸になり、あちこちさわられたのにくらべれば。

でも彼にハグしてもらってるところを見られるのは、キスしているところを見られるより無防備で個人的なことに感じられた。

少なくともわたしには。

「具合がよくないんだ」アイヴァンはわたしの頭の上でいった。まるで髪に話しかけているように聞こえた。

「解熱剤はのんでる?」ミセス・ルーコフがうしろで訊いた。

わたしは動かないでいった。「こんばんは、のんでいます」アイヴァンが時間ごとに渡してくれたから。

どうして、熱があることを知ってるの?

「ヴァーニャ、ひとり占めはやめなさい。わたしにもジャスミンにハグさせて」

アイヴァンがもう一度腕にぎゅっと力をこめてから放したので、わたしは顔がほてるのを感じた。彼女の息子に優しくされているところを見られたからではなく、熱のせいで赤くなっているように見えるようにと祈った――まだ熱があるかどうかもわからないけど。アイヴァンの腕がはずれて、わたしはゆっくりとふり向き、ずっとすぐうしろにいたらしいミセス・ルーコフと面と向き合った。

彼女は満面の笑みを浮かべてわたしを見た。わたしのママより少し年上で、ミセス・ルーコフは、子供たちふたりの完璧なミックスの中年版といった見た目だった。黒髪で、長身で、ほっそりしていて、まっ白な肌と明るい青い目はアイヴァンに受け継がれている。わたしのママにも引けをとらない美人だった。

ただ、性格がいかれていないだけ。

「ひどい顔をしてるわ、ジャスミン」ミセス・ルーコフはいい、両腕でわたしをつつんでハグした。身長百七十センチメートルで、並ぶと自分が小さくなったように感じる。

「ひどい気分だから」わたしは正直にいって、ハグを返した。「わたしも招いてくださってありがとう。うつらないといいんだけど」

「まあ、気にしないで。ヴァーニャが土曜日の夜にお宅で夕食をごちそうになったと聞いて、あなたを連れてらっしゃいってずっといってたのに、この子ったら聞こえないふりをして。あなたがパートナーになると聞いて、すごく楽しみにしていたの。ペトルとわたしは前から時間の問題だと思ってたのよ」

彼の両親はほんとに優しくて、少し甘い。でもわたしはふたりが大好きだった。

「何年も前に、ふたりが金メダルを獲って表彰されている夢を見たの」彼女はわたしがまるで赤ん坊であるかのように、優しくゆすった。わたしはされるがままになっていた。自分のママでもこんなことはしてくれない。「もしかしたら正夢かも？」

わたしは思わずからだをこわばらせた。ありえないから。

少なくともアイヴァンといっしょにはない。

でもそれはわかっていたことだ。がっかりする理由はない。なにもないよりはましなのだから。オリンピックの金ではなくても、なにかの大会では勝てるだろう。

それで満足しないと。

「そうなったらうれしいけど」わたしはうつろな声でいった。「パートナーがだれでも、アイヴァンはきっと立派に見えると思います」

今度はミセス・ルーコフのからだがこわばった。頭の動きを感じたけど、彼女がいったのは「ふむ」だけだった。どんな態度をとればいいのか、よくわからない。

リラックスするように自分にいい聞かせても、無駄だった。

なぜなら二年後、オリンピックでアイヴァンの隣にいるのはわたしではない。わたしはそれを受けいれないといけない。

頭ではわかっているけど。

でもミセス・ルーコフがなにを考えているのかは、わからなかった。

一分後、彼女はわたしの背中をぽんと叩き、アイヴァンがしてくれたように円を描くようになでながら、いった。「わたしにはわかってるのよ、このウィルスをやっつけるのになにが必要か」

何年も前、生理中だったわたしはミセス・ルーコフの特製のお茶を飲んで吐きそうになったことがある。腹痛がよくなるからといって出されたのだ。でもすっかり食欲がなくなってしまった。

「生搾りオレンジジュースでビタミンCを――」

ああよかった。わたしはリラックスした。

「それとウォトカ。体内の悪いウィルスを全部やっつけてくれるわ」

わたしはからだをこわばらせた。「えーと――」

「ヴァーニャはあなたが抗生物質をとってないといってたけど」彼女はいった。「あしたは練習がないのだから。きっと効くわよ、ジャスミン」

アイヴァンはどこにいるの？　わたしはそれを飲めないといってくれないと。飲みたくないのに。ウォトカの味が好きじゃない――

「まさかノーとはいわないでしょ？」ミセス・ルーコフが訊いたけど、それは挑戦のように聞こえた。

わたしはよく人と口論になるし、悪態をついたことも数えきれない。家族以外の人間にどう思われても気にしないし、家族を困らせても気にしなかった。

相手がママだったら、ノーといっていた。

でもこれはミセス・ルーコフだ。

その声で、彼女がよかれと思ってすることをわたしが断ったら、きっと傷つけてしまうとわかった。

しかたない。

「そんなことしません、ミセス・ルーコフ」わたしがいうと、アイヴァンにふくらはぎを蹴られた。

お返ししようと脚をあげたけど、彼は遠すぎた。

「よかった」彼女はいって、ほほえみ、肩に両手を置いた。「ヴァーニャ？」床を見おろし、とまどったように訊いた。「ベイビーたちは？」

ベイビー？

「うちに置いてきた」アイヴァンがいった。

ああ、そうか。

「レイシーも連れてこなかったの？」ミセス・ルーコフはがっかりしたようにいった。

「ああ、レイシーはいちばんだめだよ」

彼女は肩を落とし、顔をしかめて、わたしに首を振った。「いつも二匹は連れてくるのよ。いつも。散らかすし、そこらじゅう毛だらけになるけど、いないとさびしいわね。おかしいでしょ、ジャスミン？」そういって、愛情たっぷりの母親ならではのまなざしでアイヴァンを見た。「ヴァーニャと保護犬たち。この子はいつでもほかの人たちが欲しがらないものを引きとるのよ、小さいときから変わらない」

わたしは上半身が震えるのを感じた。アイヴァンをちらっと見ると、彼はキッチンカウンターによりかかって、胸の前で腕組みしていた。目が合った。彼は目をそらさなかった。

「次は連れてきてね。スープはもうできているのよ、あなたたちの飲みものをつくるから、そうしたら食べましょう」ミセス・ルーコフは浮き浮きとしていった。

§

目が覚めたら、そこは自分のベッドではなかった。

自分のベッドでないとわかったのは、裸で寝るはずがないからだ。それにわたしの部屋の壁は藤紫色ではない。いままで一度も裸で眠ったことなんてなかった。うちの家族はわたしが眠っていてもかまわず部屋に入ってきてなにかする。そんなとき、裸を見せて、びっくりさせたくなかった。

目をしばたたきながら薄暗い部屋を眺め、自分の部屋でも自分の家でもないしるしがほかにも見つかった。

パンティーしかはいていないわたしのウエストに、だれかの腕が巻きついているなんてどの宇宙でも、どの地獄でも、ありえない。

わたしの腰からおなかに巻きついた腕に毛が生えているのを見て、パニックになってもおかしくなかった。うなじにだれかの息を感じて、悲鳴をあげても不思議ではなかった。

でもそうしなかった。

なぜなら藤紫色に見覚えがあったから。きのう家をこそこそかぎ回ったときに、見た。そしてわたしのおなかに置かれた問題の腕の肌色にも見覚えがあった。わたしよりも白く、黒いうぶ毛に覆われている。縄のような引き締まった筋肉に覆われた前腕。それでもじゅうぶんでなければ、おなかの上にある手の指の形は、たとえ目隠しされてもだれのかわかる。

でもそういうことすべてをわかっても、わたしはマネキンのように硬直して横たわっていた。上半身裸で、こんなふうにさわられても許せる唯一の男の腕に抱かれて。

許せるのは、わたしが彼を信用しているからだ。でもそんなこといわないけど。なぜなら、自分がいつから彼を信用するようになったのか、よくわからないから。でもどこかの時点でそうなった。気がつかないうちに。

それにしても、いったいなにがあったの？

「おはよう、ミートボール」聞き慣れた声がそっとささやき、彼の息をうなじに感じた……それに、彼の口から出るすべての音を形づくる、やわらかな唇まで。

「おはよう？」わたしはぎょっとして顔をしかめた。でも自分で思ったよりは驚いていなかった。

いったいなにがあったの？　考えようとしたけど……全身がすごくだるいということと、彼の実家に行ってミセス・ルーコフにボルシチを出され、彼女はそう呼ばないけど実質的にはスクリュードライバーである飲みものを、アイヴァンは二杯でやめるようにいったけど、何杯もお代わりを注がれて、そのあとのことはいっさい記憶がないということしかわからなかった。

でもうちのママといっしょで、だれもミセス・ルーコフをとめられない。息子はとくに。

いったいなにがあったの？　アイヴァンがわたしのうなじでため息をついた。

「びびる必要はない。きみは車からおりるときにゲータレードを全部吐いて服をよごし、夜中にぼくのベッドにもぐりこんできただけだよ」

嘘でしょ。わたしはおそれおののき、うめき声をあげた。心からおののいていた。ゲータレードはいったいどこから来たのか、そんなに吐くほど酔っ払っていたのか、それにどうしてシャワーを浴びずに服を全部ぬいだのか？　わたしがお酒を飲まないのには理由がある。高カロリーのお酒もあるからという以外の理由が。

アイヴァンはくすくす笑って、わたしのうなじに口をつけた。「自分のベッドに戻れといったのに、きみは死にそうだといいはって――」

まさかといいたかったけど、いえなかった。

「――それに『壊しちゃったの』とくり返した。だからぼくは、なにを壊したのかと訊いた」彼は言葉を切り、その息が速く、軽くなるのが感じられた。

こいつ。

笑っている。半分寝ぼけて、笑いをこらえてる。

「そしたら、きみは、自分の……自分の……」彼は言葉に詰まり、息遣いがどんどん速くなって、笑っているんだとわかった。上半身が震えているのもそのせいだ。

わたしはうめいた。「黙れ」

彼はまだ震えている。「きみは自分の肝臓を壊しちゃったといい張っていた」

いいでしょう。実際、わたしはなにか壊したい気分だった。めちゃくちゃに。なにひとつ憶えていない。いままであんなにお酒を飲んだことはなかった。もう二度としない。でもミセス・ルーコフは、わたしの飲みものにどれくらいウォトカを入れたの？　そんなにお酒が入っているとは思わなかった……。

まったく。

アイヴァンは続けた。「そしてぼくに、病院に連れていけというんだ」

わたしはうめいた。内心でも。

「そしてぼくに、肝臓がばらばらにならないように押さえていてくれと」

ああもう。

「『少しだけ、ヴァーニャ、少しでいいから』」彼は吹きだしそうになっている。「『壊しちゃったの』」

わたしが彼のことをヴァーニャと呼んだ？　それはあとで考えることにして、とりあえず重要なことに集中した。「それでわたしを自分のベッドで寝かせたの？　シャツもなく？　わたしの肝臓を押さえておけるように？」

わたしに巻きついた腕に力が入った。「きみがそういいはったんだ」

「ブラもなく」

「その恰好で来たんだよ。どうすればよかったんだ？　無理やり服を着せる？　酔っ払った自分がどんなに頑固かは知ってるだろ」

「あなたは服を着られたでしょ」

「ぼくは自分のベッドでぐっすり眠ってた。そこに入ってきたのはそっちだろ」

わたしは首を回して彼の顔を見ようとしたけど、自分が歯を磨いていないのに気づいた。「パンツをはいてるの？」

「いや」

「それぐらいつけられなかったの？」

「せっかく暖かく寝ていたのに？」

「わたしにシャツを着せてくれてもよかった」

「きみの許可なくからだにさわることになっても？」

わたしは息をとめた。でもおなかの上で彼の手が動くのを感じて、あきれていった。

「なにいってるの、いまさわってるじゃない」

彼の笑いはゆっくりで、まったく反省の色がなかった。アイヴァンらしい。

「あなたがシャツを着てもよかったのに」

彼は笑うのをやめて、いった。「ごめんだね」

いつか殺してやる。

「わたしたちが、こうしていてもいいと思ったの？」

彼が肩をすくめたのを、見るというより、からだで感じた。

「どうしてベッドから出なかったのよ？」

彼はふんといった。「なぜぼくが？　ぼくのベッドだ」その笑いの息がわたしのうなじにあたる。「それにきみの裸が初めてというわけじゃないし――」

わたしはうなった。

「ぼくの仕事はきみを安全に保つことだ」

ものはいいようだ。「わたしが服を着ていないときはいいのよ」

「だがそれもしたよ、憶えてるだろ？」

彼のいうことにも一理ある？　もちろんある。わたしは気にするか？　もちろん気にしない。

「どのパートナーでも酔っ払って裸のままベッドに入れるの？」

彼は一瞬、息と笑いをとめたが、すぐに力をぬいていった。「いや。きみはどのパートナーにも裸を見せるのか？」

「いいえ」――〝そんなわけないでしょう〟といいたかったけど、頭ががんがんしてそれどころではなかった。

短い沈黙のあと、アイヴァンが意外な質問をした。

「彼に未練がある？」背中になにかがあたった。たぶんパンツのなかの彼のあれだけど、大したことないと自分をごまかそうとした。でも、大したことに決まっている。友だちは相手のペニスにさわらないものだ。

〝セックスフレンドならさわる〟頭のなかで小さな声がささやいたが、すぐに黙らせて、聞き返した。

「だれに？」

一瞬間があり、「ポール」

今度は「そんなわけないでしょう」とすぐに出てきた。

背中に彼のあれがついたままで、アイヴァンは訊いた。「ほんとに？」

「ほんとに」それからわたしはふり向いて、そこにいる彼を見た。わたしのすぐうしろに。「前のパートナーたちに未練がある？」頭のなかでそんなばかな質問はやめろという警告が響いたけど、訊いてみた。

「ちっとも」彼もいった。

ふむ。

「ミンディが一年休んだせいでわたしと組むことになったのを後悔してる？」わたしはまたばかな質問をして、いった瞬間に後悔した。

アイヴァンはわたしをじっと見た。すぐそばで、ふたりともなにも着ていなくて、あまりにも長いあいだ見ているので、彼は答えないのだろうと思った。でも答えて、そのひと言にはそれ以上の意味があるように感じた。「してない」

してない。

そうか。

わたしたちはどちらも、なにもいわなかった。一分たっても、ナイトスタンドの上にあるデジタル時計によれば、五分たっても。

わたしにぶつかっている柔らかくて硬いものが動き、わたしはあそこの芯で感じた。そろそろ自分でしたほうがいいかも。具合が悪くなった日の朝以来していないのは、わたしにとっては新記録だ。

「アイヴァン?」そっと呼びかけた。

「うん?」彼はまた眠そうだった。

「自分のものをどかすか、それともわたしたち、そういう友だちになるってこと?」

彼は低く笑っていった。「そういう友だちになるってことだ」

わたしはどこかで失望を感じたが、そもそも彼のベッドにもぐりこんで恥をかいたのは自分なのだから、とおのれにいい聞かせた。

17 夏／秋

スクワート：〈マーゴッツ〉で午後七時にパパと夕食
セブ：OK
ジョジョ：いいよ。ジェイムズといっしょに行く
タリ：いいね
ママ：ベンといっしょに行く
スクワート：わかったわ、ママ
ママ：しかめっ面をしているでしょ、ルビー。やめなさい
ママ：わたしは結婚している。あの人も知ってる。あの人も結婚してて、わたしは知ってるもの
スクワート：なにもいってないでしょ！
ママ：でも気に入らないんでしょ
スクワート：-_-

ママ：お行儀よくするから
スクワート：約束する？　パパを怒らせない？
ママ：約束するわ。なにもいわない
スクワート：約束したからね
スクワート：ジャス、来るでしょ？

わたしはため息をつき、手の甲で眉をこすった。パパが数日前に着いたのは知ってる。忘れていない。

ただ、パパが泊まっているルビーの家には行かないことにしていただけだ。

一日に二回の練習、バレエ、ピラテス、ジムでの筋トレ、ランニング、仕事で疲れていた。最初の大会があと二週間と迫り、大事なときだった。時間が足りないし、わたしは大きな重圧を感じていた。この二か月ほどずっとそうだ。インフルエンザから回復して、ようやく帰宅をアイヴァンに〝許可〟されて、すぐにショートプログラムとフリーの振り付けの練習を始めた。わたしたちは、ほとんどのペアが参加する、大きな大会のあとでおこなわれるガラのエキシビション用プログラムをわざわざつくることはしないと決まった。アイヴァンとわたしは――リーコーチもふくめて三人で、なにかつなぎあわせられるだろうと判断した。

彼がその曲を決めたとき、わたしたちは全員笑った。

そもそも振り付けを憶えるのは大変だけど、アイヴァンよりもわたしのほうが大変だった。彼にはそういわなかったし、そんな素振りも見せなかった。なぜならわたしは最初から練習する必要があったから。コーチや振付師のいないときに、五百回練習しなければいけないから。

わたしが三脚とカメラをもってきて練習を撮影しはじめたのを変だと思ったとしても、だれもなにもいわなかった。リーコーチはすでに自分のカメラを設置して、肉眼ではとらえられない細かなミスを分析するつもりだった。わたしも、夜に自分の部屋や居間で動きやエレメントを追うために、カメラが必要だった。平日わたしはママかタリかジョジョを〈LC〉に連れてきて、夜遅く——十時から十二時まで——わたしが滑るのを見てミスを正してもらった。それはプログラムを何度も何度もくり返し滑ることで、筋肉にそれを記憶させるためだった。

このひと月近く、週に六日は睡眠時間三時間で回していた。目が回るようだった。大変だった。わたしは機嫌が悪くなった。でも文句はいえないし、いうつもりもなかった。目の下にできたくまがそれほど目立たないよう、練習前にメークをしなくてはいけなくなっても。

六月はなんとかなった。

暑かった七月と八月、そのあとの九月もなんとかなった。わたしたちの動きはばらばらにされて、くり返しと練習によって厳格に再構築された。完璧は楽じゃない。でもわたしたちのだれも、それ以下は考えていなかった。

だから……。

ひたすら練習を続けた。

わたしは土曜日の夜を家族のための時間にした。アイヴァンも〝子供たち〟のだれかが病気でなければ、いっしょに来た。めったにないが、だれかが具合が悪いときにはわたしが彼の家に行って、いっしょに散歩したり、大きくて坐り心地のよいソファーでテレビを観たりした。二度ほど、ジェシーとベニーを連れていってみて、とても楽しかった。レイシーはわたしも一目置く生意気な女の子だけど、子供が大好きだった。

仕事。練習。トレーニング。バレエはアイヴァンといっしょのときも、別のときも。ピラテスはわたしひとりで、ときどきママといっしょに。ランニングはジョジョといっしょのときもあった。何度かタリとロッククライミングにも行った。ルビーとアーロンはときどき夕食にやってきた。

一分も無駄にできなかった。一日が始まる前に使える時間を計算して、予定を入れ、それを実行した。

うまくいっていた。わたしは幸せだった。いままででいちばん。だから父に会うのはまったく気が進まなかった。

でも……。

「その顔はなんだよ?」ジムバッグをわたしのバッグの横におろしたアイヴァンが訊いた。午後はこのジムでトレーニングすることになっている。いま、スロー四回転ジャンプに取り組んでいるところだ。リーコーチが、わたしたちの三回転は簡単そうだからもう一回転増やしたらどうかといったとき、わたしが〝いいね、やっちゃおう〟と答えたから。ジムでなら、わたしが氷に頭をぶつけて頭蓋骨を割るような心配もなく試せる。どうやら健康診断で、わたしがこれまですでに五回脳震盪を起こしたとわかり、今後は防ぐべきだということになっているらしい。バイクのヘルメットをかぶろうかといってみたけど、ふたりにぽかんとした顔をされた。

わたしが冗談で、ついでに映画『冬の恋人たち』に出てきた技、パンチェンコもやっちゃおうかと提案したときも、ふたりは乗ってこなかった。

電話を手に持ったまま、わたしはアイヴァンのほうを見た。薄くてぼろぼろになった白いTシャツと、色褪せた黒いスウェットパンツという姿で、すごくカッコよかった。まあ当然か。「父が来てるの」

彼は驚いた顔をした。「きみのお父さんは養育費を踏み倒したんだと思ってた」

わたしはほほえんだけど、おもしろがっていたわけではなく、むしろ悲しかった。「いいえ」わたしは顔をしかめて目をそらした。そうじゃない。

アイヴァンはなにか考えているように、ふむ、といい、それはいいことではないとわたしは経験でわかっていた。「父の日に連絡するといったとき以外で、きみがお父さんのことを話しているのを聞いたことがない。つまり……」

わたしは床に置いた電話を見て、脚が震えているのに気づいた。数か月前だったら、話題を変えていた。けっして。でもいま、わたしにとってアイヴァンは……嘘をつけない相手になっていた。それでも、彼に父のことは一部しか話していなかった。すべてを話すのは、あまりにもつらいから。わたしは幸せだった。それを台無しにしたくなかった。「あまり仲がよくないから。父はカリフォルニアに住んでるのよ」

「それで？　ろくでなしだった？　毎月養育費を送ってこなかった？」アイヴァンはずばりと訊いた。

わたしは首を振った。正直に答えようとして、それが思ったほど難しくないのに気づいた。「いいえ、養育費はちゃんと払ったし、ルビーとセブとタリが子供のころはよく面会に来ていた。いまは一年に一回来ることになっている。誕生日には電話をくれて、クリスマスにはカードを送ってくる……」クリスマスは継子たちと過ごすけど。でもそれはいわなかった。いってどうするの？

　彼は変な表情を浮かべただけでなにもいわず、わたしはため息を洩らした。わたしがなんで悩んでいるのかと考えている。いまわたしから聞きだすか、そうでなければ聞きだすまでしつこく質問してくるだろう。

「わたしがフィギュアスケートをするのにあまり協力的でなかった、それだけ」わたしは肩をすくめた。「わたしがそれでどんな気持ちになったか、わかるでしょ。とにかく、父が来ていて、家族みんなで夕食を食べようということになっているけど、わたしは行きたくない」

　彼がかがんで、わたしのおでこを弾《はじ》いた。「それなら行かなければいい。練習があるといって」

　わたしは横目で彼を見たが、手は出さなかった。「前はずっとそうしていたの。何年も」

「それで？」

「もうそういうのはやめたの」わたしはいった。「父に期待はずれといわれるのがいやだからという理由で、父に会うことから逃げるのがいやになった」

　アイヴァンはゆっくりとまばたきした。あごがぴくぴくとして、低い声でいった。こんな凄みのある口調は、二か月以上前のあの朝、無礼なコメントやメッセージがやまないピクチャーグラムのアカウントを削除するようにとわたしに迫ったとき以来だ。

そのとき彼は、わたしが私書箱を見にいくときに連れていくようにといった。わたしは反論しなかった。でもそれからアイヴァンは変な手紙があったといわないから、なにもないのだろう。「そんなことをいわれたのか？」

まずい。

「その言葉ではないけど、本音を取り繕ういい方がうまい人もいるのよ」ため息をついて額をなでた。夕食に行くべき？　嘘をついてうちにいるか、アイヴァンとどこかに出かける？　自分がどうしたいかは、わかりきっている。でも……もう。「だいじょうぶ。わたしはもう大人よ。二時間くらい口を閉じて、父といい争ったりしないでいられる」

アイヴァンが肘でわたしの腕をつついた。最近彼は、なんの理由もなく、週に何度かわたしをハグする。技がうまくいったときや、いい練習ができたときにはかならず。

「ぼくは今夜あいてる」

わたしは鼻を鳴らした。「あなたは毎晩あいてるでしょ」

事実だった。家族とわたし以外でアイヴァンが時間を使うのは、うちで待っているベイビーたちだけだった。子供のころから遠征ばかりしていたから、いまはできるだけうちで過ごしたいんだと前にいっていた。

また肘で腕をつついてきた。「もしきみが口論を始めたら、つねって注意してやる」

思わず彼にほほえんでいた。「口論をはじめなくてもつねる気でしょ」

彼の顔に浮かんだほほえみがわたしの心を軽くした。わたしは心のなかでそれを瓶に詰めて、いつでも見られるようにしまっておいた。「つまりぼくに、レイシーとの約束をキャンセルしてほしい？」

ああ、レイシー。うたぐり深くて、恨みがましく、かわいいわがまま娘のレイシー。ようやく最近、わたしがなでてもいいと許可されたばかりだ。でも彼女がなでてほしがっているとき限定。それに一瞬だけ。それに頭をなでるのもだめ。「その必要はない。うちでみんなといっしょにいるほうがいいでしょ」

「ああ、人々がぼくを見つめてぼくのことを噂しないのは、そのときだけだからな」

その正直な答えに、わたしはふいをつかれた。「だがお父さんに会うのをこわがっているきみを放っておきたくない」そしてまた、あのまぶしいほほえみを向けてきた。「ぼくがきみの手綱を握っててやる」

わたしは鼻を鳴らし、天を仰いだ。「やってみれば」

アイヴァンは両手をついて背をそらし、ますますほほえんだ。「ミートボール、ぼくにはできるって知ってるだろ。ぼくはきみをこわがってない。きみはぼくの顔を好きすぎるからパンチするはずないし」

なんてあほなの。真正のあほ。わたしは冷笑を返した。「いつか、あなたの口に轡《くつわ》をかませて、本物の手綱を握ってやるから」

彼は大声で笑った。「やってみろよ」

わたしは目を天井に向けた、口元がゆるんでいないふりをした。

「人体特集号を買ったか？」とつぜん彼が訊いた。

わたしはまばたきした。「もう出たの？」

アイヴァンはうなずいた。「きのう」バッグに手を伸ばし、ひっぱり寄せる。すぐにフットボール選手が表紙の黒い雑誌を取りだし、わたしの膝の上に落とした。「二〇八ページだ」

パラパラと太ももや二の腕や引き締まった背中などのページをめくり、目的の見開きページを見つけ、じっと見た。カメラマンが撮影したスターリフトの写真が使われるのだろうと思っていた。アイヴァンが手でわたしの腰を支えて頭上に持ちあげ、わたしは脚を開くスプリットポジションで逆さになるリフトだ。撮影が終わったとき、カメラマンはその写真をわたしたちに見せてくれた。

でも雑誌は別の写真を選んだ。

デススパイラルするわたしたちを完璧にとらえた写真だった。正確にいえばデススパイラルのアレンジ版で、わたしは腕を脇ではなく胸の上に置いて、乳首を隠している。アイヴァンは椅子に坐っているようなピボットポジションで、片足を少しうしろに置いてトウを氷に立て、片手でわたしの手を握る。彼にひっぱられながら、わたしはからだを氷と平行に伸ばし、頭を膝より下にさげたまま円を描いて滑る。

わたしのお気に入りのエレメンツのひとつだ。

でも誌上で見るそれは……別ものだった。

アイヴァンの太ももとふくらはぎの筋肉の線は信じられないほど美しかった。わたしを支える腕は長くて力強く、肩と首は優雅な曲線を描いている。アイヴァンはすばらしかった。優雅さ、力強さ、しなやかさ――フィギュアスケートを構成するすべてを完璧に体現している。

それにわたしもきれいだった。これならジョジョも文句はいわないだろう。この写真のアングルでは、太もも、片方のお尻の輪郭、腰の一部、腹筋、肋骨、アイヴァンの手を握っている手までの肌が写っていた。

これは芸術作品だった。これでどんなくずメールを受けとるとしても、その価値はある芸術作品だ。美しい。それに、いまではアイヴァンがわたしに代わってメールを点検している。

自分でも一冊買って、額に入れて飾りたい。

「どう思う?」アイヴァンが訊いた。

わたしは彼の肋骨をつつむようにして背中につながる筋肉を見ながら答えた。「まあまあね」

肘で腕をつつかれても、べつに驚かなかった。

§

やめておけばよかった。

うちにいればよかった。アイヴァンの家に行けばよかった。〈LC〉で練習していればよかった。

家族の夕食に来てパパと会う以外なら、なんでもよかったのに。

愛情は複雑なものだということをつい忘れてしまう。だれかを愛し、よかれと思っていても、その人を深く傷つけることもあるということを。間違った愛し方というものがある。過剰に愛したり、無理やり愛したりすることもある。

わたしの父は、そのすべてをマスターしている。

一年ぶりに父をハグしたあと、わたしはいちばん離れた席に坐り、できるだけ関心を引かないようにしていた。ハグは気まずかった。少なくともわたしには。でも兄姉全員、それにママまで彼をハグしていたので、しないわけにはいかなかった。

わたしの目標は、できるだけ口をきかず、わたしと父のいつもの口論の引き金になりかねない言葉を口にしないことだった。

でもうまくいかなかった。いつもそうだ。いくらわたしが努力しても。

今回はルビーのおかげだった。

ルビーはわたしの〝すばらしい新パートナー〟――わたしとベニーにはさまって坐っている人間――について話しだし、これから七か月のあいだに、いくつかの大会に出場するといった。

例によって、父はわたしに、新パートナー結成おめでとうのひと言もなく、これまでかならず後味の悪い終わり方をしている話題に飛びこんできた。組んだ相手が金メダリストで世界選手権優勝者だということも、ファンによるウェブページがつくられ、非公式の伝記も出版されている選手だということも知らずに。

父は肌と髪の色がわたしとおなじで、男前だ。テーブルに身を乗りだすようにして、上から目線のほほえみを浮かべながら、わたしにいった。「それはよかったな、ジャスミン。だがわたしが知りたいのは、そのあとおまえがどうするかだよ」

まったく。

わたしは努力した。ほんとうはそんな演技したくないのに、よくわかっていないふりをして、父に逃げ道を用意した。

「シーズンのあと？」わたしは訊きながら、父がわたしに気まずい思いをさせたり、アイヴァンを侮辱したりしないようにと願った。なんといっても父は、フィギュアスケート全般をばかにしているから。

でも例によって、父はわたしの願いも、わたしにはひしひしと感じられた、〝黙っててくれ〟という全員からの念も無視した。「ちがうよ、引退したら、ということだ」父は七十歳でもハンサムなその顔に、愛想よいほほえみを浮かべてそういった。「母さんから聞いたが、まだダイナーでウエイトレスをしてるそうじゃないか。まあ、何年間も〝練習しなきゃいけないから〟働けないといい続けたあとで、ようやく自分で金を稼ぐようになったのはいいことだ」

そういってたのは、十六歳、十七歳、十八歳のころ、学校の勉強に苦労しながら、できるだけ多くフィギュアスケートの練習時間を確保しようとしていたからだった。わたしは活躍していた。当時、ジュニアの世界では敵なしだった。アルバイトは自分の夢の終わりだとわかっていたから、働きたくなかった。

ママはそれをわかっていて、理解してくれた。

でも父はちがった。

そしてわたしは十八歳のとき、やめておけばよかったのに、父に援助を求めるという失敗をおかした。

〝おまえはもうスケートなんかする歳じゃないだろ、ジャスミン？　学校の勉強に集中しなさい。将来もずっと優秀でいられることに。そんな夢は時間の無駄だよ〟

わたしは迷信深い人間ではない。まったく。でもそのあとのシーズンは、これまで最悪の成績だった。そして続くシーズンでも挽回《ばんかい》できなかった。

練習ではうまくできた。本番までのすべてがうまくいった。でも肝心のときに……わたしは緊張から失敗した。自信がなくなってしまうのだ。毎回毎回。

父のせいだと思っていることは、いままでだれにもいったことがなかった。〝将来もずっと優秀でいられることに集中しろ〟。なぜなら、父の考えでは、わたしがいま優秀なことでも、それが続くはずがないから。

そしていま、レストランで家族に囲まれていわれた言葉は、わたしのみぞおちを強打した。避けることもかわすこともできなかった。

そして父は続けた。

「だがいつまでもウエイトレスとして働きつづけるわけにはいかないだろう、それに一生スケートを続けることもできない」父はにこにこしていった。その言葉のひとつひとつが針となってわたしの肌を刺し、どんどん深く刺さっていくのに気づいていない。

わたしは歯を食いしばってうつむき、口を閉じていようとした。

ふざけるな、と父を罵倒してしまいそうだった。

そういう言葉と行動に、いままでさんざん傷つけられてきたと責めてしまいそうだった。

フィギュアスケートを引退したらどうするのかなんてまったくわからない、といい放ってしまいそうだった。でもほんとうは、その答えがないのがひどく不安で、パニックになりそうだった。一年後、アイヴァンとのペアの期間が終わった自分がどうしているかもわからない。でもそんなことはぜったいに、ここではいわない。アイヴァンでさえ、この数か月はその話をもちだしてこない。父には、アイヴァンがわたしと一年しか組まないということを教える必要はない。わたしのプライドが許さない。

「おまえもルビーのように、大学に行くべきだったんだ。姉さんは学校に行って、いまでも好きな仕事をしている」父は続けた。わたしの心を少しずつ殺しているのに気づいていない。わたしの隣に坐っているママは、ナイフを握りしめている。「いつでも遅すぎることはない。学校に戻って役に立つ人間になりなさい。わたしもMBAをとるために大学に戻ることを考えたよ」

〝役に立つ人間になりなさい〟

テーブルの下で、なにかがわたしの膝にふれ、膝頭をつつんだ。彼がとめてくれるまで、脚が震えているのに気づかなかった。目の端でアイヴァンを見ると、彼の腕がテーブルの下に入り、横目でわたしを見るその顔は紅潮していた。

どうして赤くなってるの？

「年をとって滑れなくなったときに金を稼げることに集中するべきだろう」父はまるで気にとめる様子もなく続けた。

わたしはフォークを握りしめすぎて、関節が白くなっていた。膝頭をつつむ手に力がこもった。父の言葉は、人生のすべてをフィギュアスケートに捧げてきた人の前でいうことじゃない。娘をばかにするのはしかたなくても、アイヴァンが積みあげてきた努力をないがしろにするのは許せない。

「学校の成績はあまりよくなかったが、やればできるはずだよ」父はわたしが学校に戻るという考えに乗り気になって、続けた。その口調で思いだした。

〝ジャスミンには学習障害なんてない〟たしかわたしが八歳くらいのとき、両親が台所で口論していた。〝集中力が足りないだけだ〟

わたしは目をあげ、父を見た。ずっと愛してきたし、おなじくらい愛してほしいと思ってきた。でもいま感じるのは、怒りだけだ。二十数年前、父はママと離婚して家を出ていった。わたしを置いて。わたしたち全員を置いていった。わたしはゆっくりと息をのみ、この人はわたしのことをなにも知らないのだと思い知った。それはわたしのせいだったのかもしれないし、父のせいだったのかもしれない。でも、もう黙っていられない。

「そうよ、学校の成績はあまりよくなかった。勉強なんて大嫌いだった」わたしはゆっくりと、注意深くいった。「勉強を大嫌いな自分が大嫌いになった」

父の黒い目が驚いたように、わたしを見た。「そんな――」

「わたしには学習障害があるのよ、パパ。勉強は大変で、だから嫌いになった」わたしは父と目を合わせたまま、いった。「それに、みんながもう本を読んでいるのに、ABCを習う〝学習支援〟を受けるのもいやだった。文字のつながりを把握するのが苦手で、さまざまな綴《つづ》り方を理解するのもいやだった。ロッカーのコンビネーションキーを憶えられないのがいやで、毎日手に書いていったのよ。人にばかだと思われるのもいやだった」

テーブルの端からでも、父が息をのむ音が聞こえた。でも自業自得だ。アイヴァンとアーロン以外みんなが知ってることを、わざわざもちだしたのだから。「だがおまえが受けられる〝支援学級〟があっただろう」

わたしはため息をこらえて、フォークをさらにぎゅっと握りしめた。「いまのわたしは読み書きはできる。それが問題じゃない。わたしは学校が好きじゃなかったし、これからもそう。これをしろ、あれを学べといわれるのはいやなの。わたしは大学を卒業することはないから。五年後でも、十五年後でも」

父は一瞬、とまどった顔をして、なにかを探すようにテーブルを見回した。それでなにを見たのか、なぜそんなことをいう気になったのかはわからないが、父が次に発した言葉は、この状況ではふざけすぎていたし、わたしにはまったく面白くなかった。

「ジャスミン、それは意気地なしのいうことだ」

ジョジョが息をのみ、アイヴァンのフォークが皿にあたる音が聞こえた。でもなにより、わたしは自分のなかに怒りが渦巻く音を聞いた。「わたしが意気地なしだというの？」わたしは父に訊いた。たぶん、キレる三秒前の表情を浮かべていたはずだ。

「ジャス、おまえが意気地なしでないのはみんなわかってる」ジョジョが静かな声でいった。

でもわたしも父も、それを無視した。

「おまえは大変だから大学を卒業したくないんだろう。それは意気地なしのすることだ」父はそういって、わたしの心を真っぷたつに切断した。

わたしがいったことを、なにも聞いていないの？

隣でアイヴァンが咳払いをして、わたしの太ももをぎゅっと握った。それにこめられていたのは怒りではなく……よくわからないなにかだった。わたしが口を開き、そういうことじゃないと父に怒鳴る前に、アイヴァンが切りだした。「ぼくは家族の一員ではありませんが、いわせてもらいます」落ち着いた声だった。

わたしは彼のほうを見なかった。見られなかった。わたしは……激怒して、心から失望していた。吐きそうだ。

アイヴァンは続けた。「ミスター・サントス、お嬢さんはわたしが知るなかでもっとも勤勉な人です。度が過ぎるほどに粘り強い。だれよりもたくさん転んで、すぐに立ちあがります。文句をいったり、泣き言をいったり、諦めたりすることはけっしてありません。罵るのは自分にたいしてです。頭がよく、けっして手加減しない」わたしの太ももを握る彼の手に力がこもった。

「月曜日から金曜日まで、お嬢さんは朝四時にリンクにやってきて、ぼくと八時まで練習します。それから正午まで立ち仕事です。朝食二回分と昼食は車のなかで食べています。それからリンクに戻り、ぼくと午後四時まで練習します。週に三回はひとりで、一回はぼくといっしょに、二時間のバレエレッスンを受けています。週に一度は午後六時から七時までピラテスに行きます。トレーニングのあと、週に四日はランニングや筋トレをしています。家に帰って夕食をとり、家族と過ごして、午後九時に就寝です。そして翌日はまた午前三時に起きて、くり返します。

この数か月間は、午後十時から十二時のあいだにもリンクに戻って、ひとりで練習しています。なぜなら、ぼくに助けを求めるより、プライドが高いから。それから家に帰り、三時間の睡眠で、また多忙な一日をこなす。週に六日」わたしの太ももを握る手……必死さが伝わってくる。「ジャスミンが学校に行きたいと思えば、成績優秀者として卒業するでしょう。医師になりたいと思えば、医師になる。でもジャスミンはフィギュアスケーターになりたいと思っていて、彼女はぼくが組んだなかで最高のパートナーです。なにかをするなら、最高を目指すべきでしょう。ジャスミンは最高です。学校が大事なのはわかりますが、彼女には才能があります。けっして夢を諦めなかった娘さんを、自分に正直に生きている娘さんを誇りに思うべきです」

アイヴァンは少し間を置き、わたしにとどめを刺すひと言をいった。「ぼくなら思います」

そんな。

ナプキンとフォークとナイフを皿の横に落として立ちあがるまで、自分が椅子を引いたことにも気づいていなかった。胸のなかでなにかが焼け焦げている。

なぜアイヴァンがわたしをこんなによく知っているのに、わたしのパパは知らないの？

なぜパパはわたしという娘に失望しているの？　たしかに勉強はできなかった。高校を卒業するのもやっとだった。でもそれは勉強に興味がなかったからだ。フィギュアスケートが好きでそれに集中したかった。学校が嫌いだといったのは嘘ではない。

自分が唯一うまくできることで結果が出せないというだけでもつらいのに、ありのままの自分でいることで父に期待はずれだと思われてしまうなんて。

焼けるような感覚が顔までほてらせ、わたしはほんとうに息ができないと感じた。まるで溺れそうになりながら、店の入り口で席に案内されるのを待っている人々を押しのけ、扉をあけ、あえぎながらおもてに出た。両手で目を覆って空気を吸いこみ、泣くまいとした。パパのことで泣くなんて。アイヴァンのことで泣くなんて。自分でどう考えていても、どんなに幸せでも、父にはばかな出来の悪い娘でしかないなんて。ようやくわたしは、自分がどれほど父の考えや期待に影響されていたのか理解できたのかもしれない。

でも、こんな。心が痛い。最低だ。

たとえわたしが、今シーズンの大会すべてに優勝しても、父にとってわたしは、ばかで役立たずのジャスミンでしかない。期待はずれのくせに、いうことだけは大きいジャスミン。時間とお金の無駄でしかない夢を捨てないジャスミン。

父が家を出たときも、いまでも、わたしは大事な娘ではなかった。

でもそうなりたかった。いままでずっと、父に認めてもらいたかった。こんな目に遭ってもなお、父にわたし自身を見てほしい、愛してほしいと思ってしまう。

父がアイヴァンにわたしのことを教わらなくても、わたしがわたしでいるだけで大事にしてほしかった。

手のひらが濡れて、息をしたら嗚咽のような音になり、その音がまるで剃刀《かみそり》のように胸を切りつける。

ずっと認めてほしいと思っていた父は、わたしを認めてくれなかった。認めてほしいなんて思わないようにしてきた相手が、わたしを認めてくれていた。手のひらをぎゅっと目に押しつけ、マスカラもアイライナーもぐちゃぐちゃになるとわかっていたけど、どうでもよかった。わたしは大きく息をのんだ。

横のドアが開いて、「少し時間をあげたほうがいい」と兄がいう声、そしてドアがしまる音がした。

だれかがそばに来たのに気づいたときは遅く、二本の腕が肩に回された。息を吸いこんだら、すぐにだれだかわかった。

詰まった息が肺におりて、しゃっくりのように胸全体を収縮させる。知りすぎている胸に抱きよせられ、わたしは目を覆っていた手を、力なく脇におろした。そして抗うのをやめた。何度も見て、何度もさわり、何度も見とれてきた胸筋のあいだの場所に顔をうずめ、泣き声をあげないように歯を食いしばった。

うまくいかなかった。

「くそ」という声が聞こえた。つむじにほおが押しつけられる。アイヴァンの声は低く、あまりに低くてやっと聞こえるほどだった。「なぜ自分をこんな目に遭わせるんだ？」

息が乱れ、詰まったせいで、いままで以上に胸が痛かった。

「自分が優秀だということは知っているだろう。それがどれほど貴重なことかも。自分があらゆることにどれほど努力をしてきたかも。自分がどんなに強い人間かも」彼はささやき、わたしの肩甲骨をつつむように両腕を交差させた。「きみのお父さんはフィギュアスケートについてなにも知らない。あの話しぶりでは、きみのことも知らないのだろう。そんな人の考えを気にすることはない。わかってるはずだ」

「わかってる」わたしは彼の胸骨のあいだの骨にいった。彼に泣きわめいてしまわないよう、目をぎゅっととじて。

「きみから聞いていたけど、信じていなかった」彼はまだ、顔のどこかをわたしのつむじに押しつけていた。

「いったでしょ」わたしはどんどんみじめな気持ちになっていった。「そもそも来たくなかった。こうなるってわかっていたから。でもまぬけなわたしは、今度はちがうのかもしれないと思ってしまった。父がわたしを批判したり、スケート以外のできることを押しつけたりしないかもしれない、と。でもちがった。わたしのせいだ。わたしがまぬけだから。どうして自分がいまでも気にしているのか、わからない。わたしはセバスチャンのように技術者にはならない。ジョジョのようにマーケティング業界で働くことも、タリのようにプロジェクトマネジャーになることも、ルビーのようになることもない。わたしはけっして兄や姉のようにはなれない。いままでも――」

声が途切れた。そのとき、涙の第一波が目に押し寄せてきて、なんとか押しとどめようと息をのんだ。なぜなら、ぜったいに泣きたくなかったから。泣いたりしない。とくに父の言葉でなんて。

からだがいつでも頭のいうことを聞くとは限らない。それはわかっている。でもわたしが必死でこらえているのに涙をこぼすなんて、裏切りのように思えた。

アイヴァンの腕に力がこもり、太ももから腰から胸までぴったりくっつくように抱きしめられた。

「わたしは間違いだったのよ。両親はすでに破綻《はたん》していて、そんなときにママが妊娠した。パパはそれから二年ほど結婚していたけど、けっきょくうまくいかなかった。わたしは残るのにじゅうぶんな理由ではなかったから、パパは家を出ていった。それからは一年に一度訪ねてきて、兄も姉もパパを愛しているし、パパも兄と姉を愛してるけど――」

「きみは間違いなんかじゃない、ジャスミン」アイヴァンの声が耳を震わせ、肩が極度にこわばり、わたしは震えはじめた。わたしが。震えた。

そして泣いた。パパはわたしが三歳のときに家を出て、わたしが育つのを見守るのも、パパが兄や姉にしたように自転車の乗り方を教えるのも、ママがひとりでしてくれた。

「きみの両親が別れたのはきみとはなんの関係もない。それにお父さんが家を出たのは彼のせいだ。ふたりを結びつけておくのはきみの役目じゃない」アイヴァンはつづけた。口調は柔らかかったが、怒りが鎧のようにそれを覆っている。

わたしはしゃくりあげていた。

彼の腕は鋼《はがね》のようにわたしをつつみ、その顔とその口とその頭がわたしの頭の上と横にあり、守ろうとしているようだった。

「きみはじゅうぶんだ。これからもずっと。聞こえた?」

でもわたしは泣きつづけて、涙で彼のボタンダウンシャツを濡らし、とまらなかった。いままでこんなに泣いたことは……一度もなかった。

なぜならわたしには数えきれないほどできないことがあって、でもできることのひとつが父を……そして家族を、がっかりさせているから。

アイヴァンは悪態をつき、わたしをもっときつく抱きしめ、また罵った。

「ジャスミン」彼はいった。「ジャスミン、もうやめろ。震えている」そんなの自分でもわかっていた。「きみはあるインタビューで、スケートをするのは自分が特別だと感じられるからだといっていた。だがきみはいつでも特別なんだ。フィギュアスケートをしても、していなくても。メダルを獲っても、獲らなくても。家族はきみを愛している。ガリーナもきみを愛している。ガリーナがその価値のない人間に愛情を与えると思うか？　リーもきみを敬愛している。車のなかからぼくに、きみをどんなにすごいと思っているかメールしてきたよ。リーがだれにでもそんなふうに思うはずがない。きみはぼくが会ったことのあるなかでいちばん大きな心をもっている。お父さんだって、まずいやり方だが、きみを愛してるんだ」

　彼は頭をさげ、耳元でささやいた。「それにぼくたちが金メダルを獲るとき、お父さんも観ていて、きみを誇りに思うだろう。知り合い全員に〝自分の娘〟が金メダルを獲ったといいふらし、きみは彼の応援なしで金メダルを獲ったと思える。信じない人が何人いても関係ない。大事なのは、きみになにが可能かずっとわかっていた人たちだ」彼は息をのんだ。「ぼくはきみを信じている。ぼくたちを信じている。なにがあってもきみはぼくの最高のパートナーだ。いっしょにやるのが最高に難しいパートナーでもある。きみしかいない」

　わたしは彼に顔を押しつけて泣いた。涙がとまらない。彼の愛情が、言葉が、信用が……あまりにもうれしくて。どうしようもなかった。

　わたしは欲張りだ。そういうのすべて必要としていた。空気を必要とするように。

「ぼくのうちと〈ＬＣ〉にあるリボン、トロフィー、メダルを全部やってもいい」アイヴァンはいった。「なんでもやるから泣きやんでくれ」

でもできなかった。世界じゅうのメダルすべてをもらっても涙がとまらなかった。人生の半分以上夢見てきたフィギュアスケートの名誉を全部もらっても、とまらなかった。

泣きつづけた。父のために。ママのために。兄姉のために。自分のために。

自分がじゅうぶん優秀だと思えないから。自分はじゅうぶんだと思えないから。否定されたり、あきれられたり、いろんなことを諦めたりして好きなことをしてきたから。いつか失ったことを後悔するだろうたくさんのものを失ったから。

でもいちばんは、自分にとって大事な人たちの意見を気にしすぎているから、泣けてきた。

アイヴァンはわたしが自分でも知らなかった鬱憤を吐きだすあいだ、ずっと抱きしめていてくれた。ほんの数分だったかもしれないが、この十年で二回くらいしか泣いたことがないことを考えれば、たぶん三十分くらいレストランのそとで、出入りする人々の目も気にせず泣きじゃくっていたのだろう。

でも彼はどこにも行かなかった。

しゃくりあげがおさまり、なんとか落ち着いてきてふたたび息ができるように感じたとき、わたしの背中に回されていた前腕が動いた。アイヴァンの手のひらが背骨の腰のところにあたり、上にあがり、小さな円を描いた。ひとつ、ふたつ、三つ、四つ、五つ。それから上下になでた。

泣くのは大嫌いだ。でもひとりぼっちのほうが大嫌いだと初めて気づいた。アイヴァンが慰めてくれたこと、だれよりもわたしを理解していたことは、あまり考えすぎないようにした。

ゆっくりと、アイヴァンとわたしにはパーソナルスペースなんてゼロなのに――なんといっても彼はどの男よりわたしのからだを見て、いちばんわたしにさわり、どの元彼よりもわたしをハグした相手なのだから――必要以上におずおずと彼のウエストに両腕を巻きつけ、ハグを返した。

ありがとうとはいわなかった。ハグでわかってくれるはずだ。ありがとうの気持ちが大きすぎて、言葉では伝えきれなかった。

アイヴァンは肩甲骨の上で円を描いていた手をとめて、いった。「もうだいじょうぶだ」

わたしは彼に顔をつけたままうなずき、鼻の先で引き締まった胸筋にさわった。もうだいじょうぶ。なぜなら彼のいったとおりだから。彼がわたしを信じてくれたから。アイヴァンが。だれかが。ようやく。

わたしはしめつけられるような喉に空気を吸いこんだ。最悪の気分だけどもうみじめではなかった。頭のどこかが恥ずかしがるべきだといっていたけど、そんな気にはなれなかった。姉はよく泣くけど、彼女を弱いと思ったことは一度もない。

父がわたしを傷つけた。

子供のジャスミンも、大人のジャスミンも、どうすればいいのかわからなかった。

「もう帰りたい、それともなかに戻りたい?」アイヴァンがまだ背中をさすりながら訊いた。

考えるまでもなかった。細いウエストに両腕を回したまま、わたしはしわがれた声でいった。「なかに戻ろう」

アイヴァンは顔をわたしのつむじにつけたまま、おもしろがっているような音を洩らした。「そうだと思った」

「たぶん気まずくなってると思うから、もっと気まずくしてやろう」わたしは内心で感じているよりも威勢よくいった。

わたしのほおの下の胸が震え、アイヴァンは背をそらすと、両手でわたしのこめかみから後頭部をつつみこんだ。彼はまばたきしなかった。ほほえまなかった。ただわたしの目を見て、真剣な表情でいった。「ぼくはきみのケツを蹴飛ばしたいと思うこともあるし、きみはうまくいってもいかなくても最悪な態度だけど、だれかがきみの手綱を握る必要がある。だがさっきいったことは本気だよ。きみはぼくが組んだ最高のパートナーだ」

そしてわたしの口元は、かすかに、ほんの少し、ほころんだ。

彼は続けた。「だが二度とそんなことはいわないから、雨の日に備えて憶えておけよ、ミートボール」

わたしの口元のほころびは途中でとまった。

アイヴァンはわたしの頭をそっと揺すり、にっこりと笑った。「またきみのお父さんがあんなことをいったり、ぼくたちが本物の運動選手でないといったりしたら、ただでは済まない。さっきぼくが感じよくしたのは、きみの父親だからだ」

わたしはうなずいた。うなずくことしかできなかった。

彼は手をおろしたけど、その目はずっとわたしの目を見つめていた。わたしも手をおろし、ふたりのあいだに一インチのすき間ができた。

「ぼくはいつでもきみの味方だ、わかってるだろ」彼が心からいってるのがわかった。

わたしはまたうなずいた。真実だから。それに彼にも、わたしがいつも彼の味方だと知っていてほしかったから。いつも。たとえ一年後、彼がほかのパートナーと滑っていたとしても。いつまでも。

「行こうか」という必要はなかった。アイヴァンはわたしのボディーランゲージをだれよりもよく知っている。ふたりで同時にレストランのドアに向かった。わたしは目を拭きながら、彼があけたドアをくぐった。自分が三十分間泣きつづけていたように見えるのはわかっていた。

でも気にならなかった。

案内役の女性はアイヴァンとわたしを見てにっこりほほえんだが、ふいにその表情が固まった。わたしは目をそらさず、彼女を見つめた。たぶんメークが流れて、目が腫れて赤くなり、顔もむくんでいる。でもそのまま進んだ。

アイヴァンの手がわたしの手をつつみ、一瞬ぎゅっと握って、そんなことなかったかのようにすぐに離れた。わたしは息をのみ、頭を高くあげた。

遠くからでもうちのテーブルの気まずさが感じられた。口を動かしているのはルビーだけで、しかも自分がなにを話しているのかわかっていないような表情だった。ほか全員、父もふくめて、目の前の皿を穴があくほど見つめている。自分が夕食を台無しにしたことは、まったくうれしくなかった。

そんなつもりはなかったのに。

自分を落ち着けてから、自分の席に戻った。「帰ってきたから」しわがれ声でいって、椅子を引いた。

わたしが坐ると、だれもがびっくりした目でこちらを見た。アイヴァンも坐った。

「彼女はやつあたりで子供のキャンディーを盗んだだけで、ぶちのめそうとまではしなかったから、どうぞご安心を」真顔でそういって、ナプキンを取り、膝の上に広げた。「泣かしたのもひとりだけです」

わたしは自分の顔がほころぶのを感じた。目はひりひりするし、顔は熱いけど。

家族はだれもなにもいわなかった。一分間、二分間。

ついに……。

「おもてで目に蜂《はち》でも入ったんだ？」ジョジョが甲高い声でいって、不満そうな表情でわたしを見た。

わたしは兄に目をしばたたき、胸の締めつけを無視していった。「その前にあなたの顔を刺しまくってたみたいね」

ジョジョは冷笑したけど、中途半端な笑いだった。「アナグマそっくりだよ」

わたしは鼻を鳴らしてフォークとナイフを取り、テーブルの向こうからの父の視線を無視した。「少なくともママはわたしをゴミ箱で見つけたんじゃないもの」

ジョジョが言葉に詰まったのと同時に、今夜二度目に手がわたしの太ももの上に置かれ、ぎゅっと握った。

咳払いして、父が口を開いた。「ジャスミン――」

でもルビーが叫んでそれを遮った。「また赤ちゃんができたの！」

§

「家まで送っていこうか?」家族が出てくるのを待っているとき、アイヴァンが訊いた。

顔が腫れてつっぱり、ひどい見た目だとわかっていたけど、ハンサムな顔をまっすぐ見て、首を振った。「ううん、いいの。もうおやすみの時間でしょ。美容のための睡眠をとらないと。ママといっしょに帰るから」

夕食の後半はずっとおとなしかったアイヴァンはうなずき、わたしの冗談に反応しなかった。それは変だった。すごく。まだ不満がありそうだったが、わたしにたいしてか、父にたいしてかはわからなかった。わたしの考えすぎかもしれない。

考えるより先に、一歩出て彼の手を取り、ぎゅっと握った。「来てくれたこと、それにいろいろと、ありがとう」もう一度ぎゅっと力をこめた。「そんな必要なかったのに――」

彼はわたしをじっと見つめた。「必要だった」

「そんなことないでしょ」

「そうだ」彼は手を握り返した。「必要だった」

わたしはその目をのぞきこんだ。その目が空色かどうか、そこでは見えなかったけど、きっとそうだとわたしは確信した。「もしあなたの家でも修羅場《しゅらば》があって、わたしが必要になったら、いつでも行くから」

たぶんほほえみがえくぼをつくり、彼は首を振った。「いや。修羅場はないよ。みんな協力的だから。でも祖父はきみに夢中になるだろう」少し間があり、彼のえくぼはますます目立った。「だが元パートナーたちとは……。秘密保持契約に署名してもらってよかったよ。彼女たちとなにかあったときは頼むよ」

わたしは彼のなにも答えていない説明を受けとめ、あとで考えることにした。いまはこの会話の軽さを長引かせたかった。「わかった」うなずいた。

アイヴァンがまた手を握った。

そのとき、彼のうしろの扉が開いて、ジョジョとジェイムズが話してる声、ママがルビーに隠しごとはよくないと叱っている声が聞こえた。なんて偽善者。

「じゃあ行くよ」わたしのパートナー——わたしの友だち——はいって、そっと手を放した。「またあした。ゆっくり眠れよ。必要なら電話して」

わたしはうなずき、なにかが……胸の真ん中にのしかかっているのを感じた。

自分がなにをしているか考える前に、わたしはつま先立ちをして、それで届くところ——アイヴァンのあご——にキスをした……。

彼はいままでわたしが見たこともないような表情で見おろした。うれしくなった。だから彼の腰をひっぱたいて、いった。「安全運転しなさいね」

彼はまばたきした。一度。二度。そしてうなずき、一瞬ぼうっとしていた目に焦点が合ったかのような顔をした。そして踵《きびす》を返すと自分の車に向かい、わたしはそこに立ったまま彼を見送った……するとお尻をひっぱたかれた。

ウエストに巻きついた腕が、わたしをジョジョのからだに引き寄せた。兄はわたしを抱きしめ、耳元でまるで恥ずかしい台詞《せりふ》をいうかのように、ささやいた。「愛してるよ、グランピー」

わたしも兄のからだに腕を回し、いった。「わたしもよ、とんま」

彼はふんといったけど、まだわたしを放さなかった。それどころかもっと抱きよせてささやいた。「妹が悲しむのを見たくない」

わたしはうめき、ぬけだそうとした。

「愛してるよ、グランピー。おまえを誇りに思う。もしぼくに子供ができて、その子がおまえの半分でもなにかにひたむきに打ちこんだら、なにもいうことはないよ」

わたしはため息をついて、兄を抱きしめた。「愛してる」

「父さんのいうことは気にするな」兄はわたしの頭に雑なキスをして、とつぜん放した。

視界の端に、父がジェイムズとセバスチャンと話しているのが見えた。逃げようとは思わないけど、父と話したくもなかった。

「行くわよ、グランピー」ママがいって、わたしと腕を組んでひきずるようにして歩いた。ベンもうしろからわたしの肩を抱き、駐車場へと向かった。

わたしになにがいえた？

兄と姉はわたしが挨拶しないで帰ったら少しは気にするけど、わかってくれる。ほとんど小走りに、わたしたち三人はベンのＢＭＷのところまでやってきて記録的な速さで車に乗りこんだ。わたしは後部座席、ベンは運転席、ママは助手席。

ドアが閉まった瞬間、ママが叫んだ。

あまりに大きな声だったので、ベンもわたしも両手で耳をふさぎ、どうかしてしまったのかとママを見つめた。

「あの人、我慢できない！」叫んだあと、ママはいった。「なんなのあれ？」

バックミラーを見ると、同時にミラーを見たベンと目が合った。わたしたちは眉を吊りあげ、彼はバックで車を駐車スペースから出した。

「ごめんね、ジャスミン。ほんとうに」ママはうしろをふり向いて謝った。

「だいじょぶよ、ママ。シートベルトをして」

ママは無視した。「まったく、あいつに火を点けてやりたい！」

それは残酷だ。

「ほんとうにだいじょうぶ?」まだわたしのほうを見ながら訊いた。ショックと怒りが入り混じった顔をしている。

「うん、だいじょうぶ。シートベルトをしてよ」

「いつもあんな感じなのかい?」ベンが駐車場を運転しながら訊いた。

「くそったれなのかってこと?」ママがいった。「そうよ、子供といっしょのときはとくに」

「でもジャスミンのことを意気地なしというなんて。行儀よくするとスクワートに約束していなかったら、あいつをぶちのめして八つ裂きにしてやるところだった」

笑ったらいけないけど、思わずほほえんでしまった。

「代わりにテーブルの下でぼくを叩いていたんだ」ベンがいった。

やっぱりわたしのママだ。いつもわたしを守ろうとしてくれる。

「大変だったね、ジャス」ママの四人目の夫がいった。

「いいの」

「よくないわよ」ママがまたふり向いてわたしを見た。「あなたは世界レベルのスケート選手なのよ。それなのにあの人はまるで……子供が週末に趣味でやってるようないい方をした。わたしは席に坐ったまま、グランピーがとり乱してそとに出ていくのを見て、心が痛くて死にそうだった」

「ママ――」

「もう会いたくないわ。ここにいるあいだ。十年くらい会わなくてもいい。ルビーがいっしょにいればいいのよ。あなたも会わなくていいから」

「どうせパパは昔からわたしと会いたいなんて思ってないから。大したことじゃない。夕食もわたしが来なければよかった」

ママは目をぱちぱちさせた。

「ストレスがたまってたの。自分がどうして取り乱してしまったのか、よくわからない。だいじょうぶ。パパに一年に一度会うだけでいままでやってきたんだから。これからもそれでいいの。どうせパパは気にしてないんだから。わたしの問題なの」

ママはさらに目をぱちぱちさせた。

「ママ、お願いだから、シートベルトしてよ」

ママは動かなかった。そしていった。「ジャス……父さんはあなたを愛しているってわかってるでしょ?」

いったいどこからそんな質問が?

「だれよりもあなたのことを愛しているのよ」

思わず冷笑しそうになった。でも肯定も否定もせずママを見た。もうこれ以上このことについて、パパのことについて、話したくなかった。

それに哀れみも欲しくなかった。

ママが手を伸ばしてきて、あごをつついた。「今夜はくそ野郎だったけど、あの人なりのやり方であなたを愛しているのよ。ただ……間違ってるし、ばかだし、考えが狭いだけ」

わたしはあきれて天を仰ぎ、シートにもたれた。「パパのお気に入りはルビーだってみんな知ってるよ。それでいいの。前から知ってるし」

ママは本気で顔をしかめていた。「どうしてそう思うの?」

「パパに会いにいくためのチケットをわたしにいつ買ってくれた? 毎年ルビーには買ってる。タリとジョジョにも何回か。でもわたしは? 一度もない」

ママはなにかいおうとして口を開いたけど、わたしは首を振った。

「いいの。ほんとに。もうこの話はしたくない。ほんとにだいじょうぶだから。パパは考えが狭いし、パパが自分なりのやり方でわたしを愛してると思ってるのも知ってる。でももうわたしはたくさん。ありのままのわたしを受けいれる気がないならしかたがないし、わたしはパパのために自分の夢を諦めたりしない」

ママはかすかに口をあけて、首を振った。「そんな、ジェス……」

「もう話したくないっていったでしょ。ママのせいじゃないから。パパとわたしの問題なの。もう話す必要ない」わたしは目をとじ、シートにもたれかかった。

もうその話はしなかった。

でもわたしは後部座席に坐って、決意といっしょくたになった悲しみを感じていた。

18

「ちょっと話せないか？」うしろで父の声が聞こえた。

わたしは壁にもたれてアイヴァンとリーコーチがジャンプを変更すべきかどうか決めるのを待っていた。わたしはどちらでもよかった。ふたりに決めてもらうつもりだった。からだも疲れていたし、感情的にも——ゆうべのせいで——消耗していたから、意見をいう気力がなかった。だから少し離れたところからふたりを見つつ、水を飲んでいた。

周囲に注意していなかった。父が〈ＬＣ〉に来たのも知らなかったし、ましてわたしのうしろにいるなんてびっくりした。

「ジャスミン、頼むよ」わたしがふり向いて見ると、父は静かな声でいった。父の身長は一七〇センチ、ほっそりして力強いからだをわたしは受け継いだ。黒髪、黒い目、たぶん世界の十以上の場所を由来とするオリーヴ色がかった肌。

わたしは父そっくりだ。おなじ色、おなじからだつき。

でもそのほかのものはすべて、ママから受け継いだ……なぜなら父はいなかったから。

「五分でいい」父は忍耐強くわたしを見つめていった。

レストランで会ってからもう何時間もたち、もうすぐヒューストンを発つことになっているとわかっていた。そうしたら会うのはまた一年後だ。もしかしたら、もっと先になるかもしれない。父がヒューストンに来てもわたしが会わなかった年もある。

父はそれをさびしがらなかったし、わたしもそれを気にしなくなった。

忙しいからといいたかった。放っておいてといってやりたかった。数年前のわたしなら、ゆうべレストランで、アイヴァンと家族の前であんなことをされたら、まさにそういっていただろう。

でもこの一年半でわたしが学んだことがあるとすれば、それは自分の失敗を背負って生きていくつらさだ。失敗を直視し、その責任をとるのはとてもしんどい。だれでも後悔するようなことをしたり、いったりしてしまうときがある。罪悪感は心の重荷になる。

わたしはいい人になりたい。わたし自身のために。

だから無言でうなずいた。

父はほっと大きく息をついたけど、わたしはまだ警戒していた。

壁の出入口までいって、スケートガードをつけ、ふり向いてアイヴァンの注意を引こうとした。でも彼はリーコーチと話していた。わたしは壁を囲む観客席に向かった。ベンチの真ん中に坐って、リンクに向かって脚を投げだし、数フィート離れたところに父も坐るのを見ていた。

氷の上で、アイヴァンはわたしたちのほうを見て、顔をしかめた。

彼は午前の練習のあいだなにもいわなかったし、父のことをもちださないでくれてありがたかった。わたしが彼にしがみついて大泣きしたことは、なおさらだ。わたしにもプライドがある。アイヴァンはなにもなかったかのように、すべて通常どおりのようにふるまった。

それでよかった。

「ジャスミン」父がいった。

わたしは前を見ていた。

「わたしがおまえを愛しているのはわかってるだろう?」

愛は不思議な言葉だ。愛っていったいなんなの？　みんな一家言をもっている。使い方もむずかしい。家族愛、友人への愛、恋人への愛……。

子供のころ、ママがわたしの頭をひっぱたくのを見て、ほかの子の母親が怒ったことがあった。でもわたしにとってそれは普通のことだった。わたしが叩かれたのは、生意気な口をきいたからだった。ママはわたしが口でいってもいうことをきかないとわかっていた。

ガリーナもわたしにはそんな感じだった。彼女はわたしに責任と説明の大切さを教えてくれた。口答えは許さなかった。そういえば、ガリーナもわたしの頭をひっぱたいた。

でも大事なのは、ふたりともわたしのためを思っているのだとわたしが信じていたことだ。ふたりに正直でいてほしかった。わたしの気持ちよりもわたし自身を愛してほしかったから。なぜならわたしはよくなりたかったから。最高になりたかったから。だれかに甘やかされたいと思ったことは一度もない。そんなのわたしには必要ないし、そんなことされたら困ってしまう。自分が弱くなったように感じる。

わたしにとって、愛は正直だ。現実的でいること。相手のいいところも悪いところも知っていること。自分を信じられないときにも自分のことを信じてくれること。

愛は努力と時間でもある。ゆうべベッドに横になっているとき、もしかしたらそれが、数か月前にママが事故に遭ったとき、わたしがあんなに取り乱した理由かもしれないとふと思った。だれかにとって大事であるのがどんなことか、わたしは知っているから。

わたしは心のなかに父にたいする古い恨みをずっともちつづけていながら、ずっと自分も大事な人におなじことをしていた偽善者だった。

「ああ、ジャスミン」わたしが答えずにいると、父はつらそうにいった。手を伸ばして、ベンチの上のわたしの手を取った。

その瞬間からだがこわばり、父にもそれはわかったはずだ。

「わたしはおまえを愛している。心から」父は小さな声でいった。「おまえはわたしのかわいい末娘——」

わたしは息を吐いた。父の言葉に巻きこまれたくなかった。

「おまえはわたしのかわいい娘だ」

厳密にいえばそれは正しい。

でもちがう。みんなそれは知っている。父は事実に目をつぶっているだけだ。

「おまえのためを思っているんだ、そのことをすまないとは思わない」

わたしはまだ父のほうを見ることはしないで、いった。「わたしのためを思っているのは知ってる。それが問題じゃないの」

「なにが問題なんだ？」

氷上では、アイヴァンがゆっくりしたスケートで回りはじめ、リンクのどこにいってもわたしと父を見ていた。わたしが呼べば、いつでも滑ってきて援護するつもりでいるにちがいない。

でもその必要はない。わたしはこの問題に向きあうのをずっと避けてきた。もう潮時だ。

「問題は、パパがわたしのことを知らないということよ」

父は鼻で笑った。わたしは父を見るのに必要なだけ首をめぐらせた。

「そうよ。わたしはパパのことを愛しているけど、パパはわたしを知らないし、理解もしていない。少しも。わたしがいやな娘だからか、それともわたしのことを嫌いなのか、わからないけど」

父は不満げに息を吐いた。「どうしてわたしがおまえを嫌ってると思うんだ?」

わたしはまばたきして、おなかの真ん中に生まれた大きな失望を追い払おうとした。

「だってそうでしょ。いっしょに過ごした時間がどれくらいある? ふたりきりでよ」

父はなにかいいたそうに口をあけた。「おまえがいつも忙しかったから。いまも忙しいだろう」

答えは〝一度もない〟だ。父とわたしがふたりきりで過ごしたことは一度もない。兄や姉とは一対一でのつきあいもあるが、わたしとはない。

たしかにわたしは忙しいけど、父はやってみようともしなかった。リンクに来て観客席に坐り、わたしの練習を見たことさえない。みんな何度かはやってるのに。もし少しでもわたしのことをかわいく思っていたら、してたはずだ。

だからわたしは自分の息遣いと表情を抑えて、爆発することなく返事した。「わたしは忙しいけど、わたしもパパも時間をつくろうとしてこなかった。わたしが出場した大会にいくつ来てくれた？……この六年間で」

父の顔に浮かんだとまどいを見てもうれしくなかった。「おまえはわたしを呼ぶのをやめた」

いままで感じてきた悲しみとはくらべものにならないほどの大きな悲しみが、わたしの全身、とくに上半身に広がった。

「呼ぶのをやめたのは、お金の援助を頼んで無下《むげ》に断られてからだった。憶えているもの。でもそれは十九歳のときの話で、パパはその前から大会に来なくなってた。最後に見にきた大会で、こういっていたのを憶えている。『学校の勉強に集中するべきじゃないか？』わたしが優勝した直後にそういったのを、憶えている？　わたしは憶えてる」わたしはまたリンクのほうを見て、アイヴァンがショットガンスピンをやっていたけど、いつもの半分のスピードだった。わたしのなかの悲しみはますます深く、濃くなり、ある意味では諦めに変わったのかもしれない。現実はこうなっていて、わたしにできることはなにもないという諦めだ。

父はなにもいわなかった。

「わたしがなぜフィギュアスケートを始めたか知ってる？」

一瞬の間があり、「誕生日パーティーだった。ママに無理やり行かされて、おまえは行きたくないと怒っていた」

それは事実だった。ママの知り合いの子供の誕生日パーティーで、わたしは行きたくなかったのに、『飛べないアヒル』に出てきたようなスケートリンクでのパーティーだといわれて、渋々行くのに同意したのだった。

でも氷の上に出た瞬間、どうすればいいのかわかった。「水を得たアヒルみたい」リンクのそとでママがいっていた。

「それはほんとうだけど、わたしの質問の答えじゃない」わたしは疲れた声でいった。「スケートが大好きだったからよ。初めて氷上に出た瞬間から、自分のいるべき場所だとわかった。壁をつかまないで滑れるようになると、すごく……自由に感じた。自分が特別だと思えた。ほかの子たちがやっと滑っているとき、わたしはすぐに滑り方をのみこんだ。そしてうまくなればなるほど、好きになった。フィギュアスケートほどわたしを幸せにしてくれたものはない。ここがわたしのいるところなの。わかる？」

「ああ……だがおまえはどのスポーツでもできただろう」

「でもやりたいと思わなかった。ママはわたしに水泳、体操、サッカー、空手、いろいろやらせてくれたけど、わたしがやりたいのは、わたしが得意なのは、フィギュアスケートだった。すごく練習している。毎日。わたしはおなじことを千回くり返してようやくなにかを憶えるの。うまくなるのはそのあと。わたしは意気地なしじゃない。すぐに諦めたりしない。でもパパにはそう見えない。わかってないから」

父はわたしの手に重ねていた手を放し、額を押さえた。「わたしは子供たちによかれと思ってきたんだ、ジャスミン。おまえもふくめて」

「知ってる。でもわたしはただ、支えになってほしかっただけ。わたしのしていることは、だれでもできることじゃない。大変だよ。ほんとうに――」

「大変でないとはいってない」

わたしはこぶしを握りしめた。忍耐よ、いい人間になるんでしょ。「でもパパがいってるのは、わたしのことは誇らしく思えないと――」

「そんなことはいってない！」

「その言葉どおりにいわなくても、ほかのことをするべきだといってれば、それでじゅうぶん伝わる。たしかにわたしは、それほど成功しているとはいえない。そんなこと自分でもよくわかってるし、毎日自分にプレッシャーをかけている。パパがわたしを期待はずれだと思っていると知って、わたしがどんなにつらかったかわかる？」

パパは悪態をつき、首を振った。「おまえが期待はずれだとは思っていない」

「でもじゅうぶんよくやってるとも思ってないでしょ。わたしはじゅうぶんだと思っていない。パパがわたしにいうのは、わたしにほかのことをしろというだけ。大学に行かなければ、わたしは失敗だと。わたしはスケートが好きなの。それを謝ることはしない。でも結果を出していないのは、すまないと思っている。もしわたしが優勝していたら、パパはわたしを誇りに思えたかもしれない。わたしがスケートを好きだということも、理解できたかもしれない」

父はふたたび悪態をつき、両手でごしごしと顔をこすった。

でも父は、わたしがいったことを否定しなかった。つまりもっと結果を出していたら、父は娘を誇りに思えたかもしれない、スケートを続けることを認めたかもしれない、大学に行けといわなかったかもしれない。

とつぜん頭がずきずきと痛みだし、わたしは立ちあがった。もうなにもいうことは残っていなかった。わたしは父のほうではなく、〈ルーコフ・コンプレックス〉と書かれた向かいの壁を見やった。「パパ、わたしはパパを愛してる。でも自分も、自分が人生に望むものも、変えられない。選手を続けられなくなったらどうするのかわからないけど、なんとかする。でも永遠に続けられないからといって、大好きなことを諦める気はないの」

父は頭をかかえたまま、ため息をつき、ぶつぶつつぶやいていた。

わたしは父にさわって慰めたいと思ったけど、できなかった。

「気をつけてカリフォルニアに帰って。アニースと子供たちによろしく」

父は目をあげなかった。わたしは驚かなかった。

わたしは少し気分がすぐれないまま氷に向かい、パパがリンクにやってきて話をしたがったことをママにいうべきかどうか、考えていた。

壁に沿って歩いていると、ブレードが滑り、急停止する鋭い音が聞こえた。この音を出すのはひとりしかいない。だから「おい」という声にも驚かなかった。

ふり向いた瞬間、なにかが飛んできた。とっさに捕まえ、手のひらを広げてみると、ハーシーズのキスチョコだった。わたしはアイヴァンのほうを見ないまま、包みをあけ、口に放りこみ、「ありがと」といった。

「ああ」彼はいった。「バレエの前になにか食べていくか？　おごってやる」

わたしはまだ、父との会話がもっとうまくいけばよかったという思いにとらわれていたが、彼にほほえみ、うなずいた。

「この練習をやってしまったら、行こう」

「わかった」

アイヴァンはうなずき、青い目でわたしを見つめて、いった。「よし」

わたしはだいじょうぶだ。

きっと。

氷の上に出ても、胸のなかに残るもやもやをふり払うことができなかった。今シーズン、わたしがなにかに優勝すれば、父は考え直してくれるかもしれない。

でももし父の考えが変わらなかったら、どうすればいいのだろう？

「サイド・バイ・サイドのトリプルのコンビネーションジャンプをやりましょう」リーコーチの前にいたアイヴァンと合流すると、彼女がいった。

アイヴァンは手の甲でわたしの太もものうしろを打ち、わたしもぶち返した。

無理して父に愛されなくてもいい。わたしは自分にいい聞かせた。そうよ。いままでだって平気だったのだから。自分のやりたいことをやる――自分のために。ママのために。セバスチャンのために。タリ、ジョジョ、ルビーのために。

「だいじょうぶか？」ポジションについたとき、アイヴァンが訊いた。

わたしはうなずき、アイヴァンのためにもがんばろうと思った。

「ほんとに？」彼は訊いた。

またうなずいた。なにもかもうまくいくはず……もしそうならなくても、最善を尽くそう。そうすれば納得できるはず。すべてを賭けても結果が伴わないこともある。

アイヴァンはあやしんでいるような顔だったが、それでもうなずいた。わたしはこれからやるコンビネーションジャンプのことを考えていなかった――三回転‐三回転を連続して跳ぶ。

わたしはだいじょうぶ。へこたれたりしない。すぐにシーズンが始まるのだから。曲がジャンプの少し前から始まった。わたしにはできる。なにもかもうまくいくはず。

アイヴァンとわたしならきっとできる。すばらしい演技を。すごい演技を。

わたしたちは曲のその箇所から滑りはじめた。ぎりぎりふたつのジャンプのための運動量を生みだせる長さだ。

最初のトリプルトウループはうまくいった。バランスもスピードもよく、視界の端でアイヴァンがいるべき場所にいるのも見えた。なにもかもうまくいくはず。わたしはこのために生まれたのだから。ふたつめのトウループのためにトウを氷に突き、反対の足のエッジはしっかりと氷につけ、跳んだ。

でも集中しきれていなかった。目をつぶってもできると油断していた。

なにもかもうまくいかなくなる。重心がずれ……左に傾きすぎている……スピードも足りない――力でなんとかなると思ったけど、だめだった。わたしは急きょジャンプをやめようとした。

でも遅かった。なんとか転ばずに着氷する体勢をとろうとしたけど。

すぐにわかった。

エッジが氷の表面をかすめたとき、転倒するとわかった。ひどい着氷になる。

どれだけひどいかがわかったのは、わたしのからだがおりて、重心がどれだけずれていたかを知ったときだ。足が間違った場所にあり、わたしのからだは反対方向に動き、足首はこらえようとしたけど不可能だった。

自分の下で足がぐきりとなるのを感じた。からだがバランスをとろうとするのも感じたけど、したたかに氷に打ちつけられた……。

氷の上で坐って、足首の上のブーツの革のところを押さえたとき、痛みだした。ショックで全身にアドレナリンが駆け巡っていた。でもわたしにはわかっていた。わたしたちのプログラムの曲が流れつづけるなか、坐ったまま、足首に不吉な痛みを感じていた。

視界の端で、アイヴァンが着氷後すぐにとまった場所が見えた。たぶん次のフットシークエンスに移ってからわたしがいるべき隣にいないのに気づいたのだろう。

頭のなかで、これまで千回も練習してきたように隣にわたしがいないことに気づいた彼の顔を想像できた。わたしが転倒したと知った彼の顔も。なぜいつもしているように、すぐに立ちあがって追いついてこないのかとふり返る彼の顔も。

でもわたしは立ちあがれなかった。

ひどい痛みというわけではなかったが、なにかおかしいと感じた。

なにかおかしい。でも立ちあがらないと。練習すべきことは山ほどある。このプログラムを完成させないといけないのだから。すべて完璧にする。

立たないと。

立つのよ、ジャスミン。立って。立って。立って。息を吸って、立ちなさい。足首をつかんだまま、頭のなかの声にせきたてられ、からだを横にして反対の膝をついて立とうとした。立たないと。まだ修正すべき点がある。指のポジションも完璧にしないと。

わたしにはできる。立てる。いままで骨挫傷でも、骨に細いひびが入っても、軽い捻挫《ねんざ》でも、滑ってきたのだから。

だからわたしは片膝をつき、追いつくために、曲がいまどのへんかと耳を澄ました。でも膝をつき、ひどい着き方をした脚を立てようとしたとき、いままで経験したことのない痛みがからだを貫いた。

口を開いたけど……なにも出てこなかった。

顔が氷につき、両腕がもちこたえられなかったのだと気づいた。まわりでおそろしい叫び声がしている。気づくとなにかが肩にさわり、ひっくり返されてあおむけになっていた。アイヴァンがわたしの横にひざまずき、その顔は蒼白なのと同時に赤くなっていた。彼の目がすごく大きく見える。

起きられない。起きられない。

足首は――

「なにしてるんだ、ジャスミン、おとなしく寝てろ！」アイヴァンがわたしの顔に怒鳴った。肩になにかがかけられ、彼の胸が肩に押しつけられている。曲がまだ流れているのに気づいた。『ヴァン・ヘルシング』の曲だ。その曲が決まったとき、わたしはすごくわくわくしたけど、そんな素振りは見せなかった。

「起きあがろうとするのをやめろ！」アイヴァンがまた怒鳴った。彼の声はかすれて、その顔は……殺気立っていた。

「わたしにやらせて」なんとかつぶやいた。自分がいいたいことと、実際にいうことのあいだに、三十秒ほど脳の遅れがあるような気がする。わたしは横に転がろうとした。脚を動かそうとした。でも痛い――

「いいから、やめるんだ」アイヴァンは叫び、左手でわたしの膝頭をさわって、太ももをなでた。

アイヴァンの手が震えている。どうして震えているの？

起きあがれない。

「ジャスミン、お願いだから、起きあがるのはやめてくれ」アイヴァンがわたしに怒鳴り、彼の手がからだのあちこちに感じられた。でもよくわからない。耳のなかで轟《ごう》音《おん》がして、膝から下の痛みがどんどんひどくなってきたから。

「だいじょうぶだから。一分待って」わたしはつぶやき、痛むほうの脚をもちあげようとして、彼に押さえつけられた。両手でわたしの太ももをぎゅっと握っている。

「やめろ、ジャスミン、やめるんだ」彼は手を膝の上にやった。「ナンシー！」わたしのパートナーがどこかで怒鳴っている。わたしは自分の脚を見て……。

わたしは足首になにかしてしまった。

嘘、嘘、嘘、嘘でしょ。

自分が口をあけたのにも気づいていなかったが、そのときアイヴァンがわたしの耳元でささやいた。「泣くな。いまは泣くんじゃない。聞こえたか？ 氷の上で、人々が見ている前で泣いたらだめだ。がまんしろ。こらえるんだ。ひと粒も涙をこぼすな、ジャスミン。ひと粒もだ。わかったか？」

わたしは息をのんだ。目がかすみ、なにもかもぼんやりしてきた。

わたしは震えているの？

どうして吐きそうだと感じるのだろう？

「やめろ」アイヴァンがまた耳元でいい、わたしの肩に回した腕に力をこめた。「だれにもそんなところ見られたくないだろ。我慢しろ、ベイビー、我慢だ……」

彼がなにをいっているのかよくわからなかったけど、わたしは息をとめた。リーコーチがわたしの横に滑ってきて、すぐにガリーナともうひとりのコーチの人影が並んだ。わたしをとり囲んでいる。

なにか訊かれて、答えようとしたけど、代わりにアイヴァンが答えていた。なぜならわたしは息ができなかったから。話すことも、泣くこともできない。わたしにできるのは、自分の白いブーツがあるあたりを見つめることだけだった。

ブーツがよく見えない。

台無しだ。

やってしまった。

取り返しのつかないことを。

19

「いったいなにをやってるんだ?」

百八回目の腹筋の途中でとまったわたしは、横にいるのがだれか、見る必要はなかった。うるさくて横柄でえらそうな声は、千人の人ごみのなかでも聞き分けられる。ただの質問をするだけでこんなにわたしをいらだたせられるのは、ひとりだけだ。

「自分のことに集中しているだけ。あなたはその方法を知らないみたいだけど」わたしはつぶやき、少し背を丸めて腹筋トレーニングを続行した。

「ジャスミン」またアイヴァンの鋭い声。

わたしは無視した。もう一回腹筋をしながら、目の端でアイヴァンがドアを閉めたのが見えた。

もう一回腹筋をした。彼が歩いてきて、明るい青色のランニングシューズがわたしの横数センチメートルの場所にやってきた。

わたしは彼を見あげることはしなかった。するつもりもない。彼がなにを見ているのかは知ってる。汗だくになったわたしのからだでも、太ももまでめくれた兄のバスケットボール用のショーツでも、スポーツブラしかつけていない上半身でもなかった。

彼が見ているのは、わたしが左足につけている黒いキャストブーツだった。左足は枕《まくら》に載せている。その隣の右足は膝を曲げ、足裏を床につけていた。黒いブーツは、わたしが大失敗したことをつねに思いださせてくれる。

天井を見つめたまま、さらに四回腹筋した。

緊急医療室を出てから二週間、ほとんどだれともしゃべっていないし、自分の部屋で筋トレするか、アイヴァンとわたしの練習を撮った録画を見る以外、ほとんどなにもしていない。

アイヴァンがシューズのつま先でわたしの肋骨をつついたけど、わたしは無視した。

「ジャスミン」

「なによ」わたしは頑なな口調でいった。

彼がまたつついた。また。わたしは無視した。

アイヴァンがため息をつく。「それをやめて話でもしないか？」

「やめておく」わたしは彼のほうを見ないようにしていた。

彼がしゃがみこみ、すぐ横に来て、無視するのが難しくなった。また腹筋しようとしたら、アイヴァンが手で額を押して、わたしをあおむけに寝かせた。

わたしは部屋を見回し、シーリングファンに焦点を合わせた。

「ミートボール、もうじゅうぶんだ」彼はまだわたしの顔を押さえている。

少し待ってもう一度腹筋をしようとしたけど、彼は予想していたらしく、一インチも起きあがれなかった。

「もういい。やめろ。話をしよう」

話をする？

わたしは彼のほうを見た。二週間ぶりだった。最後にこの顔を見たのは、診察台に坐るわたしの横に彼がいたときだった。医師はわたしにこういった。うまくいけば六週間で立てるようになる。だが約束はできない。前距腓靭帯《ぜんきょひじんたい》と踵腓靭帯《しょうひじんたい》の靭帯部分断裂は厄介なんだ。そう警告してから、回復期間を告げた。

八週間がこれほど長く感じられたことはなかった。

自分の不注意でこんなことになったのだから、とくにそうだ。

なんとか平静な声で訊いた。「なにを話すの？」

アイヴァンは灰青色の目でじっとわたしを見つめた。自分を落ち着かせるように大きく息を吸った。いらだっている。

おあいにくさまだけど、わたしのほうがいらだっている。

「電話したんだ」彼はいった。この十二日間、毎日六回電話してきていることをわたしが知らないと思っているのか。きょうも、すでに二回かけてきた。電話が鳴っても、わたしは出なかった。ずっと出ていない。だれの電話にも。兄姉からでも、パパからでも、リーコーチからでも、ガリーナからでも。だれの電話にも出ない。

わたしは彼を見つめながら答えた。「話したい気分じゃなかったの。状況はなにも変わっていない。あと二日たたないと、ブーツはとれないのよ」

ブーツをとってもいいという医師の許可が出たら、エアーキャストの足首用スプリントを装着するつもりだった。わたしが九日前から自分で車を運転して通っているフィジカルセラピストは、〝順調に治っている〟といっていた。

でも〝順調〟はわたしにとってはじゅうぶんではない。

あの転倒はわたしのせいなのだから、なおさらだ。

アイヴァンはまばたきして、ため息をついた。依然としてキレる寸前らしい。でも、わたしは気にしていない。「状況が変わっていないのは知ってるよ、ばかか」

こいつ……。

「荷物をまとめろ。ぼくといっしょに来るんだ」

今度はわたしがまばたきする番だった。「え？」

長い人差し指でおでこをつつかれた。「荷物をまとめろ。ぼくといっしょに来るんんだ」ひと言ひと言ゆっくり発音した。「怪我をしたのは足首で、耳じゃないだろ」

「行かない」

「いや、行くんだ」

「行かない」

彼が浮かべたほほえみはひどく気味が悪く、わたしは警戒した。「行くんだ」

わたしは胸に生じた妙な感覚を無視して彼をじっと見つめた。

気味の悪いほほえみを浮かべたままだ。「きみはフィジカルセラピーに行く以外、二週間どこにも出かけてない」

わたしはなにもいわなかった。

「二週間シャワーも浴びてないんじゃないか」

二日前に浴びた。

「ちゃんと眠ってるのか？」また指で額をつつく。「ひどい顔だぞ」

そこでようやく口を開いた。「眠ってる」よく眠れないことはいわなかった。

「この部屋から出ないと」

「なぜ？」わたしは怒っていった。

「ここでふさぎこんでいるのは意味がない。ときどき『GIジェーン』になったふりなんかしても。なにやってるんだよ、ジャスミン」

わたしは彼の手を払い、背筋を伸ばして坐り、からだをひねって彼の目をまっすぐ見た。「ふさぎこんでるんじゃない。筋トレをしてるの。だらだらしてからだを鈍らせるわけにはいかないから」

「からだを鈍らせないためじゃない。きみが筋トレしているのは、むかついて不機嫌だからだ。ぼくがきみを知らないとでも思ってるのか？」

ちがう、と否定しようとしたけど、どうせ彼はわたしの嘘を見抜くだろう。だから代わりにいった。「不機嫌じゃない。だれにもあたったりしていない」

「そうか。それなら自分にあたるのはなんていうんだ？」

答えられない質問をされるのは大嫌い。

アイヴァンはいらだちで顔をゆがめた。「お母さんがいっしょになにかしようと誘っても、無視しただろ」

「無視していない。しないといっただけ。ママがあなたに告げ口しているの？」

「それは失礼だし、あたってるだろ」彼はいった。「兄さんや姉さんからの電話も無視している。たぶんガリーナからもかかってきたのに、それにも出ていないんだろう」

それはほんとうだった。でも認めることも否定することもしない。

「こんなふうに自分をいじめたらだめだ」彼はいった。

なにかがこみあげてきて、息ができなくなりそうだった。「自分をいじめたりしていない！　自分のことに集中しているだけ。自分ひとりで。それのなにがいけないのかわからない。わたしは回復してる。休養してる。みんなにいわれたとおりにね！」

彼がまばたきして、わたしははっとした。でも怒鳴ったことを謝る前に、彼がいい返してきた。「その態度もやめろ。きみは隠れているんだ。これ以上許しておくわけにはいかない。ぼくは待っていたんだ。おそれていたように靱帯を完全に断裂したのでも、骨にひびが入ったのでもないとわかったら、きみが自分で落ちこみを克服するだろうと思って……だがだめだった。だからぼくが引きずりだしにきた。もうわがままは許さない。大目に見ることもしない。たとえこれが、きみにとって最初の引きこもりだとしても」

これが最初の引きこもりではない。彼はポールに捨てられたときのわたしを知らない。あのときも落ちこんだけど、今回ほどではなかった。

わたしはさっきやられたように、彼の額をつついた。「やだ」

アイヴァンは明るい青い目をしばたたき、まぶたを半分閉じて、歯を食いしばった。「ジャスミン、起きあがって、この家を出て、うちに来るんだ。自分でするか、ぼくが代わりにするかだ。選べ」

「わたしはこの家から出ない」

彼は首を振った。「出るんだ。選べよ。自分で出るか、ぼくが出すか」

わたしは彼の額をつついた。二度。「やだ」

アイヴァンは小鼻を膨らませた。「五つかぞえる。それまでに決めろ。さもなければぼくが決める。どっちを選ぶかは知ってるだろう」

「アイヴァン、あなたとはどこにも行きたくない」

「ふざけるな。家族のだれとでも出かけられたのに、そうしなかったのは自分だろう。もうぼくといっしょに来るんだ」

怒りでからだがいっぱいになった。「やだ！　ぜったいに！」

腹をたてているのはわたしだけではなかった。アイヴァンも怒っていった。「いや、来るんだ」

「あなたと行きたくないっていってるでしょ。どうしてわからないの？　だれとも、い、いっしょにいたくないの」わたしはキレて、まるでどこかのくそったれのようだった。

内心で身をすくめた。

彼の目が線のように細くなった。「なぜ？　もうぼくとは終わりなのか？」

わたしはさっと彼を見た。「終わり？　なにをいってるの？」

彼のあごがこわばる。「ぼくとは終わりなのか？　ぼくに腹をたてて、もうパートナーでもいたくない？」

いったいなんの話なの？　わたしはぼうぜんとして彼を見た。まばたきもした。彼はどうかしているの？「なにをいってるの、アイヴァン」

「もうぼくのパートナーでいたくないのか？」

「どうしてわたしが、あなたのパートナーでいたくないと思うの？」わたしは怒って訊いた。

「なぜならあんなことがあったからだ！」アイヴァンが怒鳴った。

「わたしが転倒したから？　どうしてそれがあなたのせいになるのよ、ばかじゃない」

彼の顔がいつの間に赤くなったのか、気づかなかった。でも気づくと真っ赤だった。

「なぜならきみが気をとられていると気づいていたのに、集中させてやれなかったからだ。着氷もきみに近すぎた」

本気で自分を責めているの？「着氷はべつに近くなかった」

彼はわたしをさっとにらんだ。「近かったよ、ジャスミン。きみに近すぎた」

「ああ、もうやめて。そんなことなかった。わたしが着氷に失敗したのはわたしが気をとられていたから。わたしが失敗したから。あなたのせいじゃない」

彼がものすごい目でにらんできて、わたしは血圧があがりそうに感じた。どうしてそんなばかなことを考えるの？　自分を責めるなんて。わけがわからない。

「わたしがあなたに会いたがらないのは、あなたを責めているからだと本気で思っていたの？」わたしはまぬけを見るような目で彼を見た。だってほんとにまぬけだから。彼はまだこちらをにらみつけている。つまり答えはイエスということだ。

「なんてばかなの」

「ぼくがばか？　それならなぜ電話に出ないんだ？」

わたしは口を閉じ、肩をすくめた。

「やめろ。肩をすくめて見せるだけで答えになると思うな。ぼくは何度も電話した。ぼくに怒っていると思った。だから電話に出ないのだと。そうじゃないなら、電話に出ないのは気をちらしていた自分を責めているからじゃないのか」

わたしは目を天上に向け、首を振った。「どうでもいい」

「どうでもよくない。大事なことだ」

また肩をすくめた。

「ジャスミン」

どうして放っといてくれないの？

「ジャスミン」

わたしはうめき、彼に向き直り、いらだっていった。「なぜなら、わたしがあなたになにをいえばいいの、アイヴァン？　〝ごめんなさい〟？　〝ほんとうにごめんなさい〟？　〝足首を捻挫してなにもかも台無しにするつもりじゃなかったの〟？」ほとんど怒鳴りつけていた。われに返り、舌の先からおなかの底まで自己嫌悪でいっぱいになった。なぜわたしは彼を怒鳴りつけているの？　どうしてこんなことをいわなければいけないの？　なぜ彼はそれくらいわからないの？

彼はわたしを見た。まるでわたしがおなかにパンチを食らわせたような顔をしている。「ジャスミン――」

「ごめんなさい、アイヴァン」わたしはしわがれ声でいった。自己嫌悪と無力感でいっぱいになる。「わたしがへまをしたから。いつもそうなの。どうしてあなたを怒鳴りつけたのかわからない。あなたはなにもしていないのに。全部わたしのせい」声が割れて、自分がこぶしを握りしめているのに気づいた。「わたしが転倒した。わたしのせい。あなたのせいじゃない」

叫びが自分の喉につかえているのを感じた。おもてに出ようとして内側からわたしを引き裂く。ぜったいに出したくない。

「やめろ」彼はゆっくりいった。まだ驚いているような目で、わたしの顔をまじまじと見た。「支度しろ。いっしょに来るんだ」

わたしは彼の目を見て、息をのんだ。「いいえ」

「だめだ。ぼくに悪いと思っているって？　それなら数日分の着替えを用意してぼくのところに行こう。きみなしでは帰らない。たとえ暴れても連れていく。もし〝誘拐される〟と叫んでも、きみはドラッグをやってるというからな」

わたしは彼をにらんだ。

「きみはこの六週間分、ぼくに借りがある。支度しろ。もう出るんだ」

「アイヴァン……」

彼はわたしをにらんだ。

怒りと痛みがわたしのなかをねじりあげた。「ほんとうにごめんなさい」

彼の喉ぼとけが動いている。そしてゆっくりと答えた。「知ってる」

わたしはやってしまった。胸がきりきり痛む。「こんなことになると思ってなかった」

また喉ぼとけが動く。「知ってる」

「いままで千回も着氷したのに」

また。「知ってる、ジャスミン」

「どうなったのかわからない」

彼の吐いた長く低い息がわたしのあごにあたった。「知ってるよ」彼はささやいた。

ほんの少し前の話し方とは大ちがいだ。

わたしはもう少しで喉が詰まりそうだった。「回復するためならなんでもすると約束する」

喉を詰まらせたのはアイヴァンのほうだった。彼はまばたきした。一回、二回、三回、四回、五回、ぱちぱちと速く。まるでなにかが喉に詰まり、どうしようもできないというふうに。

「なんでも。誓ってもいい。ディスカバリー・シリーズの大部分とWHKは欠場しなければならないのはわかってる。でももしかしたらスケート・ノース・アメリカは――」

彼の手に遮られた。わたしが隅々までよく知り、人ごみのなかでもさわっただけでわかる手。数えきれないほどわたしの手を握り、わたしを支えた手。

でもその手が、わたしの顔を包んだのは初めてだった。こんなふうにそっと。

そして彼はわたしを黙らせた。

口で。

唇をわたしの唇に押しつけ、迫り、覆いかぶさった。

彼はわたしの上唇にキスした。いっ、いっ、いったいいなにが起きているの、い、いるの。

アイヴァンがわたしにキスしている。

彼の唇はふいにわたしの目に移動し、片方のまぶた、そして反対のまぶたに唇をそっと押しつけた。あまりにも軽くて、ほとんど感じられないほどだった。片方の眉、反対の眉。わたしはただそこに坐っていた。

坐って、彼をよけたり、押しやったり、やめてといったりもしなかった。

彼の唇がほおをかすめた。温かくてすばらしい感触だった。「きみは起きあがろうとした」聞こえるか聞こえないかのような小さな声で、彼はいった。「起きあがって滑ろうとした。ぼくはその場で泣いてしまいそうだった」

彼は片方のほお、反対のほおにそっとキスして、途中で唇がわたしの鼻をかすめた。「きみだけだ。足首を捻挫したのに起きあがって滑ろうとするのは」彼の声がつかえつかえになる。「何度もいっていた。『ごめんなさい、アイヴァン』『ごめんなさい、アイヴァン』『ごめんなさい、アイヴァン』。黙れといったのは、それ以上くり返されたら、ぼくのほうが……」彼の息がとぎれとぎれにほおにあたり、ほおをつつんでいた手が今度は耳をつつんだ。

彼の唇がわたしの唇をかすめた。あまりにも軽く優しくて、わたしのなかのなにかがきゅっと締めつけられる。

友だちもキスすることがある。彼は舌を入れているわけでも、胸やお尻をさわっているわけでもない。わたしが怒ってなくてほっとしたのだろう。このキスはただの……ただのキスだ。

彼はわたしのことを大切に思っている。

人はほとんど知らない人とだってキスをする。

わたしはアイヴァンの好きにキスさせておいた。だいじょうぶ、彼はわたしの怪我でこわい思いをしただけだといい聞かせて。そう思ったら、考えられるのは彼がいった言葉のことだけになった。彼が傷ついたこと。わたしがそんな目に遭わせてしまったこと。

「ごめんなさい、ごめんなさい」わたしはくり返した。ほんとうにそう思っていたから。わたしたちがこんなことになって、悲しくてしかたがなかった。彼をがっかりさせてしまったことがつらかった。「わたしの前にはいくつかの大会を欠場するだけだったのに。いまはわたしのせいでそうさせている。ごめんなさい、アイヴァン。転んだりして」

アイヴァンは首を振った。「もういうな」

「でもほんとうに」わたしはささやいた。「わたしのせいだ」

「事故だった」彼は鋭くいい切った。「謝ることはなにもない」

「でもわたしが台無しに――」

「なにも台無しになってない。黙れ」

「すべてうまくいっても、シーズンは六週間しか残っていない」わたしはいわずもがなのことをいった。

「全部で二か月だ。全シーズンじゃない。ずっとでもない」彼もいわずもがなのことをいった。

「でもあんなに練習したのに――」

「ミートボール、いいんだ」

わたしは彼といっしょに滑るたった一年のうち、どれだけの期間を失ったのかあらためて思いだし、息をのんだ。わたしにとってこんなに大切な人になった彼といっしょにいられるなかから八週間も。

わたしは目をしばたたいた。

「泣くな。たった二か月だ。ぼくたちは大活躍する。実際、これくらいはちょうどいいハンディキャップだよ」彼は綿菓子のようなピンク色の唇をわたしの唇に押しつけた。まるでいままでに千回くらいやったことがあるし、これから千回もやることであるかのように。「六週間で復帰できる選手がいるとしたら、それはきみだ」

それはわたしだ。もちろんそうだ。わたしは彼の目をじっと見つめた。すぐ近くに彼の顔がある。うなずくことしかできなかった。しばらくして、いった。「勝つわよ」

まなざしが力強さを増し、彼は躊躇なくいった。「そうだ、勝つ」そして唇をぎゅっとわたしの唇に押しつけ、すぐに離した。その手でわたしのうなじの汗ばんだ髪を梳かしながら、彼はいった。「必要なら、ぼくはきみを引きずってでも氷の上に立たせる。命にかけて誓うよ、ジャスミン」

その言葉に、わたしのなかのなにかが震えた。確信。怒り。情熱。わたしの選択の余地なく、彼はかならず自分のいったとおりにするという現実。

でもいちばんは、まったく別のものだった。

わたしは彼を愛している。

こんなに愛している彼と別れたら、きっと心は冷たく死に、粉々になったかけらを自分の夢といっしょに箱に入れて、一生もちつづけることになるだろう。

わたしのほおをなでて、なにもかもだいじょうぶだと優しく慰めてくれる人は欲しくない。この人が欲しい。わたしのわがままを指摘し、諦めるのを許さず、わたしのことを諦めることもない。けっして。わたしが叫んだり暴れたりしても。わたしがくそったれと罵っても。

これがわたしのパートナーだ。パートナー以上だ。わたしの片割れ。

彼がくれたこの贈りもの、つまりわたしは無敵だと彼が思っているということに報いる方法はひとつしかない。かならず勝つこと。

そもそも彼がわたしをパートナーにした理由である勝利をあげる。

そのためならなんでもする。

20 秋

その後の四週間をある会話でいいあらわすなら、こんなふうになる。

アイヴァン：「おとなしく坐ってろ」
わたし：「いやだ」
アイヴァン：「いったいなにをしてるんだ？ 元気になりたいのか？ そんなに歩き回るんじゃない」
わたし：「アイヴァンの居間で、足首に新しいブレースを装着して普通に歩こうとして——失敗する」「放っといて」
アイヴァン：「ぼくがきみを放っておくわけがないだろう。頑固もいい加減にしてここに坐れ。そうしたらなんでも好きなものを食べさせてやる」

21

すばらしい医師の口から出たその言葉は自分の想像ではないとわかっていたけど、確認した。

「つまり……もう滑ってもいいんですね？」わたしは訊いた。念のために。

医師はほほえんでうなずいた。彼女の言葉がわたしにとってどれほど大きな意味をもつか、わかっている。「もうすっかり治ってるわ」

興奮、安堵、緊張が全身を駆けめぐる。でももう一度だけ訊いてみた。「ほんとうに？」

医師はますますほほえんで、いった。「ええ」

肩に手が置かれ、乱暴にゆすられて、わたしは満面の笑みを浮かべてアイヴァンを見あげた。彼のもう片方の手はわたしの脇に置かれ、わたしはその手に自分の手を組みあわせて、振った。彼がかがんであごをわたしの肩に載せ、ほおを合わせた。

「やったな、ミートボール」彼はわたしをハグして、わたしたちが次の大会――彼が招待された――スケート・ノース・アメリカに出場できるとからだで伝えてきた。
わたしたちは滑れる。
ふたたびチャンスを与えられた。

22

ひとつよかったのは、シーズンの始まりに八週間休むのは楽だとはだれもいわなかったことだ。実際、楽ではなかったから。

まったく楽ではなかった。

この二週間は、〈LC〉で真夜中まで練習していた一か月もふくめて、わたしの人生でもっとも苦しい二週間だった。でも今度は、ひとりではなかった。ずっと親友といっしょだった。

そしてわたしは、汗くさくて、きつくて、つらくて苦しい一瞬一瞬を、すべて楽しんだ。

バンの窓からそとを眺めていたときも楽しかった。そのバンはアイヴァンとわたし、ほか六組のペアのチームとそれぞれのコーチを乗せ、翌日わたしたちが競いあう施設に運んでいくところだった。自分でもそんな気持ちがあるとは知らなかったような安《あん》堵《ど》が胸に広がり、不安を追い払うのを感じながら、周囲に何枚も横断幕が張られた巨大な建物を見つめた。〝スケート・ノース・アメリカ　十一月二十三日～二十六日〟。その一枚にはアイヴァンが――ひとりで――ジャンプを決めたところの写真が使われていた。

わたしたちはほんとうにここに来たんだ。

準備はできていた。

アイヴァンはここ数日、わたしたちが〈LC〉でできるだけ多くの最後の修正をおこなっていたあいだ、いつもよりもおとなしかった。わたしたちはおととい、飛行機でレークプラシッドにやってきた。万一の冬の荒天を心配したからだったが、杞憂《きゆう》だった。スケート・ノース・アメリカの公式練習は一日しかないから、この二日間は、わたしたちのような選手のために予約されていた、WSU――世界スケート連盟――の広い会議室を利用した。

会議室で練習していないときは、アイヴァン、リーコーチ、わたし、シモンズ夫妻チーム――わたしたちの振付師――でタクシーでの観光に出かけたり、ダウンタウンを散策したり、オリンピック博物館を訪ねたり、ランチを外食したりして、部屋に戻った。そのあとアイヴァンが、わたしの部屋の眺めを見にやってきて、わたしたちはテイクアウトの料理を注文し、部屋で食べながら、地獄からやってきた猫の映画を観た。アイヴァンはわたしに、前に飼っていた猫三匹の話をしてくれてた。一年前に最後の一匹が老衰で亡くなったそうだ。

今回の旅が、わたしひとり、そのあとはポールとふたりで出かけた遠征とはまるでちがうということをアイヴァンにはいわなかった。でも彼は知っていたと思う。わたしは興奮していた――それに初めて緊張していた――けど、興奮がほかを圧倒していた。

そしていま、大会会場にやってきた。一歩近づいた。最後の三十分間の練習のあと、わたしが必死に考えないようにしてきた本番が始まる。

バンをおりたところで、アイヴァンがいきなりわたしの手を握った。

わたしはいったいどうしたのかと、彼を見た。いやだというわけではなかった。わたしもときどき、なにか理由があれば彼の手を握っている。でも、ここで手を握る理由はわからなかった。緊張が少し高まる。

「なに?」わたしは訊いた。

彼はわたしを脇にひっぱり、ほかの人たちを先に通した。わたしたちは全員、練習時間のグループBに入っている。ニューヨークの冷たい空気でアイヴァンの息が白く濁り、わたしは震え、こんなそとでいったいなんなのかと考えていた。何週間も前にわたしの部屋にいきなり入ってきて、それからフィジカルセラピーのたびにわたしに付き添ってくれた彼が、明るい青い目でわたしの顔を見つめていった。「約束してほしい」

これっていいことのはずがない。

「約束がなにかによる」いいながら、最初に約束させたがるなんてどんな深刻なことなのかと、必死に考えていた。

完璧な肌と骨格の完璧な顔は、いつものようにあきれた表情にはならなかった。

「約束してくれ、ジャスミン」

「なんの約束かいってくれたら。あとで破りたくないもの」胃に恐怖がこみあげる。

彼の頼みならなんでもする。でももしそれが、失敗しないでくれということだったら？　それとも、彼の新しいパートナーに紹介されても醜態を演じないでくれということだったら？　わたしたちは先のことについて話したことは一度もなかった。

アイヴァンの目がゆっくりとわたしの顔を眺めた。それからため息をつき、一瞬、空を見あげてからまたわたしを見て、ごくりと唾をのんだ。「頼む、約束してくれ。きみにできないことは頼まない」

わたしは顔をしかめ、彼はわたしの手をひっぱった。

「約束してくれ、ミートボール。きみはぼくを信用できるだろ」

そのとおりだ。でもわたしは彼との約束を破りたくなかった。自分には無理なことをするのもいやだった……たとえば、あと数か月で彼のパートナーになる人に愛想よくするとか。わたしは目をそらした。「わかった、約束する。なに?」

彼がゆっくりと満足げにほほえみ、わたしは少し安心した。少しだけ。「約束してくれ。ポールとメアリに会っても、彼と喧嘩しないと――」

いったい? そんなこと? ポールとメアリ?

嘘でしょう。もうずっと前からふたりのことなんて考えたこともなかった。

わたしは鼻を鳴らした。「まったく、それが約束させたいことだったの? わたしがわざわざあいつと喧嘩して問題を起こすと思うの?」

彼はまばたきして、わたしの手を握っている手に力をこめた。「最後まで聞いてくれ。大会が終わるまで待って、そのあとならいいというつもりだった。スコアであいつらを打ちのめし、きみがとどめを刺せばいい」

わたしは口を開き、また閉じた。

灰青色の目でわたしの顔を見つめ、彼は眉を吊りあげ、両手でわたしの手を握った。「約束する?」

わたしはまばたきして、なんとかいった。「どこがいいと思う?」

彼のほほえみ……! 「ホテルの向かいにあるミラー湖がいいと思うよ」

「わたしのアリバイになってくれる?」

「きみのお姉さんたちも来ているけど、ぼくの助けがいるかと思った。力があるからな。手がかりをのこさないようにしないと」

わたしの望みはずっと彼といっしょにいることだけど、いまだけでもいい。「いいわ」

アイヴァンがにやりと笑った。「もうひとつある。いままできみから聞いたことがないけど、メアリ・マクドナルドをなんで嫌ってるんだ？　なんでぼくたちが彼女を嫌うのか、その理由を知っておきたい」

〝ぼくたち〟。アイヴァン。まったく。わたしは肩をすくめて、質問の答えだけをいった。「子供のころ、わたしがペアに転向するずっと前、メアリはわたしの陰口をいってたのよ。カリーナに訊いて。メアリはカリーナがわたしの友だちだと知らなくて、わたしの体重とか、わたしが半分フィリピン系だということについて、ひどい人種差別的なことを彼女にも吹きこんでいたから。それにあの女、もとから意地が悪いし」

アイヴァンはまばたきした。「きみはなにかいい返した？」でもそういった瞬間、彼は鼻を鳴らした。「ばかな質問だった。もちろんいっただろう」

わたしは彼の手をひっぱった。「いうに決まってるでしょ。今度悪口をいったら、どついてやるっていってやった」

§

「熱い！」また頭皮を火傷した。できるだけ髪の根本までストレートアイロンではさもうとしているところだった。スケート・ノース・アメリカはそれほどテレビ放映はされないけど……。

それは重要ではなかった。

重要なのは、もともとまっすぐな髪をさらにまっすぐにすることだった。でも後頭部がよく見えない。大会が始まるまであと三時間。わたしたちの滑走順は最後のほうだ。わたしはすでにメークして、数か月前、わたしが怪我をする前にルビーが完成させていた長袖でレースを多用した黒いコスチュームも着けていた。人々が彼の下着姿を見て〝暴動が起きる〟と困るからといって、アイヴァンは紳士用トイレで着替えるといって出ていった。

ばかじゃない。

わたしは、ふた組のペアといっしょに使っている控室に三つある鏡のひとつに向かい、なんとか六度目の火傷をせずに髪をまっすぐにしようと悪戦した。鏡のなかに、ほかの四人が映っているけど、彼らはまだ着替えてもいなかった。

ドアが開く音がしたけど、なんとも思わなかった。

でもそのとき、よく知る声が聞こえた。アイヴァンの声ではない。

「ジャスミン、話がしたいんだ」わたしは彼のほうにふり向き、アイヴァンはどこにいったんだろうと思った。

わたしはアイ、アイ、アイヴァン、に、約束した、した。
ポ、ポールと喧嘩しない、い、い。きのうの練習のあと、送迎バンを待っていたとき、わたしはポールを見かけたと思った。アイヴァンはわたしに、〝ポールと喧嘩しない〟と七回くり返させた。人は七回くり返せば、なんでも忘れないらしい。
わたしはポールと喧嘩しないとアイヴァンに約束した。その約束を破ることはしない。彼がこれまでわたしにしてくれたことを考えれば。

でも……。

ポールがショートプログラムの前にわたしに話しかけてくるほどばかだったのは、アイヴァンもわたしも予想できなかった。昔から自分はほかの人ほど頭がよくないと思ってきたけど、わたしが三年間ペアを組んでいたこの男は、本物のばかだ。

わたしは鏡のほうを向いて、ストレートアイロンをカウンターの上に置き、こぶしを握りしめた。

「ジャスミン、お願いだ」わたしの心を引き裂いたふたり目の男は続けた。

わたしの見た目は十九歳のころとあまり変わっていないと思う。顔は少しほっそりした。髪は長くなった。からだの筋肉は増えた。でも中身は……まったくちがう。

十九歳のジャスミンだったら、とっくの昔にストレートアイロンをポールに投げつけ、奇跡が起きてコスチュームのなかのたまを火傷させればいいのにと願ったはずだ。「ジャス……五分でいいから、頼むよ」わたしの元パートナーは、鏡には映らない場所から懇願した。

わたしはこぶしを握りしめ、息をとめた。そして目を天井に向けた。くそったれ。ずっとポールのことなんて考えてなかったから、どんなにこいつを憎んでいるか忘れていた。

でもすぐに思いだした。

ヴァーニャと約束したでしょ。頭のなかの冷静な部分にいわれて、わたしはすぐに落ち着いた……そして息を吐いた。

「ぼくが存在しないふりをする気か？」わたしの元がすぐうしろにやってきた。これだけ近ければ、うしろに蹴りだせば簡単にたまに蹴りを入れられる。

三年もペアを組んでいれば、自分がどれだけ危険な場所にいるのかわかるはずなのに。ばかだ。アイヴァンならきっと気がつく。

ほっそりした長身に、茶色の髪。〈LC〉を出ていって二度と戻ってこなかった二年前とまったく変わっていない。

照明に照らされたポールは青白く見えた。両手をからだの前で組み、緊張しているのがわかった。

いい気味。

「なあ、話がしたいだけなんだ」

背筋を伸ばした拍子に鼻を鳴らしてしまった。鏡にウエストから上のコスチュームが映っている。黒い生地が、ハート型の襟ぐりで胸の中央部に切りこみが入る以外、全身を覆っている。これにも、アイヴァンのコスチュームにもビーズは使われていない――ひっかかるから。代わりに生地の上にレースが重ねられている。手首の上数インチは、グリップのじゃまになるからレースはなし。わたしはすごく気に入っていた。

ばかポールはしゃべりつづけた。「あんなに長いあいだいっしょにやってきたじゃないか、それくらいして当然だろ、ジャスミン」

〝それくらいして当然だろ〟。その言葉にわたしはかっとなった。約束を破ったことをアイヴァンが赦《ゆる》してくれることを願った。でも厳密にいえば、わたしからポールに喧嘩をふっかけたわけではない。アイヴァンはきっとわかってくれる。

そう思ったわたしはゆっくり踵を返し、あまりにも多くの時間を無駄にした男を見あげた。長身だけど、アイヴァンほどじゃない。肩幅もアイヴァンには及ばない。明るい茶色の髪とほとんど褐色といってもいい肌色で、ハンサム……わたしが憶えているポールのままだった。

ろくでなし。

「当然なんかじゃない」ものすごく冷静な声でいえた。自分を誇らしく思った。

彼はため息をつき、短い髪を手でかきあげた。「勘弁してくれよ、ジャス、長いつきあいじゃないか――」

わたしはまたかっとなった。「そうね、そのつきあいは、あなたがメアリとペアを組んだということを、ウェブの記事で読んだ知り合いに教えられた日に終わったの」

彼はびくっと震えた。口ごもった。そして意を決したようにいった。「ほかにどうすればよかったんだ?」彼は首を振り、息をのんで、肩をいからせた。

わたしはすでに激怒していた。こっちのせいにされるのも、脅されるのもありえない。「三年も組んだ相手に敬意を払って、自分でいえばよかったのよ」彼の仕打ちを思いだし、声をあげないようにするのでせいいっぱいだった。「何度も電話したのよ、ポール、何度も何度も。それなのに一度もとらなかったでしょ、くそったれ」吐きだすようにいった。「この二年間、弁明する根性もなかったくせに」

「そうじゃゃ――」

わたしは凄みをこめた目つきで彼を見た。「そうじゃないといったら、その瞬間に大事なものを蹴飛ばしてやるから。渾身の力をこめて」

ポールは口を閉じた。わたしがそういったらするとわかっているのだ。

でもこのダムが決壊したのは彼のせいだから、責任はとってもらう。

「わたしは三年間をあなたに捧げたのよ、ポール。あなたはわたしのパートナーだった。あなたのためになんでもしたのに、あなたはわたしをごみのように扱った。わたしにはひと言もいわず、逃げたのよ。『それくらいして当然』なんていわないで。当然じゃないから。わたしはあなたになんの借りもない」わたしは彼に指をつきつけた。

ほんとうはこぶしを握りしめて、やつの鼻か大事なところに一発パンチしたかった。

「それでは、ぼくが正直にいうのが可能だった、簡単だったといってるみたいだ」彼は髪をかきあげ、苦しそうな表情をした。

わたしはまばたきした。「そうよ、簡単だったのよ。〝やあジャスミン、もうやめるよ。きみの大嫌いな子とペアを組むことになった。それでおしまい」

ポールの笑い声にはとげがあった。「それで済むわけないし、きみもわかってるだろ。きみはぼくに怒鳴り、意気地なし、ろくでなし、弱虫、ありとあらゆる罵詈雑言《ばりぞうごん》を浴びせたはずだ。そうだろ。そんな簡単にぼくを行かせるはずがない」

アイヴァンに約束したでしょ。

約束した。

だから自分の脇に手をおろしている。いまはまだ。

「そうね、たぶんそうした。でもその理由をわからないのなら、あなたは大ばかよ。わたしがあなたに怒鳴るのは、わたしたちがチームだったからよ。なんでもないもののようにあなたを諦めるわけないでしょ。でもあなたは大人だし、自分の選択をする。わたしもあなたを縛りつけて無理やりペアを続けさせることはしなかったはず。冗談もほどほどにしてよ」

自分でいった言葉に、自分でも驚いた。こんなふうに考えられたことは、いままで一度もなかった。こんな気持ちになったことも。

でも彼はわたしを傷つけたし、そのことはいっておきたかった。わたしが彼を大事に思っていたことも。わたしが彼のために戦っただろうということも。

でもそれは二年前のことだ。

一年前は、彼のことを叩きのめしたいと思っていた。一年前のわたしは、あまりにみじめで、いまいったようなことを認められなかった。でももうちがう。いまは、ずっとかかえてきたひどい罪悪感と怒りという荷を捨ててしまいたいと思っている。わたしの人生から。わたし自身から。

前に進みたかった。もう進んでいるのかもしれない。ほぼ。

まだ彼を一発殴ってやりたいという気持ちはあるけど、わたしに出会った日を後悔させてやるだけにしておく。その唯一の方法は、試合で彼とメアリを叩きのめすことだ。きっとできる。わたしとアイヴァンで。

「きみを大事に思ってるんだ、ジャスミン」ポールはいった。「いまでも。きみが捻挫したと聞いて、心配した。電話したかったけど……できなかった」

つまらない嘘に、わたしはあきれていった。「オーケー」

「きみはわかってない――」

わたしはいった。「オーケー、ポール。いってよ、いま。なにをいいたかったの？　わたしを捨てたのは勝つチャンスが欲しかったからだって？」

こいつはまた息をのみ、頭から手をおろして、白と青のスパンデックスのコスチュームの上に置いた。「どうしてきみはいつも、悪くとるんだ？　きみと仲直りしたいんだよ、ジャス。少なくとも十回以上はきみに電話をかけようとした……」

わたしの望みは、彼を黙らせることだけだった。

「神に誓って正直にいうわ。わたしはもうあなたとは話したくない。これからも。あなたがわたしにした仕打ちについてなにか思ったとしても、あれは正しかったと自分にいい聞かせても……自分で受けとめて。あなたが自分で思っている半分もわたしのことを知っていたら、わたしがけっしてあなたを赦すことはないとわかるはずよ」

「ジャスミン、ぼくは――」

「ううん、いう必要ないから。もしわたしのママを見かけたら、逃げたほうがいいわよ。わたしを見かけたときは、見なかったふりをすることね」自分でも驚くほど落ち着いた声でいった。「もしあなたが最初にわたしに告げてたら、赦したかもしれない。〝やりづらい〟パートナーだといったことも。わたしを捨てていったことも。でも赦さない。わたしはそれほどお人よしじゃないから」わたしは無表情になっていった。「もう行って。やることがあるの。あなたにそばにいてほしくない」

ポール・ジョーンズは目をしばたたいた。あごも震えているように見えた。でもいかにも彼らしく、目をそらしてため息をつき、唇を引き結んだ。「ジャスミン、なあ――」

「もう行って」

「ぼくがいいたいのは――」

「聞きたくない」わたしは彼に背を向けた。

「ペアを解消した直後から、ぼくの留守電にきみが残した悪態や罵りになぜぼくがかけなおさなかったのか、知ってるのか？　それに数か月後、きみが酔っ払って電話をかけてきて、怒鳴ったときにも？」

「知らないいし、どうでもいい」わたしはロボットのような声でいって、ポールの向こうのドアを見やり、アイヴァンが戻ってきてくれるよう祈った。

ポールは額にしわが寄るほど顔をしかめた。茶色の目を一瞬そらし、またわたしを見つめた。「ジャスミン、解消した一週間後にアイヴァンがぼくに電話してきて、ぼくがまたきみと連絡をとったら〝ただじゃおかない〟といったんだ」

いまなんていった？

「嘘つきを見るような目で見るのはやめろ。嘘じゃない。彼は電話で、きみに構わないほうが身のためだといったんだ。さもなければ〝ただじゃおかない〟し、ぼくはペアスケートをやろうと決めた日を後悔することになると」

アイヴァン。

アイヴァンがそんなことを？　でもそれはわたしたちがペアを組む一年前のことだ。その数週間前、わたしたちは廊下で、たがいに中指を立てあっていた。憶えている。

アイヴァンがそんなことをしたの？

「それに〝おまえを殺してやる〟ともいった。それをいい忘れてるだろ」聞き慣れた声がして、わたしたちがそちらを向くと、ドアが少しだけ開き、アイヴァンが顔をつっこんでいた。髪をジェルで完璧に固めて、きれいにひげを剃り、なにもかもぴかぴかだった。そして彼はほほえみ、薔薇《ばら》の花束を手に持っていた。

彼を愛してる。

いったいどうしてこんなことになったのか、まったくわからないけど、その瞬間、わたしは彼を愛しすぎて、心臓が破れそうだった。

「だが手をくだすのはジャスミンでもいい。小柄でかわいいのにだまされるが、かなり腕力があるからな。それに激怒したときの迫力がすごい。グレムリンに似てる。水をかけたり、濡らしたりしないほうがいい。狂暴になるからな」いいながら、彼は部屋に入ってきてわたしにほほえみかけた。お揃いの黒いコスチュームが似合っている。

「だが知ってるよな」

ポールはアイヴァンとわたしを交互に見て、一歩わたしから離れた。

「ぼくは――」

「ジャスミンはぼくのパートナーだ、ポール。これからも。知ってるか？　ぼくは共有するのは得意じゃない。だから前に警告したことが現実になる前に、ここから出ていったほうがいい」アイヴァンがポールを遮り、わたしの横に立った。

アイヴァンはわたしにさわらなかった。その必要はなかった。わたしたちは理解しあっている。相手への信頼と忠誠がどれほど深いか、わかっている。それにはうつろな言葉より、ずっと大きな意味がある。

「なにか用があるんじゃないのか？」アイヴァンが一見のんびりしたまばたきをして訊いた。

ポールはため息をつき、一歩さがった。出口に向かいながらふり向いてわたしを見たまなざしは、もしわたしが彼を殺したいと思っていなければ、心を動かされたかもしれない。彼がドアをあけたとき、アイヴァンがわたしの手を取った。

「ぼくが思っていたよりうまく対処したな」

わたしは彼を見あげた。「そう思う?」

彼が深々とうなずいたので、笑ってしまいそうになった。「ああ。リーとぼくは、少なくともきみがあいつをひっぱたくと思っていた」

「喧嘩するなっていったのに」

「ちがう。ぼくはこの大会が終わるまで待てといったんだ。まさかあいつがきみに近づいてきて話しかけるとは、思ってなかった。まったくきみのことを知らないんだな」

アイヴァンは冷笑した。「ばかなやつ。自分がどれほど死に近づいていたかもわかってない。きみの声にもそれが感じられたし、顔を見て、カウンターにぼくが残していった櫛《くし》で『ジョン・ウィック』のようなことをするんじゃないかと心配になった」

思わず吹きだした。試合の前に笑ったことなんて、いままで一度もなかった。

手をひっぱられて、わたしは笑いながら彼を見あげた。

「だいじょうぶか?」

わたしはうなずいた。笑いがおさまっても、まだほほえんでいた。「ほんとうに彼に電話して、二度とわたしに構うなといったの？」

　アイヴァンはごまかさない。けっして。恥ずかしがるということもないんだと思う。このときも、躊躇なく答えた。「ああ」

「なぜ？」

「なぜならカリーナが電話してきて、なにがあったのか教えてくれたからだ。ぼくになにかできるかと訊かれた。きみのパートナーになれるやつをだれか知ってるかと」

　耳のなかにかすかな音が鳴りはじめたけど、訊いた。「それでどうなったの？」

「知らないと答えた。それからあいつに電話したんだ。それほど激怒していた」

　わたしは自分が、安心させてもらいたがるばかな女の子のように感じたけど、それでも訊いた。「わたしのために激怒したの？」

「あたりまえだろ。あのくだらない男のためにきみが苦しむなんて腹がたった。きみにはもったいない」彼はほほえみ、ふたりの手を自分の脇に押しつけた。「きみがだれかのために泣くなら、それはぼくだ」

「うぬぼれ」

「知ってる」

　でもそのときアイヴァンが動き、わたしの正面に立った。わたしは少し頭をそらして彼の目を見た。あいだに花束がある。ゆっくり時間をかけて、彼は額をわたしの額につけた。「二年前のことを後悔している？」

わたしは澄んだ青い目を見つめて、いった。「わたしに起きた最高のできごとだったと思っている」

「ぼくもだよ、ジャス」

そしてこの……愛というものがわたしのなかにふつふつと泡立ち、どうしてもいいたくなった。ばかな考えだとわかっていた。黙ってるべきだとわかっていた。でもこの美しい目を見つめ、いままで何度となくわたしを抱きあげた手を握りながら、わたしはだれかのいうとおりにしなくてもいいのだと、あらためて思った。

それが自分の心のなかの声でも。

「ヴァーニャ」わたしは切りだした。不思議と緊張はしなかった。唇に彼の息を感じるほど近い。「あなたはなにもしなくてもいいし、気まずくするつもりはないけど、あなたに知っといてもらいたいことが――」

「黙って」といわれて面食らった。

わたしはまばたきした。「黙れといわないで。いいたいことがあるのよ」

彼はとつぜん手をおろし、ほほえんで、一歩さがった。「きみに渡すものがある」

「あなたが花束を？」

彼は首を振り、花束をわたしの横のカウンターに置いた。「カリーナからだよ」

彼女が花を贈ってくれたなんて、うれしくなった。あとでお礼のメールを書こう。

「ぼくもきみに渡すものがあるが、ほかの人からきみに渡してくれと頼まれたものもある」

「だれ？」

アイヴァンはほほえんだ。「パティだ」

「パティってだれ？」

「〈LC〉できみが助けてあげたティーンエージャーだよ。きみによく似ている子」

「ああ」あの子。わたしたちが似ているとは知らなかった。「彼女がなにを？」

「カードだ」

「そんなことしなくてよかったのに」

「そうだ。だがぼくたちが発つ前の日、ぼくのところに来てきみに渡してほしいと頼んできた」アイヴァンはいった。「ぼくも渡すものがある。いままできみを激怒させたすべての人間の魂ってわけじゃないが……」

わたしは顔をこわばらせた。

「あとで渡そうと思ってたんだが、いま渡したほうがいいだろう」

わたしはゆっくりと訊いた。「なによ？」彼は大きなスーツケースのそとについている大きなポケットに手をつっこんだ。

「ぼくが思いつきできみを殺そうとすると考えるような段階は過ぎたと思っていたんだが」

「わたしたちは永遠にその段階を過ぎることはないわね」

アイヴァンはわたしに背を向けて笑った。「ぼくの計画では世界選手権のあとできみを殺すことになってる。すぐに」

「それならカレンダーに書いておく。あらかじめ教えてくれてありがとう」

彼は首を振り、ポケットからティッシュペーパーに包まれたなにかと、白い封筒を取りだした。

「サソリかと思ったけど、わたしを殺すのに自分の命を危険にさらすわけないか」

「黙れ。カードはここに置いておくから、あとで読むといい」彼はおもしろがっているような声でいって、わたしに向き直った。「手を見せて」

右手を差しだしたら、そっとさげられた。だから左手を出した。アイヴァンはティッシュペーパーの包みをカウンターに置き、わたしの手首を両手で持った。コスチュームの袖を三インチくらいめくり、わたしがいつもつけている、十二歳のときにお祭りで買ってもらったブレスレットを出した。朝、ブレスレットのストラップを締めて、いつものようにコスチュームの下に隠せるようにしたのだ。

彼が親指で細い金属のプレートにさわるまで、そのことは忘れていた。そこには

〝ジャスミンへ　あなたの親友、ジャスミンより〟と刻まれている。代金を払ったママはあきれていた。わたしはママに、尊敬するスケーターがおなじものをつけていたと紹介されていたドキュメンタリー番組を見せた。

ブレスレットはわたしに、自分を信じなければいけないと思いださせてくれるものだった。ずっと肌身離さずつけている。

アイヴァンは長く優雅な指で、わたしが結んだストラップの結び目をほどこうとした。なにをしているのか、どうしてほどくのか訊きたかったけど……わたしは彼を信頼している。だから黙って、彼がブレスレットもカウンターに置くのを見ていた。

彼は包みを取るとティッシュペーパーを広げ、そっくりなブレスレットを取りあげた。銀色のプレートと革紐。でもこの革紐はピンク色だった。

「今夜は緊張してほしくない」アイヴァンはブレスレットを持ち、わたしを見つめた。

わたしは彼とブレスレットを交互に見た。「緊張してない」

アイヴァンは笑った。「いいだろう。きみは緊張してない。だがいっておきたいのは、今夜、そしてあしたなにがあっても、大したことではないということだ」

わたしははっとして彼の目を見あげた。いったいなにをいってるの？「もちろん大したことに決まってる」

「いや、大したことじゃない」彼はいいはった。「ただの大会だ。勝っても負けても、なにも変わらない」

いったいなにをいいたいの?

アイヴァンはあいた手でわたしの手を取り、手首の内側をなでた。「ぼくは腹をたてない。がっかりもしない。きみもそうでいてほしい」

わたしは彼をまじまじと見つめて、なにもいわなかった。

彼が目を伏せて、訊いた。「がっかりする?」

「勝てなかったら?」

彼がうなずいたのは気に入らなかった。

でも少し考えてみた。わたしか彼が失敗してなにもかもうまくいかず、六位になったとしたら、わたしは昔のように激怒するだろうか?

「しないわ。六位になってもあなたといっしょだから。わたしはひとりぼっちじゃない。失敗しても、それはふたりの失敗なのね」わたしはささやき、全身に奇妙な感覚が広がった。

それは安心に似ていた。受容にも。そしてわたしが人生で感じたなかで二番目にすばらしい感覚だった。

いちばんはこの人と家族を愛すること。

わたしの答えは正解だったようだ。アイヴァンのほほえみはこれまでで最高だった。

「手首を貸せ」彼はほほえんだ。わたしはそのほほえみが自分の、自分だけのものならよかったのにと思った。

犬とぶたとうさぎは例外。

わたしが手首を差しだすと、彼はピンク色の革紐を結び、さっきのブレスレットとおなじくらいの高さにつけてコスチュームの袖で隠れるようにした。彼が結ぶやいなや、わたしは手首を顔に近づけて、プレートに刻まれた小さな文字を読んだ。

ミートボールへ
きみの親友、アイヴァンより

わたしがその文章を四回くり返し読むあいだに、彼はわたしのブレスレットを自分の手首につけていた。

それは袖の下に入らなかった。

でも彼のほほえみで、そんなことぜんぜん気にしていないのだとわかった。

23

「いつもアイヴァンには激励の言葉をかけることはしないんだけど、もし必要ならいって」リーコーチはリンクのそとのトンネルでわたしにいった。氷上のペアのショートプログラムが始まった。

わたしは横にいるリーコーチのほうをふり向かなかった。スタンドを眺め、呼吸を一定にして、緊張しないようにしていた。わたしは落ち着いていた。「だいじょうぶ」なぜならどうなっても平気だから。アイヴァンのいったとおり、もしうまくいかなくても、世界の終わりというわけではない。

でもうまくいってほしい。

順番待ちのためにわたしたちがここに来てすぐに肩に置かれた大きな手が、僧帽筋《そうぼうきん》をほぐしている。アイヴァンはわたしのすぐうしろにいて、その体温が感じられた。

わたしたちは三時間、念入りにストレッチしたり、ヘッドフォンをつけて廊下をランニングしたりして、リフトは確認のために五つくらいやった。

わたしたちは最高の状態だった。あんなことがあったのを考えれば。ベストを尽くす。それ以上に求めるものはない。

「きみのお母さんがぼくに手を振った」アイヴァンがわたしの耳元でささやいた。

わたしは滑る前に家族を探したことは一度もなかった。家族が見に来ているとわかると、プレッシャーを感じる。試合の数時間前から電話さえチェックしないようにしている。集中したいから。

でもママがいるといわれて、スタンドを探した。

アイヴァンがわたしの頭の横に手をあげ、右側を指差した。案の定、立ちあがっている赤毛がすぐにわかった。頭がどうかした人のようにぶんぶん手を振っている。ママの隣には黒い肌の男性、反対側には赤毛、セバスチャンのとび色の髪、そして――おなじくらいの身長の男性が並んで立っていた。黒髪で、肌はセブほど白くない。その隣には大きな耳のジョジョとジェイムズの茶色の髪、そして黒髪のご夫婦はルーコフ夫妻だろう。

パパ。パパがスタンドに。

「お母さんとお兄さんは来ないよう説得したんだが、お父さんはじゃましないから行くといいはったそうだよ」アイヴァンがわたしの耳元でいった。

わたしは息をのんだ。

「だいじょうぶか？」彼が低い声で訊いた。

無意識で、ブレスレットのある場所をさわっていた。わたしの新しいブレスレット。

わたしはレース生地の上からそれにさわった。

「だいじょうぶ」ママに目を戻すと、ようやくほかのペアのプログラムの最中に手を振るのをやめて、わたしとアイヴァンを見ていた。にやにやしている。

わたしは手をあげて、ママに手を振った。小さく、ほんの一瞬。

アイヴァンの手がわたしの腕のつけねに移動し、上腕二頭筋と三頭筋をなではじめた。

曲が終わり、盤上にいるふたりが氷をおりながら、アリーナ全体に手を振り、スコアが出るのを待つために急いで出ていった。

リーコーチはわたしたちを見て、眉をつりあげ、いった。「準備はいいわね」

わたしたちは準備ができていた。

「ふたりともすでにわたしの期待をうわまわっている。アイヴァン、三回転 - 三回転のあと、ペースに気をつけて。ジャスミン……」彼女は心からの小さなほほえみをくれた。「このあなたで滑ってね、いい？」

〝このあなた〟

よくわからないけど、うなずいた。

「行くぞ、ベイビー」アイヴァンが耳元でささやき、わたしの腕をぎゅっと握った。

わたしは小さくうなずいた。スコアが発表され、人々の歓声が聞こえなくなる。わわたしたちはリンクの入り口へと向かった。スコアが発表され、わたしがきょう競う相手はわたし自身だ。ポールとペアを組んでいたわたし。そのころのわたしよりもうまく滑れたら……それだけでいい。

スケートガードをはずしてリーコーチに渡し、氷に出てアイヴァンも出てくるのを待つ。氷の上に立ち、アイヴァンの名前がくり返し呼ばれるのを聞くのは、現実離れした感覚だった。

アイヴァン！　アイヴァン！　アイヴァン！　アイヴァン！

ルーコフ！　ルーコフ！　ルーコフ！　ルーコフ！

これまでもサイドラインなどで聞いたことがあった。でも氷の上で、人々がその名を連呼している本人の横では、初めてだった。

でも耳を澄ますと、小さな、かき消されそうな声も聞こえた。

ジャスミン！　ジャスミン！　ジャスミン！

わたしの家族全員が声を合わせたように聞こえたその声は……わたしにはもったいないほどだった。

うなじをぎゅっとつかまれて、見あげると、アイヴァンが笑いかけていた。

わたしも彼にほほえみかけた。

わたしたちは同時に回転してリンクの中央を向き、練習でいつもしていたように、アイヴァンが横に手を差し伸べ、わたしを見た。わたしは彼を見て、彼の手を握った。手をつないで氷の真ん中へと滑っていくと、歓声が一段と高まった。

「なにがあっても、でしょ?」スターティングポイントへと滑り、位置につきながら彼にいった。

アイヴァンはうなずき、一歩さがって位置に着いた。〝なにがあっても〟彼は唇の動きだけでいった。でもそれに続けて、〝愛してる〟と。

スケート靴を履いていなかったら、きっと転んでいた。尻もちをつくか、あごを切っていただろう。

テニスシューズやフリップフロップよりも自信のあるスケート靴だったからよかったけど。でも全身がこわばり、ポジションをとらなければいけないのに、あまりのショックで、〝なに?〟と唇を動かすしかできなかった。

アイヴァンはわたしの目の前でとまり、小さな微笑を浮かべて、完璧なポジションをとった。〝愛してる〟彼はまたいった。まるでいままで千回も、その言葉をくり返してきたかのように。氷の上で、わたしたちの最初のショートプログラムが始まる寸前ではないかのように。

わたしは彼に目をしばたたいた。両手でポジションをとらないといけないのに、アイヴァンが唇でつくった〝愛してる〟以外のことを考えられなかった。「アイヴァン」わたしはいいかけたが、彼には聞こえないのを思いだし、息をのんで、彼の目をのぞきこみ、手と膝を何度も練習したかたちにしてポジションをとった。

彼の顔にゆっくりと浮かんだほほえみは……すてきだった。

そして要注意だった。

「きみは最低だ、ミートボール」曲が始まる直前に彼がいった。〝でも愛してる〟と唇が形をつくった。

心臓がどきっとして。どきっ。どきっ。

世界は傾かなかったし、脚も倒れなかったけど、その日ずっと高まっていた感覚がどんどん膨れて、わたしのなかもそとも、すべてを覆いつくしたように感じた。

アイヴァンがわたしを愛している。

アイヴァンがわたしを。

そして彼は、勝っても負けても気にしない。

彼はわたしがおなじことをいおうとしていたときに遮り、先にいってしまった。

「もっといいときを選べなかったの?」わたしはなるべく唇を動かさないようにして、声に出していった。

そうしたら、このまぬけは唇をすぼめてわたしに小さなキスを投げた。どのカメラでもわからないくらい、小さな。〝なかった〟彼はいった。

そこで曲が始まった。

わたしたちが千五百回練習し、わたしがひとりで五百回練習していたから、わたしは目をつぶってでもショートプログラムを滑れた。そうでなければ、ショートで大失敗していただろう。

そしてアイヴァンも、曲が始まったら集中して、二分四十秒のあいだにウインクとほほえみを各一回ずつしか、わたしに投げてこなかった。

わたしは奇跡的にあの言葉ではなくプログラムに集中できた……少なくとも最後のポーズを決めて曲が終わるまでは。

その瞬間、思いだした。

彼の〝愛してる〟を思いだし、頭にきた。

いったい、どういう、こと？

「スタート直前にいわなきゃいけなかったの？」わたしはぜえぜえしながらいった。

彼の胸が膨らんだりへこんだりしている。「ああ」

〝ああ〟

ただの〝ああ〟。

「あのね――」

最後のポーズのまま息を切らし、顔は数インチの近さで、ふたりとも多量のアドレナリンと愛で昂っているなか、彼はゆっくり、そっとほほえんだ。

そしてかがみこみ、目にもとまらぬ速さでわたしの鼻にキスした。

アイヴァン・ルーコフが、ショートプログラムの終わりに、わたしの鼻の頭にキスした。

観客の一部から「うわー」という声が聞こえて、いつもなら身をすくめるところだけど、まったく耳に入らなかった。彼がそんなことをしたということ、テレビ放送でしたということ、わたしに愛しているといって三分後にしたということに、集中していたから。

「どこかおかしいんじゃないの？」最後のポーズをくずし、お辞儀をする前に、とげとげしい口調で彼にいった。

彼は澄ましたほほえみをわたしに向けて、隣にやってきた。「それはきみだ」

「やなやつ」わたしはお辞儀をしながらつぶやいた。膝を折ってお辞儀なんて、前から好きじゃない。嘘くさく感じる。

「どうしてあんなことをしたの？」わたしたちは反対側に向き直った。

彼がわたしの手を取り、指を組みあわせて、お辞儀した。「したかったからだよ、ミートボール」そういってわたしの手をぎゅっとに握った。わたしたちは背を起こし、リンクにぬいぐるみや花を投げこんでいる人々に手を振った。「笑え。ぼくたちはやったぞ」まだ息を切らしながら、彼がいった。

わたしもほほえんだ。

「殺したそうな目でぼくを見るのはやめろ。話はあとだ。ちゃんとして」彼はつぶやき、背筋を伸ばしてわたしの手をひっぱった。「きみがぼくを愛してるのはどちらもわかってる」

否定したかった。ほんとうに。彼があまりにも悦に入っているのが気に入らなかった。

でもそれは嘘だとふたりともわかっている。

もしかしたらわたしはいわなかったけど、彼は知っていたのかもしれない。わたしがチョコレートが好きだと知っていて、いちばん必要なときにくれたように。

今度はわたしが彼の手を引いて退場しながら、怒った声でいった。「そんなうぬぼれたいい方はやめてよ」

「それは気の毒に」彼はささやいた。

スクワート：ジャスミン、すばらしいわ
スクワート：すごい！　すごい！　すごい！
スクワート：まるで女王さまのよう
スクワート：飛んでるみたい！
スクワート：ほかの選手とまったくちがう
スクワート：うわー！
スクワート：涙が出てきた
スクワート：そこにいたかった
スクワート：全米選手権にはぜったいに行く。アーロンが子供と留守番していればいい。見逃せない

§

シャワーを浴びて、四時間たってもまだ興奮したまま、わたしはベッドに坐って姉からのメッセージを読んだ。おもわず笑顔になる。ルビーのアイコンをクリックして、電話をかけた。ベッドに倒れて横になり、呼び出し音を聞いた。

三回目の呼び出し音で、姉が出た。「ジャスミン！　最高だったわ！」

「ありがとう、ルビー」わたしはいったけど、〝ありがとう〟というのはなんとなくばつが悪い。

「アーロンとわたしは頭がおかしくなりそうだった！　ベニーもいっしょに観ていて、ジャスおばちゃんがテレビに出ているのと訊いてきたわ」ルビーは続けた。「あなたを誇りに思う。心から。あなたがなにをしたのかわからないけど、いままであんなふうに滑るのを見たことがなかった。いまでも考えるだけで涙が出てくる」

わたしはうめき声をこらえた。「泣かないで」

「でもうれしくて」姉は甲高い声でいった。ほんとうに泣きだしそうだ。

「わたしも」ほほえんだまま、天井を見つめていった。「ショートプログラムで二位になってこんなにうれしかったことはなかった」

アイヴァンとわたしは二位で、一位とは〇・五ポイント差だった。それは……なんでもない。

なぜならフリープログラムがわたしたちの強みだから。少なくともわたしはそう思っている。ダークな映画をテーマに選んだのは最高の選択だった。ほかのペアたちの多くがラブソングで演技する。ポールとわたしもそういう曲を選んだことがあった。でもきっと嘘くさく見えただろう。わたしは嘘がへただし、わたしたちのあいだには愛情も——けっきょくは尊敬も——なかったのだから。

だからアイヴァンとわたしはエキシビションでは映画『アラジン』のサウンドトラック「ホール・ニュー・ワールド」をやってみんなを驚かせるつもりだった。

「すごくきれいだった、アイヴァンも。こんなにうれしいことはない」ルビーは涙をこらえているようだった。

「泣くのはやめて」わたしは笑っていった。

「無理。あなたたちのプログラムを五回連続で観たの。もちろん録画したのよ。アーロンのお父さんも電話してきて、あなたたちが最高だったといってた」

いったいなぜ、アーロンのお父さんがスケートを観ることになったの？

「ねえ、アイヴァンがあなたにした小さなキスのことを教えて。いつごろ結婚して、賞を総なめにして、運動の天才の子供たちをつくるつもり？」

わたしはむせそうになった。「いったいなにをいってるの、ルビー？　妊娠ちゅうなのにお酒を飲んでるの？」

ルビーは笑った。「まさか！　そんなことしない！」

「そんなふうに聞こえたよ」

「飲んでない！　でも真剣に質問してるのよ。ふたりはたがいに完璧すぎて、歯が痛くなったほどよ。嘘じゃない。アーロンに訊いてみて」

わたしは天井を見たまま首を振り、ようやく、氷の上でアイヴァンがいった言葉のことを考えはじめた。〝愛してる〟。彼はわたしを愛してる。そしてわたしが彼を愛しているのも知ってる。

氷からおりるとリーコーチからハグされたり背中を叩かれたりしたので、その話はしていない。スコアの発表を待っているあいだにスタンドにガリーナを見かけたのでうなずきかけ、彼女もうなずいてくれた。それはガリーナにすれば〝愛してる〟に等しい。

そのあとは着替え、インタビュー、遅い夕食と忙しかった。わたしたちはおなかがぺこぺこだった。

アイヴァンはわたしをホテルの部屋まで送ってもくれなかった。ロビーで、知り合いのカナダ人ペアとおしゃべりするのに忙しくて。だから……。

「ああもう！　ジェシーが泣いてる。行かなくちゃ。あしたも幸運を祈ってる、でもきっと必要ないわね。愛してる！」

「わたしも」わたしはいった。

「またね！　ほんとすごかったよ」姉はわたしがまたねというのも待たずに、電話を切ってしまった。

電話をベッドに置いてすぐ、ドアにノックがあった。

「だれ？」わたしはからだを起こし、ベッドの端に坐っていった。

「ほかにだれがいる？」アイヴァンの声だ。

わたしは目を天井に向けて立ちあがり、ドアのところに行ってボルトをはずし鍵をあけた。もったいぶってあけると、アイヴァンがそこに立っていた。眉を吊りあげ、夕食に出かけたときに着ていた服のままだ。チャコールグレーのボタンダウンと、黒いズボン、そしていままで何度か履いているのを見たことがあるしゃれたレースアップの黒いブーツ。

「入ってもいい？」彼が訊いた。

わたしは首を振り、ほほえみを返されて、脇にどけた。アイヴァンは部屋に入るとすぐにベッドの端に腰掛け、ブーツの紐をほどきはじめた。わたしはまだドアを施錠し、彼の横に坐って、彼が片方ずつブーツをぬぎ、ため息をつくのを見ていた。

「疲れた」そういって、脚を伸ばした。

「わたしもよ」いいながら、彼の黒と紫の縞々模様の靴下に気づいた。「いまルビーと電話してたの。疲れているけどすぐには眠れないかもしれない。あまりに昂っていて」

彼はあごを少しあげ、わたしにほほえんで、肩に手を回し、自分の横に引き寄せた。

「なんだって？」

「わたしの滑りがいままでで最高だったって」

アイヴァンはうなずいた。「でもきみのスケートは最高だった。少なくとも二十人くらいの人が、きみがすごかったというためにぼくに話しかけてきた」彼はまばたきした。「ぼくは嫉妬してない。心配するな」

「してない」わたしは真顔でいった。

彼はますますわたしを抱きよせ、肩に回した手で二の腕をなでた。「よかったよ、ミートボール。ほんとうに……だが近いうちにはもう認めないからな」

わたしは彼の肩に頭をもたせてほほえんだ。彼に見えない角度でよかった。「あなたもかなりよかったよ」

「知ってる。だがぼくはいつものニュースだ。みんな慣れている」

わたしは鼻を鳴らした。「うぬぼれ屋」

「ほんとうのことだ」

どうしてこんな傲慢なやつを愛してしまったんだろう？　地球上にいる数十億の人々のなかで、これがわたしの愛する人？　こいつが？

「だがいまはみんながジャスミンパイをひと切れ欲しがっている。ぼくは全員に回れ右するようにいわないといけなかった」彼がそういったので、この数か月間ずっと話さなかった問題のことを思いだした。

わたしがわざと無視していた問題。

でも……。

「アイヴァン」この雰囲気を壊したくなかったけど、答えが欲しかった。この先どうなるのか。計画を立てるために。

「うん？」まだわたしの腕をなでている。

わたしは息をとめて、頭のなかで考えてからいった。「あなたとリーコーチがわたしにパートナーを見つけてくれるときには――」

彼の腕がとまり、上半身をわたしに向けるのが感じられた。「なんだって？」

臆病だけど、わたしは彼の肩に顔をつけたまま、いった。「世界選手権が終わってわたしにだれかを探してくれるときには――」

「ジャスミン」

その口調に、思わず彼を見あげた。「なによ？」

彼はまばたきした。「ぼくがきみにパートナーを探すと思ってるのか？」

わたしがまばたきする番だ。「そうよ。そういう約束だったでしょ」

アイヴァンが片方の眉を吊りあげた。

「ぼくはきみにパートナーを探すことはしない」彼はいった。その顔と声で憤慨しているとわかった。わけがわからない。「どうしてぼくがそんなことをするんだ？」

「だって、そういう約束だから。わたしたちが一年限りのペアだって百回くらいくり返したのはそっちでしょ」〝ばかじゃない〟とつけそうになったけど、なんとか思いとどまった。

彼はまたまばたきした。「きみはばかじゃない。だから知能の問題じゃない」彼はゆっくりといった。「だがもう一度よく考えてみるんだな。ぼくが間違っていたらそういってくれ」

よくわからず、彼を見た。

「きみはぼくの最高のパートナーだ」彼は切りだした。「ほかとはくらべものにならない。ここまではいいか？」

わたしはうなずいた。

「きみはぼくの親友だ」

これにもうなずいた。

「きみはぼくの妹の友だちだ」

そのとおりだ。

「死体を埋めるときに手伝ってもらったり、夕食に出かけたり、テレビをいっしょに観たりするなら、きみを選ぶ。何度でも」

胸が締めつけられるようだった。

「ミンディが一年間休養するというのは作り話で、ほんとうはぼくたちの契約が切れて、もう彼女とは組まない予定だった。なぜならきみはほんとうに頭にくるやつだけど、滑るならきみと滑りたい」

え？　なに？

「ぼくの家族はきみを愛している」

わたしは彼を見た。彼は頭をわたしに近づけていった。「ぼくもきみを愛してる」

またいった。

「あまりにも愛しすぎて、一日いっしょにいてもまだ足りない」

わたしは息をとめた。

「きみを愛してるから、きみと滑れないなら、ほかのだれとも滑りたくない」

嘘。でしょ。

「きみを愛してるんだ、ジャスミン。もしプログラムの途中で足首を骨折しても、ぼくは起きあがって最後まで滑るよ。きみがずっと求めていたものを手に入れるために」

愛。わたしには愛しか感じられなかった。

泣いてしまいそうだった。いま、ここで。

「きみはぼくにとって大事だから、なにがあってもぼくには大したことじゃない。昔とはちがう。これからも」彼はそうまとめると、額をわたしの額と合わせ、真剣な目でわたしを見つめた。「きみはもう、ほかのだれかのパートナーにはならない。ぼくが生きているうちはだめだよ、ミートボール。きみがどんなに叫んで暴れても、ぼくのところに引きずり戻す。なぜならほかにきみと釣りあう選手はいないからだ」

わたしはまばたきした。ぱちぱちとまばたきして、あと二・五秒で泣きだすところだった。

そしてアイヴァンはわたしにとどめを刺した。鼻と鼻、額と額を合わせていった。「きみに十人お気に入りの人間がいてもいい。だがきみはいつでもぼくのお気に入りの人間だ」彼はいった。「いつでも。なにがあっても」

わたしはぱちぱちまばたきしたけど、涙がこみあげるのをとめることはできなかった。「わたし……わたしなんか……」

彼のほほえみはとても穏やかで優しく、わたしの魂の半分を奪っていった。「知ってる」彼はささやき、両腕でわたしを抱きよせた。あごをわたしの頭の上に載せて。ずっとハグしていてくれた。わたしの涙がシャツを濡らしても。

アイヴァンはわたしの全体重を受けとめ、抱きしめたままふたりを横にした。そしてわたしを自分の上に半分引きあげ、わたしの片腕を彼の肋骨に、片脚を太ももに載せた。わたしの涙がとまってちゃんと息ができるようになるまで、そうしていた。

彼はぼんやりとわたしの髪をなでていた。

これはわたしの人生最高の瞬間のひとつだった。あまりにもアイヴァンを愛しすぎて、もっと愛することなど不可能に思えた。彼のいったことすべて、わたしもおなじように感じている。ただ、もし彼が元のパートナーに戻るといったら、わたしは別のパートナーと組んでいただろう。それでも、彼がわたしを変えてくれたことは一生忘れなかっただろう。

わたしは彼になんでもあげたかった。なぜなら彼はわたしにすべてを与えてくれたから。

長いあいだそういうふうに寝ていて、ふたりともなにもいわなかった。

彼の手がわたしの髪をなで、その手が肩をつつんだときも。彼の手がわたしの腕から優しく滑っていって、彼の上に載せていた太ももを指先でなで、くすぐったいような感じがしたときも。

世界じゅうのお金を積まれても、わたしは動かなかった。世界じゅうの賞とメダルをくれるといわれても。

アイヴァンは指先をわたしの太ももに滑らせ、それから膝に移った。彼は親指の先で膝頭の上に円を描きはじめた。ごく軽く、優しく、まるで羽のようだった。

わたしは動かなかった。

彼の指先はどんどん大きな円を描き、膝のうしろの感じやすい肌にも落ちた。それから上に、大腿四頭筋までのぼり、また円を描く動きをくり返した。それからわたしのふくらはぎに、わたしが使いすぎた筋肉のまわりに円を描いた。そして別の円を。

一本の指先が四本になった。それから指全体に。そして手のひらに。わたしのふくらはぎを包んでいる。そしてむこうずねを。上下になでる。

「どうしてきみの肌はこんなになめらかなんだ？」

「ココナッツオイルよ」わたしは脚をあげて彼に近づけた。

「ココナッツオイル？」彼は指を開いてわたしの膝下をつつんだ。

「そう」

「ジャスミン」彼はぼんやりといった。「こいつらは力強く――」

「こいつら？」

「脚だ」彼はいった。「脚。こいつらは全部筋肉だ。それなのに――」喉の奥を鳴らしながら、彼の手は膝を越えて太もものつけねまで移動した。「こんなに柔らかいなんて」

「わたしがどれだけあざがあるか知ってるでしょ」なんとかいった。「それに切り傷やすり傷も……オイルはそれを治すのを……手伝ってくれる」

わたしは息をのみ、あえいだ。

アイヴァンは手を太ももの上のほうに動かした。寝間着用のショートパンツの裾にふれている。

すべてさわってほしかった。

「くそっ」彼はいい、指先をショートパンツのなかにもぐりこませ、お尻にさわった。彼はそこで線を描き、お尻の割れ目をかすめた。わたしは足首から上のすべてをびくっとさせた。「下着をつけてないのか？」

わたしは顔をあげた。鼻先が彼のあごにふれた。「少しはつけてる」

彼はショートパンツのさらに奥に指先を進めた。彼の指は動きつづけている。脇に……またうしろに……下のほうに……また脇に……。

その指先が下着を見つけたとき、わたしは思わず息を吸った。

それは左右のお尻のあいだにある、Tバックの紐だった。

そのとき、彼はもう一本の腕をわたしの腰に巻きつけ、わたしがよく知る力強さでわたしを自分の膝の上にまたがらせた。背中に巻いた腕で、わたしの下半身を自分の下半身に押しつけた。

そこで感じた。長くて太くて硬いものを。

嘘でしょ。

「アイヴァン――」

彼は口でわたしを黙らせた。ピンク色の唇でわたしの唇を完全に覆い、舌を舌に貪欲に打ちつけてくる。彼の指先がお尻のあいだの紐をたどっていく。途中で恥ずかしい場所にさわりながら。

指先はTバックの三角形の布をかすめて、三角形を引きおろした。「ショートパンツの下にこんな下着をつけているのはきみだけだ」彼はうなり、お尻をぎゅっとつかんだ。

わたしは唇を彼の首に押しつけ、軽く噛んだ。

アイヴァンは気持ちよさそうな声をあげ、頭をそらして誘った。だからわたしは口を大きくあけて彼の首を味わった。柔らかい肌は少ししょっぱくて、彼が毎日つけているあの清潔な高級コロンの香りがした。

「ああ、ジャス」彼が上擦った声でいった。

わたしの下の腰が回転し、突きあげた。わたしが首の肌を強く吸うと、また突きあげてきた。

「あなたはおいしい」わたしはいって、もっと強く吸った。

彼は荒々しい声を洩らし、両腕でわたしの背中を支え、ふたりのあそこをぎゅっと押しつけ、こすりあわせるように腰を動かした。わたしの胸が硬い胸筋にあたる。

「くそっ」アイヴァンは罵った。彼の下半身の動きでパンツの生地、その下の彼のもの、薄く伸びる素材のわたしの下着、彼に満たされたがっているあそこの摩擦が増した。

アイヴァンの罵り言葉の連続に、わたしはからだをそらし、彼の膝のすぐ横に坐って、背筋を伸ばし、ヴェガスのストリッパー顔負けの妙技でシャツをひっぱりあげて頭をくぐらせた。下にはレースのブラしかつけていない。

アイヴァンはうなった。ベッドにもたれかかり、わたしがいままで聞いたこともないような声を発して、わたしのウエストに巻いていた腕を、肋骨を一本一本なでるように、ゆっくりとあげていった。そして人差し指と親指がブラの下のカーブにふれた。

「くそっ」彼は乳房を持ちあげて、いった。「ジャスミン」前かがみになり頭をさげた。彼はわたしの乳首をブラごと口にふくんで、吸った。

わたしが腰を回す番だった。彼のものに感じやすい芯をこすりつけるように動かした。

アイヴァンは片手でブラを引きさげ、胸をあらわにした。

わたしは息をのんだ。

「きれいだ……くそきれいだ」彼はしわがれ声でいい、唇を胸に近づけた。

「あなた前は――」

「黙れ」彼はまた乳首に吸いついた。今度はじかに。

わたしは声をあげた。背をそらして彼の口に胸を突きだすようにして、いつまでも続けてほしいと思った。このままずっと。

そして彼は続けた。

ブラの反対のカップも引きおろして、そちらも口にふくんだ。反対の手でわたしのお尻を包み、もんでいる。

「この尻」彼は声を上擦らせた。「ずっとこの尻を夢見ていた。完璧……完璧だ」

わたしは上半身より下半身に自信があった。わたしは美しくはないかもしれない。セクシーでもない。オンラインに載るたびに悪口を書かれる。でもわたしはこのからだを鍛えぬいた。恥じることはない。それほど立派ではない胸も。

アイヴァンはほおをわたしの胸の上に押しつけてこすり、反対のほおもおなじようにした。無精ひげでちくちくするほおを押しつけ、左右に、上下に動かした。彼は両手でわたしをうしろにずらし、ほおをおなかの真ん中に押しつけ、唇でおへそをかすめ、髪で乳首をこすった。

何度も、何度も。顔を左右に振って。舌を突きだし、おへそを探る。わたしは何度も何度も腰を振った。

「アイヴァン」泣きそうな声になった。

「しーっ」彼はいうと、唇をわたしの胸骨につけ、わたしをまた膝の上にまたがらせた。わたしを知りつくした長い指が背中からブラをはずした。

彼にキスすると、彼もキスを返した。わたしは両手で彼の肩にしがみつき、彼はわたしのショーツと下着をずらし、わたしは立ちあがってそれらを下におろし、足首からはずした。

そのとき、自分が裸だと気がついた。一糸まとわぬ姿で彼の前に立っている。

見あげると、彼の灰青色の目は細くなり、ほおはピンク色に染まって……。

アイヴァンは坐ってシャツのボタンをはずし、ぎくしゃくした動きでぬいだ。まるでそんなにあわててぬぐのには慣れていないかのように。そしてわたしの横に立つと、ベルトをはずしてパンツとボクサーブリーフを膝までおろし、蹴りとばした。

こんな。

なんて。

すごい。

これまでも服を着たアイヴァンは見てきた。何分も、何時間も。

でも全裸のアイヴァンは予想以上だった。彼は硬かった。どこもかしこも硬かった。喉の腱から、岩のような胸筋から、エイトパックから、歌にうたわれるべき太ももまで……。

でもわたしの息をとめたのは、長く、太く、硬くわたしに向いたものだった。

いったいどうして、こんな完璧な人間が存在するのだろう？　なぜ？　引き締まった長身の人間が脚のあいだに怪物のようなものをもってるなんて、なんの冗談？

「大嫌い」わたしはささやいた。

アイヴァンは笑った。「きみはぼくを愛してる」

わたしは彼の顔を見なかった。

見ていたのは、ぴくぴくとおへそにぶつかろうとするものを握った彼の手だ。彼は手を黒い巻き毛の根本までおろし、ピンクと紫色のきのこのような、したたるほどに濡れている先端までしごいた。

「わたしは避妊してる」息をのんで、教えた。「あと一週間は排卵しない」

彼はかすかにうなずいたが、その目はじっとわたしを見ていた。

いかにも簡単そうな動きで、わたしのほうに一歩近づき、両手でわたしの太ももをつかんで持ちあげた。わたしはとっさに両脚を彼のウエストに巻きつけた。彼の手は完璧にわたしを支えている。わたしはふたりのあいだに手を入れて、垂涎《すいぜん》ものの昂りを手で包んだ。それから上限に動かしはじめた。柔らかな肌と、彼の全身のなかでもっとも硬い筋肉を感じながら。そしてピンクと紫色の先端を脚のあいだに導き、相手の動きを読むわたしたちのやり方で、彼はわたしをおろした。

一インチ、三インチ、五インチ。ゆっくり、わたしが彼を完全におさめるまで。

いっぱいに満たされて。アイヴァンにはいわないけど、痛かった。最初は。

息をのんだ。

彼も息をのみ、うめき声をあげた。

そしてわたしも、切ない声を洩らした。

彼の大きな手がわたしのからだを上下に動かす。一インチあげて、さげる。二インチあげて、根本までさげる。何度も何度も。なめらかに動くまで。

「すごい」アイヴァンは何度もいった。彼のからだは張りつめていた。セックスでなければこの動きを百回もできる肩と二の腕が震えている。彼も震えている。運動選手の呼吸が乱れている。彼は片腕をわたしのお尻の下に、もう片方の腕を背中に回して、わたしを上下させた。乳首が胸板にこすれる。「愛してる、ジャスミン」彼はいい、動きが速くなった。「愛してる、愛してる、愛してる」くり返した。

わたしにできるのは、目をつぶって両腕で彼の首を抱き、しがみつくことだけだった。唇を合わせて、キスしながら、彼はわたしを吊りあげては落とす動きをくり返した。

「愛してる」わたしはささやき、下腹部にオーガズムの予感を感じて震えた。

アイヴァンはほほえんだ。満面の笑みを浮かべた。腰をわたしに突きあげ、わたしをしっかりとつかむ。ふたりのあいだに手を入れて、円を描くようにクリトリスを愛《あい》撫《ぶ》した。ほんの数回で、からだが汗ばみ、わたしはいった。彼の肩に口をつけて叫び、必死にしがみついて、彼のものを締めつけた。

彼はかすれた声を洩らし、すぐにいった。わたしのなかで脈打ち、息をのんだ。わたしたちはきつく抱きしめあった。

ふたりとも汗だくで、息を切らしていた。

「なんてことだ」彼はいった。

わたしは震え、ぜいぜいいっていた。

アイヴァンはわたしを抱いてベッドに運び、そっとおろした。すぐに彼のからだが覆いかぶさってきた。腕をまっすぐ伸ばし、両脚でわたしの脚をはさみ、にやりとほほえんだ。「練習が完璧をつくりあげる」

まったく。

わたしは眉を吊りあげてみせた。彼のものは半分硬いまま、わたしの太ももにあたっている。「いまのは完璧じゃなかった?」

「完璧だった」アイヴァンはいった。「だが練習はしたい」

思わず笑ってしまった。

アイヴァンがわたしにほほえんだ。「何度もくり返し」

「わたしがいつ、またやりたいといった?」

彼はわたしの頭の横にさわり、指先でこめかみをかすめた。「すごくいってた」いわずもがなのことを。「ぼくたちはいっしょにすばらしいことをする。わかってるだろう」

わかっていた。でも彼に知らせる必要はない。

「ぼくたちは最高のチームだ。そのためならなんでもする」そういって、わたしの上に重なった。

「これもスケートのためになる?」わたしは訊いた。

彼はわたしのほおにキスして、反対のほおにもキスした。「じゃまにはならない」

わたしは笑って、顔をあげて彼のあごにキスした。

「きみがほほえむのが好きだ」彼は眠そうな顔でいった。「もっとしてくれといいたいけど、いわない」

わたしは彼の完璧な顔を見た。「なぜ?」

彼は目もあけずに答えた。「なぜならきみは、だれにでも笑うわけじゃないから」

彼のほおがわたしのほおに、汗ばんだ胸と胸もくっついた。「それにぼくはきみを共有するつもりはない」

24

「あと一分」

わたしは肩を震わせ、深呼吸して、もう一度くり返した。滑り終えたペアへの歓声も、投げ入れられる花束も、すぐに気にならなくなった。

わたしは強い。賢い。なんでもできる。

もし失敗しても、世界が終わるわけじゃない。

わたしにはできる。

四分と少しで、長年の努力を誇示する。大したことじゃない。

「時間よ」リーコーチの声が耳元で聞こえ、肩に手が置かれた。

わたしはうなずき、彼女をちらっと見た。リーコーチが一歩さがり、すぐ近くで手足を振っているアイヴァンにもおなじことをした。彼もうなずき、彼女を見た。

そして彼はわたしを見た。

灰青色の目がわたしの目を射て、わたしたちはうなずく必要もなかった。ほほえみを交わしただけ。わたしたちの小さな秘密。

朝、わたしの部屋で目覚めた。わたしは彼の腕によだれを垂らし、彼の脚がわたしの脚の上に乗っかっていた。ふたりにとって人生最高の朝だった。そして彼はわたしのお尻をつねり、いつものわたしたちだった。完璧だ。

わたしたちにはできる。

これがある。

彼のほおと口元に浮かんだ笑みは、のんびりとしていて……みだらにも見えた。今夜することの予告だった。

それは彼の信頼をこめたほほえみだった。わたしに向ける。わたしのほほえみ。彼もわたしとおなじくらい自信があるのが伝わってくる。

だからわたしも彼に笑顔を返した。大したものではないけど、これは彼のものだ。

彼はわかっていて、ますますほほえんだ。

わたしはあきれた顔をして、リンクに向かった。心臓は規則正しく鼓動し、頭はすっきり落ち着いている。壁のところで、わたしは左側によけ、前の選手たちを通して目をあげた。家族のいる場所はもうわかっていた。全員が一枚ずつプラカードをもっている。父まで。

それでこそぼくの妹
ゴー、ジャスミン！
ジャスミン！
愛してるよ、ジャスミン
ジャスミン・サントス　永遠に
やっちまえ
すばらしいよ、ジャスミン

でも〝けっして諦めるな、ジャスミン〟には思わず目を細くした。それを持っていたのが父だったから。父はみんなのように飛び跳ねてはいなかったけど、ほほえんでいた。

父もいる。それはわたしの期待以上のことだった。

それはわたしに必要なものだった。ずたずたになった心を直す糊《のり》だった。

朝、ベッドでアイヴァンの隣に寝そべって読んだカードのことを思いだした。

〝幸運を、ジャスミン！

あなたはきっと大活躍する。すてきな先輩でいてくれてありがとう。いつかわたしもあなたのようになりたい。

愛をこめて、パティ〟

わたしにはできる。

ずっと前、わたしが十六歳か十七歳のころ、ガリーナがいった。勝つためには、失敗する用意ができていなければならない。失敗するということを受けいれる必要がある。そのときは、なにをいっているのかよく理解できていなかった。いまならわかる。彼女の教えを受けとるのに、たった十年しかかからなかった。

わたしは氷に一歩踏みだし、数フィート滑ってアイヴァンに場所をあけた。彼はわたしについてきて、数フィートのところでとまった。わたしたちの名前がアナウンスされる。

ふり向いて、姉がつくった茶色と金色のコスチュームを着ている男を見ると、彼はすでにわたしを見て、にやりと笑った。

幸せそう。

そして初めて、わたしは氷の上に立ち、緊張ではなく幸福を感じた。幸せだった。

だから彼ににやりと笑った。

同時に息を吐いた。

アイヴァンがわたしのほうに手を差し伸べる。その手を取るわたしの顔を見つめている。

彼が〝愛してる〟と唇の形だけでいい、わたしはウインクを返した。それからリンクの真ん中に滑っていって、スターティングポイントでとまった。アイヴァンがポジションにつき、わたしも。ふたりとも相手しか見ていなかった。人々が静まり返ったかどうかも、気にならない。アイヴァンの顔が数インチまで近づき、とまった。

「きみは最低だ」彼がささやく。

わたしはほほえみそうになるのをこらえて、「あなたのほうが最低よ」といった。

曲が始まる一秒前、彼はささやいた。「やってやろう」

そしてわたしたちは滑り始めた。

エピローグ

「あの高さを見てください！」

「このようなツイストリフトは二〇一八年のルーコフ・ペア以来です」テレビのアナウンサーがいった。

アイヴァンとわたしは同時に鼻を鳴らした。

彼があきれた顔をしているのは、見なくてもわかった。

なぜならわたしもしているから。

「あれは明らかにぼくたちのより十五センチは低い」隣でアイヴァンがつぶやく。

わたしはテレビに注目した。

「わたしは三十センチだと思ったわ」ソファーの反対側に坐っているママがいった。

「マークはコメンテイターとして引退だね。この三シーズンくらい、彼には眼鏡が必要だとずっと思っていたよ」床に寝そべっているジョジョもいった。片手を頭のうしろにやり、片手でエレナの哺乳瓶を支えている。

「ジョジョ、それはひどいよ」ジェイムズがたしなめた。彼が首を振っているのも、見なくてもわかる。

全員、カナダのペアがリンクを動きまわるのを注視している。その動きは完璧に計算された力強さ、優雅さ、美しさで構成されている。嫌いではない。彼らはうまい。でもわたしたちほどではない。

「すばらしい！」コメンテイターが興奮して叫んだ。

「自分の声を聞くためだけにしゃべっているわ」わたしは首を振った。

隣に坐るアイヴァンが変な声を出したので、横目で彼を見た。彼は頭をかしげ、わたしがよく知る冷笑を浮かべている。「きみのスピンのほうがきれいだし速かった」

わたしはうなずき、二〇二六年のオリンピックを中継しているテレビではなく彼を見つめた。「それに明らかに、あなたのほうが軽々とやっていた。それに彼よりあなたのほうが力がある」

彼はまた鼻を鳴らして、わたしの耳に顔を近づけていった。「明らかに。きみの尻のほうが彼女のよりかっこいい」

わたしは冷笑し、彼はほほえんだ。わたしたちは太ももから腰までぴたりとくっついて坐っている。アイヴァンは腕をわたしの肩に回し、もっとわたしを抱きよせた。

わたしは両脚を彼の膝の上にあげた。同時に画面に目を戻すと、ちょうどアナウンサーが「信じられません！」といったところだった。

部屋じゅうでたくさんのうめき声が聞こえた。

「おまえたちが出ればまだ勝てると思うよ」ジョジョがいった。

わたしはうなずき、デススパイラルをするペアを見た。アイヴァンとわたしはいまでももっと速くできる。わたしたちはもう練習しているわけではないけど、朝、フィギュアスケーターになりたいと思っている子供たちがやってくる前に、彼はわたしの手を取り、ふたりで昔のプログラムのおとなしめヴァージョンを演じることがある。ほとんど笑いながら、トリプルをダブルに変えて跳ぶ。でもときどき目が合い、ふたりともおなじことを考えているのがわかる。そうしたら、トリプルトウ、トリプルトウループを跳んでみる。めったにないが、ほんとうに調子のいい日には、トリプルルッツも。まだできると確認するために。

それから子供たちがやってきて、コーチとしての仕事が始まる。アイヴァンは男の子数人、わたしは女の子数人を受けもっている。

ペアをコーチすることも話しあった。でも適当なペアを見つけたときに限ると決めていて、そういう子たちはまだ見つかっていない。

アイヴァンが脊椎《せきつい》の手術を受けて四年たつ。危険な手術で、待合室で二度も吐いてしまった。そのときに医師に、フィギュアスケートのペア選手を続けるのは危険だといわれた。

彼が「別のパートナーを探せ。ぼくといっしょに引退することはない」といってから四年だ。

なんてばかなの。そういうところは変わらない。わたしがパートナーにしたいと思う相手がほかにいると思うなんて。

わたしたちの最後の、そして三つめの世界選手権優勝から五年だ。

ふたつめの優勝は八年前。

金メダルをふたつ獲ってからも八年。ペアと団体で。アイヴァンはもっとも多くの賞を獲得したフィギュアスケーターになった。

最初の世界選手権優勝から九年。最初の全米選手権優勝もあった。

いちばん大事なのは、結婚してから九年ということだ。息を切らして顔を紅潮させたアイヴァンが、フリープログラムの終わったあとの氷上で「きみはぼくと結婚すべきだよ、ミートボール」といってから九年と三か月。

プロポーズは三回させて、三回目でイエスと答えた。ジョジョとジェイムズが結婚した無宗派の教会で結婚式を挙げたときは、わたしの人生でもっとも大事な瞬間だった。

そしてダニー、タティ、エレナが生まれた。

「パパ」床から声がした。「いまのダブルアクセルはちょっと乱れてたね?」

「かなり乱れてた」アイヴァンは嘘をついて、わたしの肩を抱く腕に力をこめた。

「あたしが乱れていたら教えてくれるでしょ?」

わたしはアイヴァンを見て眉を吊りあげた。彼は顔をしかめた。なぜなら彼が、娘にダメ出しをするはずはないからだ。

「ぼくが教えてやる」七歳の声がした。「きのう乱れてた」

「そんなことなかった!」六歳が叫び、坐ったおかげで黒髪の頭が見えた。

「そうだったよ!」ダニーがいった。「ぼく見てたもん!」

仲間入りをしたいのか、兄と姉の仲裁をするつもりなのか、エレナがジョジョといっしょに寝ているあたりから泣き声をあげた。

それで喧嘩は終わり。

でもたった十秒後で、六歳と七歳の口喧嘩がまた始まった。

まったく、子供って大変だ。口が達者で、えらそうで、頑固で、意志が強い子供たち。昔はそういう子供がかわいいと思っていたけど、実際にはいらいらさせられる。

でもこの子たちを愛している。出産のために二シーズン休んだ価値はある。ダニーにはけっしていわないけど、この子は二度目の世界選手権を優勝した夜にできちゃった子だ。妊娠がわかったとき、わたしの人生で最高の知らせだと思った。アイヴァンとわたしが命をつくったのだ。わたしたちの最高の夜のひとつに、子供を授かるなんて。

そして十二か月後、二度目の妊娠は計画していた。

正しい相手とならなんでもうまくいくとわかるまでに何年もかかった。そしていま隣に坐っている、毎日〈LC〉で何度もわたしをハグしたりお尻をさわったりはするけど、わたしを励まし、いつもわたしの幸せを考えてくれるこの人がその相手だった。

わたしの考えていることがわかるのか、アイヴァンはかがんでわたしのつむじにキスして、もっと抱きしめた。

「ママ！　ダニーがデコピンした！」タティが泣きさけんだ。まったく大げさに。たぶんそうだ。「お・し・りを蹴っ飛ばしてやるから！」

「お・し・りってなんだよ？」ダニーがいった。

ベンの隣に坐っているママがふり向き、したり顔でわたしを見た。なにを考えているかすぐにわかった。

わたしはこの子たちで自分の罪を償うのだろう。

でもまったく心配していない。

訳者あとがき

主人公がフィギュアスケートのペアの選手たちという本格スポーツロマンス、『銀盤より愛をこめて *From Lukov with Love*』、お楽しみいただけましたでしょうか。

子供のころからフィギュアスケートに打ちこんできたヒロインのジャスミンは、シングルでも、転向したペアでも大した成績も残せないまま、一年前にパートナーに捨てられて選手を続けられるかどうかもわからなくなった、二十六歳の崖っぷちフィギュアスケーターです。そんな彼女に、親友の兄で、ジャスミンとは犬猿の仲の、実力と人気を兼ね備えたスター選手のアイヴァン（二十九歳）から、一年間限定でペアを組まないかという申し出があります。ジャスミンは、いつも彼女をばかにしたり、からかったりして挑発してくる〝やなやつ〟をパートナーとすることに複雑な思いをかかえながら、なんとしても競技に復帰したいという気持ちで、このチャンスにとびつきます。

スポーツもののロマンスでは、ヒロインかヒーローのどちらかがスポーツの選手というパターンが多いのですが、本書ではふたりとも選手、しかもペアスケートのパートナーどうしです。反目しあうふたりが、厳しい練習を続けるなかで、少しずつ相手の知らなかった面を知っていきます。映画『冬の恋人たち』もそうでしたね。

本書には、ゆっくりと燃えあがるロマンスのほかに、スポーツ選手の厳しい練習、禁欲的な節制、ひとつのことに全力で打ちこむための犠牲の大きさなども克明に描かれています。著者の綿密なリサーチのたまものです。

著者マリアナ・ザパタは、二〇一二年のデビュー以来、ほぼ一年に一作ずつ、セルフ・パブリッシングで作品を上梓している人気作家です。二〇一五年に発表した、ヒロイン／ヒーローがプロサッカー選手というスポーツもののロマンス作品『*Kulti*』で注目され、アメフト選手ヒーローが登場する二〇一六年の『*The Wall of Winnipeg and Me*』は米Ａｍａｚｏｎの総合ベストセラー一位にもなり、読書サイト〈Ｇｏｏｄｒｅａｄｓ〉の二〇一六年ベストロマンスにノミネートされました。その後スポーツもののロマンスを続けて発表し、本書『銀盤より愛をこめて』もそのひとつです。

マリアナはアメリカのコロラド州に夫と二匹の大型犬といっしょに暮しています。作品を書いていないときは、本を読んだり、そとで過ごしたり、犬にキスしていやがられたり、家族にいやがらせをしたり、書いているふりをしているそうです。

◉訳者紹介　**高里ひろ（たかさと・ひろ）**
上智大学卒業。英米文学翻訳家。主な訳書に、トンプソン『極夜 カーモス』『凍氷』『白の迷路』『血の極点』（以上、集英社）、ヴィンシー『不埒な夫に焦がれて』、シェリダン『世界で一番美しい声』、ロング『忘れえぬキスを重ねて』（以上、扶桑社ロマンス）、ロロ『ジグソーマン』、クーン『インターンズ・ハンドブック』（扶桑社ミステリー）他。

銀盤より愛をこめて

発行日　2020年12月10日　初版第1刷発行

著　者　マリアナ・ザパタ
訳　者　高里ひろ

発行者　久保田榮一
発行所　株式会社 扶桑社
〒105-8070
東京都港区芝浦1-1-1　浜松町ビルディング
電話　03-6368-8870（編集）
　　　03-6368-8891（郵便室）
www.fusosha.co.jp

印刷・製本　図書印刷株式会社

ISBN 978-4-594-08666-4　C0197